Nina Blazon, geboren 1969 in Koper, studierte in Würzburg Slavistik und Germanistik. Schon als Jugendliche las sie mit Begeisterung, vor allem Fantasy-Literatur. Selbst zu schreiben begann sie während des Studiums – Theaterstücke und Kurzgeschichten, bevor sie den Fantasy-Jugendroman »Im Bann des Fluchträgers« schrieb, der 2003 mit dem Wolfgang-Hohlbein-Preis ausgezeichnet wurde. Sie lebt in Stuttgart, wo sie als Journalistin, Übersetzerin und Werbetexterin arbeitet.

Von Nina Blazon bereits erschienen:

Die Rückkehr der Zehnten
Der Kuss der Russalka
Die Woran-Saga
  Im Bann des Fluchträgers
  Im Labyrinth der alten Könige
  Im Reich des Glasvolks

Nina Blazon

Im Reich des Glasvolks

UEBERREUTER

ISBN 3-8000-5215-6

Umschlaggestaltung von Nele Schütz Design, München,
unter Verwendung einer Illustration von Tim Hildebrandt, USA

Druck: Ueberreuter Print
1 3 5 7 6 4 2

Ueberreuter im Internet: www.ueberreuter.at
Nina Blazon im Internet: www.ninablazon.de

Inhalt

Für Tim –
den einzigen Mann, der mein Pferd stehlen dürfte.
Wenn ich eins hätte.
Warum habe ich eigentlich keins?

Königin Gisaes Schwert

Es war wieder der gleiche Traum: Nives Gesicht und ihre schmalen Finger, die den Griff des Königsschwertes umklammerten. Blaue Tamarissteine, die die silberne Klinge schmückten, funkelten im Morgenlicht, das sich im Thronsaal brach. Nur der Thron sah anders aus als in den Nächten zuvor. Verschwommen nur konnte Jonnvinn erkennen, dass ihre Schwester nicht auf dem gläsernen Thron von Königin Gisae saß. Langsam atmete Jonn ein und zwang sich, noch tiefer in die zähen Wasser des Schlafs zu tauchen. Nach und nach wurde das Traumbild klarer und sie erkannte, was sie bisher nur vage wahrgenommen hatte. Nive saß auf einem Thron aus abgehackten Händen. Blut kroch Stufe um Stufe die breite Treppe hinunter und würde den gläsernen Boden bald wie ein Teppich bedecken. Trauer verdüsterte Nives Blick. »Jonn!«, flüsterte sie. »Jonn, such das Bild!« Der Klang ihrer Stimme verwehte wie das Klagen eines Hallgespenstes. Und Jonn rannte. Wie immer, wenn ihre Schwester sie rief, lief sie los und ließ alles hinter sich.

Scherben lagen im Thronsaal verstreut. Jonn beugte sich hinunter und betrachtete die bemalten Glasstücke. Zerbrochene Bilder waren es. Ein Bild ihrer Kindheit lag dort – Nive und sie als kleine Mädchen mit dem uralten Jagdhund ihres Vaters. Sie ließ sich auf den Boden nieder, tappte umher, hob Splitter um Splitter auf. Auf jedem fand sie ein weiteres Bild: Ihr Vater Julin, wie er seine Stabharfe spielte, ihre Mutter Haliz, lachend und mit blitzenden Augen, auf der Haut Steinstaub aus den Magranminen. Doch die Scherbe mit dem einen Bild, das Jonn suchte, fehlte. Das Bild, das zwei Mädchen zeigte, an jenem Tag, an dem Nives Blut die Blätter gefärbt hatte. »Ich kann es nicht finden, Nive!«, rief Jonn. Ihre Schwester lächelte schmerzlich, dann schob sie den Mantel auseinander und deutete auf die fehlende Scherbe. Sie steckte in ihrer Brust.

*

Keuchend fuhr Jonn aus dem Schlaf hoch. Ihre Hände taten weh, so fest klammerte sie sich an die Felldecke. Da war kein Thronsaal mehr und keine Scherben. Nur ihr Zimmer in der Waldburg. Morgenlicht fiel durch die Fensterscharte und spielte auf den Metallringen der Zaumzeuge, die an der Wand hingen. Jonn erinnerte sich. Heute würden sie zur Regenbogenburg reiten. Es war ein Festtag, der Tag der Krönung. Ihr Großvater Ravin würde Königin Gisaes Schwert annehmen, um über Tjärg zu herrschen.

Nervös fuhr Jonn sich durch das Haar und vertrieb die letzten Traumgespenster, dann sprang sie von der Liege und ging zum Silberspiegel, der von geschnitzten Mähnenschlangen gehalten wurde. Nive geht es gut, beruhigte sie sich. Trotzdem zitterten ihre Hände, als sie sie in das Wasser der steinernen Waschschüssel tauchte. Die Kälte tat ihr gut und beim Blick in den Spiegel konnte sie sich sogar wieder zulächeln. Sie war immer noch so blass, dass ihre Augen grünen Irrlichtern glichen. Das kupferrote Haar klebte ihr nass an der Stirn. Die Magie des Silberspiegels, in den sie blickte, berührte sie und Jonn ließ das Bild, das entstehen wollte, an die Oberfläche kommen. Ihr nasses Gesicht verblasste und zwei Mädchen mit grünen Augen erschienen im Spiegel – Nive und sie vor vielen Sommern. Mit konzentrierten Gesichtern starrten die Kinder ihre Spiegelbilder an. Jonns jüngeres Ebenbild sprach lautlos den Zauber, an dem sie sich damals versucht hatten. Es war ihnen nicht gelungen, Bilder aus der Vergangenheit im Spiegel herbeizurufen. Alles, was sie erreicht hatten, war, dass sich seitdem in allen Spiegeln der Burg immer und immer wieder diese Szene wiederholte – für jeden sichtbar, zu den unmöglichsten Tageszeiten und manchmal auch in der Nacht. Unzählige Gäste waren fast zu Tode erschrocken, als sie sich plötzlich den zwei Kindergespenstern gegenübergesehen hatten. Obwohl Jonn sich längst nicht mehr in der Magie versuchte, mochte sie dieses Zwinkern, das ihr aus der Vergangenheit folgte. Zwei Mädchen – das eine hübsch, mit herzförmigem Gesicht und braunen Locken und sie, Jonnvinn, jungenhaft und ernst, mit schmalen, geschwungenen Lippen und dem langen, glatten Haar, das einer Feuerzunge glich.

Ihre kleine Schwester Nive lächelte und winkte sich selbst zu. Im Spiegelbild hatte sie noch alle Finger ihrer linken Hand.

*

Die Waldburg summte wie ein Bienenbaum. Diener, die aus der Regenbogenburg als Geleit gesandt worden waren, hetzten durch die Gänge. Im Innenhof wurden Pferde mit golddurchwirkten Zierdecken geschmückt. Jonn befremdete die ungewohnte Geschäftigkeit. Während sie zum kleinen Kaminsaal lief, kam sie sich in ihrem eigenen Zuhause vor wie eine Fremde. Voller Hoffnung betrat sie den Raum, in dem das Feuer unermüdlich vor sich hin flackerte. Der schartige, ehemals schöne Prunktisch, den ihr Vater bei einem Spiel gewonnen hatte, stand vor dem Südfenster, das einen überwältigenden Blick auf den Tjärgwald freigab. Golden und rot glühte das Herbstlaub. Aber Nive saß nicht am Tisch. Jonn schluckte die Enttäuschung hinunter. Natürlich, wenn Nive in der Nacht angekommen wäre, hätte sie Jonn sofort geweckt. Stattdessen saßen zwei Edelleute am Tisch und tranken Jalatee. Das rote Haar des Mannes leuchtete vor dem Herbstwald und schien mit dessen Farben zu verschmelzen. Feuersprossen leuchteten in seinem verschlafenen Gesicht. Jonn lächelte ihren Eltern zu. Sonst trugen sie einfache Lederkleidung und der Tisch war bedeckt mit Notizhölzern, Papier und Rußstiften. Heute sah Jonns Vater Julin erstaunlich würdevoll aus. Er trug einen safrangelben Samtmantel, die Festtracht der Hofzauberer, des magischen Zirkels in der Regenbogenburg, der auch »Gislan-Kreis« genannt wurde. Aus Goldplättchen gefertigte Tanistannenzweige rankten sich am Ärmelsaum.

»Guten Morgen, Jonnvinn!«, sagte ihre Mutter Haliz. Ihre Augen blitzten grün wie die von Jonn und Nive. Doch heute trug Haliz keine Spuren von Steinstaub an

Wangen und Stirn. Ihre Hände, die sonst fleckig vom Rußstift waren, mit dem sie Berechnungen für ihre Magranmine auf Papierbögen eintrug, waren ungewöhnlich weiß und mit Ringen geschmückt.

»Guten Morgen«, murmelte Jonn und setzte sich an den Tisch. Mit ihrer alten Lederweste fühlte sie sich fehl am Platz, doch sie nahm den Becher mit Jalatee entgegen und nippte daran. Das saure Getränk tat gut und verwischte die letzten Spuren des Traums.

»Nive ist nicht gekommen«, stellte sie fest.

Ihre Mutter seufzte und sah zum glühenden Wald hinüber. »Bestimmt sehen wir sie beim Schneefest.«

»Sei nicht traurig, Jonn«, sagte ihr Vater und stand auf. Goldketten klirrten hell wie Münzen. »Fiorin ist weit weg und sie hat viel zu tun. Heute reiten wir ohne sie, aber sie ist in Gedanken bei uns.« Und in meinem Traum, ergänzte Jonn im Stillen. Einen Moment überlegte sie, ob sie von ihrem Traum erzählen sollte, aber die Vorstellung, ihre Eltern vor der Krönung zu beunruhigen, behagte ihr nicht und so stellte sie den Tee ab und stand auf.

»Na gut«, sagte sie. »Wo ist meine Verkleidung? Muss ich auch so viele Ringe tragen?«

»Allerdings!« Julin lachte. »Heute sind wir Angehörige des Hofes und die Verwandten des zukünftigen Königs. Dein Festgewand liegt in der Truhe dort.«

Stuhlbeine scharrten über den Boden, als Jonns Eltern aufstanden – vorsichtig, um die prächtigen Roben nicht zu beschädigen.

Wenig später waren sie zu dritt auf dem Weg in den Burghof. Der Goldreif, der Jonns Haare aus der Stirn hielt, drückte an den Schläfen. Schwer wie eine Rüstung erschienen ihr das grüne Samtkleid und der bestickte Umhang, der bis zum Boden reichte und bei jedem Schritt ein schleifendes Geräusch machte. Jonn wagte kaum den Kopf zu bewegen, denn an ihren Haaren klingelten eingeflochtene Goldtropfen und Perlen. Das Gewicht von vier Siegelringen zog ihre Hände nach unten.

Im Burghof warteten bereits die Gesandten aus der Regenbogenburg.

»Wir grüßen Euch, Minenherrin Haliz va Lagar!«, begann ein junger Gesandter seine Ansprache. »Und Euch, Magier des Zirkels, Julin Kalamas Fer.« Er wandte sich an Jonn. »Gegrüßt auch Jonnvinn Ferlagar ... die Heilerin.« Jonn nickte und lächelte dem Gesandten zu. Er hatte rote Flecken im Gesicht und war aufgeregter als sie. Der Enkelin des künftigen Königs gegenüberzustehen machte ihn offenbar sehr nervös. Außerdem befand er sich in derselben Verlegenheit, die viele in ihrer Gegenwart verspürten. Sie war eine Heilerin, aber eine, die ohne jegliche Magie heilte, was in Tjärg so ungewöhnlich war wie ein Jäger, der seine Beute mit bloßen Händen erlegte.

Jonns Regenbogenpferd stand im Hof und rieb in dem Versuch, das Zaumzeug abzustreifen, die Nase am Vorderfuß. Die Riemen waren mit Perlen verziert – eine Anspielung auf die Herkunft der Tjärgpferde, von denen die Legende sagte, dass sie dem Meer entstammten. Wie alle Regenbogenpferde war Libun weiß und glänzte wie Perlmutt. Graue, gespaltene Hufe gaben ihr ein eigentümliches Aussehen, als habe man eine Ziege mit einem Pferd gekreuzt.

»Komm, Libun!«, flüsterte Jonn ihrer Stute zu und das Pferd sah sie vorwurfsvoll an und schüttelte die Mähne. Mit dem langen Umhang war es gar nicht so einfach, auf den Pferderücken zu kommen. Ein Diener sprang herbei und drapierte den grünen Prachtmantel über Libuns Kruppe. Endlich setzte sich der Zug in Bewegung.

Als Jonn zur Waldburg zurückblickte, musste sie lächeln. Im Gegensatz zu den prächtigen Gewändern der Gesandten und Diener erschien die Burg so unscheinbar wie ein Waldhaus. Vor vielen Sommern hatten Jonns Großeltern die Burg eingerichtet, so wie Waldmenschen sich eine behagliche Wohnstatt vorstellten: viel Holz, viele Fenster, um auf die Bäume blicken zu können. Kein Gold und Silber, kein Glas und keine Stoffe, dafür Felle und Ledervorhänge, die den Zimmern den Anschein von heimeligen Zelten gaben. Trotzdem hatten es ihre Großeltern nicht für immer darin ausgehalten und waren bald wieder in ein Lager im Wald gezogen.

Jonn dachte an ihren Großvater, Ravin va Lagar, der in seiner Jugend ein einfacher Waldmensch und Ranjögjäger gewesen und vor fast vierzig Sommern in den Rat Königin Gisaes berufen worden war. Und heute sollte er zum neuen König von Tjärg gekrönt werden! Der erste König, der nicht durch die Erbfolge auf den Thron kam. Nun würde er sich wohl oder übel daran gewöhnen müssen, in Gislans Burg, der Regenbogenburg, zu wohnen. Immerhin würde es Jonn Gelegenheit geben, öfter dort zu Gast zu sein. Ihr gefielen die hohen Räume mit den schillernden Wänden, die Tische und Betten aus rotem Marjulaholz, die Gemälde und magischen Spiegel. Und nicht zuletzt liebte sie es, mit Iril, dem königlichen Stall- und Rossmeister, zu den Herden in die Berge zu reiten.

Der Ritt zur Burg würde einen halben Tag dauern – zumal sie noch den Umweg zum Alschhain reiten wollten, wo die Magier ihre letzte Ruhestätte fanden und auch die fünf Königinnen und Könige beerdigt waren, die bisher über Tjärg geherrscht hatten. Seit sieben Monden lag Königin Gisae dort begraben. Jonn fühlte Bedauern, wenn sie an die alte Herrscherin dachte. Sie hatte die energische Frau immer gemocht.

»Du denkst an den Unfall, nicht wahr?«

Jonn zuckte zusammen und sah ihre Mutter Haliz an, die unbemerkt zu ihr aufgeholt hatte und nun neben ihr ritt.

»Ja«, antwortete sie und räusperte sich. »Sie war so eine gute Reiterin. Ich kann immer noch nicht verstehen, wieso sie in diese Schlucht gestürzt ist.«

Haliz rückte ihren Silberreif gerade und seufzte.

»Du kennst ja die Redensart: Entweder Gisae wird von einem Pferd über die lichte Grenze getragen oder sie wird unsterblich sein. Dieses ungeschickte Pferd hat diese Worte zur Prophezeiung werden lassen.«

»Ich weiß«, sagte Jonn. Die Sorge um Nive machte ihr wieder das Herz schwer. Verstohlen tastete sie nach ihrem Beutel, den sie einem Impuls folgend mitgenommen hatte. Es war nichts Besonderes darin – ein Jagdmesser, eine Schleuder aus Leder, außerdem zerriebene Kräuter und weitere Gegenstände, die sie als Heilerin benötigte. Seit gestern lag zwischen diesen Dingen auch das alte abgegriffene Notizbuch ihres Vaters. Jonn hatte es bei ihrem abendlichen Spiel am Kamin gewonnen. Heute Abend oder morgen würde Julin es sicher wieder zurückgewinnen. Sie spielten Kolp – ein Spiel aus der Heimat ihres Vaters. Nur sie beherrschte die Regeln so gut, dass sie sich mit ihm anlegen konnte. Selbst seine Magie durchschaute sie und konterte mit ihren eigenen Tricks, sodass die Spiele oft in einen Wettstreit ausarteten, der ihnen beiden diebischen Spaß machte. Jonn war stolz darauf, dass sie Julin ähnlich war. Selbst wenn ihr Vater stets sagte, er sei der hässlichste Mann der Welt, wusste er sehr wohl, dass Jonn ihn für den schönsten aller Menschen hielt.

*

Der Grabhof der Könige war von Tanistannen umgeben, deren Stämme dicker waren als ein Pferdeleib. Seit sieben Monden schon brannten die Fackeln, die bei Königin Gisaes Begräbnis angezündet worden waren. Zwei Magier des Gislan-Kreises hielten die Wache. Räucherwerk lockte die Trauerschwärmer an. Wie leuchtend rot gekleidete Beerdigungsgäste saßen die Vögel auf den Zweigen der Tannen und stießen ihre klagenden Rufe aus.

Abschiedsgeschenke bedeckten Gisaes Grab. Seltene Marjulablüten waren herbeigebracht worden und Jalafrüchte, deren Schalen mit Schnitzereien verziert waren. Schmucksteine, die mit Pferdehaar an Stöcken befestigt worden waren und aus dem Blumenmeer ragten, funkelten in der Herbstsonne wie gefrorene Tränen. Jonn schluckte, als sie auf das Grab zuging und sich tief verneigte. Sie legte ihr Totengeschenk auf den vorbereiteten Platz – ein in Leder eingenähter Zügelring war es. Jonn war sicher, dass die alte Königin darüber gelacht hätte.

In den Tanistannen glühten die roten Laternenaugen der Hallgespenster. Angelockt von der Trauer saßen die schattigen Wesen in den Zweigen und wiederholten tuschelnd die Sätze, die die Besucher an Gisaes Grab geflüstert hatten.

»Leg die Blumen hier hin!«, wisperte eine Frauenstimme.

»Glaubst du, die Königin reitet auch im lichten Land ein Pferd?«

»Benimm dich, Kal! Das ist ein Grabplatz, kein Kuhstall!«

Auch Jonns Eltern legten die Geschenke nieder, dann verabschiedeten sie sich endgültig von der letzten Herrscherin aus der Linie der Gislans und wandten sich dem Weg zu, der zur Regenbogenburg führte. Oft war Jonn ihn bereits entlanggeritten. Dennoch war es immer wieder, als sähe sie die Regenbogenburg zum ersten Mal. In jedem Licht, zu jeder Jahreszeit sah die Burg anders aus, spiegelten die Mauern andere Farben und Stimmungen. Heute ließ der blaue Herbsthimmel die weißen Mauern der Burg strahlen. Die Sonne erzeugte intensive Farbreflexe auf ihren Mauern, sodass sie prächtiger schillerte als die Mähne eines Regenbogenpferdes. Zelte der Shanjaar aus dem Wald umgaben die Burg. Behelfsställe waren errichtet worden; Pferde und fremdartige Reittiere trabten in Koppeln auf und ab.

Herbstlaub knisterte unter den Hufen der Pferde, als

Jonn und ihre Eltern in den Hof einritten. Vorsichtig stieg Jonn ab. Das Gewicht des Mantels erschien ihr immer schwerer. Sie reckte den Hals in der Hoffnung, irgendwo vielleicht schon ihre Großeltern zu entdecken, aber wahrscheinlich wurden sie bereits für die Krönungszeremonie vorbereitet. Stattdessen erschien ein Gesicht mit Waldmenschenaugen, deren Grün so hell war, dass es beinahe grau wirkte. Das hellblonde Haar bekam im Nachmittagssonnenschein einen Kupferglanz. Karis, der Stallbursche, natürlich.

»Jonnvinn!«, sagte er und trat einen Schritt zurück, um sie bewundernd zu mustern. »Oh, du siehst … ganz anders aus.«

»Ja, ist gut, Karis«, murmelte sie. Sie ahnte, was kommen würde. Und richtig, Karis starrte hoffnungsvoll über ihre Schulter und suchte den Hof ab. Langsam verlosch sein Grinsen.

»Nive …«, sagte er. »Hat sie … sich verspätet?«

Jonn seufzte. »Nive kommt nicht«, erwiderte sie leise.

Karis verblühte vor ihren Augen wie eine Marjulablüte im Hauch des Feuers. Trotz seiner Körpergröße sah er plötzlich zerbrechlich aus.

»Vielleicht vor dem Winter«, beeilte sie sich zu sagen und schalt sich im selben Moment für ihre Angewohnheit, ihn stets und unmittelbar in seiner Enttäuschung zu trösten. Er war in Nive verliebt, gut. Jedermann war in Nive verliebt. Aber andere waren zumindest in der Lage, ihre Gefühle besser zu verbergen.

»Oh«, sagte er und knetete in einer hilflosen Geste verhaltener Kraft seine großen Hände. »Sie kommt nicht zur Krönung? Ihr … geht es doch gut?«

Jonn ärgerte sich über ihre eigene Angst. »Natürlich«, sagte sie und dachte an die Scherbe, die Nives Brust durchbohrt hatte. Dennoch versuchte sie ein Lächeln. Es schien ihr nicht besonders gut gelungen zu sein, denn nun sah Karis sie wirklich erschrocken an. Ungeduldig drückte sie ihm die Zügel in die Hand.

»Ich glaube nicht, dass sie mich in diesem Kleid in den Stall lassen. Kümmerst du dich um Libun?«

Benommen nickte er. Sie wusste nicht, warum ihr seine Gegenwart stets ein wenig unangenehm war. Wahrscheinlich war es seine bedingungslose und für alle sichtbare Verliebtheit in Nive, seine Bereitschaft, sofort loszurennen, wenn Nive ihm winkte. Seine bange Unbeholfenheit, die in einem solch seltsamen Gegensatz zu seiner Stärke stand. Klein wie ein Pony wirkte Libun neben ihm, als er sie in den Stall führte.

Jonn folgte ihren Eltern durch das Tor und den langen Gang mit den durchbrochenen Wänden, der zum Thronsaal führte. Schwer schleifte die Schleppe ihres Mantels hinter ihr her und schien sie mit golddurchwebten Samtfingern zum Pferdestall zurückziehen zu wollen. Nur zu gerne hätte sie diesem Impuls nachgegeben.

Der Hof war groß geworden. Die riesigen Gastgemächer waren vor einigen Sommern schon in kleinere Zimmer mit verzierten Holzwänden unterteilt worden. Inmitten des Blumenschmucks, der an den Wänden prangte, entdeckte Jonn auch die kunstvoll bestickten rot-weißen Tücher aus Dantar, ein Zeichen, dass der beste Freund ihres Großvaters, der Magier Darian Danalonn, zu Gast war.

Ein Diener geleitete sie in das Zimmer der Räte. Der hufeisenförmige Tisch war leer – die Gruppe von Menschen, die sich hier eingefunden hatte, stand mitten im Raum. Jonns Großvater lachte. Er war noch zierlicher als früher, sein ehemals braunes Haar war verblasst und von weißen Strähnen durchzogen, aber seine Augen funkelten im selben Waldmenschengrün wie die von Jonn. Eine weiße Narbe an der Lippe erinnerte an eine alte Verbrennung, die von dem Kuss einer Feuernymphe stammte. Auch Jonns Onkel Jolon war gekommen, obwohl er so alt war, dass er sich selbst mit seinem Stock nur noch mühsam aufrecht halten konnte.

Jonns Großmutter drehte sich um, als hätte sie die Gegenwart der neuen Gäste gespürt. Ein Lächeln huschte über ihr Gesicht.

»Jonnvinn!«, rief sie. »Und Haliz und Julin! Endlich!« Mit energischen Schritten eilte sie ihnen entgegen. Wie so oft glaubte Jonn auf den ersten Blick ihre Schwester Nive zu sehen, so groß war die Ähnlichkeit. Dasselbe herzförmige Gesicht, dieselbe Anmut und Energie, dasselbe wilde Lockenhaar – nur dass das Haar ihrer Großmutter trotz ihres Alters schwarz und lichtlos war und ihre Augen blau und glühend. Viele Gerüchte rankten sich um die Frau, die zugleich Woran und Mensch war. Je weiter man sich von der Regenbogenburg entfernte, desto abenteuerlicher wurden die Geschichten. Jonn lächelte und schloss ihre Großmutter in die Arme.

»Wir haben Marjulawein«, flüsterte Amina ihr zu und drückte ihr einen Glasbecher mit einer honigfarbenen Flüssigkeit in die Hand. Jonn sah, dass es einer von Nives Bechern war. Das Glas war ein Kunstwerk, wie nur ihre Schwester es erschaffen konnte. Süßer Weinduft stieg Jonn in die Nase und ließ sie erschauern.

»Danke, Amina«, sagte sie und nahm einen tiefen Schluck.

»Wo ist Nive?«

»Noch in Fiorin.«

Natürlich war ihre Großmutter enttäuscht, aber wie immer verbarg sie ihre Gefühle gut.

»Du bist blass, Jonnvinn«, bemerkte sie. »Hast du schlecht geträumt?« Ihre Woranaugen waren unerbittlich und Jonn senkte den Kopf, verärgert über die Klarsichtigkeit ihrer Großmutter.

»Ich mache mir einfach Sorgen«, wich sie einer Antwort aus. »Aber du kennst mich, ich sorge mich immer um Nive.«

Amina lächelte verhalten. Die Pause, die folgte, war Jonn unangenehm. Dennoch schwieg sie. Es war ihr Traum, beschloss sie. Er war nicht dafür gemacht, ihre Großmutter am Krönungstag zu beunruhigen.

»Ihr feiert heute die Krönung«, sagte sie zu Amina. »Eigentlich müsstest du diejenige sein, die schlecht schläft!«

»Jonn, komm her!«, rief ihr Großvater Ravin. Nur zu gerne folgte sie seiner Aufforderung. Ravin stand in einer Gruppe von Freunden und Gesandten. Den besten Freund ihres Großvaters kannte Jonn natürlich – Darian Danalonn. Er hatte eine lange Reise hinter sich, denn er kam aus der Küstenstadt Dantar am Majumameer. Jonn hatte ihn einmal in ihrem Leben gesehen. Damals war sie ein Kind gewesen und sein helles Haar und die sonnengebräunte Haut waren ihr golden erschienen. Inzwischen jedoch hatte das Alter seinen Silberschleier über Darian gebreitet. Hager war er, und auch ohne dass er ständig lächelte, strahlte etwas von ihm aus, was ihm alle Herzen öffnete. Er ist glücklich, dachte Jonn, als sie ihn mit der Begrüßungsgeste der Waldmenschen willkommen hieß. Ein glücklicher alter Magier, der viel erlebt hatte und nicht daran zerbrochen war. An seiner Seite stand eine Frau, die ebenso groß war wie er. Sie war alt, drahtig und immer noch schön – schräge Augen blitzten in der Farbe von Honig, das Haar war lang und schimmerte weiß an den Spitzen. Wie Darian trug sie die bunte Tuchtracht der Küstenstadt Dantar und hatte sich ein weißes, mit roten Stickereien verziertes Tuch als Schärpe um die Taille gebunden. Jonn lächelte, als sie sah, dass Darian verstohlen nach ihrer Hand griff.

»Jonn, du hast sicher schon von Sumal Baji gehört – sie ist die beste Kapitänin des Majumameers«, sagte Jonns Großvater. Die große Frau lächelte kühl und begrüßte Jonn mit einem Nicken. Schon zog Ravin sie weiter und stellte sie weiteren Freunden aus alter Zeit vor. Einem ernsten Waldmenschen namens Ladro, der aus Skaris angereist war, außerdem einem graubärtigen Grundbesitzer und Bauern, der sich Ruk nannte. Schon nach wenigen Augenblicken entglitten Jonn die vielen Namen, aber das Krönungsfest würde drei Tage dauern, Zeit genug also, um die flüchtigen Begegnungen zu vertiefen. Endlich löste sich die Spannung und sie begann sich auf die Krönung zu freuen. Diener mit roten Gesichtern hasteten hin und her, die ganze Regenbogenburg schwirrte wie die Saite einer Stabharfe. Jonn stellte sich an die Tür und beobachtete die strahlenden Gesichter. Gerade wollte sie ihren Weinbecher leeren, als ein Diener an der Tür erschien.

»Ravin va Lagar und Amina aus Skaris!«, rief er. »Im Thronsaal ist alles bereit.«

Jonn stellte ihren Becher ab und strich sich das Kleid glatt. Ihre Eltern eilten zu ihr. Gemeinsam nahmen sie ihre Plätze in der Mitte der Prozession ein.

Jubel und Klatschen brandete ihnen entgegen, als sie durch die Tür des Thronsaals schritten. Gesandte aus den Wäldern und Bergen des Tjärglandes, aus Tana, Skaris und Lom, aus Fiorin und aus den freien Städten am Meer warteten bereits im Saal. Magische Fackeln brannten ohne zu rußen und am Fuß der Throntreppe stand der magische Zirkel von Tjärg – acht Zauberer waren es inzwischen. Ihr Vater Julin gehörte zu ihnen, doch heute würde er nicht beim Gislan-Kreis stehen, sondern bei der Königsfamilie bleiben. Neben den Magiern wartete der Rat. Zwölf Männer und Frauen aus allen Regionen Tjärgs sahen ihnen entgegen, als Ravin und Amina den blauen Teppich aus gewebtem Ranjöghaar betraten. Seit Generationen wurde in diesen Teppich mit Silberfäden die Geschichte von Tjärg eingestickt. Jonn senkte verstohlen den Blick und schauderte, als sie die einzelnen Szenen betrachtete. Ihr Großvater war dargestellt, außerdem die brennende Burg und dunkle Krieger, die gegen Waldmenschen und Naj kämpften. Nicht weit davon fand sich das Bild einer Woran – es war ihre Großmutter Amina, die einem der dunklen Krieger das Leben nahm. Lange war es her, seit Jonns Großeltern gemeinsam mit Darian und ihren Freunden Tjärg vor dem Untergang bewahrt hatten. Weiter hinten entdeckte Jonn Stickereien, die noch ganz neu und glänzend waren: Königin Gisae, die mit ihrem Pferd in die Schlucht stürzte. Und die leere Fläche neben diesem Bild würde morgen durch eine Szene der Krönung von König Ravin va Lagar, einem einfachen Waldmenschen, ergänzt werden. Diener bereiteten schon die kostbaren Silberfäden vor, Zeichner standen irgendwo zwischen den Krönungsgästen, um ein Bild der Zeremonie festzuhalten. Eine neue Zeit brach an, dessen waren sich alle hier im Thronsaal bewusst. Der erste König, der vom Rat und vom Volk gewählt worden war, bestieg den Thron.

Als Jonn den Blick hob, bemerkte sie einen bärtigen Mann, der in einen Mantel aus gebürstetem Silberschaffell gekleidet war. Es war Iril, der königliche Stall- und Rossmeister, der Mensch, den Jonn in der Burg am allerliebsten besuchte. In den Ställen hatte sie unzählige Nachmittage ihrer Kindheit zugebracht. Verstohlen winkte sie ihm zu und der alte Mann lächelte flüchtig und wurde wieder ernst. In seinen Händen hielt er ein Muschelhorn.

Ruhe senkte sich über den Thronsaal, als Amina und Ravin die gläserne Treppe erreichten, die zum Thron hinaufführte. Sonnenstrahlen und Fackellicht ließen die Edelsteine, die in das Glas des Thronsessels eingelassen waren, funkeln. Farbige Schattenspiele huschten über die ehrfürchtigen Gesichter der Gäste.

Die älteste Rätin und die älteste Magierin des Zirkels traten vor und reichten Ravin und Amina das Krönungsmahl. Wie es der Brauch befahl, war es eine einfache Jalafrucht aus dem Wald.

»Ravin va Lagar, nimmst du diese Frucht an und versprichst, die Wälder zu ehren und stets dafür zu sorgen, dass es in Tjärg an Nahrung nicht mangelt? Achte die Frucht so, wie du dein Land und dein Volk achtest.« Ravin nahm die Jalafrucht mit einem Nicken an, kostete das saure Fleisch und reichte die Frucht an Amina weiter.

Die Magierin übergab ihm daraufhin einen schmalen Silberreif.

»Der Traumreif der Könige, Ravin va Lagar. Fünf Generationen von Königen haben ihn getragen. Nimm ihn und lerne ihn zu gebrauchen. Auf dass du die Gedanken deines Volkes stets in Klarheit verstehen mögest und die Wahrhaftigkeit deine Gedanken berühre.«

Behutsam setzte sich Ravin den Reif auf. Jonn schluckte. Wie oft hatte Königin Gisae den Silberreif auf dem weißen Haar getragen. Es war ungewohnt, ihren Großvater mit diesem Zeichen der Königswürde zu sehen. Noch nie war er Jonn fremd erschienen, doch nun verwandelte er sich vor ihren Augen in jemand anderen – in einen stolzen Waldmenschen, in Ehren alt geworden und sehr würdig.

Iril räusperte sich, trat vor und reichte Ravin das Muschelhorn. Seine Stimme klang nicht getragen. Es war einfach Iril, der sprach, sein drohender Blick entlockte Ravin ein Lächeln.

»Vor vielen Sommern habe ich dich zu den Regenbogenpferden geführt«, begann Iril. »Eins ist dir gefolgt und du hast es stets gut behütet. Ich hoffe, du wirst auf die Herden der Regenbogenpferde ebenso gut Acht geben und niemals vergessen, dass sie die wahren Schätze unseres Landes sind. Solange es den Tjärgpferden gut geht, blüht auch das Land. Hier gebe ich dir den Ruf des Meeres, das Muschelhorn, mit dem du die Herden rufen kannst.«

Für Iril war es eine sehr lange Ansprache, Jonn verkniff sich ein Grinsen. Ihr Großvater nahm auch das Horn an, wahrscheinlich bemerkte nur Jonn, dass er ein wenig errötete. Jonn wusste, dass ihm Irils Vertrauen wichtiger war als die Zeremonie und die steifen Lobreden der Räte, die nun folgten. Nacheinander traten die Gesandten aus den verschiedenen Ländern vor und legten Geschenke auf den Teppich. Gefleckte Tilopfelle aus den Wäldern von Tana, Glasperlen aus Fiorin, Salz und eine Schale mit geschliffenen Königsblutsteinen aus Lom. Aus Dantar folgten silberne Fischhaken und ein rot-weißes Lebenstuch und schließlich – mit einem Augenzwinkern von Ravins Freund Ruk aus Skaris dargebracht – ein Soldatenmantel, schwere Stiefel mit geschliffenen Eisenbeschlägen und ein Lederhelm. Einen Augenblick lang teilten Ravin und Ruk eine geheime Erinnerung, dann nahm Ravin die Uniform an.

Schließlich, als die Sonne schon längst über den Waldrand gekrochen war und das Flirren der Edelsteine die Gäste blendete, sprangen die beiden Türflügel des Thronsaals auf. Vier Diener traten ein, gefolgt vom Schatzmeister, der ein besorgtes Gesicht zur Schau trug. Bis zu diesem Augenblick hatte das silberne Schwert der Könige von Tjärg in der Grabkapelle gelegen, doch nun lag es auf dem Ranjögfell, das die vier Diener wie eine Trage in ihrer Mitte hielten. Blaue Tamarissteine funkelten im Licht der Nachmittagssonne. Ein Raunen ging durch die Menge der Gäste. Hälse wurden gereckt, jeder versuchte einen besseren Blick auf das Schwert zu erhaschen. Jonn hatte es bereits unzählige Male gesehen, es war ein einfaches Zierschwert, prächtig zwar, doch ohne jeden Nutzen. Im Gleichschritt bewegte sich der Zug auf die Throntreppe zu.

»Das Schwert der Gislan!«, rief der Schatzmeister. »Macht Platz für das Schwert der Gislan!«

Gebannt verfolgten die Anwesenden, wie die Diener mit dem straff gespannten Ranjögfell zu Ravin schritten. Jonn blinzelte. Das flirrende Licht machte sie benommen. Ihre Eltern blickten gebannt auf das Schwert, das der Schatzmeister nun in die Hand nahm und über den Kopf hob.

»Ravin va Lagar«, begann er. »Königin Gisae trug dieses Schwert mehr als sechzig Sommer und sie trug es mit Kraft und Weisheit. Nimmst du nun diese Aufgabe an?«

Ravin schluckte und runzelte die Stirn. Sein Zögern ließ ein Flüstern in den Reihen aufwallen. Selbst Jonn war einen Augenblick lang bang zumute. Es würde zu ihrem Großvater passen, im letzten Moment abzulehnen und sich doch für sein Leben im Wald zu entscheiden. Ein Lächeln huschte über Ravins Gesicht, sein Blick traf sich mit dem von Amina, dann nickte er und streckte die Hand aus.

»Dies und mehr nehme ich an«, sagte er. »Tjärg ist mein Land und ich werde ihm untertan sein – als Waldmensch und Jäger, der ich bin, als Rat – und nun auch als König.«

Mit diesen Worten nahm er das Schwert, drehte sich um und ging die gläsernen Stufen hinauf. Vor dem

Thron blieb er stehen und stellte das Schwert mit der Spitze auf. Die schartige Kuhle auf dem Boden vor dem Thron zeigte, wie oft die fünf Königinnen und Könige in ihrem Leben diese Geste ausgeführt hatten.

»Dann ist es beschlossen«, führte der Schatzmeister die Zeremonie zu Ende. »Es lebe Ravin va Lagar, König von Tjärg!«

Jubel brandete auf. Ravin hob das Schwert und das Muschelhorn und nahm die Ehrenbekundungen an. Blau wie Woranaugen funkelten die Kristalle in Gisaes Schwert. Jonn spürte, wie sie den Halt verlor. Ohne dass sie etwas dagegen tun konnte, wurden ihre Beine schwach, sie machte einen Schritt zur Wand und stützte sich ab. Ihr Herz hämmerte. Da stand ihr Großvater, der König. Und die Frau, die jetzt zu ihm kam, ihn umarmte und lachte – das war ihre Schwester Nive! Das Schwert verwandelte sich vor Jonns Augen in eine Scherbe, der Thron wurde dunkel und der Teppich färbte sich rot.

»Nive!«, schrie Jonn in den Jubel hinein. Plötzlich war alles gleichgültig. Die Krönung, das Festkleid, die Gesandten, es gab nur noch Jonn und Nive, diesen Traum und die Erkenntnis, dass sie am falschen Ort war. Die Frau, die Ravin umarmt hatte, drehte sich zu ihr um. Blaue Augen sahen in die ihren, dann wurde Jonn bewusst, dass es nur ihre Großmutter war. Die Ähnlichkeit zwischen Nive und Amina hatte ihr vorgegaukelt ihre Schwester zu sehen.

Trotz dieser Erkenntnis siegte ihre Angst. Sie ertrank in lachenden Gesichtern und ringgeschmückten Händen, die sich in die Höhe reckten und Tücher schwenkten. So schnell sie konnte, zog sie sich zur Tür zurück. Ein Botschafter trat ihr versehentlich auf den Mantel und wurde blass, als er das Geräusch von reißendem Stoff hörte.

»Oh, verzeiht!«, stammelte er, doch Jonn zerrte einfach den Mantel von ihren Schultern, ließ ihn auf den Glasboden fallen und floh aus dem Thronsaal. Diener sahen ihr mit offenen Mündern nach. Sie rannte die langen Gänge entlang und kümmerte sich nicht um die gezischten Fragen, die ihr folgten wie die Stimmen von Hallgespenstern. Der schwere Saum ihres Kleides schleifte über Stufen, dann über Skalitstein und glitt endlich über das Gras, das bei den Ställen wuchs. Der Stallhof war wie ausgestorben. Im Stall selbst war es dämmrig. Japsend holte Jonn Luft und sah sich um.

»Karis?«, rief sie. Zwanzig Pferdeköpfe wandten sich ihr mit gespitzten Ohren zu. Ganz hinten wieherte Libun. »Karis!«

Niemand meldete sich. Jonn fluchte bei der Aussicht, in diesem Kleid losreiten zu müssen, doch dann besann sie sich, dass Iril stets einige Wettermäntel in einer Truhe aufbewahrte, und hastete zur Sattelkammer. Mit einem Ruck stemmte sie den Deckel der Truhe hoch und stellte erleichtert fest, dass sich tatsächlich ein Wettermantel und einige Silberschafdecken in der Truhe befanden. Gerade wollte sie sich den viel zu großen Mantel über die Schultern ziehen, als ein Geräusch sie herumfahren ließ. An der Tür stand Karis und musterte sie.

»Wo warst du denn?«, rief sie und warf den Mantel wieder hin. »Ich brauche deine Hilfe!«

Er runzelte die Stirn. »Meine Hilfe?« Wie immer, wenn er nachdachte, sprach er betont langsam, so als wären seine Gedanken alte Männer auf noch älteren Pferden, die mühsam einen Bergpfad hinaufschnauften.

»Ja«, erwiderte sie barsch. Ohne Umstände raffte sie ihren Rock nach oben und rollte die Hosenbeine, die sie darunter verborgen hatte, bis zu ihren Knöcheln hinunter. »Deine Jacke!«, rief sie. »Du musst sie mir leihen! Und dein Hemd auch.«

»Mein ... Hemd.«

»Und den Gürtel.«

Seine riesige Hand umfasste ihr Handgelenk und hielt sie davon ab, die Bänder zu lösen, die ihr Kleid zusammenhielten. »Jonn, ist bei der Krönung etwas passiert?«

Heftig schüttelte sie den Kopf. »Nein. Aber ich habe eine Nachricht erhalten und muss schnell zur Waldburg zurückreiten. Wir ... haben einen Kranken bei uns aufgenommen.« Das war nicht einmal gelogen, in die Waldburg kamen ständig Menschen, die Hilfe benötigten. Flink entwand sie Karis ihre Hand und zog sich aus. Er errötete und drehte sich um, als sie sich das Kleid von den Schultern zerrte. Zögernd griff er nach seiner Jacke und zog sie aus, ebenso das Hemd und den Gürtel.

»Warum gehst du nicht zu den Dienern und lässt dir richtige Sachen geben?«, fragte er, während er ihr seine Kleidungsstücke reichte.

»Keine Zeit«, erwiderte sie knapp. »Ich danke dir, Karis! Du bekommst alles zurück, versprochen.«

Sie stopfte das Festkleid in die Truhe und atmete durch. Karis' Hemd hing ihr bis zu den Knien und den

Gürtel konnte sie zweimal um die Taille schlingen, aber sie war zufrieden. Sie lächelte Karis an und hoffte, ihr Lächeln würde den dumpfen Ausdruck von Misstrauen und Besorgnis aus seinem Gesicht vertreiben. Ein wenig hellte sich seine Miene tatsächlich auf. Zum ersten Mal fiel ihr auf, wie kräftig der Stalljunge war. Dadurch dass er sich stets krumm hielt, wirkte er hagerer, als er in Wirklichkeit war. Er hatte Arme wie ein Schmied und einen breiten Rücken. Seltsam, dass gerade er so schüchtern und behutsam war, dass Iril ihm sogar die scheuesten Pferde anvertraute. Er beobachtete, wie Jonn zu Libun ging und sie rückwärts aus der Box führte, dann, als er bemerkte, dass er Jonn im Weg stand, trollte er sich endlich und verließ zögernd den Stall. Jonn atmete auf und strich Libuns Stirnfransen glatt. Nach kurzer Überlegung holte sie noch zwei Ledertaschen aus der Sattelkammer. Außerdem bediente sie sich am Schrank, wo Iril stets getrocknete Jalafrüchte und Brot aufbewahrte. Iril würde ihr den Diebstahl verzeihen. Gerade wollte sie ihr Pferd aus dem Stall führen, als sie eine Hand auf der Schulter fühlte. Blau glühten Aminas Augen im Halbdunkel des Stalles.

»Also doch«, stellte sie fest. »Du hast von Nive geträumt.«

»Ja. Und deshalb muss ich zu ihr nach Fiorin.«

Ihre Großmutter nickte bedächtig. »Wenn du wüsstest, wie sehr du deinem Großvater ähnelst«, sagte sie liebevoll. »Als er so alt war wie du, meinte er auch alle Probleme lösen zu können, indem er sofort auf den Rücken eines Pferdes sprang und ohne zu überlegen losritt.«

»Ich muss nach Fiorin. Irgendetwas ist mit Nive. Ich darf keinen Augenblick mehr verlieren.«

Amina seufzte und sah sich nach ihrem Pferd um, das friedlich in seiner Box döste. Dann griff sie zu der silbernen Fibel, die ihren Festmantel zusammenhielt, und zog sie entschlossen aus dem Stoff. Sie löste den Silberreif in Form eines Sichelmondes, sodass ihr Haar wieder ungebändigt über die Schultern fiel und auch die blasse Narbe auf ihrer Stirn verdeckte. Den Mantel faltete sie zusammen und zog sich das Gewand der Königsgemahlin über den Kopf. Im leinenen Unterkleid stand sie schließlich da und lächelte Jonn verschmitzt an.

»Du hast die Felljacke, gib mir den Wettermantel!«

»Du kannst nicht mitreiten, Amina – heute feiert ihr die Krönung.«

»Glaub mir, von allen Menschen hier am Hof wird Ravin das am besten verstehen.« Sie zwinkerte ihrer Enkelin zu. »Ich werde noch viele Sommer Gelegenheit haben, in den Königshallen zu leben. Ich begleite dich nur bis zur Waldgrenze – danach musst du selbst weiterkommen. In fünf Tagen müsstest du in Fiorin sein.«

Mit diesen Worten griff sie sich ein Zaumzeug und ging in den Teil des Stalles, wo die schnellen Kurierpferde standen.

*

Die wenigen Bediensteten, die mit Körben über den Hof hasteten, sahen die beiden Frauen mit großen Augen an, doch niemand erhob einen Einwand. Selbst die Wachen öffneten auf einen Wink von Amina ohne weitere Fragen das große Nordtor. Die Spätnachmittagssonne wärmte Jonns Wangen und ließ das Land golden und reich aussehen.

»Was meinst du, können wir schneller reiten als deine Träume?«, fragte Amina. Dann rief sie »He!« und trieb ihr Pferd an. Unwillig schnaubte es, aber es verfiel gehorsam in den halsbrecherischen Pfeilgalopp der Kurierpferde. Mit offenem Mund sah Jonn ihrer Großmutter hinterher, deren dunkles Haar bei jedem Sprung des Pferdes über ihren Rücken wallte und Jonn höhnisch zuzuwinken schien.

»Mal sehen, ob du dir das richtige Pferd ausgesucht hast«, murmelte Jonn und drückte Libun sanft die Unterschenkel gegen die Rippen. Leicht wie eine Feder im Sturm schnellte Libun los.

Ambras Erbe

Gewissenhaft umrundeten sie die Ranjögweiden und ritten in die Schatten, die immer länger wurden. Wie immer, wenn Amina in ihre Nähe kam, flohen auch heute die Hallgespenster weit hinauf in die Baumwipfel. Im Geäst leuchteten ihre roten Augen, bis auch sie nach und nach verschwanden. Schließlich hörte Jonn nur noch die Melodie des Waldes, das Rauschen der Jalazweige im Wind und das Geräusch flüchtender Tiere.

Das Rascheln des Herbstlaubs unter den Pferdehufen beruhigte Jonn und gab ihr ein Gefühl der Geborgenheit. Verlassene Feuerstellen zeigten an, wo ein Lager gewesen war. Mit geübtem Auge entdeckte Jonn Spuren im Gras und Botschaften, die in Stämme der Bäume geritzt waren, und sie las darin wie in einem Buch, das ihr seit der Kindheit vertraut war.

Nach und nach wurde der Wald lichter, die Jalabäume mit ihren herzförmigen Blättern seltener. Immer mehr Tanistannen säumten ihren Weg, bis sie schließlich, als die Sonne schon unterging, auf die ersten Canusweiden stießen, ein Zeichen, dass sie ganz in der Nähe des Flusses waren, der die Waldgrenze anzeigte.

Jonn und Amina ließen ihre Pferde langsamer gehen und hielten nach einem Lagerplatz Ausschau. Am Flussufer fanden sie eine Senke, in der dichtes Seidenmoos wuchs. Nicht weit davon beugten sich fünf Canusweiden über das Wasser wie eine Gruppe von Frauen, die sich im Spiegel des Flusses betrachteten. Langen Haaren gleich trieben die Äste in der Uferströmung. Die ersten Schreie der Nachtvögel hallten durch die Stille.

Jonn suchte Feuerholz zusammen, dann holte sie zwei reife rote Jalafrüchte hervor und schnitt das Fruchtfleisch in lange Streifen, um sie am Feuer zu rösten.

Libun watete in den Fluss und schlug mit dem Vorderhuf aufs Wasser. Nass glänzte ihre Mähne im ersten Licht des Mondes.

»Ich werde es vermissen, im Wald zu leben«, sagte Amina und wärmte sich die Hände am Feuer. »Erst gestern haben wir unser Zelt im Lager aufgegeben, um in die Regenbogenburg zu ziehen. Es kommt mir seltsam vor, wenn ich daran denke, dass Ravin jetzt König ist und wir fortan an einem Hof leben – mit all diesen Menschen um uns herum.«

Jonn lächelte und schob die brennenden Äste näher zusammen. Funken lösten sich aus der Glut und trieben davon.

»Das hört sich an, als käme dir die Gelegenheit, mich bis zur Waldgrenze zu begleiten, mehr als gelegen. Du wirst doch nicht öfter nach solchen Möglichkeiten suchen, um aus der Regenbogenburg zu fliehen?«

Sie musste lachen, als sie sah, wie ertappt ihre Großmutter wirkte. Ein Platschen ließ sie aufhorchen. Libun dagegen ließ sich nicht stören, sondern trottete am Ufer entlang durch das Wasser. Irgendwo mochte sich ein

Naj verbergen und aus seinem Heim im Flusswasser das Regenbogenpferd beobachten.

»Was hast du geträumt?«, fragte Amina unvermittelt.

»Nive war in Gefahr«, sagte Jonn leise. »Sie saß im Thronsaal – mit Scherbenbildern aus Glas. Ein Splitter durchbohrte ihre Brust.«

»Sie lebte?«

»Ja, aber sie war verletzt.«

Amina nickte. »Ich verstehe deine Sorge, Jonnvinn. Aber vergiss nicht: Manchmal sind Träume nur die Spiegelbilder der eigenen Gespenster.«

»Machst du dir keine Sorgen?«

Ein Wind strich durch Jonns Haar, die Weiden wisperten in der Nacht.

»Ich will nicht entscheiden, ob Nive in Gefahr ist. Ich habe nicht geträumt«, erwiderte Amina.

Jonn verstand, dass Amina ihre Ängste nie zeigen würde, und beließ es dabei. Sie aßen das Jalafleisch und starrten in die Glut. Amina legte sich die Dunkelheit stets um wie einen wohligen Mantel – ein befremdliches Zugeständnis an den Teil ihres Wesens, der den Woran gehörte. Ihre Augen wurden zu blauen Fackeln in der Nacht, das Haar war dunkler denn je. Über ihrem Gesicht lag der Schatten. Ihre Hände, in denen die Jalafrucht aussah wie ein triefendes Stück Fleisch, hatten einen dunklen Glanz bekommen. Jede andere wäre erschauert, doch Jonn kannte diese Seite ihrer Großmutter so gut, dass sie sich nicht mehr von dem kalten Hauch der Woranmagie berühren ließ. Ihre Großmutter war müde. Sie war eine Halbworan – und je erschöpfter sie war, desto mehr trat diese dunkle Seite an ihr hervor.

Die Hallgespenster ließen sich nicht blicken, wenn sie mit dieser Aura aus Dunkelheit den Wald betrat.

»Ich danke dir, dass du mich begleitest«, sagte Jonn.

Amina lächelte und zuckte die Schultern.

»Ach Jonnvinn. Das kurze Wegstück – es ist nichts, gar nichts. Früher war ich viele Monde lang auf Reisen.« Gedankenverloren berührte sie die verblasste Narbe an ihrer Stirn.

»Erzähl mir davon«, bat Jonn. »Damals hast du erfahren, dass du zu den Woran gehörst, nicht wahr? Warum gibt es diesen Fluch in deiner Familie?« Noch nie zuvor hatte sie diese Frage gestellt. Man fragte Amina nicht nach ihrer Geschichte. Hundertmal hatte man es Nive und ihr eingebläut. Eine Halbworan zu sein war ein Unglück, ein Fluch und eine Gefahr, die Amina auf Schritt und Tritt verfolgte.

Libun wieherte leise. Als Jonn zum Flussufer blickte, sah sie das Regenbogenpferd mit gespitzten Ohren dastehen. Drei fließende Gestalten hatten sich aus den Fluten erhoben, streckten die glasklaren Finger aus und berührten voller Ehrfurcht Libuns Mähne. Silbrige Fischaugen glänzten im Mondlicht. Die zischelnden, murmelnden Laute der Najsprache vermischten sich mit dem Schlaflied der Wellen.

»Die Naj«, flüsterte Amina und lächelte. »Erinnert dich das an etwas, Jonnvinn? Nive ist das Regenbogenpferd und du bist der Naj – du suchst sie, du liebst sie, du folgst ihr und findest sie, wo immer sie auch ist. Und dennoch seid ihr so verschieden. Nur euer Ursprung ist gleich: Naj und Regenbogenpferde stammen aus dem Wasser – Nive und du, ihr habt dieselben Eltern.«

»Und was ist mit dir?«, beharrte Jonn. »Du entstammst zur Hälfte den Woran, Großmutter.«

Aminas Gesicht verfinsterte sich noch mehr. »Nun gut, Jonnvinn. Ich weiß ja, dass du nicht aufgibst, wenn du etwas wissen willst. Vielleicht ist es an der Zeit, dass ich dir etwas verrate, was ich bisher nicht einmal deiner Mutter erzählt habe.« Sie holte Luft und rückte näher an das Feuer heran. Ihr Lächeln war angespannt, im Schein des Feuers sah sie schöner aus, aber auch gefährlicher. »Deine Urgroßmutter hieß Ambra«, begann sie. »Und wie du weißt, stammte sie aus den Bergen von Skaris.«

»Du bist mit Großvater aus Skaris hierher gekommen – damals, als er diese lange Reise gemacht hat, um die Heilerin Skaardja zu finden.«

»Ja, aber das war später. Lange bevor Ravin und ich uns begegnet sind, lebte Ambra mit mir in den Bergen. Damals war sie kein Woran – noch nicht. Sie war eine Shanjaar, eine Heilerin, ähnlich wie du. Ich erinnere mich an die Tage, an denen wir von Dorf zu Dorf wanderten, und an die Winternächte, die wir in Höhlen verbrachten. Ambra liebte die Berge, aber sie hasste ihre Machtlosigkeit dem Schicksal gegenüber. Sie sah Kinder sterben, ohne dass sie etwas dagegen ausrichten konnte. Sie musste zusehen, wie das Bergfieber meinen Vater dahinraffte, bevor ich geboren wurde. Da genügte es ihr nicht mehr, eine Heilerin zu sein. Sie wollte Macht haben, Macht über das Schicksal. In dieser Hinsicht erinnert mich Nive an sie. Auch sie wäre bereit jeden Preis zu zahlen.« Sie seufzte und stocherte mit einem glimmenden Zweig in der Glut. Von einem Geräusch der

Nacht aufgeschreckt ließen sich die Naj ins Wasser zurücksinken und verschwanden mit schnellem Flossenschlag. Sehnsüchtig blickte Libun ihnen nach.

»Sie rief die Woranmagie«, sagte Amina, »noch bevor ich geboren wurde. Wie so viele dachte sie, dass sie die Kräfte des Blutmonds nutzen könnte, ohne ihre Seele dabei zu verlieren. Und es schien ihr zu gelingen, denn einen Sommer lang geschah nichts und sie nutzte ihre neuen Kräfte ohne Gefahr. Doch die Woran lassen sich nicht täuschen – und als ich zur Welt kam und heranwuchs, nahmen sie sich, was ihnen gehörte.«

»Dich?«

»Mich und sie. Eines Nachts wachte ich auf und sah Ambra im Mondlicht stehen. Traum vermischte sich mit Wirklichkeit und ich hoffe bis zum heutigen Tag, dass ich die Wesen, die sich auf dem Berg versammelten, nur geträumt habe. Sie kamen aus den Schatten, ihre Klauen schabten auf dem Fels. Blaue Augen glühten in der Dunkelheit. Und meine Mutter stand mitten unter ihnen und sprach Worte mit einer fremden Stimme. So erwachte der Fluch, der sich in dieser Nacht den Weg durch ihre Adern zu ihrem Herzen suchte. Und auch ich spürte ihn, denn obwohl mein Vater ein Mensch war, gehörte ich doch zur Hälfte den Woran – auch wenn ich es damals noch nicht verstand. Der Himmel verwandelte sich in ein Meer aus kochenden Wolken, zwischen denen wie ein Totenschädel der Blutmond hervorgrinste. Ambras Haar begann zu knistern, als trüge sie ein Haupt aus Schlangen, ihre blauen Augen wandten sich mir zu. ›Schlaf!‹, murmelte sie und eine unsichtbare, schwere Hand zwang mir die Lider zu.« Jonn schauderte und schwieg. Die Nacht schien nach ihr zu greifen und sie wünschte sich nichts so sehr herbei wie die Morgensonne.

»Am nächsten Tag war sie müde«, fuhr Amina mit leiser Stimme fort. »Und am Tag darauf noch erschöpfter. Schatten lag auf ihrem Gesicht, ihr Haar wurde dunkler. Es gab Tage, da erkannte ich sie kaum, und dann wieder Tage, an denen sie weinte und ihr Schicksal beklagte, ihre Vermessenheit, sich den Fluch gewünscht zu haben, noch bevor ich auf die Welt kam. ›Ich dachte, ich hätte einen Weg gefunden, mir nur die Macht zu nehmen und Schatten zu Licht zu machen‹, sagte sie einmal zu mir. Da hatten sich die drei Monde längst in ihre Haut gebrannt, ihre Finger waren Vogelklauen, ihr Gesicht blauschwarz und seelenlos. Selbst ihre Stimme war nicht mehr Ambras Stimme. Und dann, eines Nachts, entdeckte ich meine Mutter, die nicht länger meine Mutter war. Sie beugte sich über ein erlegtes Ranjög. Magie sträubte das Fell des toten Tiers. Blut klebte an Ambras Händen – sie erkannte mich nicht mehr und fauchte mich an, als wäre ich ein Raubtier, das ihr die Beute streitig machen wollte. Am Tag darauf sprach sie nicht mit mir, sie umarmte mich ein letztes Mal und ging.« Trauer ließ Aminas Stimme dumpf klingen. »Im Krieg in Skaris wurde sie getötet, in einem der Augenblicke, als sie noch in ihre menschliche Gestalt zurückkehren konnte.«

»Sie hat dich verlassen?«

Amina nickte. »Auch ich wollte deinen Großvater verlassen, als der Fluch in mir erwacht ist. Ich hatte Glück – ich bin nur eine Halbworan. Deshalb lebe ich mit dieser anderen Gestalt, dieser zweiten Amina, die nur in mir erwacht, wenn ich schwach bin. Aber es macht müde, so unendlich müde, und ich danke Elis und allen anderen Göttern jeden Tag, dass der Fluch, der sich von Kind zu Kind vererbt, in jeder Generation schwächer wurde. Deine Mutter Haliz spürt ihn kaum und du und Nive, ihr seid frei von den Verführungen des Blutmonds.«

»Was meinst du mit Verführung? Es ist ein Fluch, oder nicht?«

Amina seufzte und starrte in den Wald, als würde sie dort etwas betrachten, das nur sie wahrnehmen konnte. »Weißt du, was eine alte Heilerin, die ich vor vielen Sommern getroffen habe, zu mir und deinem Großvater sagte? ›Alles ist nur ein Spiegelbild der Unendlichkeit. Leben, Lachen, Sterben – das Dunkle und das Helle.‹ Eine Verführung kann ein Fluch sein und ein Fluch eine Verführung – und nur zu oft ist es etwas von beidem.«

»Du bist zu einer Heilerin gegangen? Hast du gehofft, sie würde dich vor dem Blutmond bewahren?«

Im Wald war es kühl geworden, wie der Vorbote der Winterstürme fegte ein kalter Wind durch das Unterholz. Aminas Augen blitzten amüsiert auf.

»So etwas Abwegiges hätte ich mir niemals erhofft. Nein, die Heilerin hatte uns gerettet, als wir in den Bergen von Skaris beinahe getötet worden wären.«

»Du meinst Skaardja, die Magierin, die Lehrmeisterin von Darian Danalonn«, rief Jonn. »Ihr habt sie auf der langen Reise getroffen, die Großvater angetreten hat, um Skaardjas magische Quelle zu finden. Er sagte mir,

Skaardja wollte nicht mit dir reden, weil du zur Woran wurdest.«

»Oh, geredet hat sie mit uns allen. Sie konnte durch die Zeit reisen, weißt du? Sie konnte an vielen Orten gleichzeitig sein. Sie war alt und weise und auch hart. Sehr hart sogar. Aber ohne sie wären wir jetzt nicht hier, unsere Knochen würden in verschütteten Verliesen verrotten und Tjärg und die anderen Länder wären versklavt.« Amina lächelte. »Skaardja war der erste Mensch, der mir etwas über die Woran erzählte. Willst du wissen, wie sie entstanden sind?«

Jonn stutzte. Sie wusste, dass Amina es liebte, die Leute zu verblüffen und durch ein Labyrinth aus erstaunlichen Wendungen zu führen.

»Diese Geschichte hast du noch nie erzählt«, meinte sie. »Bist du sicher, dass sie dir nicht soeben zugeflogen ist?«

»Misstrauische Jonnvinn!«, spottete Amina. »Hör einfach zu! Wahr ist, dass wohl niemand die wahre Geschichte der Woran kennt. In jedem Land erzählt man etwas anderes. In meiner Heimat Skaris sagte man, dass die Woran von den Erweckern der Felsen geschaffen wurden. Göttern gleich wollten sie das Dunkle vom Hellen trennen und sich untertan machen. Eine Armee wollten sie erschaffen, unbesiegbar wie die Nacht. Von jedem Lebewesen nahmen sie also das Dunkle – das Gift der Eifersucht, die Schwärze der Trauer und die Düsternis der Seele von den Talvölkern. Sie nahmen die Mordlust der Ranjögs und vermengten sie mit der Habgier der Bergclans. Vom Feuer nahmen sie den dunkelsten Teil der Flamme und gaben ihren Geschöpfen dessen Blau für die Augen. Vom vierbeinigen Adler stahlen sie zwei Klauen, mit denen die Woran ihren Feinden das Herz aus dem Leib reißen sollten. Doch als sie endlich die Nacht selbst riefen, die ihren Geschöpfen Leben einhauchen sollte, da erwachten diese schon vor dem ersten Atemzug. Sie töteten die Erwecker der Felsen, verschlangen sie und tranken mit ihrem Blut die Macht. Wir sind Verschlinger, Jonnvinn. Verschlinger des Lichts und des Lebens.« Jonn fröstelte, als sie hörte, dass Amina ›wir‹ sagte. »Diese Geschichte erzählte mir Skaardja«, fuhr Amina ernst fort. »Und gab mir damit zum ersten Mal seit Ambras Tod eine Geschichte und mit der Geschichte eine Heimat – eine schreckliche Heimat, aber immerhin etwas, wohin ich mich flüchten konnte.« Sie seufzte und schürte energisch das Feuer. »Manchmal wünsche ich mir mit Skaardja sprechen zu können. Sie hatte ein weites Herz.«

»Fehlt dir ein weites Herz?«, brauste Jonn auf. »Du hast Ravin und Haliz, Julin und mich – und Nive!« Sie wusste nicht warum, aber plötzlich fühlte sie einen Stich der Eifersucht – auf eine Geschichte, die ihr nicht gehörte, den Teil von Amina, den sie niemals würde berühren können. Amina sah sie verwundert an, dann lächelte sie wissend und neigte sich vor, um über Jonns Wange zu streichen. Kalt fühlten sich die Finger an, aber für Jonn bargen Woran keinen Schrecken. Sie verband nur Aminas Namen damit und ein Paar dunkler Hände, die sie als Kind aus dem Fluss gerettet hatten.

»Hier in Tjärg wurde seit Hunderten von Sommern kein Woran mehr gesehen – mit Ausnahme von mir vielleicht, aber ich bin immer noch genug Mensch. In

Fiorin jedoch ranken sich Legenden um die Wüstenworan, die einst ganze Städte zerschmetterten.«

Jonn zog die Knie an den Körper.

»In Fiorin gibt es schon seit Ewigkeiten keine Woran mehr«, sagte sie leise. Nicht einmal Hallgespenster treiben dort ihr Unwesen.«

Amina seufzte. »Ein langweiliges Land, meinst du nicht?«, sagte sie und zwinkerte Jonn wieder zu.

Es knackte im Unterholz. Jonn ließ ihre Hand zur Schleuder gleiten, die sie am Gürtel trug. Doch es war kein Ranjög, das sagte ihr ihr Gehör, es war ein Pferd, irgendwo weit entfernt.

»Hast du Angst?«, fragte Amina.

Jonn zupfte verlegen am Kragen der Schaffelljacke. »Ein bisschen«, gestand sie. »Ich war noch nie außerhalb von Tjärg – andererseits ist Nive auch allein nach Fiorin geritten.«

»Nun, auch Einsamkeit lässt sich erlernen«, meinte Amina. »Du hast so lange in der Waldburg gelebt, Jonnvinn, dass du vergessen hast, wie wohltuend es ist, nur die Stimme des Himmels zu hören.« Das Feuer war so weit heruntergebrannt, dass nur noch Aminas Augen unheimlich leuchteten. »Hör zu, Jonnvinn«, flüsterte die alte Frau. »Sobald du nach Fiorin kommst, denke immer an meinen Rat: Halte dich nicht auf, geh den Weg und geh ihn unbemerkt.« Jonn runzelte die Stirn und legte sich auf ihre Matte aus geflochtenem Gras. Sobald sie die Augen schloss, blitzte Königin Gisaes Schwert vor ihr auf – in Nives Hand. Die Unruhe drohte sie wieder zu erfassen, aber gleichzeitig war sie müde, so müde, dass sie schlafen wollte. Sie war nicht in Gefahr – sie war in Tjärg, in ihrem Heimatwald. Ihr Großvater war König Ravin von Tjärg, und sie besuchte ihre Schwester, die Glasmacherin Nive, im Land Fiorin.

Sternentier

Jonn schlug die Augen auf. Tau hing an ihren Wimpern. Amina war fort. Neben der Feuerstelle lag nur noch ein verschnürter Beutel. Als Jonn ihn öffnete, fand sie ein kurzes Messer darin, außerdem eine neue Heilernadel aus poliertem Ranjöghorn und einen kleinen Behälter mit einem leuchtend blauen Pulver. Jonn wusste, dass es zermahlener Tamarisstein war – sehr teuer. Nive würde sich freuen, wenn sie das Pulver zum Glasfärben bekam. Einen Augenblick lang fragte sich Jonn, warum ihre Großmutter die Geschenke bei sich getragen hatte.

Libun graste am Waldrand und hob den Kopf, als sie sah, dass Jonn ihre Sachen packte. Leise pfiff Jonn sie heran und trat die Glut aus.

Das Gebiet hinter dem Canushain wurde zunehmend kahler. Immer öfter führte der Weg bergauf und durch buschbewachsene Täler. Das Land wurde Jonn immer fremder. Zwischen Tjärg und Fiorin gab es keine Grenzmarkierungen, Jonn konnte nur vermuten, dass sie bald im unbewohnten Grenzland sein würde. Sie durchquerte ein Tal und befand sich kurze Zeit später auf grasbewachsenen, kargen Wegen, die von Tanistannen gesäumt waren. Hallgespenster folgten ihr und wisperten ihr Worte und Lieder zu, doch da sie nicht antwortete und nicht sprach, verloren sie bald das Interesse und blieben in den Baumwipfeln zurück. Je weiter sie in Richtung Fiorin ritt, desto seltener wurden die schattenhaften Wesen, bis sie schließlich kein einziges mehr von ihnen entdeckte. Jedes Geräusch bekam einen bedrohlichen Klang, sogar Libuns Hufschlag schien sich anders anzuhören.

Nachts träumte sie von Nive, aber diesmal stak keine Scherbe in ihrer Brust. Ihre Schwester starrte konzentriert auf einen glühenden Klumpen. Einige gelockte Härchen, die sich aus ihrem Haarband gelöst hatten, verschmorten zischend in der Glut des flüssigen Glastropfens, den sie zu einem Ballon aufblies, um ihn später zu einer Scheibe zu formen – ein rundes Glasfenster für einen kleinen Tempel vielleicht oder eine flache Schale für Räucherwerk.

Am dritten Tag kam eine Siedlung in Sicht. Jonn entdeckte Händler und Reisende, die der Stadt Ganarr entgegenkrochen wie schwer beladene Ameisen. Je weiter sie in Richtung der Stadt ritt, desto heißer wurde es. Karis' Silberschafjacke war ihr tagsüber inzwischen viel zu warm. Sie beschloss, Rast zu machen und sich einen leichteren Umhang zu kaufen.

»He, wie heißt das Dorf da vorne?«, fragte sie einen Mann, der auf einem Maultier an ihr vorbeiritt. Der Mann sah sie an, als hätte sie ihn gefragt, ob er drei Mütter habe.

»Wo kommst du her, aus dem Palastland Sidmar?«, erwiderte er trocken. »Das ist kein Dorf, sondern eine Stadt. Seltsam, dass du Humran nicht kennst, Mädchen.«

Jonn sah ihn verblüfft an. »Humran also. Nun ... danke.«

Sie schnalzte und Libun lief los. Jonn hatte gehört, dass die Menschen in Fiorin anders lebten als in Tjärg, natürlich, aber diese Ansammlung von Holzhütten als Stadt zu bezeichnen erschien ihr doch seltsam. Zugegeben – es waren außergewöhnlich viele Hütten. Während sie darauf zuritt, erkannte sie, dass die Gebäude sich weit bis über den runden Hügel erstreckten, der an den Kopf eines alten Mannes erinnerte. Als Krone balancierte er einen hölzernen Aussichtssturm auf seinem kahlen Schädel. Ein warmer Wind wehte aus dem Norden, dort, wo die großen Steppen und die Wüste Lonorra sich befanden. Zum ersten Mal seit Tagen begegnete Jonn größeren Gruppen von Menschen. Dass sie wirklich in Fiorin war, wurde ihr bewusst, als sie vor einem runden Gebäude mit einem Zeltdach einige Händler aus den Steppen mit den typischen grünen Kilts erkannte. Jonns seltsamer Aufmachung gönnte in Humran niemand einen zweiten Blick. Stadtbewohner in Leinenhosen und hellen Seidengewändern standen um die Händler herum und feilschten mit ihnen um Rauschwurzeln und Gewürze. Als einer der Händler mit einem Holztablett aus dem Zelthaus trat, wurde Jonn klar, dass das Gebäude eine Art Gasthaus sein musste.

Flink sprang sie von Libuns Rücken, nahm ihr Gepäck an sich und gab dem Regenbogenpferd einen Wink. Libun warf den Kopf hoch und lief zwischen den Häusern in Richtung Grasland davon. Verwundert sahen die Menschen das schimmernde Pferd vorbeitraben. In manch einem Gesicht blitzte unverhohlene Gier auf, nicht wenige Hände zupften an Seilen, die an den Gürteln befestigt waren. Jonn lächelte. Niemand konnte ein Regenbogenpferd fangen und binden. Nur sie besaß das kleine Muschelhorn, mit dem sie Libun jederzeit herbeirufen konnte.

Das Zelthaus war innen weitaus größer, als es von außen den Anschein hatte. Eine Schenke im eigentlichen Sinne war es nicht, eher ein überdachter Marktplatz. An einzelnen Ständen, vor denen Stühle und Tische aufgebaut waren, wurden Getränke und gedörrtes Fleisch angeboten. An anderen Ständen waren Tücher ausgebreitet, bauchige Kürbisflaschen, Schmuck und – Glas. Ein ganzes Heer gläserner Feuernymphen züngelte auf dem Holz. Erstaunlich lebensecht waren die feinen Gesichter und das lange Haar aus rot gefärbtem Glas nachgebildet. Jonn kam es so vor, als müssten die Figuren jeden Augenblick lebendig werden, im Gastraum ausschwirren und das trockene Holz mit ihren gierigen Zungen belecken. Ob eine dieser Nymphen aus Nives Händen stammte? Auf jeden Fall musste ihre Schwester auf ihrem Weg nach Fiorin hier durchgeritten sein.

»Baljamarblüten?«, fragte eine Frau neben ihr und hielt ihr ein Säckchen hin. »Getrocknet und gepresst, als Wundverband helfen sie gegen Verbrennungen, als Tee gegen das Feuer brennender Gewürze im Mund!«

Jonnvinn warf einen irritierten Blick auf die Hand voll weißer Trockenblüten, die die Verkäuferin aus dem Säckchen holte, und schüttelte den Kopf.

»Nein danke. Ich suche einen Sommermantel. Oder vielleicht ein Tuch.«

Die Wangen der Frau röteten sich. Eifrig nickte sie und bückte sich hinter ihrem Stand.

»Einen Mantel habe ich hier!« Grüner Kiltstoff bauschte sich. Der Mantel war akzeptabel, erkannte Jonn auf den ersten Blick. Er war leicht und würde sie trotzdem vor Wind und Flugsand schützen. Der Stoff war nicht neu und an einigen Stellen geflickt, aber er fühlte sich gut an. Kurze Zeit später hatte sie das Kleidungsstück auf einen annehmbaren Preis heruntergehandelt und drängte sich durch die Menschenmenge. In ihrer Tasche klimperten außerdem zwei Hand voll kleiner Fiorinmünzen, die sie im Wechsel gegen einen Kristall aus Tjärg erhalten hatte. Das würde auf jeden Fall genügen, um eine Mahlzeit und noch etwas Proviant für die weitere Reise zu bezahlen. Der Abend begann sich auf Humran zu senken und Jonn hielt Ausschau nach einem Schenkenstand, der warme Speisen anbot. Fündig wurde sie in einem durch Holzwände abgeteilten Raum. Händler und Reisende saßen dort zusammen, viele von ihnen hatten schlanke Hunde bei sich, die unter den Tischen dösten.

Zwei Waldmenschen nickten Jonn zu. Sie lächelte, holte an der Kaminstelle eine Holzschüssel Suppe und setzte sich zu ihnen in eine Nische.

»Glück auf eurem Weg«, begrüßte sie die beiden Jäger höflich.

»Und auf deinem«, erwiderten sie. »Du reitest nach Tjärg zurück?«

»Nein, ich komme aus Tjärg und reite nach Ganarr.«

»So, in die Glasmacherstadt! Dann bist du noch einige Tage unterwegs. Ganarr liegt am Rande der Wüste.«

»Kennt ihr den kürzesten Weg dorthin?«

Der Jüngere lehnte sich zurück. »Nun, immer auf der Nordstraße entlang – dort, wo die Wegsteine stehen. Du wirst sie erkennen. Es sind Sandläufer aus Stein.«

»Sandläufer?«

»Ja, runde Käfer, in dieser Form sind die Steine behauen. Wende dich immer in die Richtung, in die die Kopfkerbe der Sandläufer zeigt.«

Der Ältere nickte und zeigte ein zerfurchtes Lächeln. »Du wirst die Straße kaum verfehlen können. Die Glashändler sind dort unterwegs. Es ist die sicherste und breiteste Straße in Fiorin.«

»Danke«, sagte Jonn. Nachdenklich betrachtete sie die trübe Brühe, auf der Fettlachen sie wie Augen anstarrten. Nun, wer wusste, wann sie in Fiorin wieder etwas zu essen finden würde? Sie nippte an ihrer Suppe, die nach Bitternüssen und einem würzigen Fleisch schmeckte.

»He!«, tönte es aus einem anderen Teil des Zeltes. Dann brandete plötzlich lautes Klatschen und Johlen auf. »Norik!«, rief eine Frau. »Hast du wieder neue Bestien mitgebracht?«

Die Menschen im Schankraum begannen die Hälse zu recken, ein Junge am Nebentisch sprang auf.

»Norik Siebentral ist wieder da!«, rief er der Wirtin zu und ließ seinen Teller einfach stehen. Jonn beugte sich vor und versuchte einen Blick auf das Geschehen auf dem Gang zu erhaschen, aber alles, was sie erkennen konnte, war eine Traube von Menschen, die sich um eine bewegliche Mitte scharte. »Geht zurück!«, rief eine tiefe, nicht unfreundliche Stimme. »Passt auf, dass das Sternentier euch nicht beißt. So schön seine Augen sind, so giftig sind seine Zähne. Sieben Nächte haben wir gebraucht, um dieses Wesen zu fangen. Mein Treiber verlor seine Hand dabei! Bestien aus tausend Ländern! O ja – dieses und noch viel schlimmere und gefährlichere Ungeheuer bestaunt heute bei uns. Kommt zu den Geschwistern Siebentral!« Die flüsternde Menge wich zurück, staute sich an dem Durchgang. Schon schwappte eine Welle von rückwärts stolpernden Neugierigen in den Schankraum. Jonn zog ihre Suppenschüssel zu sich heran und stand auf.

»Das ist Norik, der Grenzländer!«, flüsterte ein Mädchen ehrfurchtsvoll seinem Freund zu. »Jeden Sommer fängt er neue Ungeheuer ein.«

Jonn trank hastig die Suppe im Stehen aus und sah sich nach einem möglichen Fluchtweg um. Ein Aufschrei ging durch die Menge, plötzlich drängten sich Schultern und Rücken gegen sie, Haare strichen über ihre Wange. Die Holzwand drückte gegen ihre Schulterblätter. In der Mitte der Schänke hatte sich ein leerer Platz gebildet. Zwischen Schultern und ungewaschenen Ohren hindurch sah Jonn zunächst nur einen wirbelnden bestickten Mantel aus golden gefärbtem Stoff. In der Sonne musste er gleißen. Dann drehte sich der Mann, der diesen Mantel trug, um und bleckte in einem unmenschlich breiten Lächeln die Zähne. Die Leute schrien auf. Aber es war nicht dieses Lächeln, das Jonn schaudern machte, auch nicht die grelle Bemalung seiner Wangen und die schwarze Schminke, die aus seinen Augen die leeren Höhlen eines Totenschädels machte – nein, es war das Geschöpf, das er in die Höhe zerrte. Ketten klirrten. Eine schwarze, störrische Mähne fiel dem Wesen über den Rücken. Es war milchweiß wie eine Statue, der Rücken und die Gliedmaßen in dieser Position seltsam verdreht. Schaudernd fragte sich Jonn, wie schnell das Wesen laufen mochte, wenn es sich auf alle viere niederließ.

»Bestien aus tausend Ländern!«, bellte Norik wieder. »Geschöpfe aus den sieben Schlünden der Dunkelheit. Zirkus Siebentral zeigt sie euch! Die Geschöpfe seht ihr bei uns, und wir spielen euch in unserem Zirkus vor, wie wir sie gefangen haben! Wie hässlich sie sind, wie gefährlich! Aus Fiorin kommen sie, aus Tjärg, aus Tana sogar und aus den Bergen bei Lom, o ja. Und sie alle zeigt euch Norik Siebentral!«

Bei diesen Worten beugte er sich hinunter und zerrte das Wesen, das an seiner Kette hing wie ein Fisch an der Angel, zu sich heran. Das schwarz-weiße Tier zischte und erhob sich schwankend auf die Hinterbeine. Es ging dem riesenhaften Norik bis zur Schulter und hing an der Kette wie ein Verurteilter, den ein grausamer Henker langsam ersticken lässt. Mitleid und Abscheu krampften Jonns Kehle zusammen. Nicht genug damit, dass Norik das Wesen fast erwürgte, nein, er hatte ihm, um seine Fremdartigkeit noch zu erhöhen, ein abgeschabtes Fell umgebunden. Jonn sah sofort, dass es ein Martiskatzenfell war. Sie kannte andere Färbungen, aber die Katzen kamen in allen Farbschattierungen vor. Nur das charakteristische Fleckenmuster war gleich. Dieses Fell war weiß – aber gegen die schneeweiße Haut des Wesens wirkte es gelblich. »Warum nennt man es Sternentier?«, rief eine Frau aus der Menge. Norik grinste, als hätte er nur auf diese Frage gewartet. Seine Stimme wurde zu einem messerscharfen Flüstern. »Komm her!«, lockte er. »Und sieh es dir an!«

Die Meute schubste und drängte die Frau zu Norik, doch sie schrie auf und wehrte sich mit angstverzerrtem Gesicht. Das Tier ruckte mit einer schwachen Bewegung an der Kette, aber gegen Norik kam es nicht an. Jonn fielen seine langsamen Bewegungen auf. Man hat es betäubt!, dachte sie. Norik hat ihm irgendetwas eingeflößt, damit es diesen Wahnsinn hier mitmacht. Vielleicht war das Wesen in wachem Zustand stärker als sein Herr.

»Nein!«, schrie die Frau wieder, doch schon stand sie vor Norik. Er grinste, dann griff er mit einer blitzschnellen Bewegung in die schwarze Mähne des Sternentiers und riss dessen Kopf zurück. Eine dicke Frau schob sich in Jonns Blickfeld. Jonn reckte sich, aber es half wenig. Durch den schmalen Freiraum zwischen der Frau und einem Händler sah sie lediglich, wie Norik die Fackel nahm und sie dem Tier blitzartig vor das Maul hielt. Zwischen schwarzen Strähnen sah Jonn ein aufgerissenes Auge aufleuchten – von einem hellen Grau war die Iris. Und nun, im jähen Licht der Fackel, zog sich eine gezackte Pupille blitzartig zusammen, bis sie die Form eines vollendeten Sterns hatte.

»Sternentier!«, donnerte Norik und nahm endlich die Fackel weg. »Aber seht nicht zu tief in diese Augen. Sie betören euch, der Stern macht euch zu Schlafwandlern, die vergessen, welche Gefahr ihnen droht. Mein Cousin hat einen anderen Namen für diese Bestie des Zwielichts – Kehlenfang. Wenn ich ihn nicht festhalten würde, würde er sich auf euch stürzen und jedem Einzelnen von euch die Kehle durchbeißen. Sie nähren sich von Blut!« Das Wesen röchelte. Sein großes, längliches Maul war aufgerissen, Zähne wie von einem Schneelöwen blitzten im Licht. Eine lange blaue Zunge hing seitlich aus dem Maul.

Jonn spürte, wie ihr Herz raste. Ihr war übel von der Gewalt und den marktschreierischen Lügen. Das Wesen mochte eine große Katze oder etwas Ähnliches sein – aber sicher war es kein Kehlenfang. Die Wüstenhunde sträubten ihr kurzes Fell und begannen zu knurren, ängstlich zog sich die Menge noch weiter zurück. Jonn hatte genug. Sie griff unter den Tisch nach ihrem Gepäck und bahnte sich mit Ellenbogen und Knien einen Weg durch die Menge. Feindseligkeit brandete ihr entgegen, gezischte Flüche folgten ihr, als sie an der Wand entlang dem Ausgang zustrebte. Endlich stand sie in der kühlen Abendluft und atmete erleichtert durch.

Still war es draußen, der Himmel hatte einen intensiven Farbton, den sie aus Tjärg nicht kannte. Für einen Augenblick fühlte sie sich wie ein Insekt, eingeschlossen in einem tiefblauen Kristall. Etwas schnoberte an ihrem Nacken, doch als sie sich umdrehte, sah sie, dass es nicht Libun war. Es war ein viel größeres Pferd. Sein Fell war dunkelbraun wie die Schale einer Kabakanuss. Vage kam das Tier ihr bekannt vor.

Ein Rumpeln ertönte, Gelächter drang aus dem Zelt, dann brach der Lärm ins Freie. Noriks Goldmantel blitzte im letzten Licht, bevor die lederne Zeltklappe zufiel. Jonn zog sich zurück und verbarg sich im Schatten des braunen Pferdes. In der Dämmerung leuchtete das Sternentier noch viel heller. Jonn fragte sich, ob es vielleicht aus den Regionen des ewigen Schnees stammte, nirgendwo sonst hätte ihm diese auffallende Färbung etwas genutzt. Schwankend trottete das Tier hinter Norik her, die Vorderbeine schlenkerten, dicke Pfoten mit langen schwarzen Krallen setzten ungeschickt auf dem Boden auf. In respektvoller Entfernung folgten die Schaulustigen. Jonn schauderte und erinnerte sich an den Kellerkriecher, der sie als Kind beinahe erwürgt hätte. Als hätte das Wesen Jonns Gegenwart gespürt, blieb es stehen und drehte den Kopf. Der Blick, den sie wechselten, war intensiver als eine Umarmung. Hell leuchtete das graue Auge mit der Sternpupille zwischen den Haarsträhnen hervor. Vielleicht stimmt das, was Norik sagt, dachte Jonn benommen. Vielleicht machen diese Augen Menschen zu Schlafwandlern und lassen sie jede Gefahr vergessen. Norik brüllte und zog an der Kette. Das Wesen gehorchte widerwillig. Jetzt erst bemerkte Jonn, dass sie eine Hand in der Mähne des fremden Pferdes vergraben hatte. Zerstreut klopfte sie dem Braunen auf den Hals. Sein Fell war feucht von Schweiß. Aminas Ermahnung klang in Jonns Ohr: Halte dich nicht auf, geh den Weg und geh ihn unbemerkt. »Das nächste Mal, Amina«, murmelte Jonn und folgte den Schaulustigen.

In ihrem neuen Mantel fiel sie keinem der Zuschauer auf. Sie lachten und stießen sich gegenseitig an, voller Vorfreude, in wenigen Augenblicken Noriks Bestien zu sehen. Der Zirkus lagerte in einer flachen Senke außerhalb der Stadt. Schon von weitem leuchtete ihnen eine mit goldenem Stoff bespannte Arena entgegen. Ein spärlicher Wald mit Bäumen, die wie verrenkte Tänzerinnen mit Beulenfieber aussahen, erstreckte sich am Rande des Senke.

Ein Aufschrei der Bewunderung ging durch die Menge, als das erste Tier in Sicht kam. So groß wie ein Pferd war es – allerdings sah es aus wie ein verunglücktes Pferd. Die Hinterbeine waren lang und gebogen, die Vorderbeine dagegen kurz. Ein schmaler, feiner Kopf thronte auf dem langen Hals. Getupftes, goldbraunes Fell leuchtete im Fackelschein. Jonn wusste, dass es ein Tilop war, ein Reittier, das in den Taniswäldern in Tana geschätzt wurde – und beinahe ärgerte sie sich, dass sie das fremdartige Reittier mit der gleichen Verblüffung anstarrte wie die anderen Zirkusbesucher.

Nun fielen ihr die Käfige auf, die in der Nähe des Zeltes standen.

»Kommt und seht die roten Vögel der Königin Namise!«, rief eine Frau, die auf den ersten Blick aussah wie eine Feuernymphe. Doch die Flammen, die ihren Körper umspielten, waren nur gelbe Stoffzungen, die bei jeder Bewegung flatterten. Sie bewegte sich geschmeidig und anmutig und lockte die Besucher, die sich zu zerstreuen begannen und mit viel Ahs und Ohs zu den Käfigen strömten.

»Ein halber Hum!«, knarzte eine Stimme neben Jonn. Sie sah sich um und prallte zurück – die roten Augen eines Hallgespenstes starrten sie an, aber dann erkannte sie, dass auch dieses Wesen nur ein Schauspieler in einer Verkleidung war. In seinem schwarzen Gewand war er kaum von den Baumsilhouetten zu unterscheiden. »Jeder Zuschauer zahlt einen halben Hum – und sieht dafür die Bestien aus tausend Ländern! Und eine grandiose Vorstellung, wie es uns gelungen ist, sie zu fangen. Zahlt jetzt, Leute – und dann geht zu unserer Feuernymphe und staunt!« Murrend zückten die Leute ihre Geldbörsen. Geld klimperte. Jonn wühlte eine der Fioriner Münzen hervor und ließ das Geldstück in den kleinen Korb springen. Dann, endlich, durften sie zu den Käfigen. Die größeren von ihnen waren leer – vermutlich waren darin für gewöhnlich die Bestien, die erst während der Vorstellung gezeigt würden. Aber hinter den Holz- oder Metallstreben der schmalen Käfige bewegte es sich. Vor einem runden Käfig aus Canuszweigen vollführte die Feuernymphe eine anmutige Drehung. Fackelschein huschte über ihr hübsches Gesicht und ließ die Feuerzungen ihres Kostüms so echt aussehen, dass einige Zuschauer zurückwichen.

»Die roten Vögel der Königin Namise!«, rief sie.

Jonn kniff die Augen zusammen und betrachtete die Vögel. Es mochten mit Blutkraut gefärbte Finken sein. Goldfäden blitzten in den Schwanzfedern und auf den Flügeln lag glitzernder Staub. Auf den Flügelspitzen leuchtete in magischer Schrift Königin Namises Siegel. Die Last ihrer künstlichen Prachtfedern machte den Vögeln zu schaffen. Sie klammerten sich an die Sitzstangen und wagten sich kaum zu bewegen. In anderen Käfigen waren die Tiere echt. Fahl leuchteten die Zähne eines Kellerkriechers. Fauchend zog sich das blasse Geschöpf mit dem erstaunlich menschlichen Gesicht zurück, doch die Feuernymphe trieb es mit einem langen Stock wieder nach vorne. Jonn bewunderte giftige Diamantechsen und die zerbrechliche Schönheit einer zwölffingrigen Todesruferin. Im sechsten Käfig schließlich entdeckte Jonn das Sternentier. Sie spürte, dass es wartete. Unauffällig glitt sie zur Seite, während das verkleidete Hallgespenst vier langbeinige tanzende Pferde vorführte. Nach wenigen Schritten hatte die Dunkelheit zwischen den Käfigen Jonn verschluckt. Hastig holte sie das Muschelhorn hervor. Viel Zeit blieb ihr nicht. Schon strömten die Zuschauer in die Arena. Nach und nach verebbte der Lärm. Zurück blieben die klirrend klaren Geräusche der Nacht und die Rufe der verkleideten Zirkusleute, die die Bestien auf ihren Auftritt vorbereiteten. Lautlos huschte Jonn zu dem Käfig des Sternentiers. Die Feuernymphe stand noch in der Nähe und beruhigte ein tanzendes Pferd. Behutsam tastete Jonn die Rückseite des Käfigs ab. Sie war aus rohen Brettern gezimmert. Obwohl Jonn kein Geräusch verursachte, spürte das Tier ihre Gegenwart und strich an der Rückwand entlang. Eine Unebenheit ließ Jonn aufmerksam werden. Sie fuhr mit der Hand über ein Brett in der Rückwand und stellte zu ihrer Freude fest, dass es sich ein wenig lockern ließ. Doch das Brett saß weit über ihrem Kopf. Wenn sie von Libuns Rücken aus ihr Schwert in den Spalt schob und mit ihrem ganzen Körpergewicht hebelte, würde es ihr vielleicht gelingen, das breite Brett herauszulösen und einen Spalt zu schaffen, durch den das Tier entkommen konnte.

Aus dem Zelt drang ein vielstimmiger Schrei. Noriks Stimme donnerte. Schatten von riesigen dolchbewehrten Mäulern zuckten über den Stoff der Arena. Das Tilop vor dem Zelt hob den Kopf und äugte. Jonn betrachtete das langbeinige Reittier und bemerkte, dass sein Halfterseil über eiserne Führungsringe auch zwei tanzende Pferde band. Eine Idee nahm in Jonns Gedanken Form an.

Sie lief in den Wald hinein, bis das letzte Geräusch verklungen war, dann hob sie das Muschelhorn an die Lippen. Ein dunkler Ton erscholl, vibrierte in ihren Fingern bis hinunter in ihr Zwerchfell. Laut war er nicht, aber Jonn wusste, dass er zwischen den Häuserwänden entlangsprang, die Kinder aus dem Schlaf schreckte und sich von Stein zu Stein und von Baum zu Baum fortsetzte. Wenig später fühlte sie den warmen Atem ihres Regenbogenpferds an ihrem Ohr. Jonn griff in die weiche Mähne und zog sich mit Schwung hoch. Auf dem vertrauten Rücken fühlte sie sich sicherer. Wiehern drang vom Zirkus zu ihr herüber. In weitem Bogen hielt Jonn auf den Platz zu. Schon kamen zwischen den spärlichen Bäumen die Käfige in Sicht. Lautlos sprang sie auf den Boden, pirschte sich heran und schätzte die Entfernung zum Tilop ein. Natürlich hatte es sie bereits bemerkt. Groß glänzten seine Augen im Licht des Mondes. Jonn löste das Band, das ihre Schleuder am Gürtel hielt. Ohne den Blick vom Tilop zu wenden, tastete sie am Boden nach einem kleinen Stein und steckte ihn ein. Ein Schauspieler saß in der Nähe des Kellerkriechers und rauchte eine Pfeife. Mit dem lautlosen Schritt der Waldmenschen umrundete Jonn seinen Lagerplatz, stahl sich an Königin Namises Finken vorbei und näherte sich dem langen Seil, das das Tilop band. Bedächtig erhob sich das Tier auf seine gebogenen Hinterbeine. Viel größer wirkte es jetzt, furchteinflößend trotz seines sanften Gesichts. Die Pferde spitzten die Ohren. Jonn zog ihr Messer und ritzte das Seil an. Noch nicht!, betete sie, als sie sah, dass das Tilop alarmiert den Kopf schüttelte. Rückwärts kriechend zog sie sich zurück. Der rauchende Schausteller hustete. Jonn nutzte den Augenblick, stand auf und rannte.

Aus dem Augenwinkel nahm sie eine Bewegung wahr, dann, bevor sie den Käfig erreicht hatte, traf etwas Hartes, Massiges ihre Seite. Mit einem Keuchen ging sie zu Boden. Hände griffen nach ihr, doch sie drehte sich blitzschnell auf den Rücken und trat zu. Sie hörte einen erstickten Schmerzenslaut, dann rangen sie stumm miteinander auf knackendem Geäst. Der Angreifer war größer als sie. Ein Wiehern schallte zu ihnen herüber. Zu ihrer Überraschung spürte Jonn, wie auch ihr Angreifer angstvoll verharrte. Sie nutzte die Gelegenheit und schlug zu.

»Jonnvinn, nein!«

Ein Wangenknochen stoppte ihre Faust. Schmerz zuckte durch ihre Fingerknöchel, dann ließen die Hände sie endlich los.

»He?«, rief der Wächter mit der Pfeife. »He? Ist da jemand?«

Sie drückten sich flach an den Boden und schwiegen, während ihr rasender Pulsschlag in der Erde verhallte. Die tanzenden Pferde stampften auf. Königin Namises Vögel flatterten in ihrem Gefängnis und waren wieder still.

»Karis!«, flüsterte Jonn. »Was machst du hier?«

Der Stallbursche rieb sich den schmerzenden Kiefer, aber offenbar brauchte es weit mehr Kraft, um ihm ernsthaft wehzutun.

»Ich will ... zu Nive«, gab er zurück. »Du hast so ... besorgt ausgesehen, als ich dich nach ihr gefragt habe. Ich weiß, dass etwas mit ihr passiert ist ...«

Jonn verbiss sich einen Fluch. Nun fiel ihr ein, woher sie das kabakabraune Pferd kannte. »Weiß Iril, dass du mit seinem Treiberpferd unterwegs bist?«

Karis zuckte spürbar zusammen. »Nicht direkt. Ich ... habe es mir nur geliehen und bringe es wieder zurück.«

Jonn vergrub den Kopf in der Armbeuge und stöhnte. Wunderbar. Nicht nur, dass sie hier Zeit verschwendete um ein Sternentier zu retten, das sie nach seiner Befreiung vielleicht sofort anfallen würde, nein, jetzt hatte sie auch noch einen liebeskranken Stallhelfer bei sich.

»Beinahe wäre ich vorhin weiter nach Ganarr geritten«, wisperte Karis ihr zu. »Aber dann habe ich dein Muschelhorn gehört. Was machst du hier beim Zirkus?«

Die Pferde trappelten, der Schauspieler hatte sich erhoben und ging misstrauisch die Reihen der Käfige ab, rüttelte hier an einer Tür, zurrte dort eine Kette fest.

»Mistvieh«, brummte er dem Kellerkriecher zu, der ihm die Zähne zeigte.

»Da drüben«, wisperte Jonn und deutete auf den Käfig des Sternentiers. »Das Tier will ich befreien.«

»Warum?«

»Weil es geschlagen wird.«

Karis nickte, als sei dieser Grund der beste von allen. »Wie sieht dein Plan aus?«

Kurze Zeit später waren sie an der Rückseite des Wagens. Jonn saß auf Libuns Rücken, während Karis sein Pferd an die Rückwand herandirigierte. Sein Schwert war größer als das von Jonn, er stellte sich im Sattel auf und setzte die Waffe als Hebel an. Mit einem Nicken bedeutete er Jonn, dass er bereit war. Jonn ritt auf Libun ein paar Schritte in den Wald, wo sie einen guten Blick auf die Lichtung hatte. Dieser Moment war gefährlich, jeder würde ihr helles Pferd sehen. Sie legte den Stein in die Schleuder, brachte sie in die richtige Balance und schätzte die Entfernung ab. Das Tilop verschwamm im Dunkel, nur das Glitzern eines Auges konnte Jonn erkennen. Nun, dachte sie mit Bedauern, dann ist das wohl die sicherste Möglichkeit. Konzentriert gab sie der Schleuder Schwung. Mit einem scharfen »Flack!« schnellte der Stein los. Einen Augenblick geschah nichts, dann hörte Jonn ein schmerzerfülltes Quieken. Das Tilop riss den Kopf hoch und stürmte los. Die Pferde schlugen aus, das angeschnittene Seil riss. Die Bestien begannen zu kreischen, zu flattern und zu brüllen. Gesichter erschienen am Eingang der Arena, dann stürmte schon eine Menge trampelnder Menschen in Panik auf den Platz. Noriks wütendes Totengesicht leuchtete im Schein einer Fackel auf. Wie Jonn es geplant hatte, blickten sie dem fliehenden Tilop hinterher. Dann war sie schon bei Karis.

»Beeil dich!«, rief sie. Er verzog den Mund, Schweiß rann ihm über die Stirn, während er sich mit seinem ganzen Gewicht gegen das Brett stemmte. Mit einem Ächzen bog sich das morsche Holz. Nie hätte sie es alleine aus der Rückwand brechen können, erkannte Jonn. Im entstandenen Spalt erschien eine Pfote. Mit einem krachenden Splittern brach das Holz im selben Moment, als der Schauspieler, der als Hallgespenst verkleidet war, zwischen den Wagen erschien.

»Norik!«, brüllte er. »Norik, Einbrecher! Diebe! Beim Kehlenfang!«

Jonn trieb Libun an und das Pferd gehorchte und stieg direkt vor dem Schausteller auf die Hinterbeine. Schreiend duckte er sich vor den schlagenden Hufen und floh. Doch es kamen andere – Norik mit einem Speer in der Hand, die Feuernymphe und weitere Helfer. Ein Stein streifte Jonns Schulter.

Karis griff in den Käfig. Eine Stimme in Jonns Kopf sagte ihr, dass er gleich seine blutüberströmte Hand mit den Bissmalen des Sternentiers hervorziehen würde, doch zu ihrer Überraschung ließ sich das Wesen widerstandslos befreien. Als würde es ahnen, dass sie es retten wollten, machte es einen katzenhaften Satz und landete vor Karis auf dem Pferd. Karis umfasste den hellen Leib und trieb Kabaka an. In einem halsbrecherischen Galopp stoben sie zwischen den buckligen, siechen Bäumen dahin. Die Schreie ihrer Verfolger hallten ihnen im Ohr. Als Jonn sich umschaute, sah sie mit jähem Schreck, dass Norik und die Feuernymphe ihnen auf zweien der tanzenden Pferde folgten. Ein Pfeil zischte an ihnen vorbei und traf einen Baum. Jonn duckte sich noch tiefer über Libuns Hals und betete zu Elis und allen anderen Göttern des Waldes, dass sie entkommen würden. Ihre Schulter pochte, die Kälte des Windes an dieser Stelle zeigte ihr, dass sie aus einer Wunde blutete, die sie noch nicht spürte. Voller Entsetzen hörte sie Hufschläge, die immer näher kamen. Zwischen zwei Galoppsprüngen zog sie ihre Schleuder hervor, bereit, sich gegen Norik oder die Nymphe zur Wehr zu setzen, doch als sie den Arm hochriss und sich umdrehte, wäre ihr vor Schreck beinahe Libuns Mähne aus den Fingern geglitten. Mit angelegten Ohren überholte das Tilop die fliehende Gruppe – Panik in den Augen, auf den Hinterbeinen springend, die kurzen Vorderbeine eng an den Brustkorb gepresst. Mühelos zog es an Karis' langbeinigem Treiberpferd vorbei und verschwand vor ihnen in der Dämmerung. Nach und nach wurden die Stimmen der Verfolger leiser. Weit hinter ihnen blinkten die Lichter von Humran am Horizont, bis sie endlich ganz verschwanden.

*

Sie verbargen sich weitab von der Straße hinter einem Wall, auf dem eine Gruppe von Büschen in den Himmel ragte. Kabakas Beine zitterten vom langen Lauf, Schaum troff auf den sandigen Boden. Lange lauschten Jonn und Karis, ob von fern her Hufschlag erklang, schließlich aber kamen sie zur Ruhe. Das Sternentier lag zusammengerollt wenige Pferdelängen von ihnen entfernt unter einem Busch. Die Wirkung der Betäubungsmittel ließ nach. Von Zeit zu Zeit regte es sich wie ein Schlafender kurz vor dem Erwachen. Jonn wusste nicht, ob es sie beunruhigen sollte, dass das Sternentier bald mit klarem Verstand erwachen würde.

»Wir müssen weiterreiten«, setzte sie die Unterhaltung fort, die sie mit Karis führte. »Die Hauptstraße nehmen wir besser nicht. Kennst du dich in Fiorin aus?«

Er senkte den Kopf. »Ich war noch nie weiter weg als im Südwald«, sagte er leise.

Jonn lächelte. Es tat gut, dass es jemanden gab, der

noch weniger über das Land wusste. »Es gibt eine Wüste, Lonorra, an ihrem Sonnensaum liegt Ganarr. Wir müssen ein Stück durch die Steppen.«

Er schluckte, seine hellgrünen Augen waren im Licht der aufgehenden Sonne beinahe farblos. »Also reiten wir auf die Sonne zu. Wir werden schon herausfinden, wie wir nach Ganarr kommen.«

Sie seufzte und nickte. »Du nimmst viel auf dich, um Nive zu sehen. Bist du sicher, dass sie deine ... Hartnäckigkeit zu schätzen weiß?«

Er wurde blass und starrte sie erschrocken an. »Ich ... ich muss sie finden«, sagte er stur.

Jonn zog einen Mundwinkel hoch. »Also schön.« Ein Geräusch ließ sie zusammenzucken. Gehetzt sprangen sie auf, bereit, zu ihren Waffen zu greifen. Doch es war nur das Tier. Es hatte sich aufgesetzt. Mit einer wilden Bewegung schüttelte es die Strähnen aus dem Gesicht. Immer noch hing ihm die blaue Zunge aus dem Maul.

Karis stieß einen leisen Pfiff aus. »Es sieht uns an, als würde es uns abschätzen«, flüsterte er.

Jonn machte den Mund wieder zu und schaute in die Sternaugen, bis sie blinzeln musste. Dann, bevor Jonn begriff, was es vorhatte, machte das Wesen einen Satz und verschwand hinter dem Gestrüpp. Verblüfft blickten sie und Karis auf die Stelle, an der es eben noch gesessen hatte, im langsamen Begreifen, dass das Wesen davonlief – irgendwohin, nur der Gott der Sternentiere mochte wissen, wohin sein Geschöpf floh. Eine vage Enttäuschung ergriff von Jonn Besitz. Die Verbindung, die sie zu dem Wesen gespürt hatte, war verschwunden und ließ eine Leere zurück. Plötzlich konnte sie das Gefühl nicht wiederfinden, das sie dazu verleitet hatte, das Wesen zu befreien.

»Lass uns aufbrechen«, sagte sie etwas zu barsch zu Karis. Er stand auf und streckte sich. Dann hob er den Sattel vom Boden auf, der ihm bei der Rast als Kopfstütze gedient hatte, und wandte sich zu den Pferden. Jonn griff gerade nach ihrem Umhang, als sie verdutzt innehielt. Hinter dem Gebüsch leuchtete etwas Helles. Als sie näher heranging, sah sie, dass es vier Fellpfoten waren. Daneben lag ein Maul, aus dem eine blaue Zunge hing. Zerrissene Bänder, die es an Ort und Stelle gehalten hatten, zeigten, dass diese Maske als Verkleidung gedient hatte. Die Stille bewog Jonn, den Kopf zu heben und sich umzusehen. Verwirrung ließ sie blinzeln. Erinnerungen schoben sich übereinander, ergaben keinen Sinn und fanden sich nur langsam zu einem neuen Bild zusammen.

Weit weg galoppierte Kabaka, auf dem Rücken einen weißen Reiter. Sein schwarzes, langes Haar flatterte.

»Das Sternentier kann reiten«, stellte Karis fest. »Und es hat gerade mein Pferd gestohlen.«

*

Karis schritt schnell aus, aber dennoch kamen sie, so schien es ihr, kaum voran. Zu zweit auf Libun zu reiten war nicht möglich, Regenbogenpferde trugen nur, wen sie tragen wollten – und ohnehin war Karis so groß, dass sie beide für das zierliche Pferd viel zu schwer gewesen wären. Missmutig betrachtete Jonn ihren unfreiwilligen Weggefährten von der Seite. Im Spiegel ihrer Ungeduld erschien ihr der Stalljunge schwerfällig und plump, eine Schildkröte, die sich träge über den Boden schleppte und an die sie aus Gründen der Höflichkeit festgekettet war. Für die herbstliche Jahreszeit war es erstaunlich heiß. Nive hatte erzählt, dass in Fiorin die Jahreszeiten ganz anders aufeinander folgten. In der Wüste war ewiger Sommer.

»Wir müssen ein Pferd für dich besorgen«, sagte sie.

»Du meinst, in einem der Dörfer eins kaufen?«

Jonn lachte ironisch. »Ich habe noch dreizehn Hum. Wie viel Geld trägst du bei dir?«

»Genug, um den Wind mit Sand zu bezahlen. Nun, dann müssen wir ein Pferd leihen, oder?« Karis zeigte ein schiefes Lächeln. »Wenn ich eins kann, dann ist es, Pferde von der Weide einzufangen.«

»Für Nive würdest du sogar stehlen?«

Sein Gesicht verschloss sich. »Meine Güte, Jonnvinn«, murmelte er.

Da war es wieder – das Gefühl, in seiner Gegenwart nichts richtig zu machen. Innerlich stöhnte sie auf und fragte sich, warum sie ihm hatte begegnen müssen. Hör auf, Jonn, schalt sie sich im selben Moment. Ohne Karis würdest du jetzt wahrscheinlich im Gefängnis in Humran hocken und der weiße Pferdedieb säße jetzt noch misshandelt und als Kehlenfang verkleidet in seinem Käfig.

»Ich halte dich nur auf, stimmt's?«, begann Karis wieder. »Reite ruhig voraus, wenn du möchtest. Wir treffen uns in Ganarr.«

Kummer schwang in seiner Stimme mit und hinderte Jonn daran, ihrer Stute sofort das Zeichen zum Galopp zu geben. So ging es ihr immer mit Karis. Verzweifelt spähte sie zum Horizont, wo die Steppe in sandige Ebenen überging. Büsche hockten wie lauernde Raubtiere vor Erdhöhlen. Lediglich ein größeres Gewächs, das in der flimmernden Hitze nur undeutlich zu erkennen war, erhob sich höher vom Boden. Das Gewächs, das entfernt an ein seltsames Tier erinnerte, bewegte sich. Jonn blinzelte, sah genauer hin und musste lächeln.

»Vielleicht bist du sogar schneller als ich in Ganarr.« Sie deutete auf das gefleckte Wesen mit den langen gebogenen Hinterbeinen, das weit entfernt graste. Karis kniff die Augen zusammen und spähte in die Richtung, die sie ihm wies.

»Das Tilop aus dem Zirkus!«, rief er.

»Es ist uns weit vorausgelaufen«, bemerkte Jonn. Nervös sah sie sich um, aber Norik und seine Leute würden kaum die Zeit aufbringen, einem entlaufenen Tier so weit zu folgen.

»Es ist riskant, weil wir dadurch noch mehr auffallen, aber zumindest könnten wir sehr schnell in Ganarr sein. Kannst du es einfangen?«

Karis schluckte sichtlich. »Nun, ein Tilop stammt von einem Pferd ab, also werde ich es versuchen.« Mit geübtem Griff holte er ein zusammengerolltes Seil unter seiner Weste hervor und ging in einem weiten Bogen auf das Tilop zu. Fasziniert beobachtete Jonn, wie das Tier den Kopf hob und sich auf die Hinterbeine erhob, bereit zur Flucht. Aber Karis schien sich nicht dafür zu interessieren. Scheinbar gleichgültig blieb er stehen und beschäftigte sich halb abgewandt mit dem Seil. Das Tilop machte einen Schritt, Karis wiederholte die Bewegung. Immer weiter ging das Spiel, bis das Tilop neugierig wurde, ausbrach, wieder zurückkehrte und mit gespitzten Ohren den Menschen betrachtete. Mit einer beiläufigen Bewegung verscheuchte Karis das Tier, ließ es näher kommen, führte es schließlich an einer unsichtbaren Leine, bis es sich vor ihm auf alle viere niederließ und es duldete, dass er ihm das Seil um den Hals legte. Staunend und fassungslos sah Jonn, wie es ihm an der losen Leine mit wippendem Kopf folgte.

»Du bist ein Zauberer«, stellte Jonn fest.

Karis lachte. »Ich bin ein guter Pferdeknecht, und wenn Iril mir jemals verzeiht, dass ich sein Treiberpferd entführt habe, werde ich eines Tages ein guter Stallmeister werden. Aber jetzt werde ich erst einmal lernen auf einem Tilop zu reiten. Es ist nicht unwahrscheinlich, dass ich mir den Hals breche.«

Mit diesen Worten klopfte er dem Tier beruhigend auf die Schulter und zog sich mit einer geschmeidigen Bewegung auf den Rücken. Das Tilop schüttelte den Kopf und erhob sich auf die Hinterbeine. Karis, der abzurutschen drohte, griff geistesgegenwärtig in die Mähne, dann kam ihm eine Idee und er legte die Beine über die kantigen Schulterblätter seines Reittiers. Jonn musste den Kopf in den Nacken legen, um ihn hoch über sich auf dem gefleckten Rücken thronen zu sehen.

»Reite voraus«, sagte er. »Ich denke, das Tilop wird Libun folgen.«

Jonn schnalzte und Libun galoppierte los. Hinter ihr dröhnten die Hufschläge des Tilops im ungewohnten Zweitakt. Als Jonn sich umschaute, blieb ihr beinahe die

Luft weg. Karis hatte sich in einen Krieger aus Tana verwandelt. Stolz saß er auf dem Tier, das mit riesigen Sprüngen über den Steppenboden zu fliegen schien.

In Ganarr

Im Vergleich zu Ganarr war Humran nicht mehr als ein staubiger Haufen baufälliger Verschläge. Bis in den Himmel ragten gewaltige Bäume mit gefältelter Rinde und überspannten mit ihren weit ausladenden Ästen die ganze Stadt.

»Am besten, wir lassen das Tilop und Libun vor der Stadt«, meinte Karis, nachdem sie an einem Stadttor angekommen waren. Es bestand aus zwei der riesenhaften Dachbäume, deren Stämme so schräg wuchsen, dass sie sich hoch über Jonns Kopf überkreuzten.

»Du hast Recht«, sagte Jonn. »Da hinten ist Schatten, wir können das Tilop dort anbinden.« Sie holte ihr Gepäck von Libuns Rücken und klopfte der Stute den Hals. Das Regenbogenpferd betrachtete missmutig den trockenen Sand und trabte dann zu der Baumgruppe.

Wenig später betraten Jonn und Karis die Stadt. Die Bäume gaben ihr zwar ein schattiges Dach, doch die Wüste, die sich als gleißend helle Fläche am Horizont abzeichnete, tastete sich bereits mit gierigen Finger in die Straßen vor. Ein glutheißer Wind blies in den Straßen und türmte in den windstillen Ecken den Sand zu Haufen.

Die Einwohner von Ganarr schienen zum größten Teil wie Waldmenschen zu leben. Gewaltige Zelte wechselten sich mit wenigen gemauerten Häuschen ab. Fast alle Zelte und Wände waren mit Ornamenten verziert. Aufgemalte Augen prangten fast auf jedem Haus und starrten die zwei Neuankömmlinge drohend an. Menschen in hellen Gewändern und Mänteln, die sich im Wind bauschten, waren auf den Straßen unterwegs. Viele trugen das Haar geflochten oder mit Lederbändern zusammengehalten. Glasperlen funkelten überall in den Sonnenstrahlen, die durch das Laubdach der Bäume fielen. Glasschmuck hing auch in den Fenstern, wo er sich in der Brise bewegte. Jonn entdeckte verschlungene Figuren, die sich umeinander drehten – darunter auch Augen. Manche davon hatten sogar Wimpern aus feinen Glasspitzen.

Als wäre der Wind in den Straßen noch nicht heiß genug, wehte Jonn und Karis im Vorübergehen die Hitze der Schmelzfeuer aus den Glasmacherwerkstätten entgegen. Durch das Fenster einer kleinen Werkstatt sah Jonn rot glühende Flüssigkeit, die von einem Stab tropfte.

»Wie heißt der Glasmacher, bei dem Nive lernt?«, fragte Karis. In den wenigen Tagen ihrer Reise hatte seine helle Haut einen bronzefarbenen Schimmer angenommen, was sein blondes Haar und die transparentgrünen Augen noch betonte.

»Farrin Menedirr«, antwortete sie.

»He!«, rief Karis einem alten Mann zu, der vor einem kleinen Zelt saß. Am Eingang baumelte eine Vielzahl von gläsernen Tropfen, die ihre Klingelmelodie in den Wüstenwind schickten. »Wo ist die Werkstatt von Farrin Menedirr?«

Der Alte zog die Braue hoch. »Ich wünsche dir auch

einen schönen Tag, unhöflicher Mensch. Mein Name ist Yrond. Wer seid ihr?«

Karis knetete seine großen Hände und leckte sich verlegen über die Lippen. »Karis Tow. Aus Tjärg.«

»Aus Tjärg, soso. Und du, Dämonenprinzessin?«

Jonn zuckte zusammen und wollte gerade eine scharfe Antwort geben, als sie Karis' Lachen hörte.

»Du ahnst gar nicht, wie gut du geraten hast, Yrond. Zumindest mit dem zweiten Teil der Bezeichnung.«

»Jonnvinn Ferlagar«, sagte Jonn kühl. »Ebenfalls aus Tjärg.«

Yronds Augenbrauen rutschten noch ein wenig höher. »Sieh an, die Enkelin von König Ravin!«, sagte er und lehnte sich zurück. »Besuchst du deine Schwester?«

Jonn versuchte sich ihre Verblüffung nicht anmerken zu lassen, doch Yrond nickte wissend und lächelte. »Farrin erzählt viel von seiner besten Schülerin. Und seine beste Schülerin erzählt ihm viel von sich.«

Geht es ihr gut?, hätte Jonn am liebsten gerufen, aber sie verbiss sich die Frage und lächelte höflich. »Dann haben wir uns genau an den Richtigen gewandt«, sagte sie. »Wir sind auf der Suche nach Farrins Werkstatt. Sicher kannst du uns den Weg sagen.«

Yrond musterte sie amüsiert, dann hob er die Hand und deutete mit einer gelangweilten Geste auf eine Gasse rechts von ihm. »Zum trockenen Brunnen dort entlang, bis ihr zu der Färbergasse kommt. Von dort aus folgt den Zeichen der Glasfedern.«

»Was meinst du damit?«

»Richtig, ihr seid Fremde. Nun, seht in die Fenster. In jedem Fenster in Ganarr, an jedem Haus, an jedem Zelt hängen Wegweiser. Sucht die Zeichen einer roten Feder aus Glas. Wo die Federspitze hinzeigt, lenkt euren Schritt. Verstanden?«

»Ja, vielen Dank«, sagte Karis und wandte sich zum Gehen. Jonn nickte Yrond zum Abschied kurz zu und beeilte sich Karis zu folgen. Es dauerte eine Weile, bis sie auf einem kleinen Sternplatz endlich die staubige Ruine eines Brunnens erblickten. Über dem bodenlosen Loch schaukelte eine quietschende Kette. Ein Blick auf die verwitterten Mauersteine genügte um zu sehen, dass der Brunnen trocken war. Menschen hatten kleine Glasschalen auf seinen Rand gestellt. Samen lagen darin und getrocknete Kräuter. Wie Opfergaben sahen sie aus und Jonn fragte sich, ob die Menschen in Ganarr um Regen baten. Ihr selbst klebte vor Durst bereits die Zunge am Gaumen, insgeheim fragte sie sich, wie Nive in diesem gleißenden, trockenen Land leben konnte. Am liebsten hätte sie den Mantel abgelegt, aber zumindest bot er Schutz vor der Sonne. Beim Brunnen blieben sie stehen und sahen sich um. Gespenstisch verlassen lag der kleine Platz da, nur das leise Klimpern der Wegweiser erfüllte die Luft.

»Da!« Jonn deutete auf eine rote Feder, die in einem schmalen Fenster schaukelte. Sie ertappte sich dabei, wie sie flüsterte, als fürchte sie in der schläfrigen Ruhe jemand aufzuschrecken – vielleicht den Geist, der in dem Brunnen hauste. Von Wegweiser zu Wegweiser tasteten sie sich weiter. Manchmal führten die Glasfedern sie im Zickzack über die Straßen, manchmal verirrten sie sich beinahe im Gewirr der Gässchen, bis sie endlich irgendwo ein rotes Zwinkern entdeckten. Es war nicht einfach, in der Unmenge von Glaszeichen die Feder ausfindig zu machen. An Fäden und dünnen Ketten hingen transparente Tiere: Echsen und Pferde, Schlangen und Ziegen, außerdem gab es Schmetterlinge, Blüten, Pfeil- und Wellensymbole. Jonn fragte sich, wohin sie führen mochten. So licht und schön die Stadt war, sie konnte Jonn dennoch nicht über die seltsame Unruhe hinwegtäuschen, die mit jedem Schritt wuchs. Verstohlen sah sie Karis von der Seite an und musste lächeln.

Er sah aus wie ein Liebender vor seiner ersten Verabredung im Farnwald. Seine Sehnsucht nach Nive war so brennend, dass er ihr verschwommenes Bild in die Wüstenluft zu zwingen schien. Nach ein paar Straßen lief er so schnell, dass Jonn kaum mehr mit ihm Schritt halten konnte. Wie zwei Pferde, die dem Wasser entgegenstieben, liefen sie nebeneinanderher, das gleiche Ziel vor Augen, zwei Hoffnungen im Herzen.

Schließlich gelangten sie zu einem runden Torbogen aus geöltem Holz. Schwerer Duft von blassen Blüten lag in der Luft. Am Scheitelpunkt des Torbogens hing ein Glasstück in der Form einer vollendet geschwungenen roten Feder. Ihre Spitze zeigte nach unten auf den Weg, der in einen Hof führte.

Mit festem Schritt betrat Jonn den viereckigen Innenhof und sah sich um. Auf einem schmalen Tisch aufgereiht standen Glasbehälter, in denen buntes Färbepulver leuchtete. Neben ihnen sahen die Menschen in ihren eng anliegenden Gewändern farblos aus. An kleinen rechteckigen Tischen mit polierten Steinplatten saßen Lehrlinge mit konzentrierten Mienen und hielten Rohglas in magische Flammen, bis das Material schmolz und sich zähflüssige, glühende Tropfen bildeten. Geschickt tupften sie das flüssige Rohglas auf Stangen und drehten sie, bis die Tropfen sich durch ihre eigene Schwerkraft zu Perlen formten. Noch sah man nicht, welche Farbe das Glas haben würde, da die Tropfen noch braunrot glühten. Jonn erschien es, als habe sie das alles schon einmal in einem Traum gesehen. Wie oft hatte Nive ihr davon erzählt und dabei jede Bewegung der Glasmacher nachgeahmt. Auch sie hatte im ersten Sommer ihrer Lehrzeit nur Perlen gedreht – bis zur Vollendung, immer wieder.

»Siehst du sie irgendwo?«, fragte Karis atemlos.

»Nive ist kein Lehrling mehr, der Perlen macht. Sie ist vermutlich bei den Glasmalern oder den Fenstermachern. Lass uns nach Farrin fragen.«

Ein dürrer Mann, der Jonn kaum bis zur Schulter reichte, drehte sich zu ihr um. Seine Augen waren hell und durchdringend. Er machte sich nicht die Mühe, zu lächeln. »Ich bin Farrin. Wenn ihr etwas kaufen wollt, kommt zu den Abendstunden wieder. Der Tag gehört der Arbeit.«

Jonn starrte ihn perplex an, bis Karis sie anstieß. »Elis grüße dich!«, sagte sie hastig. »Farrin, wir ...«

»Elis? Die Waldgöttin Elis soll mich grüßen?« Er zog die Brauen zusammen und musterte sie scharf von oben bis unten. Dann brachte er den Gruß in einen Zusammenhang und nickte. »Ah, Waldmenschen. Aus Tjärg?«

Jonn nickte und räusperte sich. »Ich bin Jonnvinn Ferlagar – und das ist Karis Tow. Wir kommen aus Gislans Burg und suchen Nive.«

Funken begannen in Farrins Augen zu knistern, Röte schoss dem Glasmeister in die Wangen, dann warf er die Arme hoch und wandte sich brüsk von ihnen ab. »Nive!«, keifte er. »Ja natürlich. Zu Nive, der Unbeständigen, der Verräterin!«

Sie beeilten sich seinen raschen Schritten zu folgen. Er führte sie durch wabernde Räume, wo Männer und Frauen mit schweißverklebten Gesichtern vor Schmelzfeuern standen und transparente Glaskugeln aufbliesen. Halb fertige Kelche lagen auf Holzregalen und warteten auf ihre Vollendung. Schalenfüße wurden zu verschnörkelten Formen gedreht. Tropfen fraßen sich zischend in den Boden. Endlich kamen sie in einen kühlen Gang mit schmalen Türen. Dahinter mussten Kammern sein, vielleicht die Wohnstätten der Lehrlinge, die aus allen Ländern anreisten, um in Ganarr die Glasmacherkunst zu erlernen.

»Da!«, schrie Farrin und stieß eine der Türen mit dem Fuß auf. »Das ist alles, was sie dagelassen hat. Nehmt es mit und richtet ihr aus, dass sie sich bei mir nie wieder blicken lassen soll. Nicht in diesem Leben und auch in keinem anderen! Eine solche Verschwendung von Talent und Zeit!«

Jonn war, als würde die Hitze der Schmelzfeuer sie einholen und ihr Herz zu einem armseligen kleinen Perlentropfen zusammenschnurren lassen. Neben sich hörte sie Karis' Fingerknöchel knacken. Seine Stimme war heiser und bebend. »Nive ist nicht mehr hier?«

Farrin seufzte. Die Maske der Wut fiel von ihm ab. Plötzlich war er nur noch ein enttäuschter alter Lehrer. »Da seht ihr es doch«, sagte er und deutete in die leere

Kammer. In der Ecke lag ein Haufen mit Kleidungsstücken. Nives Fellmantel und ihre Reisetasche. »Fünfzehn ihrer Fenstergläser hat sie eingepackt und ist gegangen. Einfach so – ohne ihre Prüfungen abzuwarten.«

»Wohin?«

Farrin sah Jonn ungehalten an. »Wohin?« Er warf wieder die Arme hoch. »Nach Tjärg! Alles, was sie braucht, hat sie gelernt, sagt sie! Meine beste Schülerin behauptet, alles bei mir gelernt zu haben, und geht einfach zurück nach Tjärg.«

»Das ist nicht wahr«, sagte Karis.

Erstaunt sah Jonn den Stalljungen an. Ruhig stand er da und musterte Farrin. Der alte Glasmeister lief wieder rot an. Jonn fürchtete, er würde Karis schlagen, aber der Alte wirbelte nur mit einer unglaublichen Wendigkeit herum, riss Nives Sachen an sich und schleuderte sie Karis an die Brust. Etwas klirrte und zerbrach.

»Raus!«, brüllte Farrin. »Raus aus meinem Haus! Wer mich Lügner nennt, den sollen die Dämonen zu Staub vor meinen Toren zerreiben!«

»Aber ich höre, dass du nicht die Wahrheit sagst«, erwiderte Karis freundlich. »Ich weiß nicht, aus welchem Grund, aber ich weiß sicher, dass Nive nicht nach Tjärg geritten ist.«

Jonns Betäubung fiel von ihr ab. »Niemals würde Nive ihren Wintermantel zurücklassen«, gab sie Karis Recht. »Unsere Mutter hat in ihr geschenkt. Bitte, Farrin! Ich muss sie finden! Wenn du weißt, wo Nive ist, dann sage es mir!«

»Munk!«, schrie Farrin.

Hinter ihnen ertönte ein Rascheln. Als Jonn sich umblickte, sah sie sich einem felsgroßen Gehilfen gegenüber, der die drei Menschen in der Kammer mit ratloser Miene musterte. Weitere Leute erschienen auf dem Gang und sahen neugierig über Munks Schulter.

»Nives Gäste wollen gehen«, sagte Farrin frostig und verließ die Kammer. Die Schaulustigen machten ihm Platz und starrten ihm hinterher, bis ihn der Flurschatten einhüllte. Das letzte Zeichen von Farrins Gegenwart war das Geräusch einer zuklappenden Tür.

Karis und Jonn sahen sich an, dann blickten sie auf die schweigende Wand vor sich. Die Lehrlinge wichen zurück, nur der massige Gehilfe blieb stehen. Jonn sah, wie er nervös die Fäuste öffnete und schloss. »Ich bringe euch hinaus«, sagte er sehr höflich. Karis wollte etwas erwidern, aber Jonn griff nach seinem Arm und brachte ihn zum Verstummen. Sie holte tief Luft und wandte sich an die Glasmacher. »Wir suchen Nive Ferlagar. Sie ist meine Schwester. Bitte sagt mir, wo ich sie finden kann.« Die betretene Stille vergrößerte ihre Angst. »Etwas ist mit ihr passiert, habe ich Recht?«

»Ich bringe euch hinaus«, wiederholte Munk. »Kommt bitte mit. Bitte.« Karis und er musterten sich, jeder schätzte die Kraft des anderen ab, dann gab Karis sich geschlagen und nickte. »Komm«, flüsterte er Jonn zu.

So würdevoll wie möglich folgten sie Munk über den Hof, in dem die Perlenmacher mit der Arbeit innehielten um sie anzustarren. Glasschmelze tropfte auf Holz und zischte wie eine gereizte Schlange. Jonn war übel, als sie wieder den Weg betraten und die Sonne sie traf. Benommen blinzelte sie und ging weiter.

»Verdammt!«, zischte Karis. »Was machen wir jetzt? Kannst du einen Wahrzauber versuchen, Jonnvinn? Können wir erfahren, wo sie ist?«

»Mein Vater ist ein Magier, nicht ich!«, erwiderte Jonn. »Du weißt ganz genau, dass ich nicht einmal Heilzauber verwende.«

Sie bogen in eine schattige Gasse ein und wurden langsamer.

»Die Tasche!«, sagte Jonn. »Mach sie auf!«

Jetzt erst schien der Stalljunge sich an Nives Beutel zu erinnern, den er immer noch an sich drückte. Behutsam löste er die Lederbänder. Statt der erwarteten Scherben leuchtete ihnen ein umwickelter Gegenstand entgegen, der mit Juwelen bestickt schien. Vorsichtig zog Jonn ihn heraus. Trockene Schuppen knisterten zwischen ihren Fingern. Es war Schlangenleder, smaragdgrün und tamarisblau. Karis hielt den Atem an, als Jonn die schimmernde Haut auseinander faltete. Zum Vorschein kam eine zerbrochene Glasfigur – ein Regenbogenpferd, das eine Reiterin trug. Anmutig bog sich der Hals des Reittiers, ein perlmuttglänzender Kranz war seine Mähne. Die Reiterin hatte langes rotes Haar. Obwohl es aus starrem Glas war, schien es zu fliegen. Fasziniert starrte Karis die Trümmer an.

»Das bist du«, flüsterte er. »Sicher wollte sie dir diese Figur zum Geschenk machen.«

Jonn schluckte. Zärtlichkeit wallte in ihr auf und machte die Sorge noch schlimmer. »Da liegt noch etwas«, sagte sie brüsk und griff zu einem Stück dickem Papier. Sie kam sich schäbig vor, in den Sachen ihrer Schwester zu wühlen, aber die Ungeduld ließ sie jeden

Anstand vergessen. Hastig faltete sie das Papier auseinander.

»Für Jonnvinn Ferlagar«, las sie.

»Das ist alles?«, rief Karis. »Das sieht aus wie ein Abschiedsgeschenk.«

Heftig schüttelte Jonn den Kopf. »Niemals. Du kennst doch Nive. Gibt sie sich je mit drei Worten zufrieden?«

Schritte tappten hinter ihnen und ließen sie herumfahren. Ein magerer Junge in der eng anliegenden Kleidung der Glasmacher erschien. Seine von Brandnarben gezeichneten Hände trugen die Spuren von Ruß.

»He!«, flüsterte er und sah sich um. Nervös leckte er sich über die Lippen, bereit, jeden Moment davonzuspringen. »Ich muss gleich wieder zurück. Ich weiß, wo ihr suchen könnt.«

Wieder sah er sich um und kam dann so nahe an sie heran, dass Jonn das lodernde Feuer der Glasschmelze in seinen Augen zu sehen glaubte. »Du bist ihre Schwester, nicht wahr?« Jonn nickte atemlos. Ein scheues Lächeln glitt über sein Gesicht. »Nive hat erzählt, dass du auf dem Regenbogen reiten kannst und im Spiel die Seelen anderer Leute gewinnst. Eines Tages willst du dein eigenes Totenheer haben. Stimmt das?«

Jonn konnte sich ein Lächeln nicht verkneifen. »Nun, das mit dem Regenbogen kommt der Wahrheit am nächsten. Wo ist Nive?«

»Es gab ... Schwierigkeiten wegen ihr. Farrin ist wütend, weil sie einen anderen Lehrer hat. Nive hat Fenstergläser nach seinen Anweisungen gemacht – heimlich in der Nacht in Farrins Werkstatt. Und sie hat nach dem verbotenen Sand gefragt. Deshalb kamen die Wassersucher zu Farrin und haben ... alle neuen Kelche zerschlagen.«

»Der verbotene Sand? Was bedeutet das?«

Der Junge hob bedauernd die Schultern. »Verboten eben – es gibt einen Platz in der Wüste, wo es keine Schatten gibt.«

»Aber wo ist Nive jetzt?«

»Heute Morgen ist sie aufgebrochen. Sie sagte, sie werde zurückkehren, bevor der Winterstern verblasse.«

Also doch, dachte Jonn. Es war ein Abschiedsgeschenk. Nive hatte sich zu einer Reise aufgemacht, die mehrere Monde dauern würde. Sie wäre auch im Winter nicht nach Tjärg zurückgekehrt.

»Aber sie lebt!«, stellte Karis fest. »Wann hast du sie das letzte Mal gesehen? Ging es ihr gut?«

»O ja, sehr gut. Heute Morgen hat sie sich noch mit Farrin gestritten. Sie haben uns alle geweckt.«

Jonn atmete auf. »Wenn sie erst heute weggegangen ist, können wir sie noch einholen. Wo ist sie?«

Der Junge schluckte und schlug die Augen nieder. »Ich weiß es nicht«, flüsterte er. »Aber sie hat ... immer wieder gefragt. Nach Wij.«

»Ist das eine Stadt?«

Beinahe hätte der Junge gelacht, aber er verbiss sich höflich das Lächeln und verneinte ernst. »Die Wij sind um uns«, sagte er leise. »Sie sind Dämonen – mächtiger noch als die Wassersucher. Sie können deine Träume verschlingen und dein Haus mit Unglück füllen. Sie leben in ihrer eigenen Stadt.«

»Dann müssen wir dorthin. Kannst du uns den Weg beschreiben?«

Heftig schüttelte der Junge den Kopf. »Die Stadt der Wij gibt es manchmal – und manchmal nicht. Geht zu Ondyr südseits vom trockenen Brunnen. Er hat keine Wegweiser. Fragt nach ihm, ihr werdet ihn leicht finden.«

Noch einmal sah er sich um, dann verabschiedete er sich hastig und stürzte davon – zurück in die Werkstatt, wo er sicher Ärger bekommen würde. Karis sah ihm mit besorgtem Gesicht nach. »Dämonen«, murmelte er. »Das sieht Nive ähnlich.«

*

Zu ihrer Überraschung führte der Weg zu Ondyr sie wieder genau in die Richtung, aus der sie gekommen waren. Immer wieder wurden sie eine Straße weiter verwiesen, bis sie vor Yronds Zelt standen.

Der Alte blinzelte sie an und lächelte. »Oh, willkommen! Ihr seid schneller zurück, als ich dachte.« Gemächlich erhob er sich aus dem knarzenden Holzgestell, das entfernt an einen Stuhl erinnerte, und winkte sie heran. »Kommt herein. Wasser steht bereit.«

»Ondyr ist bei dir?«, fragte Karis misstrauisch.

Der Alte grinste. »Ondyr nennen mich die Freunde. Dynor die Geschäftspartner. Yrond bin ich nur für die Fremden.« Er zwinkerte ihnen zu. »Oder wärt ihr so dumm, einem Fremden euren richtigen Namen zu verraten?«

»Bisher waren wir so dumm«, erwiderte Jonn ungehalten. »Vielleicht deshalb, weil die Wahrheit in Tjärg nicht als Dummheit gilt. Hier in Ganarr scheint es dagegen so viele Wahrheiten wie Namen für ein und dieselbe Person zu geben.«

»Ich vergaß, dass ihr Waldmenschen seid«, sagte Ondyr versöhnlich. »Jeder von euch hat nur einen Namen – und ihr teilt ihn mit keiner zweiten Person.« Er lächelte. »In Fiorin ist das anders. Wisst ihr, unser Wüstenwind wirbelt gerne alles durcheinander. So ist es mit den Gedanken, mit den Wörtern und sogar den Buchstaben. Warum sollen wir etwas festhalten, das sich ständig ändern will? Tretet ein und seid meine Gäste.«

»Warum nicht?«, murmelte Karis. »Zumindest ein Glas Wasser können wir gebrauchen.«

So klein das Zelt von außen wirkte, so groß und verschwenderisch ausgestattet war es innen. Auf dem Boden lagen dicke Matten aus weichen, gewebten Schnüren, glänzender blauer Stoff spannte sich über zusammengerollte Felle, die eine angenehme Stütze für den Rücken boten. In der Mitte stand ein Tisch aus einem roten Holz, dessen Maserung aussah wie die Handschrift eines verrückten Zauberers. Die gläsernen Blüten, die an langen Stielen prangten, entpuppten sich als Trinkkelche, die Ondyr nun füllte. Teller, so durchscheinend wie Wasser, trugen anmutig die Last schwarzer Trauben. Als Ondyr den Teller hob und ihn Jonn reichte, sah es aus, als würde das Obst zwischen seinen Händen schweben.

»Und nun trinkt mit mir auf die Wij!«, rief Ondyr.

»So ein Zufall, dass du es ansprichst«, sagte Jonn. »Ein Junge aus Farrins Werkstatt sagte uns, du könntest uns helfen die Stadt zu finden. Aber wahrscheinlich weißt du das ohnehin schon, nicht wahr?«

Ondyr lachte und hob den Kelch. »Talass Wij!«, sagte er feierlich.

»Talass Wij!«, erwiderte Karis und setzte den Kelch an die Lippen. Jonn zögerte. Was, wenn das Wasser vergiftet war? Wenn alles ein abgekartetes Spiel war, wenn Nive gar nicht im Tal der Dämonen war und Ondyr und Farrin einen gemeinsamen Plan ausgeheckt hatten?

»Trink doch«, flüsterte ihr Karis zu. »Es schmeckt sehr gut – anscheinend würzt man das Wasser hier mit Honig.«

»Halanja«, berichtigte ihn Ondyr. »Kakteentau. Teuer, aber lange nicht so teuer wie das Wasser.«

»Ihr habt doch Wasser«, gab Karis zurück. »Wo Bäume sind, fließt es unter der Erde.«

Ondyrs Gesicht verdüsterte sich. »So denkt ein Waldmensch. Aber du bist hier in Fiorin. In den Steppen im Grenzgebiet gibt es noch Wasser, o ja, aber hier überleben nur die Pflanzen, deren Wurzeln tiefer reichen als die Grabstätten der ersten Fürsten, die vor Abertausenden von Sommern bestattet wurden. Niemand könnte so tief graben, wie die Wurzeln der Sandeichen reichen. Nein, wir brauchen die Dienste der Wassersucher.«

Jonn verschluckte sich. Das köstliche kalte Getränk prickelte in ihrer Nase. »Die Wassersucher scheinen unangenehme Leute zu sein«, brachte sie dann hervor. »Uns wurde berichtet, sie hätten Farrins Glas zerschlagen.«

Ondyr machte eine unbestimmte Handbewegung. »Geschäftsleute sind sie – und Schamanen der Wüste. Sie sind nicht unangenehmer als die anderen Händler. Aber sie handeln nun mal mit dem kostbarsten Gut.

Das gibt ihnen Macht, die sie hier und da ausnutzen. Sie hüten die letzten Wasserstellen und die heiligen Stätten der Dämonen. Aber kommen wir zum Geschäftlichen. Ihr wollt ins Tal zu den Wij?«

»Gibt es etwas, was du nicht weißt?«, fragte Jonn. »Ich habe genug davon, dir Antworten zu geben, die du ohnehin schon kennst. Warum hast du uns nicht gleich gesagt, wo Nive ist?«

»Erstens weiß ich nicht, ob sie wirklich dort ist. Vielleicht hat sie meinem kleinen Neffen nur eins ihrer Märchen erzählt. Wie ihr sicher bemerkt habt, ist der Junge leicht zu beeindrucken.« Er zwinkerte Jonn zu. »Und zweitens habt ihr nicht danach gefragt – ihr wolltet zu Farrin.«

»Also schön«, sagte Karis. »Du bietest uns ein Geschäft an. Wie kommen wir zum Tal?«

»Ohne Führer überhaupt nicht. Ihr braucht einen Führer, der mit den Wij auf gutem Fuße steht. Es ist ihre Stadt, durch die ihr gehen müsst, um in die Wüste zu gelangen. Und ihr wollt sie nicht wecken, oder?«

»Vermutlich nicht«, gab Jonn sarkastisch zur Antwort. »Und bestimmt kennst du zufällig einen Führer, nicht wahr?«

»Nun, ihr habt Glück. Heute Nacht wird einer von ihnen in die Stadt kommen. Wenn der Mond über dem trockenen Brunnen steht.«

»Heute Nacht? Können wir nicht sofort gehen?«

Bekümmert hob Ondyr die Schultern. Ehrliches Bedauern ließ sein Gesicht großvaterhaft und gütig aussehen. »Die Sache ist die«, sagte er gedehnt. »Ihr müsst verstehen – ich bin ebenfalls Händler. Mich hat bereits jemand bezahlt. Aber da mein Neffe Nive mag, gebe ich euch einen kostenlosen Rat.«

Karis' Körper spannte sich unmerklich, Jonn stellte ihren Wasserkelch hastig auf dem Tisch ab. Hufgetrappel erklang in der Straße. Ondyr beugte sich vor. »Ich bedaure, aber Geschäft ist Geschäft. Ein Tilop ist selten und in Fiorin sehr teuer. Es gibt so wenige davon, dass man sie beim Namen kennt. Norik Siebentral zahlt sehr gut – besonders für Tilopdiebe ...«

Karis zischte einen Fluch und sprang auf. Mit einem Satz war er beim Zelteingang und spähte auf die Straße. »Jonn!«, schrie er. »Nichts wie weg!«

Ein Glaskelch zerbrach, als Jonn auf die Beine kam. Am liebsten hätte sie in Ondyrs gutmütiges Gesicht geschlagen, aber der alte Mann sprang an ihr vorbei und klappte eine Rückwand im Zelt auf. »Hier hinaus. Viel Glück. Und falls ihr das hier überlebt – geht heute Nacht zum Brunnen!«

Er schenkte ihr ein letztes, gaunerhaftes Lächeln, dann drehte er sich um und schrie aus voller Kehle: »Die Tilopdiebe! Hier sind sie!«

*

Schon nach wenigen Straßen fühlten sich Jonns Lungen wie gedörrte Jalafrüchte an. Vor ihr rannte Karis, hinter ihr fegten ihre Verfolger heran. Noriks Kopfgeldjäger ritten kleine wendige Wüstenpferde, die mühelos um die Häuserecken preschten. Staub wirbelte unter den stampfenden Hufen hoch, Menschen sprangen erschrocken aus dem Weg, als sie die wilde Jagd auf sich zustürmen sahen.

»Da rüber!«, befahl Karis und sie landeten mit einem riesigen Satz hinter einem Zelt. Sie huschten zwischen weitere Zelte, krochen unter einer Plane hindurch und kletterten an einer Hauswand hoch, deren grob behauene Sandsteine guten Halt boten. Mit zerschrammten Händen kamen sie auf einem flachen Dach an. Staub bauschte sich in dicken Wolken in der Straße, Schreie gellten durch die Gassen. Eine Frau zeigte auf Karis und schrie: »Da oben sind sie!«

Im nächsten Moment hatten auch die Verfolger sie entdeckt. Zum ersten Mal erhaschte Jonn einen längeren Blick auf sie. Es waren zwei Frauen und ein hagerer Mann mit einem vernarbten Auge. Alle drei sahen so aus, als könnten sie Noriks Kopfgeld gut gebrauchen. Jonn und Karis kletterten über das Dach und sprangen über eine schmale Gasse auf die nächste Mauer. Ein Seil flog zu ihnen hoch, streifte Jonns Fuß und ließ sie stolpern. Nur knapp verfehlte ein weiteres ihren Kopf und rutschte über ihre Schulter ab. Sie sprang, kam mit einem Aufprall, der ihr wie der Schlag eines Schmiedehammers in die Knie fuhr, neben Karis wieder auf dem Boden auf und rannte weiter.

»Wir trennen uns!«, zischte Karis ihr zu. »Das sind Jäger – einer fehlt.« Jonn verstand. Von vielen Ranjögjagden kannte sie das Spiel. Im Rennen hob sie einen Stein auf und holte ihre Schleuder hervor. »Gut!«, keuchte sie. »Du nach links!«

Karis nickte und wurde noch schneller. Jonn schwang die Schleuder, als auch schon die Reiterin, die ihnen den Weg abschneiden sollte, vor ihnen auftauchte. Im selben Augenblick schoss der Stein aus Jonns Schleuder los. Die Frau, die das Seil schwang, mit dem sie Karis zu Fall bringen wollte, schrie auf, als der Stein sie an der Schulter traf, und verlor das Gleichgewicht. Karis tauchte unter der Schlinge hindurch, schnappte sich das Seil und rannte weiter. Mit einem Ruck zerrte er die Frau aus dem Sattel. Das Pferd stolperte, verhedderte sich im Seil und stürzte. Einen Augenblick später war Karis im Gassengewirr untergetaucht. Jonn wandte sich nach rechts. Beinahe glaubte sie die Verfolger schon abgeschüttelt zu haben, als etwas Hartes ihr Schienbein traf und sie straucheln ließ. Im nächsten Augenblick schlug sie der Länge nach auf dem Sandboden hin. Bevor sie begreifen konnte, warum sie ihre Beine nicht bewegen konnte, tauchte der Einäugige neben ihr auf.

»Diebespack!«, zischte er und spuckte neben ihr aus. Gesichter erschienen in den Fenstern und Zelteingängen. Eine Mutter holte ihr Kind von der Straße weg. Was mache ich hier?, dachte Jonn. Ich bin die Enkelin von König Ravin und muss mich hier als Dieb beschimpfen lassen.

»Bluthändler!«, schrie sie und packte den Einäugigen am Hosenbein. Holz klapperte an ihrem Knie, aber sie konnte sich mit einigen gezielten Tritten befreien. Es war ein Wurfseil, verbunden mit zwei Hölzern – ideal um gejagtem Wild die Beine zu brechen. Zäh rangen Jonn und der Einäugige miteinander. Er war kräftig und gemein, riss an ihren Haaren. Endlich gelang es ihr, mit der Schleuder auszuholen. Er jaulte auf und hielt sich das Auge. Jonn nutzte den Moment seiner Blindheit, streifte das Wurfseil ab und rannte weiter. Nach wenigen Sätzen war sie in einer unbelebten Gasse angelangt.

Sie verlangsamte ihren Schritt, bis er lautlos wurde wie der Pirschlauf bei der Jagd, dann bog sie um die Ecke. Längst hatte sie die Orientierung verloren. Sie fand sie jedoch wieder, als sie um die Ecke bog und unversehens in der Gasse landete, wo das Pferd, das Karis zu Fall gebracht hatte, eben wieder auf die Beine kam. Die Reiterin, die sich den Staub vom Mantel klopfte, sah hoch. Jonn rutschte aus, als sie anzuhalten versuchte, und drehte sich um. Im nächsten Moment floh sie wieder zurück in die Gasse. Ein Wurfmesser zischte an ihr vorbei, dann noch eins. Mit Grauen wurde ihr klar, dass die Reiterin inzwischen gern auf Noriks Belohnung verzichtet hätte, wenn sie dafür die Tilopdiebin tot sah. Verzweifelt suchte Jonn Deckung und fand sie hinter einem flachen Zelt. Mit einem Satz rettete sie sich vor einem weiteren Wurfmesser, prallte gegen einen großen dunklen Gegenstand und riss ihn im Fallen mit. Mit einem hässlichen Geräusch riss der Zeltstoff. Holzstangen brachen. Jonn versuchte sich aufzurappeln, aber jemand hielt sie fest. Eine Hand schnappte an ihr vorbei und fischte ein Messer aus der Luft. Ehe Jonn sehen konnte, was geschah, schnellte das Messer wieder in die entgegengesetzte Richtung los. Ein erstickter Schmerzensschrei erklang. Jonns Verfolgerin krümmte sich – das Messer steckte in ihrem Oberarm. Der Fremde, der das Messer geworfen hatte, ließ Jonn los.

»Was willst du von ihr?« Seine Stimme klang ebenso beiläufig wie mitleidlos. »Fangt ihr jetzt schon Reisende für Siebentrals Käfige ein? Wollt ihr die hier als Feuernymphe verkleiden?« Mit klopfendem Herzen sah Jonn den Fremden an und zuckte zurück. Blaue Schuppenhaut leuchtete ihr entgegen, eine Gesichtsmaske aus Echsenleder. Ebenso blaue Augen glommen in den schrägen Schlitzen, mit weißem Staub gefärbtes Haar ließ den Mann wie ein Gespenst aussehen.

»Tilopdiebe!«, rief die Frau. Jonn wunderte sich, dass sie den blaugesichtigen Schamanen nicht für ihre Verletzung verfluchte.

»Verschwinde«, sagte der Schamane gefährlich leise. »Richte Norik aus, er kann sein Wasser aus den Eichen saugen, wenn er noch einmal jemanden dafür bezahlt, mit Messern in meiner Nähe herumzuwerfen.«

Die Frau wurde blass. Ihr Blut tropfte auf den Boden und versickerte im Sand.

»Ja, Herr«, murmelte sie. Ein letzter hasserfüllter Blick traf Jonn, dann zog sich ihre Verfolgerin zurück. Jonn atmete auf.

»Nun«, wandte sich der Schamane an Jonn. »Wozu brauchst du Noriks Tilop?«

»Das ... ist eine lange Geschichte.«

Der Schamane lachte. Durch seine Maske sah sein Gesicht bewegungslos aus, aber seine Augen blitzten amüsiert auf. »Es ist immer eine lange Geschichte. Immer.«

Jonn versteifte sich, als er sie musterte.

»Wer bist du wirklich?«

Unwillkürlich trat sie einen Schritt zurück. »Warum hast du mir geholfen?«, wich sie seiner Frage aus.

»Weil ich die Macht dazu habe«, sagte er schlicht.

Ihr Unbehagen wuchs und sie machte einen weiteren vorsichtigen Schritt von ihm weg. Er ließ es geschehen. »Ich warte auf eine Antwort«, sagte er nur. »Wer bist du?«

»Jemand, der sein Gesicht nicht unter einer Maske versteckt«, gab sie zurück.

Ohne zu zögern griff er zu seiner Maske und nahm sie ab. Die Sonne berührte seine Haut nicht oft. Er war alterslos und schön. Tiefe Schatten lagen unter seinen Augen. Spöttisch lächelte er Jonn an. »Und nun?«

»Leb wohl«, sagte sie und floh. Hinter sich hörte sie sein trockenes Lachen verhallen.

Das Tal der Dämonen

Immer noch quietschte die Kette im Wind, als Jonn zum trockenen Brunnen am Sternplatz schlich. Lange hatte ihre Suche nach Karis gedauert, aber da sie sich kaum auf die Straßen wagte, hatte sie es bald aufgegeben und sich stattdessen bis zum Einbruch der Nacht in einem schattigen Winkel verkrochen. Heimlich verfluchte sie diese ungastliche Stadt, die Hitze und Nives Entschluss, ausgerechnet hier zu leben. Am allermeisten ärgerte sie sich darüber, dass sie sich nun zu alldem auch noch um einen Stalljungen sorgte. Sie hoffte, er würde sich in der Nähe des Brunnens einfinden – der einzige Ort, der ihnen als Treffpunkt dienen konnte. Direkt zum Brunnen zu gehen wagte sie nicht aus Angst, es könnte sich wieder um eine Falle handeln, diesmal eine, die Ondyr ihr gestellt hatte.

Der Himmel über Ganarr war schwarz, argwöhnischen Augen gleich zwinkerten die Sterne. Die Hitze des Tages war verweht, nun trieb ein kalter Wind fliehende Sandwirbel durch die Straßen.

»Jonn!« Der Ruf war so leise, dass er dem Flüstern eines Traumfalters glich. In ihrer Nähe raschelte es. Sie tauchte tiefer in den Hausschatten und spähte zu der Stelle. Augen glänzten auf, dann eine helle Strähne. Karis! Sie huschte zu ihm und berührte ihn am Arm. In der Dunkelheit konnte sie sein müdes Lächeln erahnen.

»Bist du verletzt?«, wisperte sie.

»Nein. Und du wohl auch nicht. Ich hatte mir schon solche Sorgen gemacht!« Sie räusperte sich und blickte zum Brunnen. Er erriet ihre Gedanken. »Sollen wir wirklich warten?«

»Ich weiß nicht. Was, wenn es eine weitere Falle ist?«

Karis schnaubte. »Wir finden die Stadt der Wij auch ohne einen Führer«, sagte er mit fester Stimme.

»Ein wenig warten wir«, entschied sie. »Bis der Mond über den Bäumen steht.«

Ausgestorben lag der Platz da, nichts rührte sich. Der Mond trat seine Wanderung an, kletterte wie ein gemütlicher alter Mann zu den ersten Ästen der Sandeichen, erklomm die Laubspitzen und stieß sich schließlich von den Baumspitzen ab.

»Also gut«, sagte Jonn leise. »Dann eben ohne Führer.«

Karis seufzte, dann löste er sich aus dem Wandschatten und ging auf den Brunnen zu. Im ersten Impuls wollte Jonn ihn zurückrufen. Kein Verfolger tauchte zwischen den Häusern und Zelten auf, nur Karis beugte sich als einziges lebendes Wesen über den Brunnen. »Da sind Treppen«, flüsterte er. Ein Echo seufzte seine Antwort.

Jonn gab ihre Deckung auf und rannte zum Brunnen. Angestrengt blinzelte sie in das schwarze Loch. »Vielleicht wurden die Stufen für die Brunnenputzer angelegt«, überlegte sie.

Mondschein fiel auf einen Ast mit einem knotigen, runden Fortsatz. Unheimlich sah das Holzstück aus, so als würde es sich mit wurzelähnlichen Klauen an den

Brunnen klammern. Ein Schatten gaukelte einen offenen Mund vor, ein weiterer eine Augenhöhle. Jonn blinzelte noch einmal und beugte sich weiter vor. Der Ast fauchte leise und blinzelte zurück. Jonn spürte einen Ruck, ihre Hand rutschte aus, instinktiv griff sie nach Karis' Jacke.

»Was ...!«, rief er noch, als sie schon über den Brunnenrand rutschten und in die Tiefe fielen.

»...as! ...as! ...as!«, folgte ihnen das höhnische Echo. Jonn sah die Sterne davonhuschen, dann wurde es dunkel um sie. Luft riss an ihren Haaren, dann schlug sie schon auf. Es war nicht der Aufprall, den sie befürchtet hatte, keine harten Steine, kein Schmerz. Stattdessen landeten sie auf etwas, das zwar hart war, jedoch nachgab und federte. Jonn japste erleichtert nach Luft, während sie auf und ab schaukelte.

»Das ist ein Haufen von Zweigen«, hörte sie Karis' atemlose Stimme.

Im nächsten Moment ließ gleißendes Licht sie blinzeln. Eine magische Flamme zitterte vor Jonns Augen und wurde wieder dunkler, ein Feld voller blitzender Funken zurücklassend. Ein beweglicher Ast, der die Form eines Arms und einer Hand mit kurzen, spröden Fingern hatte, streckte sich nach ihr aus und befühlte eine Strähne ihres roten Haars.

»Oh, tatsächlich, das Haar der Nerenike!«, raunte eine Stimme. Augen, die Erdhöhlen glichen, in denen schwarze Käfer schliefen, wandten sich Jonn zu. Es ziepte, als sie sich mit einem Sprung aus der Reichweite des Wesens rettete und ihm ihr Haar entriss.

Das Wesen war kleiner als ein Mensch, seine Haut

sah aus wie die gefältelte Rinde der Sandeichen, dennoch konnte sich Jonn des Eindrucks nicht erwehren, einen vertrockneten Menschen vor sich zu haben.

»Was starrst du mich an?«, fragte das Wesen. »Ist meine Nase krumm?«

»Verdammt, Jonn!«, murmelte Karis und zupfte sich ein Ästchen aus dem Haar. »Wir hätten uns das Genick brechen können.«

»Er hat mich heruntergezogen!«, verteidigte sich Jonn und sprang auf. »Er ist hochgeklettert und hat meinen Mantel gegriffen.«

Das Wesen grinste, was aussah, als würde Borke zerfließen. »Genau!«, sagte es stolz. »Und jetzt kommt mit!«

»Augenblick mal«, wandte Karis ein. »Du bist nicht der Wüstenführer!«

»Doch«, sagte das Wesen und fing die magische Flamme ein. »Ihr wollt zu den Wij und von dort zum Tanzplatz der Schlangen – oder nicht?« Besorgt musterte es die Wasserflasche, die Jonn immer noch bei sich trug. »Und ihr nehmt Wasser mit. Ihr öffnet die Flasche nicht, verstanden?«

Irrte sich Jonn oder klang das Wesen ängstlich? Sie sah Karis an, der nachdenklich das Wesen betrachtete. Nach einer langen Weile breitete sich der schwache Schein eines Gedankens über seine Züge.

»Du bist ein Linlan«, stellte er fest. »Du fürchtest dich vor Wasser.«

»Ich fürchte mich nicht«, erwiderte das Wesen würdevoll. »Linlan fürchten sich niemals. Ich hasse das Wasser, das ist alles.«

»Wie heißt du?«

Der Linlan seufzte und machte eine ungeduldige Handbewegung. »Gulunk Err. Und jetzt keine Fragen mehr!« Ohne ein weiteres Wort drehte er sich um und befahl die Flamme mit einem Wink zu sich.

»Halt!«, rief Jonn ihm hinterher. »Nive! Nive Ferlagar! Hast du sie auch zu den Wij gebracht?«

Gulunk winkte ungeduldig ab. »Keine Fragen! Geister schlafen in diesem Brunnen. Fragt, wenn wir die Sterne sehen.«

»Es ist seltsam, dass ein Linlan ausgerechnet in einem Brunnen sitzt«, flüsterte Karis.

»Was ist ein Linlan?«

»Genau weiß ich es auch nicht. Iril hat mir von dem Pferd einer Kriegerin erzählt, das so hieß. Er sagte, das Pferd habe sich vor Wasser gefürchtet. Und ein Linlan sei so etwas wie ein Kobold, der sich vor nichts fürchtet – nur vor Wasser.«

»Nun, dann hat er Glück, dass er am Rand der Wüste lebt«, erwiderte Jonn mürrisch. Sie folgten Gulunk durch halb verschüttete Brunnengänge, über Kies und getrockneten Lehm. Sie sahen keine Pfütze auf ihrem Weg und im trockenen Untergrund keine Spur, die darauf hingewiesen hätte, ob vor ihnen andere Wanderer diesen Weg genommen hatten. Schließlich wurde der Gang zu einer Höhle und immer noch liefen sie, obwohl Jonn das Gefühl hatte, es müsse längst schon Morgen sein. Kalter Wind traf sie, als die Höhlenwände weiter auseinander rückten. Mondlicht fiel auf Tropfsteine. Sie waren in einem riesigen Höhlenraum angekommen. Ein breiter Ausgang tat sich vor ihnen auf. Wie eine schlafende Frau mit Armen aus Sand, weißen Schultern und Dünenhüften lag die Wüste im Sternenlicht vor ihnen. Die Stille schien zum Greifen dicht, nicht einmal der Wind übertönte das kaum hörbare Knirschen ihrer Schritte im Sand. Jonn fröstelte.

»Dort ist die Stadt«, flüsterte Gulunk.

»Ich sehe keine Stadt«, meinte Karis.

Gulunks Augen waren trocken wie seine Haut und glänzten nicht im Sternenschein. »Ihr seid in der Wüste Lonorra!«, sagte er leise. »In Lonorra gibt es alles – und manchmal nichts. Aus Sternenglanz entstehen Heere, aus den Wüstenkäfern Pferde, Katzen tragen die Dämonen durch die Nacht. Glaubt nicht daran, was ihr seht in der Wüste.« Sein Lachen klang wie das knackende Geräusch von Insektenschritten. »Ihr seid bereit die Stadt der Wij zu betreten?«

Karis und Jonn sahen sich an, dann fasste Karis zu Jonns Überraschung nach ihrer Hand. »Ja«, sagte er. »Deshalb sind wir hier.«

Gulunk lachte wieder und drehte sich um. »Dann fragt die Wächterin um Einlass«, sagte er und ging auf die Frau aus Sand zu. So schnell wurde seine davoneilende Gestalt kleiner, dass Karis und Jonn losrannten, um ihn nicht aus den Augen zu verlieren. Sand wirbelte hoch und drang ihnen in die Nase. Karis wollte Jonn etwas zurufen, aber kaum hatte er den Mund geöffnet, begann er zu husten. Der plötzliche Wind war kalt und schneidend und ließ Jonn zittern. Sie griff nach Karis' Weste, um ihn nicht zu verlieren. Aneinander geklammert taumelten sie weiter, während der Wind mit ihnen spielte, sie hin und her trieb, sie straucheln ließ und an ihren Haaren zerrte. Gulunk war verschwunden. Stattdessen erhob sich vor ihnen die Wüste selbst. Hoch wuchs die Wand aus Trockenheit und splitterharten Körnchen. Augen sahen auf sie herab, blinzelten und wurden wieder zu Sternen, Sandhaar waberte vor dem Nachthimmel.

Wirbelnde Hände griffen nach ihnen und schubsten sie herum. Ein heiseres Lachen löste sich aus dem Wind und pfiff ihnen um die Ohren. Jonn stürzte und versuchte Halt zu finden. Wie ein Insekt kniete sie in der Wüste. Plötzlich wünschte sie sich, dass Amina hier wäre. Als hätte ihr das Schicksal zugezwinkert, fühlte sie in diesem Moment etwas Scharfkantiges im Sand. Es war eine Scherbe. Nicht irgendeine Scherbe, von denen es vor Ganarr sicher eine Vielzahl gab – verstreut und vergessen, um zu Sand zerrieben zu werden. Diese hier zeigte ein Bild, das Jonn im schwachen Licht erkennen konnte. Blätter waren darauf abgebildet – und eine Hand, der zwei Finger fehlten. Nive war hier gewesen!

»Lasst uns in die Stadt!«, brüllte sie gegen den Wind. »Zwei Reisende aus Tjärg bitten um Einlass!«

»Gib mir ein Pfand«, flüsterte die Stimme der Wächterin an Jonns Ohr.

»Was willst du?«

Körnige Finger strichen über Jonns Kopf. »Du hast Nerenikes Haar«, wisperte die Stimme. »Das Haar der Dämonin.« Dann fuhr Jonn ein Ruck durch die Kopfhaut. Sie schrie auf und griff nach der schmerzenden Stelle. Eine dünne rote Strähne wand sich in der Luft und wurde im Wind davongetragen. Tränen stiegen Jonn in die Augen, sie schlug nach der Wächterin, aber alles, was sie erreichte, war, dass sie erneut das Gleichgewicht verlor und fiel. Das Lachen verklang, dann wurde es dunkel und sehr still. Langsam hob Jonn den Kopf und erkannte vor sich zwei knorrige Füße, kaum größer als ihre Hand.

»Willkommen in der Stadt der Wij«, sagte Gulunk.

*

Karis lag auf seinem Gesicht, halb von Sand bedeckt. Jonn durchfuhr der schreckliche Gedanke, er könne tot sein, doch in diesem Moment hustete der Stalljunge und stützte sich stöhnend auf seine Hände.

»He, Karis«, sagte Jonn und half ihm auf. »Hat sie dir auch deine Haare ausgerissen?«

Verwundert sah er sie an und schüttelte den Kopf. Dann fing etwas hinter ihr seine Aufmerksamkeit und seine Augen wurden groß. Jonn drehte sich um. Augenblicklich vergaß sie den Schmerz, der immer noch durch ihre Kopfhaut pochte.

Vor ihnen lag eine Ansammlung von verlassenen Gebäuden, die sich beinahe bis zu den ersten Ausläufern der schartigen roten Hügel am Horizont erstreckte. Es war keine Stadt, wie Gulunk gesagt hatte, viel eher so etwas wie eine Grabstätte von gewaltigen Ausmaßen, schauerlich, bedrohlich und – viel zu still.

»Die Wohnstätte von Göttern oder von Dämonen«, flüsterte Jonn Karis zu. »Das sind Tempel – Tausende von Tempeln.«

»Für die Wij«, bestätigte Gulunk ernst. »Jeder, der in Ganarr sein Zelt aufschlägt oder ein Haus baut, muss zuerst ein Haus für die Wij bauen – sonst kommen sie und wohnen bei ihm. Die Menschen versuchen sie mit den Abbildern von Augen fern zu halten, aber ...« Sein trockenes Lachen vollendete den Satz treffender als jede Erklärung.

»Ich habe in Ganarr wenige Häuser gesehen, die so prächtig waren wie diese Tempel«, bemerkte Karis.

»Bausteine sind teuer«, entgegnete Gulunk geduldig. »Die meisten Menschen haben nach dem Bau einer Wohnstatt für die Wij nicht mehr genug Geld für ihre eigenen Haussteine und müssen deshalb in einem Zelt leben.«

»Ihr habt sehr verwöhnte Nachbarn«, stellte Jonn fest. Karis stieß sie an und sah sich besorgt um, aber kein rachsüchtiges Gesicht aus Sand verdunkelte den Mondhimmel. In der Ferne verlor sich die Wüste, hinter ihnen war keine Stadt mehr zu sehen.

»Kommt mit!«, flüsterte Gulunk. »Wir gehen zum Sternplatz. Von da aus führt der Weg zum Tanzplatz der Schlangen. Aber wenn ihr dorthin wollt, nehmt euch vor den Wassersuchern in Acht. Sie töten jeden, der Wasser aus der Wüste stiehlt.«

»Ist Nive zum Tanzplatz der Schlangen gegangen?«, fragte Jonn.

Er zuckte die Schultern und lief voraus. Die Stadt glich einem Labyrinth. Wie die Augen von Totenschädeln gähnten ihnen die Eingänge der Tempel entgegen. Jonn bildete sich ein, dass Gestalten im Dunkel lauerten und Sandhände sich bereits zu Fäusten ballten. Sie erahnte schattenhafte Bewegungen, fürchtete sich davor, die Ahnung zur Gewissheit werden zu lassen, und hoffte doch, jeden Augenblick Nive aus einem der Tempel treten zu sehen. Schleichende Schritte begleiten sie.

Stimmen wisperten. Immer wieder glaubte Jonn neugierige Finger zu fühlen, die an ihren Haaren zupften.

»Wo ist Ganarr?«, raunte ihr Karis zu. »Glaubst du, wir sind in einem anderen Land – oder sind wir vielleicht auf der anderen Seite, über die Grenze der Lebenden gegangen?«

»Nein, Karis. Ich glaube, die Wüste spielt uns einen Streich. So wie Ondyr es uns gesagt hat. Warte!«

Sie tastete nach ihrem Muschelhorn und hob es an die Lippen. Samtweich fühlte sich das Perlmutt an ihren Lippen an. Als sie hineinblies, vibrierte es leicht und entließ einen langen, klingenden Ton in die Luft. Jonn staunte, wie melodiös er in dieser Sternenluft klang. Hier war das Horn ein Instrument. Gulunk hatte sich umgedreht und starrte sie mit einer erschreckten Faszination an. Die Luft schien sich zu krümmen, Steinwände bogen sich wie Spiegelbilder im See. Jonn wurde schwindlig davon. Von weit her erklang ein Wiehern, dann sprang ein gläserner Wirbel durch den Himmel. Wasser floss und schwang in einem Gefäß, das die Form eines Pferdes hatte. Wasserfall war die Mähne, Uferschaum das Fell, Wellen und Strudel die Muskeln und peitschende Gischt die langen Beine. Ein heulender Wind erhob sich, dann kam das Wesen aus Wasser zum Stehen und verdichtete sich – zu Libun.

»Nein!«, kreischte Gulunk. Er stolperte so schnell rückwärts, dass er mehrmals fiel. Jonn hatte Angst, er würde zerbrechen.

»Wasser!«, klagte der Linlan. »Ihr bringt Wasser!« Er schirmte seine Augen mit der Hand ab, rappelte sich auf und floh. Wenige Augenblicke später waren sie allein.

Jonn starrte betroffen auf die Stelle, an der die Dunkelheit Gulunk verschluckt hatte.

»Wir sind unseren Führer los. Das ... wollte ich nicht!« Libun scharrte mit dem Vorderhuf im Sand und sah sich mit großen Augen um.

»Libun wurde aus Meerwasser geschaffen«, stellte Karis fest. »Sie hat eine magische Grenze überschritten – Gulunk hat sie als das gesehen, was sie ist. Nun, wir werden wohl auf eigene Faust weitersuchen müssen. Zuerst sehen wir uns in der Stadt um.« Jonn nickte nur und folgte ihm. Sie war froh, dass Karis sie für ihre Unüberlegtheit nicht tadelte. Die Scherbe in ihrer Hand schien zu brennen.

Sie suchten lange, doch auch auf dem größten Sternplatz waren keine Spuren zu sehen. Sie irrten durch die Gassen und tasteten sich an dunklen Wänden entlang. Schließlich bogen sie in einen Hof ein und kauerten sich erschöpft an die Mauer.

»Wir können tagelang suchen!«, stellte Jonn fest. Missmutig zog sie die Wasserflasche hervor und nahm einen tiefen Schluck. »Ich habe den Verdacht, dass dieser Linlan nur den Auftrag hatte, uns in die Irre zu führen.«

Sie starrte in den schwarzen Eingang eines Wijtempels und kämpfte das Gefühl nieder, dass etwas darin saß und sie gierig angrinste.

»Heute kommen wir nicht weiter«, sagte Karis und gähnte. »Lass uns warten, bis die Sonne aufgeht.«

Am liebsten hätte Jonn ihm Recht gegeben, aber sie schüttelte den Kopf und rieb sich ihre brennenden Augen.

»Nein«, sagte sie. »Ich habe die Scherbe gefunden.

Vielleicht sitzt Nive in einem der Tempel und braucht Hilfe.«

»Willst du jeden der tausend Tempel durchsuchen? Jonn, wir haben kein Licht, wir sind müde ... Kannst du spüren, dass sie noch lebt? Ihr habt eine Verbindung, so ist es doch?«

Erstaunt betrachtete sie den Schattenriss seines Gesichts. Ein Glänzen verriet, wo seine Augen sein mussten.

»Ja, Karis«, sagte sie leise. »Ich habe eine Verbindung zu ihr – aber ich fühle weder Gefahr noch würde ich ihren Tod spüren können.«

»Wie ist das, ihr so nahe zu sein? Ich habe tausendmal von ihr geträumt, aber nie ... nie so, dass ich wüsste, wie es ihr geht oder was sie denkt.«

Beinahe hätte Jonn gelacht. »Karis«, begann sie. »Nive ist ... na ja, es gibt einige junge Männer, die von ihr träumen. Sie weiß zwar, wer du bist, aber ich glaube nicht ...«

»Ich habe sie das erste Mal gesehen, als ich aus dem Wald kam, um von Iril zu lernen«, sprach er einfach weiter. »Sie trug einen Verband an ihrer linken Hand. In diesem Moment dachte ich, ich würde ihr gerne helfen, ich würde gerne denjenigen töten, der ihr das angetan hat. Kannst du das verstehen?« Jonn schwieg. »Nur, es gab niemanden, den ich hätte bestrafen können. Ein Ranjög lässt sich nicht bestrafen, es war tot, sein Fell hing zum Trocknen im Burghof und wartete auf den Gerber. Und so fühle ich mich immer. Ich möchte ihr helfen, aber es geht nicht.«

»Bist du deshalb mitgekommen?«

»Sie ist Nive«, sagte er schlicht. »Ich gehöre ihr. Hier, siehst du?« Er nestelte an seinem Hals und zog ein schmales Lederband hervor, an dessen Ende ein Anhänger baumelte. Selbst im schwachen Mondglanz erkannte Jonn, dass es ein geschliffener Tamarisstein aus dem großen Waldsee war – ein Geschenk, das sich Liebende machten. »Ich werde ihn Nive schenken oder keiner!«

»Ach Karis«, murmelte Jonn. Nie würde Nive einen Tamaris annehmen. Schon gar nicht von einem verliebten Narren wie Karis.

*

Der Schlaf war schwer und drohte sie zu ersticken. Wind strich um sie herum wie ein Hund, witterte mit kühlem Atem an ihren Wangen. Obwohl Jonn die Augen geschlossen hatte, erkannte sie die Umrisse der Tempel und spürte Karis' Schulter an der ihren. Er war zur Seite gesunken und schlief, während sie im Dämmerzustand zwischen Traum und Wirklichkeit schwebte. Sie bildete sich ein, Gestalten zu sehen, die aus den Tempeln krochen. Schattenfinger streckten sich nach ihr aus. »Nerenike«, flüsterte eine Stimme und der Nachtwind zupfte an einer Strähne. Die Gesichter der Dämonen waren alt, aber von einer Schärfe und Klarheit, die ihr den Atmen nahm.

»Sie hat den Linlan vertrieben«, flüsterte eine Stimme. »Und sie befiehlt dem Wasser.«

»Nein«, murmelte Jonn. »Libun ist ein Regenbogenpferd. Ich befehle niemandem. Ich suche Nive.« Eine Hand berührte ihre Wange, aber sie war nicht rau und körperlos wie die der Wächterin, sondern feingliedrig und zart. Jonn schlug die Augen auf. Ihre Schwester war da – im Wüstengewand, mit Haar, das länger war als früher und von der Sonne gebleicht. »Komm mit, Jonn!«, sagte Nive. »Ich zeige dir etwas im Glas!«

»Nive!«, schrie Jonn. Ein Raunen erhob sich um sie herum, dann schälten sich schräge Augen aus der Nacht. Mühsam blinzelte Jonn. Nive war fort.

»Jonn?« Karis' besorgte Stimme klang schläfrig.

»Nichts«, flüsterte sie. »Nur ein Traum.« Ein Lichtstreif verschwamm vor ihren Augen, die Morgensonne legte einen rötlichen Glanz auf die Mauern. Kein Nebel störte die kristallklare Sicht. Nur die schrägen Augen waren immer noch da. Jonns Herz begann schneller zu schlagen. Der helle Streif verdichtete sich zu fleckigem Fell.

»Nicht bewegen«, flüsterte Karis.

Die Martiskatze fauchte. Dolchzähne glänzten im roten Morgenlicht. Im Bruchteil dieses Augenblicks, in dem Jonn nach ihrer Schleuder tastete und aus dem Augenwinkel wahrnahm, wie Karis nach einem langen Stück Holz griff, schien die Zeit stehen zu bleiben. Während die Jägerstimme in ihrem Kopf ihr mit sachlicher Stimme befahl, sich auf die weiche Stelle an der pelzigen Kehle zu konzentrieren, die Hand ruhig zu halten und zum Sprung bereit zu sein, konnte sie nicht anders als die Katze zu bewundern: das silberhelle Fell mit der dunkleren Fleckenzeichnung, die spitzen Ohren, das kluge, grausame Gesicht mit der Zeichnung von fünf Zacken, die ihm einen wütenden Ausdruck verliehen. Schnurrhaare wie aus feinem Glas zuckten. Selbst für eine Martiskatze war das Tier riesig, allein ihre Tatzen waren so groß wie ein Menschenkopf. In einem eingespielten Tanz wichen Karis und Jonn zurück, während das Raubtier ihnen wie ein dritter Tänzer folgte, nach rechts, nach links, mit geschmeidigen Bewegungen. In dem Hof, so wurde Jonn bewusst, würden sie keine Chance haben.

»Zum Tor!«

In diesem Moment schnellte die Katze los. Ihr langer Körper spannte sich. Krallen blitzten, als sie wie ein riesiges, todbringendes Schiff auf sie zusegelte. Jonn duckte sich und sprang zur Seite. Ein dumpfer Laut und ein fauchender Schrei sagten ihr, dass Karis das Tier mit dem Stock abgewehrt hatte. Sie warf sich herum und hob einen Stein auf. Staub wirbelte ihr entgegen, durch den Sandnebel sah sie Karis und die Katze im Hof kämpfen. Mit einem trockenen Schlag krachte der Stock auf den Katzenschädel. Die Martiskatze schüttelte den schweren Kopf, fegte herum und sprang erneut. Jonn rannte und holte mit dem Stein aus. Das Geschoss riss den Kopf des Raubtiers herum. Blut tränkte das Fell über der Nase. Das Ungeheuer strauchelte, leckte sich benommen die Lefzen und sah sich um. Sein Blick fand Jonn.

Sie erinnerte sich nicht daran, wie sie aus dem Hof gekommen war, sie wusste nur, dass sie durch die Straßen der Dämonenstadt rannte, hinter sich die schleichenden Sprünge der Katze. Sie war nah, viel zu nah! Im Laufen riss Jonn ihr Jagdmesser aus dem Beutel und rettete sich hinter eine Mauer. Die Katze war so schnell bei ihr, dass sie kaum reagieren konnte. Verschwommen sah sie eine dunkelrote Raubtierzunge und spürte, wie ihr Messer auf Widerstand traf und warm wurde, doch eine riesige Pranke begrub ihre Schulter. Krallen bohrten sich in die Haut, Zähne schnappten knapp an ihrem Hals vorbei.

»Weg!«, brüllte Karis und wieder wirbelte die Katze herum, ihre Pranken flogen durch die Luft. Muskeln spannten sich zum Sprung.

»Nein!«, schrie Jonn. »Renn!«

Der blitzschöne Körper schnellte los. Für einen Moment sah es so aus, als wollte die Martiskatze die Sonne fangen, dann sackte der Kopf herunter, sie krümmte sich in der Luft, verlor ihre Bahn und fiel wie ein silberner Stern. Staub wirbelte hoch, als der mächtige Körper auf dem Boden aufprallte. Noch zweimal zuckten die Pranken, dann lag die Bestie still. Fassungslos starrte Jonn auf den Pfeil, der aus der Seite der Katze ragte. Karis lag auf den Knien, sein zerrissener Ärmel war mit Blut getränkt, aschfahl starrte der Stallbursche auf das tote Tier. Ein Pfiff ertönte.

Blinzelnd sah Jonn sich um und erstarrte. Auf dem Dach eines niedrigen Tempels stand ein Mann mit milchweißer Haut. In der Hand hielt er einen Bogen. Sein schwarzes Haar, das einer Mähne glich, flatterte im Wind. Jonn sah eine gerade Nase und hohe Wangenknochen. Kurz ließ der Fremde, der noch vor wenigen Tagen als Sternentier verkleidet gewesen war, seinen Blick über Jonn und Karis wandern. Karis' Pferd tauchte in der Biegung auf und spitzte die Ohren. Es trug kein Zaumzeug mehr, lediglich eine Satteldecke war auf dem Rücken festgeschnallt. An den Riemen waren mehrere Beutel und Taschen befestigt – und zerbrochene Gegenstände, Tonscherben und Trümmer von verziertem Holz.

»Mein Pferd!«, rief Karis. Der weiße Mensch sprang geschmeidig vom Dach und griff dem Pferd in die Mähne um aufzusteigen, doch schon war Karis bei ihm. Bevor der Fremde reagieren konnte, hatte der Stallbursche ihn zu Boden gezerrt.

»Du stiehlst mir Kabaka kein zweites Mal!«, knurrte Karis und holte aus. Der Mann zischte und wand sich in seiner Umklammerung wie eine Schlange. Ein Hieb traf Karis in die Seite. Jonn vergaß den Schmerz in ihrer Schulter und stürzte los. Sie waren wie zwei Hunde, die sich ineinander verbissen hatten, Jonn taumelte unter einem unabsichtlichen Hieb. Nur das Geräusch ihres keuchenden Atems war zu hören. Dann ertönte hinter ihr ein viel lauterer, tieferer Atem. Erschrocken sah der Fremde auf und ließ Karis los. Mit einem kehligen Schrei sprang er an Jonn vorbei. Blinzelnd und mit offenem Mund starrte Karis auf die Wand aus Sand, die sich vor ihm erhob. Von einem Augenblick zum anderen wurde der Morgenhimmel dunkel, Dämonenaugen blitzten wütend, Zähne funkelten im Sand. Jonns Haare sträubten sich vor Entsetzen. »Katzen sind die Reittiere der Dämonen«, erinnerte sie sich an Gulunks Worte. Keine gute Idee, ein solches Reittier zu töten.

Mit einem Satz war sie bei Libun. Murmeln umbrandete Jonn, die Dämonen verharrten, wuchsen zu einer Säule aus Sand und Hass in den Himmel, wagten sich jedoch nicht näher heran.

»Karis!«, rief sie. »Komm hierher zu Libun. Die Wij

fürchten Wasser!« Er duckte sich und rannte zu ihr. So nah wie möglich drängten sie sich an das kühle Fell des Regenbogenpferdes. Der Sternenmann fürchtete das Pferd aus dem Meer nicht, schützend stellte er sich vor die Gruppe und zog einen silberweißen Schlauch von seinem Rücken – Schlangenhaut. Mit einem schnellen Griff löste er ein Lederband und ging auf den Wirbel zu. Warum greifen die Dämonen ihn nicht an?, fragte sich Jonn. Ein Heulen ging durch den Sand, als er Schwung holte und den Schlauch durch die Luft schwenkte. Ein Tropfenschleier blitzte auf. Zischend wichen die Dämonen noch weiter zurück. Der Fremde blieb stehen, neigte den Kopf in einer entschuldigenden Geste und legte seinen Bogen nieder. Unter den unerbittlichen Augen zog er sich rückwärts gehend zurück. Dann drehte er sich um und ging einfach davon. Karis' Pferd trottete ihm hinterher. Verdutzt sahen ihm Karis und Jonn nach.

»Folgen wir ihm«, flüsterte Jonn. Immer noch starrten die Augen sie an, das Rauschen der wirbelnden Sandsäule wurde lauter, vielstimmiges aufgeregtes Murmeln erklang, während sie mit weichen Knien dem Sternenmann folgten.

Lange gingen sie durch sandweiße Unendlichkeit. Libun schimmerte wie ein Trugbild, Jonns Sichtfeld verschwamm, doch sie erkannte, dass ihr Pferd wieder zu Tropfen und Wasserfall wurde. Kein Wächter hielt sie zurück, als sie durch eine unsichtbare Mauer glitten und sich in einem veränderten Wind wiederfanden. Vor ihnen erhob sich eine Gruppe von Bäumen und weit am Horizont ein zerklüftetes Wüstengebirge. Hinter ihnen befand sich flache Wüstensteppe und das Sandeichendach von Ganarr. Der Fremde blieb stehen und schüttelte sich den Staub aus dem Haar.

»Wer bist du?«, wandte sich Jonn an ihn.

Irrte sie sich oder zeigte sich ein amüsiertes Funkeln in den grauen Sternaugen? Immer noch sagte der Fremde nichts, er stand nur in einer angespannten Haltung da, als warte er darauf, entlassen zu werden. Nun, den Gefallen würde ihm Jonn nicht tun.

»Wer auch immer du bist. Wir danken dir für deine Hilfe. Ich bin Jonnvinn Ferlagar. Und das ist Karis Tow. Wir kommen aus Tjärg.«

Der Fremde musterte sie lange, aus seiner Reglosigkeit schloss sie, dass er sie möglicherweise verstand. Für einen Augenblick überraschte sie eine plötzliche Berührung – die Verbindung, die sie bereits vor der Schänke in Humran zu dem Sternentier gefühlt hatte, war wieder zu spüren. Unendliche Trauer offenbarte sich Jonn. Betroffen starrte sie das ruhige Gesicht des Mannes an, das nichts von diesen Gefühlen erkennen ließ.

»Hör zu«, sagte sie eindringlich und so deutlich wie möglich. »Wir müssen zum Tanzplatz der Schlangen. Kannst du uns zeigen, wie wir dorthin kommen?«

Der Fremde sah sie immer noch ausdruckslos an, dann schien er einen Entschluss zu fassen. Auf ein Zeichen von ihm hob Karis' Pferd den Kopf und kam heran.

»Halt!«, sagte Karis. »Du steigst da nicht auf! Das ist mein Pferd, verstanden?« Der Fremde wandte sich mit einem hochmütigen Gesichtsausdruck zu Karis um. Noch einmal schätzte er Karis' Kraft ab, dann drehte er sich einfach um und ging zu Fuß in Richtung der Berge. Kabaka wandte den Kopf und trottete dem Sternenmann hinterher wie ein Hund.

»Gut, wir folgen ihm«, knurrte Karis. »Aber halt ihn weg von mir.«

Verbotener Sand

Jonns verletzte Schulter schmerzte, die trockene Blutkruste riss mehrmals auf und auch Karis stöhnte, weil eine Kratzwunde am Oberarm ihm zu schaffen machte. Viel mehr Sorgen als die Fleischwunden, die bald heilen würden, bereitete Jonn die Tatsache, dass ihr Wasser zur Neige ging. Unermüdlich stolperten sie hinter dem Fremden her. Während dieser Wanderung lernte Jonn zweierlei: Zum einen, dass die Wüste nicht war, was sie sahen, denn bald zersplitterte das, was sie für eine unendliche Ebene vor den roten Bergen gehalten hatte, in felsige Anhöhen und steinige Hügel. Zum anderen hatte Ondyr Recht gehabt, wenn er sagte, dass der Wind alles durcheinander brachte. Die Hitze ließ Bilder vor ihren Augen flimmern, gaukelte ihnen mal eine Stadt vor, mal Gesichter und mal einen von Kletterranken umwachsenen Brunnen. Sie erklommen sandige Felswege, stiegen bergan, bis sie sich wieder am Anfang weiter Ebenen befanden. Hier und da ragten sogar kleinere Sandeichen aus dem Boden.

Jonns Fuß knickte um und sie stolperte zur Seite. Im Schatten der Sandeichen war sie beinahe blind, doch sie erkannte etwas, das sie den Atem anhalten ließ. Es war eine Spur. Und sie war noch nicht verweht.

»Hier sind Wagen vorbeigekommen«, sagte sie. Karis besah sich die Spur und nickte.

»Die Wagenräder sind breit und außerdem mit Stoff gepolstert«, fuhr Jonn fort. »Solche Wagen könnten Glasmacher dazu verwenden, um zerbrechliche Fracht zu transportieren. Farrin sagte, Nive habe Glasscheiben mitgenommen.«

»Man braucht keinen Wagen, um ein paar Glasscheiben zu transportieren«, sagte Karis. Es müssen viel mehr Menschen gewesen sein und sie transportierten eine schwere Last.« Er hob den Blick und sah Jonn mit einem Ausdruck kindlicher Hoffnung an. »Meinst du, Nive ist auf einem dieser Wagen mitgefahren?«

Jonn musste sich räuspern und fühlte, ob die Scherbe noch da war. In der Fremde war sie das einzige Stück Wirklichkeit, das ihr Halt gab.

»Ich denke, dass Nive in der Stadt der Dämonen war und sie auf diesem Weg wieder verlassen hat.«

An einigen Stellen waren die Spuren verweht, dann und wann tauchten sie wieder auf, neben verschlungenen Zeichen, die schuppige Körper in den Untergrund gedrückt hatten. Es war unheimlich, wie unbekümmert der Fremde voranschritt, obwohl hier giftige Schlangen sein mochten. Einmal glaubte Jonn ein Zischen zu hören, aber kein Tier ließ sich blicken, nicht einmal ein Vogel.

Als die Sonne schon so tief stand, dass selbst die Kapuze des Kiltmantels Jonn nicht mehr vor ihren Strahlen schützen konnte, teilten sie das letzte Wasser mit den Pferden. Voller Sorge bemerkte Jonn, wie sehr Libun litt. Ihr Mähnenhaar war stumpf und spröde wie Stroh.

»Wir müssen wahnsinnig sein«, flüsterte Karis. Sein

Gesicht war verbrannt, sodass er an eine Feuernymphe mit Waldmenschenaugen erinnerte. Kühlsalbe, dachte Jonn. Ich habe noch Steinkrautpulver. Wenn wir Wasser hätten ... Dass sie und Karis dasselbe gedacht hatten, sah sie, als sie sich beide gleichzeitig nach dem Sternenmann umdrehten. Er war bereits weit vorausgelaufen. Jonn stieß einen Jägerpfiff aus und der Fremde drehte sich ruckartig um.

»Lass uns verschnaufen!«, rief Jonn ihm zu. »Wir ... haben kein Wasser mehr. Kann ich dir einen Wasserschlauch abkaufen?«

Sie kam sich töricht vor. Im Gegenlicht konnte sie nicht erkennen, was er von ihrer Frage hielt. Schließlich griff er nach einem der Wasserschläuche auf seinem Rücken und legte ihn in den Sand. Er nahm Kabaka die Satteltaschen ab und band dem Pferd etwas um den Kopf. Ohne Jonn und Karis noch einen Blick zu gönnen, drehte er sich schließlich um und ging einfach weiter. Kabaka blieb bei dem Wasserschlauch stehen und äugte ihm hinterher.

»Ein freundlicher Führer, wirklich«, murrte Karis. Jonn kostete es alle Willenskraft, ihre Beine zu bewegen und weiterzugehen. Keuchend kamen sie bei dem Wasserschlauch an. Voller Unbehagen erkannte sie, dass er wirklich aus einer Schlange gemacht war. Nur der Kopf fehlte, stattdessen hielten eng geschnürte Bänder eine schnabelartige Öffnung geschlossen. Kabaka war mit einem dünnen weißen Seil an den Wasserschlauch angebunden. Neben den dunklen Hufen des Treiberpferdes zeichnete sich ein in den Sand gezogener Wegweiser ab. Ein Pfeil, der nach rechts zeigte. Jonn kniff die Augen zusammen und sah sich um – aber der weiße Mann war längst verschwunden, als hätte der Wind ihn davongetragen.

*

Jonns Zähne klapperten in der Kälte. Nie hätte sie gedacht, dass eine Nacht in einem so heißen Land so kühl sein konnte. Über ihnen wölbte sich ein frostiger, diamantklarer Himmel. Dicht drängten sich die beiden Pferde zusammen und zermalmten zwischen ihren Zähnen die letzten Reste des Wildhafers, den Karis noch in den Satteltaschen gefunden hatte. Jonn und Karis saßen Rücken an Rücken, die Messer in den Händen. Kein einziges Geräusch war hier vertraut, kein schützender Wald schloss sich um sie wie eine ruhige, blattsanfte Hand. Besorgt dachte Jonn daran, wie schlecht sie für die Reise in die Wüste gerüstet waren, und sie schalt sich für ihr überstürztes Handeln. Mehr denn je schmerzten ihre Wunden.

»Was war das?«, flüsterte Karis.

Jonn riss die Augen auf und versuchte etwas zu erkennen. »Es hat sich angehört wie ... ein heulendes Tier ...«

»... dem man bei lebendigem Leib das Herz herausgerissen hat?«

Für einen Augenblick war es still, dann setzte das Heulen wieder ein. Es begann schwach und zittrig wie der Schrei eines Kindes, dann aber steigerte es sich, schraubte sich hoch zu so unglaublicher Qual, dass Jonn die Tränen in die Augen stiegen. Noch eine Jammerstimme setzte ein und noch eine. Kein Wort war erkennbar, nur dieser Ton nacktester Verzweiflung. Lange heulten die Wesen ganz in ihrer Nähe, während Jonn und Karis sich nicht zu rühren wagten. Alle Ängste heulten die Geschöpfe hervor. Jonn sah Nive, tot und unter Wüstensand begraben, sie sah sich und Karis, verdurstet und für immer verloren. Erst als der Mond schon weit über ihnen stand, wurden die klagenden Rufe zu einem Wimmern und verstummten endlich ganz.

»Was findet Nive nur an diesem Land?«, murmelte Karis.

Jonn schwieg und rückte ein Stück von ihm ab. Das Heimweh überschwemmte sie mit solcher Intensität, dass sie am liebsten ebenso aufgeheult hätte wie die fremden Wesen. Auf der Suche nach Trost holte sie das Notizbuch ihres Vaters hervor, das sie vor wenigen Tagen beim Spiel gewonnen hatte. Viel konnte sie im spärlichen Licht nicht erkennen, aber sie kannte die Einträge ohnehin so gut, dass sie mehr in der Erinnerung las als auf den überschatteten Seiten. Das Buch war sicher schon ein ganzes Leben alt. Bevor es ihr Vater besaß, hatte es seinem Lehrmeister Darian Danalonn gehört. Wellig und abgegriffen waren die Buchdeckel, viele der Zeilen waren verwischt, die Seiten vergilbt. Skizzen von Gesichtern fanden sich darin, die Darian als Zauberschüler gemacht hatte. Später hatte Jonns Vater als junger Mann darin ihre Mutter gezeichnet, vor vielen Sommern, als er in den Silberminen von Lom gefangen war. So viele Gefahren hatten diese Seiten berührt, so viel Leben steckte darin, dass Jonn immer glaubte das Kribbeln der Erinnerungen in ihren Fingerspitzen zu fühlen. Weiter hinten wurde das Buch ruhiger. Dort hatten

Jonn und ihr Vater nur noch ihre abendlichen Spielstände eingetragen. Die ersten waren in kindlicher Schrift geschrieben, als Jonn darauf bestanden hatte, sie selbst zu notieren, damit ihr Vater nicht mogeln konnte.

Das ist die einzige Gefahr, die ich zu fürchten habe, dachte Jonn. Meine Eltern und Großeltern haben Kriege überlebt und Wunden davongetragen; meine größten Abenteuer sind die Ranjögjagden und hier und da ein Kolpspiel mit meinem Vater. Und schon ein paar Schreie in der Nacht schüchtern mich ein.

*

Natürlich träumte sie von Amina. »Eine Reise ist wie ein wildes Bantypferd«, sagte ihre Großmutter. »Wenn du denkst, du kennst die Richtung, wirft es dich ab und schleift dich am Steigbügel so lange hinter sich her, bis du die Richtung verlierst.« Sie lachte mit gutmütigem Spott und ging zu Nive, die an einem Tisch saß. Ohne zu fragen griff sie nach dem Glas, das Nive bemalte, und zerschmetterte es. Mit einem Ausdruck von ehrlichem Staunen starrte Nive auf die Scherben. Die Sonne spiegelte sich darin, dann ein Gesicht – Karis.

»Jonn? Bist du wach?«

Sie schluckte trocken, den Traum noch vor Augen und nickte benommen. Die Angst war wieder da, die nackte, heulende Angst um ihre Schwester.

Immer mehr Schlangenspuren säumten ihren Weg. Kein lebendes Wesen begegnete ihnen, als sie sich am Saum des Gebirges entlangschleppten. Zwischen zwei Ausläufern aus Fels, die sich wie schützende Arme um ein kleines Tal breiteten, wurde der Sand unter ihren Füßen pulverweich und samtig. Jonn hob eine Hand voll davon auf und ließ ihn durch die Finger rieseln. Unwillkürlich musste sie lächeln, denn der Sand begann in allen Farben zu schillern.

»Jonn – sieh dich einmal genau um!«

Jonn ließ ihren Blick über die Dünen schweifen.

»Nicht dort! Direkt vor dir. Die Sonne steht in deinem Rücken – aber du hast keinen Schatten!«

Jonn blinzelte und betrachtete den flimmernden Untergrund. Karis hatte Recht. Auch Libun und Kabaka waren schattenlos, ihr Fell war ungewöhnlich hell, so als fände die Dunkelheit in den Vertiefungen und Linien ihrer Körper keinen Halt. Selbst die Felsen gleißten und boten keinen Schutz vor der Sonne. Jonn fühlte sich mit einem Mal sehr verletzlich und ausgeliefert.

»Lass uns näher am Felsen entlanggehen«, sagte sie. »Wenn wir hier mitten in der Wüste herumspazieren, kann man uns auf viele hundert Schritte sehen.«

Mit einem mulmigen Gefühl suchten sie den Hügelsaum ab, hielten an den windstillen Stellen Ausschau nach weiteren Spuren, aber weit und breit fanden sie kein Lebenszeichen. Der Wasserschlauch sah inzwischen aus wie eine sehr klägliche Schlange, über die sich ein Ranjög gewälzt hatte.

»Wir werden bald Wasser brauchen«, stellte Jonn fest. Karis betastete die verbrannten Stellen auf seinen Wangen. Jonns Heilsalbe half zwar, doch es würde trotzdem noch Tage dauern, bis die Haut sich erholt hatte. Jonn stand auf und streifte Libun das Zaumzeug ab. Das Pferd wirkte müde und ausgelaugt, aber auf Jonns Ruf hin setzte es sich in Bewegung und machte sich mit gesenktem Kopf auf die Suche nach Wasser. Nach ein paar unschlüssigen Runden blieb es ratlos stehen und witterte.

Verzweifelt starrte Jonn den Boden an, versuchte sich darunter eine Quelle vorzustellen, irgendwo, wenn sie nur tief genug graben könnten, und übersah dabei beinahe einen dunklen Fleck rechts von ihr. Erst dachte sie, es sei der Schatten einer Wolke, aber der Fleck war zu schwarz und kroch viel zu schnell über den Sand. Libun bockte und galoppierte ein Stück davon.

Jonn wich einen Schritt zurück, der Fleck folgte ihr – er hielt sogar genau auf sie zu! »Renn!«, schrie Karis.

Jonn machte einen Satz und lief los. Sie stolperte, weil sie sich immer wieder umsah, aber den Schatten wurde sie nicht los. Er kam näher und näher, so viele Haken sie auch schlug. Höhnisch schien er ihre Bewegungen nachzuahmen – und wurde zum Schattenriss eines Mädchens mit langem Haar. Als Jonn sich das nächste Mal umsah, wuchs die schwarze Gestalt direkt aus ihren Fersen. Sie rannte noch ein paar Schritte und blieb verdutzt stehen. Das, was sich an ihre Fersen geheftet hatte, war ein ganz gewöhnlicher Schatten. Karis stand einige Pferdelängen von ihr entfernt – immer noch schattenlos – und starrte auf den Boden. Ratlos betrachteten sie eine Weile den Fleck, dann deutete Karis auf Libun. »Sie hat etwas gefunden!«

Jonn fuhr herum. Tatsächlich, ihr Regenbogenpferd trabte mit hoch erhobenem Kopf ein paar Schritte, witterte wieder, trabte weiter auf ein Ziel zu, das am Rand der gleißenden Berge lag. Für einen Augenblick vergaß Jonn ihren Schatten und den Schreck.

»Los, hinterher!«

Kabaka ächzte unter der Last von zwei Reitern, aber Libun war schon so weit vorausgelaufen, dass ihre Beine im Hitzeflimmern kaum zu sehen waren. Sie hielt auf eine Höhle zu. Jonn sah sich besorgt um. Doch das Tal war leer.

»Wir müssen uns beeilen«, flüsterte sie Karis zu. »Und dann so schnell wie möglich wieder verschwinden, bevor ein Wassersucher auftaucht.«

Inzwischen hatte Kabaka Libun eingeholt. Die Hufschläge klangen dumpf und vervielfältigten sich wie Echos. Erst als Karis vom Pferd stieg, fiel Jonn auf, dass auch Libun reglos stand. Die Hufschläge dagegen hallten immer noch durch die Wüste.

»Los, hinter die Felsen!«, befahl Jonn.

Karis fluchte und spähte zum Horizont. Noch erhob sich dort nur ein Saum aus Staub, aber der Wind trug ihnen die Geräusche zu, als hätten die Reiter sie schon eingeholt. Libun legte die Ohren an und floh. Fassungslos blickte Jonn ihrem Pferd nach.

»Steh nicht herum! Renn!«, zischte Karis ihr zu. Mit stechenden Lungen kamen sie hinter dem Felsen an. Karis schrie auf und prallte gegen Jonn. Sie stolperte. Sand schabte über ihre Wange, dann sah sie zwei nackte Füße und im nächsten Moment zwei Hände, die sich im Sand aufstützten. Eine davon hielt ein schmales Messer.

»Nicht bewegen!«, befahl ihr eine leise Mädchenstimme. Die Fremde holte aus und durchschnitt Jonns Schatten. Es knirschte. Eine scharfe Furche blieb dort im Sand zurück, wo die Klinge den Sand geteilt hatte. Der Schatten floh in die Wüste zurück.

»Bleibt stehen und sagt kein Wort!«, zischte das Mädchen. »Wir sind in einem Bannkreis! Wenn ihr still seid, sehen sie uns nicht!«

Einen Atemzug später waren sie da. Fünfzig mussten es sein – auf Wüstenpferden preschten sie heran und umkreisten den herrenlosen Schatten. Mit dem Rücken standen Jonn, Karis und die Fremde währenddessen am Fels und wagten nicht zu atmen. Karis hatte die Hand auf Kabakas Nase gelegt, um sie ruhig zu halten.

»Der Schatten ist allein«, sagte eine Stimme, die Jonn bekannt vorkam. Die Stille, die darauf folgte, war noch bedrohlicher als der Angriff. »Jemand muss hier sein.« Jonn hielt die Luft an. Schritte erklangen, dann bog eine Gruppe von Wassersuchern um die Ecke. Säbel blitzten in der Sonne und ließen Reflexe über Kabakas Fell wandern. Jonn betete, dass der Bannkreis hielt, was das Mädchen versprochen hatte. Ihr Herz kam vor Schreck aus dem Takt, als der große Wassersucher direkt auf sie zukam. Selbst mit Maske erkannte sie ihn wieder. Nachdenklich betrachtete er den Felsen und trat einen weiteren Schritt heran. So nah stand er vor ihr, dass sie seinen Atem hören konnte. Als er ihr direkt in die Augen sah, war sie sicher, dass er den Bannkreis entdeckt und durchbrochen hatte, dann aber schweifte sein Blick weiter.

»Nichts«, meinte er. »Der Schatten hat uns in die Irre geführt. Prüft noch die Wasserstelle, dann reiten wir zurück.«

Die Fremde war die Erste, die sich wieder zu rühren wagte, nachdem die Horde davongaloppiert war. Mit einem Lächeln steckte sie ihr Messer ein und griff zu einem Beutel, den sie am Felsen abgestellt hatte. Zum ersten Mal sahen sie die junge Frau an. Sie war kaum älter als Karis und Jonn. Lichthelles Haar fiel ihr bis auf die Hüfte und ließ ihr ernstes Gesicht weicher aussehen.

»Was … war das?«, fragte Karis heiser.

Sie zuckte mit den Schultern. »Der Schatten eines Wassersuchers! Sie schicken ihre Schatten aus, die sich an die Fersen von Eindringlingen heften und sie zu ihnen führen. Hier in der Nähe ist ein altes Wasserloch – es ist nicht das beste Wasser, aber wertvoll genug, damit die Sucher es gut bewachen.« In aller Ruhe wuchtete sie den Beutel auf ihren Rücken. »Und was wollt ihr hier? Es kommen nicht viele hierher, wenn sie nicht einen guten Grund haben.«

»Den haben wir«, sagte Jonn.

»Aha.« Das Lächeln des Wüstenmädchens war nett. Sie musterte Karis und Jonn von Kopf bis Fuß und kam näher. »Nun, hier werdet ihr nicht viel finden. Da oben auf dem Plateau sind nur ein paar Glasmacher und ein verrückter Priester.«

Sie zwinkerte ihnen zu und band sich das Messer wieder an den Hüftgürtel.

»Nive!«, brachte Karis hervor. Jonn stieß ihn ärgerlich in die Seite, aber das Mädchen hatte den Namen gehört. Es nickte, als hätte Karis sie gefragt, ob der Himmel blau sei. »Ja. Sie ist auch bei ihnen. Zumindest war sie eben noch da und fachte das Schmelzfeuer an.«

»Geht es ihr gut?«, flüsterte Karis.

»Woher wissen wir, dass du wirklich von Nive sprichst?«, fragte Jonn.

»Nun, sie hat grüne Augen, hellbraune Haare und sie

singt gern ein Lied aus Skaris. Es erzählt von einem Steinmetz namens Bulger, der eine schöne Braut hatte und ihr Gesicht in den Steinbruch meißelte ...«

»... Doch das Erdbeben zerstörte das Steingesicht und das Mädchen heiratete einen anderen«, ergänzte Karis. »Das ist Nive!«

»Am besten ihr folgt mir und überzeugt euch selbst«, schlug die junge Frau vor. Ohne weiter auf ihre seltsamen Begleiter zu achten, ging sie zu den Felsen zurück und begann einen schmalen Steilweg zu erklimmen.

»Warte!«, rief Jonn ihr hinterher. »Wer bist du?«

Das Gesicht wandte sich ihr zu. »Eine Sandträgerin. Die Glasmacher brauchen Sand, wisst ihr?«

Immer weiter hinauf ging es, sodass Kabaka sich vorsichtig nach oben tasten musste. Auf halbem Weg sah Jonn sich um. Libun war nirgends zu sehen, aber sie wagte nicht, jetzt mit dem Muschelhorn nach ihr zu rufen. Die Sandträgerin eilte ihnen auf bloßen Füßen voraus, fand mit geübten Schritten den besten Halt. Schließlich, als Kabaka schon keuchte und sich die Wüste Lonorra hügelig und gleißend unter ihnen abzeichnete, verschwand das Mädchen hinter einer Biegung. Sie stolperten ihr hinterher und verharrten dann vor Überraschung. Sie standen auf einem felsigen Halbrund, das von hohen Wänden umgeben war. Schmale Höhleneingänge gähnten ihnen entgegen. In Gruppen saßen und standen Menschen herum, die die eng anliegende Tracht der Glasmacher trugen. Zeltplanen wehten im Gebirgswind, der immer noch zu heiß und zu trocken war. Magere Wüstenpferde äugten zu den Neuankömmlingen herüber. Rechts von Jonn glomm in einem weiten Höhlenraum ein Schmelzfeuer. Auf Lederlappen lagen runde Scheiben in den verschiedensten Farben. Jonn erschrak, als Karis' Finger sich in ihren Arm gruben.

»Da ... da drüben ... ist ...«

»Nive!«, schrie Jonn und rannte los.

Ihre Schwester zuckte zusammen und drehte sich um. Krauser als sonst waren ihre Locken, an den Spitzen hatte die Sonne sie ausgebleicht. In ihrem braun gebrannten Gesicht wirkten ihre Augen beinahe so hell wie die von Karis. Ein Lächeln huschte über das herzförmige Gesicht. Behutsam legte sie die kleine Glasscheibe, die sie in der Hand hielt, auf einen Holztisch. Natürlich – niemals würde Nive Glas fallen lassen, auch nicht wenn sie noch so überrascht wäre. Doch kaum war das kostbare Stück sicher abgelegt, rannte sie los.

»Jonn!«, schrie sie so laut, dass die Glasmacher sich grimmig nach ihr umschauten.

Im nächsten Moment lagen sie sich in den Armen und Jonn war für einen Moment nur glücklich. Nives spröde Locken kitzelten ihre Nase.

»Elis sei Dank, dir ist nichts passiert! Ich habe geträumt, Nive. Und noch während der Krönung bin ich losgeritten.«

Nive lachte. »Ich habe auch von dir geträumt, aber ich hätte nie ein so wichtiges Fest verlassen. Wie geht es Ravin? Und was macht Amina? War es ein schönes Krönungsfest?«

»So viele Fragen, Nive. Wir sind lange gelaufen – habt ihr ein wenig Wasser übrig? Wir vertrocknen wie Tagesblüten am Feuer.«

»Wir?«

Nive sah Jonn über die Schulter und zog erstaunt die Brauen hoch. »Sag mir, dass das nicht dieser seltsame Stalljunge ist«, raunte sie, doch Karis war bereits herangetreten. Er war ohnehin rot vom Sonnenbrand, aber jetzt leuchtete er wie eine reife Jalafrucht. Reiß dich zusammen!, hätte Jonn ihm am liebsten zugerufen.

»Nive ...«, brachte er hervor. Dann gingen ihm die Worte aus.

»Richtig«, sagte Nive trocken. »Das ist mein Name. Und du bist Karis, nicht wahr? Willkommen in unserem Lager.«

»Was machst du hier, Nive?«, fragte Jonn. »Farrin ist wütend, er sagte, du hast dich einem neuen Lehrer angeschlossen.«

Nives Augen leuchteten auf. »Einem Kadas namens Raj. Kadas heißt in Fiorin ›Priester‹. Komm, ich stelle dich Raj vor!«

»Welchem Gott dient dieser Priester?« Karis hatte seine Sprache wiedergefunden. Einen Augenblick fürchtete Jonn, Nive würde ihm nicht antworten, aber ihre Schwester lächelte etwas zu liebenswürdig und zeigte auf den Boden.

»Den Göttern des Sandes, wenn du so willst. Der Wüste und allem, was darin lebt.«

Sie nahm Jonn an der Hand und führte sie über den Platz zu einem Zelt. Die Arbeiter würdigten sie kaum eines Blickes, aber Jonn fiel auf, dass einige von ihnen Verbände trugen. Ein großer Glasmacher hatte eine schlecht verheilte Wunde auf der Wange, was ihm allerdings nicht viel auszumachen schien. An seinen ungeschickten Bewegungen erkannte Jonn, dass er sein Handwerk kaum verstand. Sein rechter Arm war deutlich kräftiger, so als wäre der Mann eher im Umgang mit dem Schwert geübt.

Zu Jonns Überraschung schlug ihr im Zelt kühlere Luft entgegen, die gewebten Zeltwände rochen nach Räucherwerk. Mehr als das Leuchten von buntem Glas konnte sie zunächst nicht erkennen.

»Willkommen!«, sagte eine spröde Stimme. Jonn blinzelte und erkannte nach und nach die Umrisse eines alten, untersetzten Mannes. Um den Kopf hatte er sich ein silberweißes Tuch geschlungen, das vermutlich als Sonnenschutz diente.

»Komm ruhig näher, Jonnvinn!« Lächelnd winkte der Mann ihr zu. Jonn bemerkte, dass in dem Zelt überall Glasgefäße standen, bauchige Flaschen und Gläser. Etwas schien sich darin zu bewegen, aber vielleicht war es nur eine Täuschung.

»Komm, Karis, ich zeige dir, wo dein Lager ist«, sagte Nive und machte Anstalten, ihn am Arm aus dem Zelt zu ziehen. Er kämpfte gegen die Versuchung ihrer Berührung, dennoch gewann sein Misstrauen.

»Wieso? Ich will Raj auch kennen lernen.«

»Später«, sagte Nive, schenkte ihm ein Lächeln und zog ihn nach draußen. Jonn war unbehaglich zumute. Eine Weile musterten sie und Raj sich stumm, schließlich breitete sich ein wohlwollendes Lächeln über sein Gesicht.

»Du bist wie sie«, stellte er fest. »Ich freue mich, dass du gekommen bist.«

»Ich komme nur um meiner Schwester willen. Es scheint so, als könnte sie meine Hilfe gebrauchen.«

»Wegen mir? Glaubst du das wirklich?«

Kadas Raj lachte in sich hinein, dann griff er zu einer Glasflasche voller Wasser und füllte ohne Hast zwei Kelche, die die Form Marjulablüten hatten. Nive musste sie gemacht haben. Bedächtig reichte Raj ihr einen Kelch. Es kostete sie alle Kraft, das Wasser nicht anzunehmen und den Kelch mit einer deutlichen Geste abzustellen. Der alte Priester nahm einen tiefen Schluck.

»Richtest du immer über einen anderen, bevor du seine Geschichte kennst?«, fragte er freundlich.

»Wenn dieser andere meine Schwester dazu bringt, ihren Lehrer zu verlassen und einfach in der Wüste zu verschwinden, ist das Geschichte genug.«

Er zog eine Augenbraue hoch. »Jeder Mensch ist frei, seine Lehrer und seine Wege selbst zu wählen ...«

»... und sie wieder zu verlassen, wenn er sieht, dass er einen Irrweg betreten hat«, konterte sie. Der Durst raubte ihr jede Geduld.

»Ich bin nicht euer Feind, Jonnvinn. Nive hatte den Mut, eine Entscheidung zu treffen. Du kannst ihre Begleiterin sein, ihre Wächterin aber bist du nicht.«

Das Blut schoss Jonn in die Wangen. »Was machst du hier? Was soll dieser Zauber um den Sand, den ihr hier in der Wüste zu Glas schmelzt? Was hast du mit Nive vor?«

»Nichts, was sie nicht selbst vorhat. Es war Nive, die mich aufsuchte und mich bat ihr zu helfen. Das war klug von ihr, denn sie weiß, dass sie in Fiorin immer noch eine Fremde ist. Siehst du das hier?«

Er streckte den Arm aus und ergriff ein Glasgefäß. Behutsam hielt er es in das Licht, das durch einen schmalen Spalt in der Zeltwand hereinfiel, und drehte das Gefäß hin und her. Jonn sah genauer hin. Tatsächlich – zwei Augen erschienen im Glas und blickten sie an. Sie erinnerte sich vage, dieses Bild schon einmal gesehen zu haben, irgendwo, vor sehr langer Zeit.

»Habt ihr einen Wüstendämon in einer Flasche versteckt?«

»Ein schöner Gedanke«, sagte Raj und lachte. »Aber nein, sieh!« Er zog den Korken aus der Flasche und drehte sie um. »Nichts ist darin. Das Geheimnis ist das Glas selbst.«

Plötzlich fiel ihr ein, woher sie die Augen kannte. Verstohlen tastete sie nach ihrem Beutel und fühlte die Umrisse des Notizbuchs. Sie war erleichtert, dass sie endlich eine Antwort hatte, zumindest in einer Hinsicht.

»Das Wesen im Glas«, sagte sie. »Mein Vater hat mir davon erzählt. Auf einer Reise hat er ein solches Glas aus Fiorin gesehen.«

»Das Glasvolk«, sagte Raj leise. »Es ist eine lange Geschichte und selbst ich kenne sie nicht ganz. Aber ich glaube, du hast lange genug darauf gewartet, deine Schwester zu sehen. Wir werden noch viel Gelegenheit haben, uns zu unterhalten!«

Er zwinkerte ihr zu und entließ sie mit einer ironisch-würdevollen Geste. Jonn war wütend, als sie aus dem Zelt trat. Ehe sie sichs versah, war Nive bei ihr.

»Du schläfst bei mir, Jonn«, sagte sie und lachte. »Komm, du hast sicher Durst.«

»Und Karis?«, fragte Jonn.

»Der schläft bei den Sandträgern und den Pferden.«

*

Nives Zelt roch nach Minze und Räucherwerk, ansonsten glich es auf erstaunliche Weise ihrem Zimmer in der Waldburg: Das Lager war zerwühlt und überall lagen Bücher, Pinsel und Werkzeuge herum. Auf einem kniehohen Tisch stapelten sich Schriftrollen, die nach muffigem Leder rochen. Pulver zum Glasfärben leuchtete in runden Gefäßen. In manchen davon staken glimmende Zweige, die einen betäubenden Duft verströmten.

»Das Räucherwerk hält die Sandfliegen fern«, erklärte Nive und schloss das Zelt.

»Was machst du hier in der Einöde?«, fragte Jonn. »Warum karrt ihr Glas und Gerätschaften durch die Dämonenstadt bis zu diesem Berg? Dein Lehrer Farrin ist außer sich – du gibst deine Zukunft auf, um einem seltsamen Priester zu folgen. Was soll das?«

Ihre Schwester runzelte verärgert die Stirn. »Rede nicht von Raj, als wäre er ein Verrückter.«

»Das habe ich nicht gesagt«, erwiderte Jonn nicht minder scharf. »Ich sagte, dass ich ihn seltsam finde. Oder ist es hier verboten, seine eigene Meinung zu haben?«

Nive schwieg, dann schüttelte sie den Kopf. »Hör zu, Jonn, ich habe lange gebraucht um Raj zu finden. Er lebte am Rande der roten Wälder. Und er ist der Einzige, der alle Geschichten der Wüste kennt – sogar die von den Wüstenworan, die einst in Fiorin lebten und an die sich niemand mehr erinnert. Ich brauche ihn!«

Jonn kannte diesen Tonfall. Wenn Nive begann jemanden auf diese Art zu verteidigen, hatte es keinen Sinn, weiter auf das Thema einzugehen. Sie beschloss stattdessen mehr über die Glasbehälter zu erfahren.

»Das Glasvolk – so nennt ihr diese Wesen, die im Glas gefangen sind?«

»Im Sand«, berichtigte Nive geduldig. »Glas wird zum größten Teil aus Sand gemacht. Wenn das Licht in einem bestimmten Winkel durch ein Gefäß fällt, kann man manchmal noch den Abglanz eines Wesens darin sehen. Sie warten, Jonn. Sie schweben zwischen Leben und Tod. Und Raj und ich haben die Macht und das Können, herauszufinden, wie wir diesen Bann brechen werden.«

»Den Sand, aus dem ihr die Glasscheiben herstellt, nennt man verbotenen Sand. Glaubst du nicht, dass diese Bezeichnung einen Grund hat?«

In Nives Gesicht zeichnete sich ein trotziger Zug ab. Genau so hatte sie als Kind ausgesehen, wenn man ihr etwas verbieten wollte.

»Hältst du mich für dumm?«, sagte sie scharf. »Es ist gefährlich, diesen Sand auch nur zu berühren, das weiß jeder hier in Fiorin. Die Wassersucher hüten den Tanzplatz der Schlangen. Das Gebiet gehört ihnen – es ist ein Gebetplatz und sie bestrafen Diebe«, sie lächelte wie eine Martiskatze, »wenn sie sie erwischen. Aber unsere Bannkreise sind dicht gewebt.«

»Das habe ich gesehen«, erwiderte Jonn. »Was sind das für Wesen im Sand? Woher weißt du, dass sie keine Dämonen sind?«

Nive lachte. »Misstrauische Jonn!«, spottete sie und war in diesem Moment ihrer Großmutter so ähnlich, dass Jonn irritiert war. »Sie sind menschlich, glaube mir! Sieh her!«

Sie sprang auf und suchte auf dem Tisch herum. Ihre Wangen glühten vor Eifer. Jonn betrachtete ihre Schwester besorgt und zog ihren Kiltumhang enger um die Schultern. Schließlich holte Nive einen länglichen Gegenstand hervor und hielt ihn Jonn hin.

»Mach auf!«, befahl sie. Es waren zwei Holzplatten, zwischen denen sich etwas befand. Der Geruch von Staub stieg Jonn in die Nase, als sie die Deckel auseinander klappte. Ein an den Rändern verkohltes Blatt leuchtete ihr entgegen. Winzige Schriftzeichen, die zum Teil verwischt waren, drängten sich Zeile an Zeile aneinander. »Was ist das für eine Schrift?«

»Die älteste Schrift, die es gibt. Raj ist der Einzige, der sie noch lesen konnte. Und er hat es auch mir beigebracht.« Nive setzte sich neben Jonn und fuhr zärtlich über eine Zeile in der Mitte des Blattes. »Einst werden sie aus dem Sand der Wüste fliehen«, las sie leise und mit Andacht. »Tausende, denen das Leben geraubt wurde. Mit ihnen begraben wurde das Lautenspiel, tausenderlei Künste und Geheimnisse. Gold machten sie zu Wein und Wein zu Leben. Im Sand träumen sie von ... Ab hier ist es unleserlich, aber das Wort da unten heißt vermutlich ›Tränen‹.«

»Woher stammt das Blatt? Warum ist es verbrannt?«

»Es ist das einzige Zeugnis, das von dem Volk im Glas berichtet. Alle anderen wurden zerstört, niemand weiß mehr warum, niemand weiß, wer sie waren, ihre Spiegelungen im Glas sind stumm. Ich habe alles zusammengesucht, was ich über sie finden konnte. Erinnerst du dich noch daran, dass unser Vater uns erzählt hat, ein solches Glas auf einer Reise gesehen zu haben?«

»Ja – natürlich. Aber glaubst du wirklich, dass es die gleichen Wesen sind?«

»Nur dadurch kam ich auf den Gedanken, sie befreien zu wollen. Julin zeigte mir seine Zeichnung von dem Glas – und die Prophezeiung, die in das Glas eingeritzt war. Immer schon wollte ich herausfinden, was es damit auf sich hat!«

Jonn holte das Notizbuch ihres Vaters hervor. Ihr war unbehaglich zumute, als sie die Seiten aufschlug. Nive dagegen begann zu strahlen. »Du hast es mitgenommen!«, rief sie und rückte näher an ihre Schwester heran. Gemeinsam studierten sie die Aufzeichnungen, die ihr Vater vor vielen Sommern auf seiner Reise in das Winterland Lom gemacht hatte.

Jonn betrachtete die Zeichnung einer Glasflasche, aus der ihr zwei Augen entgegenblickten. »Du hast Recht«, murmelte sie. »Es sieht wirklich genauso aus wie die gefangenen Wesen hier.«

»Und hier am Flaschenhals steht der Satz: ›Der Schlüssel wählt die Richtung. Ein Land verdorrt, ein anderes blüht auf.‹ Möchtest du nicht wissen, was für ein Schlüssel es ist?«

Jonn zog die Brauen zusammen und ließ ihren Blick über den Tisch schweifen. Nive beschäftigte sich offenbar schon lange mit dieser Frage. Überall lagen beschriebene Papiere und Skizzen herum. Eine sah aus wie eine Landkarte, zumindest deutete die Angabe der Himmelsrichtungen an den Blatträndern darauf hin. Ein zackiger Bogen war zu erkennen, der eine Felskante darstellen mochte. Etwas weiter nördlich davon befand sich ein schraffierter Hügel – und südlich jenseits des Abgrunds eine kreisrunde Fläche, auf die Nive einen Stern gezeichnet hatte.

»Was ist das?«, fragte sie.

Nive lächelte und lehnte sich zurück. »Kritzeleien«, antwortete sie und schob das Schriftstück beiseite. Jetzt wurde Jonn wirklich misstrauisch.

»Was hast du vor, Nive? Ich habe deine Glasmacher gesehen – es sind angelernte Soldaten, nicht wahr? Manche sind verwundet.«

»Die Wüste ist bewohnter, als man denkt«, erwiderte Nive leichthin. »Und nicht jeder ist begeistert, wenn man durch sein Gebiet trampelt.«

»Zum Beispiel die Wassersucher und ihre Schatten.«

Nive lächelte. »Zum Beispiel«, gab sie zu. »Aber Raj ist nicht nur ein guter Shanjaar – sein Bannkreis schützt uns davor, beim Wasserdiebstahl entdeckt zu werden. Das Wasser schmeckt abgestanden, doch man kann es trinken.«

»Na, dein Raj ist ja ein richtiges Wunder«, spottete Jonn. »Warum macht er nicht Sand zu Wasser? Nive, bitte komm mit mir zurück nach Tjärg. Nimm den Sand mit und frage Vater und Amina. Du wirst keine bessere Magie finden als ihre und keinen weiseren Rat.«

Nives Lächeln gefror. Enttäuscht kniff sie die Lippen zusammen und nahm Jonn das Blatt und die Rahmenplatten wieder weg. »Nein«, sagte sie schlicht.

»Warum?«

»Jonnvinn, hör zu!« Jonn hielt den Atem an. Noch nie hatte Nive sie mit ihrem ganzen Namen angesprochen. »Sehnst du dich nie danach, etwas zu wagen? Etwas zu verändern?«, flüsterte Nive. »Hast du dir niemals gewünscht, dass dein Name noch in Geschichten genannt wird, wenn die Waldburg längst zu Staub verweht ist?«

»Unsere Namen sind bereits Geschichte. Wir sind die Enkelinnen des ersten Königs von Tjärg, der vom Rat und vom Volk gewählt wurde. Wir sind die Töchter von Julin und Haliz, die das Land Lom vor dem Untergang retteten.«

»Und dieser geliehene Ruhm genügt dir?« Nive ließ Jonn los und wandte sich ab. »Nun, mir genügt er nicht!« Sie deutete auf eine Schale mit dem pulverfeinen Sand, der sogar im Kerzenlicht in verschiedenen Farben schimmerte. »Tausende von Leben schlafen im Sand, Menschen, die nicht sterben und nicht leben können. Wer befreit sie, wenn nicht wir? Wären alle Menschen Kleingeister wie du, Jonn, dann wäre Lom heute zerstört und unser Großvater hätte nicht als junger Mann einen drohenden Krieg verhindert. Unser Leben ist nicht dazu da, es zu hüten wie ein geiziger Mann sein Gold!«

»Es ist aber auch nicht dazu da, es einfach in der Wüste wegzuwerfen. Du bist keine Heldin, Nive, du bist Glasmacherin.«

Nive fuhr herum. »Dann geh heim nach Tjärg«, zischte sie. »Geh heim und lebe dein kleines Leben, nähe Platzwunden, höre dir beim Herbstfest immer dieselben Geschichten an und spiel mit deinem Stallburschen.« Noch nie hatte Jonn eine solche Feindseligkeit gespürt. Vor ihr saß eine fremde Frau mit drohenden Augen. Dann gewann ihre eigene Empörung die Oberhand.

»Das würde dir so passen, Nive«, sagte sie kalt. »Niemand schickt mich fort, schon gar nicht du. Ich kenne dich überhaupt nicht mehr. Was ist mit dir passiert?«

»Was ist mit dir passiert, Jonn?«, erwiderte Nive sanft. »Beim Spiel setzt du alles, was du hast. Ein Albtraum bringt dich dazu, einfach in ein fremdes Land zu reiten. Mit einer Wunde an der Schulter und halb verdurstet suchst du mich in der Dämonenstadt und in der Wüste – und all das nur um mir zu sagen, ich soll ein braves Mädchen sein und nach Hause gehen? Das passt nicht zu meiner Schwester.«

Jonn zuckte zusammen. Wut und verletzter Stolz ließen sie zittern, aber sie stand ruhig auf und klopfte sich den Sand von den Hosen. »Gut«, meinte sie schließlich. »Ich hoffe nur, dein Name wird nicht schon bald ›Nive, die gescheiterte Diebin‹ lauten.«

Nives Mundwinkel zuckte. Plötzlich befürchtete Jonn, sie würde anfangen zu weinen – wie damals, als sie ein kleines Mädchen gewesen war. Stattdessen brach Nive plötzlich in Gelächter aus. »Ach Jonn, kaum bist du hier, streiten wir uns! Entschuldige meine Unhöflichkeit und sei mir nicht böse, besorgte Schwester.« Widerwillig ließ sich Jonn von ihr wieder zu ihrem Platz ziehen. Nive griff nach einer Wasserflasche und schenkte ihr ein.

»Ich ziehe es einfach vor, meine eigenen Entscheidungen zu treffen. Und meine Entscheidung lautet, dass ich Gläser aus dem verbotenen Sand herstelle. Ich weiß nicht, wie viele ich brauche, aber in irgendeinem werde ich die Antwort finden, einen Hinweis – jedes Wesen in den Gläsern unterscheidet sich von den anderen. Sie sind Menschen! Und einer davon wird mir den Weg zeigen, da bin ich ganz sicher.« Sie holte Luft und sah Jonn flehend an. Endlich erkannte Jonn Nive wieder – ihre Nive aus der Waldburg. »Bitte, Jonn, ich möchte nicht, dass du gehst. Bleib bei mir – nur noch einige Tage, vielleicht zehn oder zwölf. Wenn ich bis dahin keine Antworten im Glas gefunden habe, gehe ich mit dir, wohin du willst, einverstanden?«

Vielleicht hat Raj Recht, dachte Jonn beschämt. Ich benehme mich wie der Wächter meiner Schwester. Ihr Misstrauen verschwand nicht, aber es zog sich in einen dunklen, abgelegenen Raum ihres Bewusstseins zurück.

»Zehn Tage, Nive«, sagte sie. »Keinen länger.« Nive strahlte sie an. Gerade wollte sie etwas antworten, als ein herzzerreißender Ruf erscholl. Die wimmernde Stimme schraubte sich hoch bis zu einem Heulen, das nur langsam verklang. Andere Stimmen erhoben sich zu einem grässlichen Chor.

»Das sind nur die Jammerschlangen«, sagte Nive. Sie setzte sich neben Jonn und legte ihr den Arm um die Schulter.

»Früher waren die Schlangen Menschen«, flüsterte Nive ihr ins Ohr. »Könige und Königinnen der nördlichen Wüstenclans. Ihre funkelnden Gewänder waren mit Juwelen bestickt. Tausenderlei Edelsteine spiegelten sich im polierten Silber ihrer Schatzkammern. Nur der Feuerdämon war mächtiger als sie, aber er ließ sie gewähren, weil sie ihn ehrten und würdigten und sein Antlitz in die goldenen Becher ritzten. Eines Tages ging er fort. Er reiste zu den Eisfeldern von Yse, wütete in drei Ländern und kehrte dann satt und zufrieden zurück. Doch statt seines unterwürfigen Volkes, das ihm bei seiner Rückkehr huldigte, fand er nur Menschen, die die Juwelen aus seinem Tempel als Schmuck trugen und ihre Köpfe stolz erhoben hielten. Mit donnerndem Atem fegte er über sie hinweg und befahl ihnen sich vor ihm zu verneigen – sie aber weigerten sich. So wütend war er, dass er sie in Schlangen verwandelte. Ihre Juwelen wurden zu Schuppen und schmücken sie bis heute. Aber nun müssen sie ewig voller Demut vor ihm im heißen Boden kriechen. Jede Nacht, wenn die Hitze nachlässt und sie sich abkühlen können, liegen sie auf den Felsen, beklagen ihr Schicksal und flehen den Dämon um Vergebung an. Aber noch nie hat er ihr Bitten erhört.«

»Das ist doch wieder nur eine deiner Geschichten, Nive!«

Ihre Schwester lachte und umarmte sie. Die Berührung tat unendlich gut. »Nein, Jonn, tut mir Leid – es sind wirklich die ehemaligen Könige der Wüste, die du klagen hörst.«

Jonn schielte zum Zelteingang, wo prall gefüllte Schlangenhaut funkelte.

»Und die Menschen machen aus ihren Häuten Wasserschläuche. Was findest du an diesem Land, Nive?«

»Es ist wunderschön!«, sagte ihre Schwester andächtig. »Wunderschön!«

Wüstenpferde

Das Leben im Lager war eintönig und mühsam. Schweiß lief den Helfern über die Gesichter, wenn sie unter Nives Anleitung die Glasballons formten und schließlich zu runden Scheiben schleuderten und drehten. Rot waren diese, oder rosa und grün. Jonn wurde nicht müde dem Wunder zuzusehen, wie aus Sand, einem weichen weißen Pulver, ein paar Hand voll Asche, Kalk und zermahlenen Erzen die transparenten Wunderwerke entstanden. Und gefärbt mit dem Pulver, das Amina Nive als Geschenk gesandt hatte, entstanden vor Jonns staunenden Augen außerdem Scheiben, die so blau waren, dass es ihr schien, als würde sie in einen kühlen See blicken. Die Glasscheiben wurden sorgfältig in Stoff und Leder gewickelt. Nive trieb ihre Helfer unermüdlich zur Arbeit an, obwohl die Sonne brannte und die Vorräte knapp waren. Rajs Leben schien sich dagegen ausschließlich in seinem stickigen Zelt abzuspielen, das er nur verließ, um die Scheiben gegen das Licht zu halten und lange zu betrachten. Obwohl er sich abseits hielt, bemerkte Jonn, wie er jeden Morgen herumging und einen magischen Bannkreis zog, der Mensch und Tier davon abhalten sollte, das Lager zu entdecken. Jonn bekam genug Wasser für die Herstellung einer Arzneisalbe und versorgte ihre Wunde an der Schulter. Sie begann bereits zu heilen und schmerzte nicht allzu sehr.

»Es ist alles so friedlich – aber trotzdem werde ich das Gefühl nicht los, dass hier etwas nicht stimmt«, sagte sie am vierten Morgen nach ihrer Ankunft zu Karis. Nach langer Suche hatte sie ihn endlich bei einem kleinen Zelt entdeckt, wo er nachdenklich vor sich hin starrte. Unter Sonnensegeln aus dünnem Tuch war eine Gruppe struppiger Pferde angebunden. Libun stand in ihrer Nähe. Vor zwei Tagen war sie plötzlich im Lager aufgetaucht.

Karis nickte düster. Verwundert bemerkte Jonn, dass sein Gesicht keine Spur des schlimmen Sonnenbrandes mehr zeigte.

»Ich habe mich unter den Sandträgern und Glasmachern umgehört«, sagte er. »Nicht dass sie viel mit mir reden würden, sie trauen mir nicht weiter, als sie mich werfen könnten, aber eins höre ich heraus: dass sie noch nie in ihrem Leben mit Glas zu tun hatten. Manche von ihnen stammen nicht einmal aus Fiorin.«

»Wer bezahlt sie – Raj?«

»Es scheint so.« Er sah sich um, als fürchte er beobachtet zu werden, und sprang auf. »Komm mit, ich zeige dir noch etwas!«

Sie folgte ihm zwischen den Pferden hindurch und über einen Pfad, bis ein staubiger Platz in Sicht kam. Der Schatten des Felsvorsprungs, der unheilvoll über ihnen hing, machte es schwer, zu erkennen, worauf Karis deutete, doch plötzlich bewegten sich im Dämmerlicht weiße Beine. Jonn kniff die Augen zusammen und erkannte den Umriss eines Pferdes. Das Tier war schwarz, nur die Beine waren bis zu den Schultern schneeweiß. Noch ein Pferd bewegte sich und weiter hinten ein drittes und viertes. Sie sahen alle aus, als wären sie nur knapp mit dem Leben davongekommen. Ein Ohr war zur Hälfte abgehackt, verkrustetes Blut klebte an Nüstern und Schultern. An einigen Stellen war das Fell sogar versengt.

»Sie sehen aus, als hätten sie nur knapp eine Schlacht überlebt«, flüsterte sie. »Was haben Nives Leute mit den Pferden gemacht?«

Karis' Stimme klang bedrückt. »Gar nichts! Die Pferde kommen von irgendwoher und irren in der Wüste umher – in der Nähe des Wasserlochs. Etwas weiter entfernt haben Sandträger auch tote Pferde gefunden, von ihren Reitern war nicht mehr als ein Fetzen verbrannten Stoffs übrig. Es sieht aus, als hätte irgendwo in der Wüste ein furchtbarer Kampf getobt.«

Vorsichtig näherte sich Jonn einem Pferd, das zu ihrer Überraschung stehen blieb und ihr furchtlos entgegensah. Es rührte sich nicht einmal, als sie sein geschwollenes Vorderbein abtastete. Mit Entsetzen sah sie, dass unter dem linken Auge des Pferdes ein großer Riss klaffte. Verkrustetes Fell hing wie ein Lappen herunter.

»Sie haben keine Furcht«, fuhr Karis fort. »Die Sandträger fangen sie ein um sie später zu verkaufen. Außerdem meinte Jara, die Pferde würden auch als Lasttiere für das Glas gebraucht, denn sie hätten einen besonders sicheren Schritt.«

»Jara?«

Sein Gesicht hellte sich ein wenig auf. »Die Sandträgerin – das Mädchen, das uns gerettet hat. Abends hilft sie hier bei den Pferden. Und sie hat mehr Verstand als alle diese Arbeiter zusammen.« Er knetete seine großen

Hände. »Im Grunde habe ich Jara öfter gesehen als Nive.« Ein verlegenes Schweigen entstand. Jonn tat es Leid, Karis so niedergeschlagen zu sehen, aber sie beschloss das Thema nicht zu vertiefen. Sie würde sicher nicht die richtigen Worte finden. Also löste sie den Beutel mit ihren Werkzeugen und den zerstampften Kräutern vom Gürtel. »Wenn ich diese Augenwunde so behandeln soll, dass das arme Tier überlebt, brauche ich Wasser.«

Karis öffnete den Mund, um noch etwas zu sagen, dann drehte er sich abrupt um und stampfte davon. Jonn seufzte und suchte in ihrem Beutel nach der gebogenen Nadel und dem Kranz von Libuns Mähnenhaaren. Sie glichen glatten Fäden und eigneten sich bestens dazu, den Hautlappen über die Wunde zu ziehen und zu nähen. Viel mehr Sorgen machten Jonn die verbrannten Stellen an Knien und Kruppe. Als hätte eine Feuernymphe versucht auf dem Pferd zu reiten! Jonn war so versunken in ihre Betrachtung, dass ihr der süße Blumenduft erst auffiel, als sie neben sich eine Bewegung bemerkte. Die Sandträgerin Jara lächelte sie an und streckte ihr eine Hand voll weißer Blüten hin. »Baljamarblumen. Sie wachsen an der Nordwand des Hügels. Sie haben eine sehr gute Heilwirkung.«

Zweifelnd betrachtete Jonn die Blüten mit den schwarzen Staubfäden. Die Pferde kamen in Bewegung und humpelten heran, streckten die Hälse und tasteten mit den Lippen nach den Blumen. Jonn erinnerte sich an die Händlerin, die ihr in Humran ein Pflanzenpulver hatte verkaufen wollen.

»Ich kenne diese Pflanze«, sagte sie. »Aber ich ziehe es

vor, mit den Heilkräutern zu arbeiten, deren Wirkung ich abschätzen kann. Trotzdem danke.«

»Aber es ist das beste Heilmittel bei Verbrennungen«, wandte Jara ein. »Hast du dich nicht gewundert, warum Karis' Haut so schnell verheilt ist?«

Unwillkürlich fasste Jonn ihre Nadel fester. »Nein. Das ist mir nicht aufgefallen. Und auch nicht dass du eine Heilerin bist.«

Jaras Lächeln wurde noch etwas breiter. »Ach Jonnvinn«, sagte sie mit einer Stimme wie Samt. »Du bist stolz – darin gleichst du Nive sehr. Aber du brauchst nicht eifersüchtig zu sein – schon gar nicht auf mich. Ein guter Heiler ist der, der nur die Wunde sieht. Und ich weiß, dass du eine weit bessere Heilerin sein wirst, als ich es je sein könnte.«

Jonn biss sich auf die Unterlippe und schwieg. Ihr war, als hätte ihr jemand einen Spiegel vorgehalten, und sie sähe darin eine Kreatur mit neidvollen Augen, vor der sie selbst erschrak. Das Mädchen streckte die Hand nach oben. Der Wüstenwind griff nach den Blüten und trieb sie spielend und wirbelnd vor Jonns Füße. Jara machte Anstalten, ohne ein weiteres Wort zu gehen.

»Warte!«, rief Jonn.

Ruhig sah das Mädchen sie an.

Jonn räusperte sich. »Ich danke dir. Wenn ... sie wirklich so gut gegen Verbrennungen helfen, dann nehme ich sie gerne an. Du scheinst viel über die Wüste zu wissen. Obwohl du nicht so aussiehst, als würdest du von hier stammen.«

»Ich komme nicht aus Ganarr, wenn du das meinst.

Und ja, ich weiß viel. In der Wüste muss man lernen seine Augen offen zu halten.«

»Dann weißt du auch etwas über die Wesen im Glas?«

Jara lachte. Beinahe widerwillig musste Jonn sich eingestehen, dass ihre Feindseligkeit dahinschmolz. »Ich weiß nur das, was Raj mir von ihnen erzählt hat.«

»Raj spricht mit einer Sandträgerin?«

»Natürlich«, sagte das Mädchen. »Und um deine eigentliche Frage auch gleich zu beantworten: Ja, er ist wirklich verrückt.«

Sie zwinkerte Jonn zu und ging.

*

Nive blickte überrascht auf – ihre Wangen waren glutrot von der Hitze des Schmelzfeuers. Geschickt balancierte sie eine Greifzange in ihrer Hand, ohne dass die fehlenden Finger sie bei der Arbeit einschränkten.

»Jonn, was ist passiert?«, rief sie und legte die Zange hin.

»Deine Leute haben verwundete Pferde eingefangen«, sagte Jonn. »Habt ihr etwas damit zu tun?«

Ihre Schwester verharrte so lange, dass Jonn schon dachte, sie wollte ihr nicht antworten, dann wandte sie sich plötzlich wieder dem Schmelzfeuer zu.

»Nein«, sagte sie. »Es toben viele Kämpfe in der Wüste, jeden Tag, jede Nacht. Kämpfe um Wasser, um Land, um Gräber, um Flüche und Vorräte.«

»Und Raj weiß auch nicht, was es damit auf sich hat?«

Nive schwieg und musterte Jonn, als versuche sie ihre Antwort genau abzuwägen. Schließlich seufzte sie. »Du magst ihn nicht, ich weiß. Aber ich brauche ihn. Es ist gar nicht so einfach, die Wassersucher zu täuschen. Raj hat viele Talente. Wir haben es sogar geschafft, Tempelsteine aus der Dämonenstadt zu holen.«

»Was habt ihr?«

Nives Augen bekamen einen schelmischen Glanz. »Wir sind Diebe«, flüsterte sie. »Es ist verboten, die Dämonen zu stören, aber Raj und ich haben einen ganzen Karren voller Steine aus der Dämonenstadt geholt. Bei Tageslicht, für eine kurze Spanne, wenn es so kühl ist, dass die vom Tag heißen Steine springen, wenden die Dämonen sich dem Himmel zu. Jeden Tag vertreiben sie Wolken, die Wasser bringen könnten. In dieser Zeit haben wir ihnen das hier entwendet!«

Ehe Jonn noch weiter fragen konnte, war Nive schon aufgesprungen und in ihrem Zelt verschwunden. Kurz darauf erschien sie wieder. In der Hand trug sie einen kantigen, mit Leder umwickelten Gegenstand. Mit gemischten Gefühlen sah Jonn zu, wie sie ihn auf den Boden legte und das Leder zurückschlug. Zum Vorschein kam ein polierter Steinquader.

»Fühl mal!«, sagte Nive und ergriff Jonns Hand. Mit einem Schaudern spürte sie die Lederhülse, die Nives Fingerstümpfe bedeckte, dann berührte ihre Handfläche den Stein. Glatt war er und warm vom Tag. Aber da war noch etwas anderes. Ruckartig zog Jonn die Hand zurück und sah sich um. Ihr Herz schlug bis zum Hals. Für einen Augenblick hatte sie das Gefühl gehabt, als stünde etwas Großes hinter ihr, mit glühenden Augen und angehaltenem Atem. Ihre Hand prickelte, als sei kaltes Wasser darübergelaufen.

»Was ist das?«

»Wonach fühlt es sich an?«, erwiderte Nive. Jonn legte ihre Hand wieder auf den Gegenstand. Sie kannte diese Art von Stein. Glatt und doch mit einer feinen wellenartigen Struktur, die nur geübte Finger erspüren konnten.

»Das ist ganz gewöhnlicher Skalit, würde ich sagen«, murmelte sie. »Aber in Fiorin gibt es keinen Skalit.«

»Nein«, bestätigte Nive. »Der Skalit wurde vor langer Zeit in einem anderen Land gekauft. Im Bergland Lom!«

Jonn zog sofort ihre Hand zurück.

»Der Berg der alten Worankönige, ja!«, sprach Nive einfach weiter. »Der Berg wurde zerstört, als der letzte Woranköníg starb, das Land wurde arm und die Bewohner verkauften die Trümmer des Berges. Aus ihnen schlugen die Menschen Tempelsteine für die Stadt der Wij. Und immer noch schläft in manchen der Steine die Magie der Woran. Hast du es nicht gefühlt?«

»Woran!«, rief Jonn. »Nive, bist du wahnsinnig?« Grob packte sie ihre Schwester am Arm. »Bist du noch zu retten? Man spielt nicht mit Magie herum. Was hast du mit diesen Steinen vor? Die Woran anlocken und zuschauen, wie sie uns und dein Glas zermalmen, bis von uns ebenfalls nichts anderes mehr übrig ist als Sand?«

»Wir sind zu einem Teil selbst Woran«, antwortete Nive. »Amina gehört ihnen halb, schon vergessen?«

»Der Fluch in unserem Blut schläft für immer, das weißt du sehr genau.«

Ihre Schwester lachte. Es war das freundliche, perlende Lachen, mit dem sie Jonn stets verspottet hatte, wenn diese zu ernst oder zu aufbrausend war. »Warum rufst *du* nicht die Woran, Jonn? Du bist die Magierin von uns beiden – zumindest warst du es, bevor du dich in eine ...« Sie keuchte auf, als Jonn sie wegstieß.

»Niemals!«, schrie Jonn. »Ich bin keine Magierin!«

»Du warst es!«, rief Nive. »Weißt du nicht mehr? Unser Spiegelbild, das du beschworen hast? Unser Vater hat so oft bedauert, dass du dich von der Magie abgewandt hast und nicht einmal Heilzauber verwenden willst! Du hättest bei Darian dem Großen lernen können, aber auch das hast du abgelehnt. Doch ich weiß, dass du es kannst!«

»Es reicht, Nive«, fauchte Jonn.

Zu ihrer Überraschung sah Jonn, dass Nive plötzlich traurig und müde aussah. Sie schalt sich so jähzornig zu sein.

»Die Woran mit magischem Skalit anlocken, Jonn«, sagte Nive bitter. »Du traust mir wirklich einiges zu! Ein guter Gedanke. Aber nein, ich brauche die Skalitsteine für die Schmelzfeueröfen. Um den verbotenen Sand zu schmelzen muss das Feuer sehr viel heißer sein als für gewöhnliches Glas. Ein Stein, der nicht mit Woranmagie gehärtet wurde, würde in dieser magischen Flamme schmelzen wie ein Schneeball im Schmiedefeuer.« Nive streckte die Hand aus und klopfte mit ihren ledernen Fingerhülsen auf den Tempelstein. Das klackende Geräusch war Jonn unangenehm. »Nichts hält die Hitze besser als dieser Skalit.«

Jonn kam sich immer noch so töricht vor wie ein Hund, der sich auf sein eigenes Spiegelbild gestürzt hat und sich nun über seine blutige Nase wundert.

»Ich werde dich nicht daran hindern können, dein

Leben in Gefahr zu bringen«, sagte sie leise. »Aber lass mich aus dem Spiel – und Karis auch.«

Nives Lächeln verschwand. »Im Gegensatz zu dir wäre er glücklich mir helfen zu können.«

»Eben«, zischte Jonn. »Er ist in dich verliebt, Nive. Aber für dich ist er nichts weiter als ein Stallknecht, den du herumschicken kannst.« Mit diesen Worten drehte sie sich um und ging in die Richtung des Lagerplatzes, wo die Pferde standen.

»Du warst bei Nive, nicht wahr?«, fragte Karis. »Hat sie etwas über mich gesagt?«

»Wir haben nicht über dich geredet«, erwiderte Jonn schroff. »Hör zu, Karis. Wir müssen wissen, was es mit den Kämpfen in der Wüste auf sich hat. Kannst du etwas von den Soldaten erfahren?«

Er rieb sich die Augen. »Ich werde es versuchen«, murmelte er.

*

Am Morgen weckte Jonn ein kehliger Schrei. Sofort griff sie zu ihrem Messer und sprang auf. Gebrüll ertönte aus mehreren Kehlen. Glasmacher, Arbeiter und Sandträger rannten zum Lagerplatz. Schon von weitem sah Jonn, dass die schwarz-weißen Pferde verschwunden waren. Im Sand prügelte sich Karis mit einem der Gehilfen. Die Glasmacher bildeten einen Kreis um die Kämpfenden und feuerten ihren Kameraden an. Verbissen schlug Karis immer wieder zu, wich den Hieben aus und versuchte den Gegner zu Fall zu bringen. Stattdessen traf ihn eine Faust am Mund.

»He!«, brüllte Jonn und stürzte los. Karis taumelte zurück und spuckte Blut aus. Die Schaulustigen fegten auseinander wie eine Schar Hühner, große Hände streckten sich nach Schwertern aus, doch sie wagten nicht, Jonn daran zu hindern, Karis wieder aufzuhelfen. »Was ist los?«, rief sie und sah sich um. Feindselige Augen musterten sie, unmerklich zog sich der Kreis zu. Jonn riss ihr Messer hoch und warf Karis' Gegner einen warnenden Blick zu.

»Dieb!«, zischte er und spuckte aus.

Die Adern an Karis' Schläfen traten hervor. »Wenn einer ein Dieb ist, dann du!«, schrie er und wollte sich wieder auf seinen Gegner stürzen.

In diesem Augenblick legte sich eine schmale Hand auf seine Schulter. »Lass ihn, Karis«, sagte Nive leise.

Karis erstarrte. Seine eben noch vor Wut verzerrten Züge glätteten sich. Zurück blieb der linkische Stallbursche, der unter Nives Berührung alles aufgab, was eben noch den stolzen, unbeugsamen Karis ausgemacht hatte.

»Wer nennt Karis einen Dieb?«, fragte Nive nun in die Runde.

Sie schwiegen. Erst nach langem Zögern trat einer der Sandträger vor. »Ich!« Gefahr schwang in der Luft und ließ Jonn die Hand fester um ihren Messergriff schließen. »Die Pferde sind unsere Beute, sie bringen gutes Geld, aber nun sind sie fort. Und der da fragt uns seit Tagen aus! Wer weiß, wem er die Gäule verkauft hat.«

»Wem habt *ihr* diese Beute abgenommen?«, fauchte Jonn. »Seid ihr keine Diebe?«

Der Mann warf ihr einen scharfen Blick zu. »Wir haben sie niemandem gestohlen. Sie sind Wüstengut. Und wir haben sie gefunden, nicht er!«

»Wenn Karis die Pferde gestohlen hat – warum sollte er dann hier im Lager friedlich schlafen und sich eurer Rache aussetzen?«, fragte Nives amüsierte, freundliche Stimme. Wie immer verfehlte sie ihre Wirkung nicht. Der Krieger runzelte die Stirn und schwieg. Die anderen murrten.

»Ihr werdet noch viel Wüstengut finden«, fuhr Nive fort. »Euer Dienst bei mir und Raj ist bald zu Ende, dann werdet ihr gut bezahlt. Aber um diesen Streit zu beenden, frage ich dich nun, wie viel ein solches Pferd wert gewesen ist.«

Der Mann schien zu überlegen, dann erwachte Gier in ihm. »Vierzig.«

»Aber die Pferde sind verletzt, das mindert ihren Wert. Sagen wir fünfundzwanzig für jedes Pferd.«

Bevor er antworten konnte, zog Nive einen Beutel mit Silbermünzen hervor und öffnete ihn. »Hundert Silberhum für vier Pferde. Wenn ich sie wiederfinde, gehören sie mir. Abgemacht?«

Die Krieger schwiegen etwas zu lange. In diesen endlosen Augenblicken glaubte Jonn in ihren Augen lesen zu können wie im Notizbuch ihres Vaters: Warum sollen wir hundert Münzen nehmen, wenn wir den ganzen Geldbeutel haben können? Und wer wusste schon, was sicher war und ob sie den versprochenen Lohn erhalten würden. Plötzlich wurde Jonn klar, was für Menschen diese Krieger waren. Wüstenvagabunden, Söldner, vielleicht Unfreie, die Nive in die Wüste gelockt hatte. Die Luft schien zu vibrieren.

»Nun?«, fragte Nive in die Stille. Sie verstand nichts, sie verstand gar nichts, wurde Jonn klar. Unmerklich hatte sich Karis in Nives Reichweite gestellt. Natürlich, Karis würde Nive verteidigen – wenn es sein musste bis zum Äußersten.

»Sie sind einverstanden«, ertönte eine Stimme. Raj trat in den Kreis. Sofort wichen die Krieger einen Schritt zurück. »Gib ihnen das Geld für die Pferde, Nive. Und dann komm zum Feuer. Das Glas wartet nicht.« Erstaunt sah Jonn, wie ein großer Krieger hastig vortrat und das Geld nahm. Wie eine Horde Hunde, die vor einem Windwolf zurückweicht, trollten sie sich und machten sich wieder an ihre Arbeit. Nive schenkte Karis ein dankbares Lächeln und folgte Raj zu den Feuerstellen. Jonn atmete durch. Ihre Finger hatten sich so fest um den Messergriff geschlossen, dass es schmerzte, sie zu lockern.

»Karis!«, zischte sie ihm zu. »Was war hier los?«

Er starrte sie an, als hätte sie ihn aus einem Traum gerissen. »Ich weiß es nicht. Als wir heute Morgen aufwachten, waren die schwarz-weißen Pferde verschwunden. Die Spuren hat der Nachtwind verweht und niemand hat etwas gehört. Aber ...«, er sah sich um und zog sie dann näher zu sich heran, »... ich weiß, dass sie jeden Tag einen Angriff auf das Glasmacherlager erwarten. Stets haben sie ihre Schwerter bei sich.«

»Umso erstaunlicher, dass Pferde so unbemerkt verschwinden können.« Sie musste lächeln. »Ich denke, da war ein sehr guter Pferdedieb am Werk.«

»Warum hat er alle vier mitgenommen?«

»Er ist ein Dieb. Hast du je einen Dieb gekannt, dem ein Stück Beute genügt hätte?«

»Die andere Möglichkeit wäre, dass es noch mehr von diesen Weißhäuten gibt. Vielleicht brauchen sie die Pferde für einen Kampf – oder eine Flucht.«

»Was auch immer dem Sternenmenschen und seinem Volk zugestoßen ist, er kann uns vielleicht ein paar Antworten geben.«

»Du sagst Nive, dass wir ein paar Tage weg sind, ich kümmere mich um Proviant«, antwortete Karis.

*

Raj und Nive begutachteten gemeinsam eines der blauen Fenstergläser. Jonn konnte nicht umhin zu denken, dass sie ein seltsames Paar waren, ein alter Mann, der so gar nicht in die Wüste zu passen schien, und eine junge Waldfrau. Als Jonn zu ihnen trat, huschte ein Lächeln über Nives Gesicht. Ihr Streit schien vergessen.

»Karis und ich reiten zum Bergfuß hinunter«, sagte Jonn geradeheraus. »Ich nehme Wasserschläuche mit.«

Raj runzelte die Stirn. »Ihr seid Fremde hier. Heute Abend werden die Träger Wasser holen.«

Mit diesem Einwand hatte Jonn gerechnet. »Hör zu, Raj«, sagte sie ebenso ruhig. »Die Träger werden dafür bezahlt, das zu tun, was du ihnen befiehlst. Ich dagegen werde tun und lassen, was ich für richtig halte.«

»Aber Raj hat Recht, Jonn«, sagte Nive.

»Raj hat immer Recht«, erwiderte Jonn bissig. »Und wenn Raj dir sagt, dass du deine Hand ins Schmelzfeuer stecken sollst, dann wirst du es tun, nicht wahr?«

Nives Lächeln verschwand. »Was ist los mit dir? Seit du hier bist, benimmst du dich, als seist du mein Feldherr!«

Raj hob beschwichtigend die Hände. »Ich führe keine Kämpfe auf den Feldern fremder Herzen«, sagte er versöhnlich. Jonn hatte plötzlich das Gefühl, dass der alte Kadas sich über sie lustig machte. »Und auch du brauchst mich nicht zu verteidigen, Nive«, fuhr er fort. »Geh in die Wüste, wenn du willst, Jonnvinn. Du bist eine Jägerin und wirst dich vor den Wassersuchern zu verbergen wissen, aber bedenke, dass der Sand trügerisch ist und die Wege ohne Führer schnell unbegehbar werden.«

»Danke, ich habe Libun. Wenn sie den Weg hierher nicht zurückfindet, dann niemand.«

»Dann wartet nicht länger«, sagte Raj. Mit diesen Worten wandte er sich wieder dem Glas zu. Mit einer seltsamen Zufriedenheit sah Jonn, dass Nive den Mund aufmachte und ihn wieder schloss, als hätte Raj ihr mit seiner Entscheidung einen stummen Befehl erteilt. Kein Zweifel – ihre Schwester kochte vor Wut.

Libuns Schnauben riss Jonn aus ihren Gedanken. Wie versprochen hatte Karis die Satteltaschen gepackt.

»Wir können reiten«, sagte er leise. Wie immer in Nives Gegenwart klang seine Stimme plötzlich so sanft, als würde er befürchten, das Mädchen könne beim ersten lauten Ton zerbrechen.

»Du willst mit Jonn in die Wüste, Karis?«

»So ist es«, sagte Jonn laut. »Gehen wir!« Ebenso gut hätte sie einem Brunnen Witze erzählen können. Für Karis war sie von einem Augenblick zum anderen unsichtbar geworden.

»Schade«, meinte Nive. Ihre Stimme hatte ihren forschen Klang verloren. »Ich hatte gehofft, du würdest mir heute helfen das Glas in das Leder zu schnüren.« Karis schluckte sichtlich. »Glück auf deinem Weg«, sagte sie und ging zu einem Stapel von Glasscheiben, die am anderen Ende der Höhle lagen. Raj war verschwunden. Jonn hatte nicht einmal seinen Schritt gehört.

Karis warf Jonn einen fragenden, zerknirschten Blick zu. Was sie in diesem Augenblick vor sich sah, war nicht Karis, sondern die jämmerliche Gestalt eines geprügelten Hundes, den nur ein haardünnes Seil davon abhielt, in die lang ersehnte Freiheit zu fliehen. Und das Ende dieses Seils lag in ihrer Hand. Beinahe konnte sie fühlen, wie es ihr Stück für Stück durch die Finger glitt.

»Warte!«, rief er. Nive drehte sich um. Zum ersten Mal sah Jonn ihre Schwester mit den Augen ihrer Bewunderer. Sie war nicht mehr länger nur eine hübsche junge Frau, jetzt war sie eine Traumgestalt mit Smaragdaugen und einem Lächeln, das nichts versprach und alles hielt. Ihre Schönheit leuchtete in der flirrenden Luft.

»Ja, Karis?«, fragte Nive.

Er fuhr sich hektisch über den Mantel und warf einen verzagten Blick zu Jonn. »Es dauert nicht lange ...«, stammelte er. »Ich ... ich komme nach!«

»Wozu?«, fragte Jonn voller Verachtung. »Bleib hier, wo du Nives Pfiff hören kannst.«

Er biss die Zähne so fest zusammen, dass die Muskeln an seinem Kiefer hervortraten. Seine Fingerknöchel knackten, als er seine Hände knetete. Jonn wusste sehr wohl, dass sie, wäre sie jemand anders gewesen, jetzt seine Fäuste zu spüren bekommen hätte. Nive gab sich den Anschein von unschuldiger Verwunderung, aber Jonn kannte ihre kleine Schwester viel zu gut, als dass sie das verstohlene Lächeln nicht bemerkt hätte und das triumphierende Blitzen in ihren Augen. Ohne ein Wort drehte sie sich um und griff nach Libuns Mähne. Tränen stiegen ihr in die Augen. Sie fühlte sich wie nach einem Spiel, das sie ungerechterweise verloren hatte. Sie stieg auf und ritt ohne sich umzusehen aus dem Lager. Dort, wo der Zügel auf die Haut drückte, pochte ihre Handfläche. Wütend ließ sie den Zügel los und betrachtete die empfindliche Stelle. Sie musste sich vorhin die rechte Hand angeschlagen haben, denn die Haut war leicht verfärbt, als hätte sie dort eine Prellung.

»Du verlässt uns schon?« Es war Jara. An das Gerippe eines vertrockneten Baums gelehnt stand sie mit verschränkten Armen da.

»Was geht dich das an?«

»Nichts und alles«, sagte Jara.

»Ich weiß nicht, was ihr vorhabt und wer von euch lügt, aber ich werde es herausfinden.«

Das Mädchen runzelte die Stirn und versuchte sich nicht anmerken zu lassen, wie sehr Jonns Unhöflichkeit sie getroffen hatte. »Warum siehst du um dich herum nur Feinde? Gibt es in deinem Land so viele Gefahren, dass ihr ständig in Angst lebt?«

Jonn schüttelte den Kopf. »Tjärg ist ein friedliches Land.«

Jara lächelte. »Ach deshalb. Gefahr macht dir Angst?«

»Was weißt du schon von mir?«

»Viel zu wenig«, sagte die Sandträgerin aufrichtig. »Aber ich habe dich beobachtet, Jonnvinn. Nive und du, ihr seid wie Feuer und Wasser. Jede hat, was die andere ersehnt.«

»Ich wüsste nicht, was Nive von mir ersehnt.«

Das Mädchen gab ihre starre Haltung auf und fuhr sich mit einer ruhigen Geste durch das Haar. »Dein schnelles Auge, deinen Mut, deine Härte. Du bist ein Fuchs, Jonn, sie ist eine Martiskatze ohne Krallen. Das weiß sie sehr gut. Du urteilst hart über sie.«

»Lange nicht so hart, wie ich über mich selbst urteile. Zum Beispiel ist es mir nicht gelungen, Nive aus Rajs Bannkreis zu holen.«

Jara winkte ab. »Ich versichere dir, dass er Nive niemals schaden würde. Niemals. Sieh ihn einmal mit meinen Augen: Er ist sehr alt, alte Menschen werden abenteuerlustig und oft auch unvorsichtig. Wenn ein Mensch, der nicht mehr viel zu verlieren hat, auf einen trifft, der viel wagen will, dann geben sie sich die Hand und gehen ein Stück des Weges gemeinsam.«

»Für eine Sandträgerin sprichst du sehr gewählt.«

Jara ließ sich nicht aus der Ruhe bringen. »Heute bin ich Sandträgerin, morgen vielleicht schon die Königin der Sandläufer.«

»Dienst du Raj schon lange?«

»Ein wenig zu lange sogar.«

Deshalb bewegst du dich behutsam wie ein alter Mensch, hätte Jonn beinahe gesagt. Im letzten Augenblick verbiss sie sich diese Taktlosigkeit.

»Willst du mich nicht mitnehmen?«, fragte Jara plötzlich. »Ich kenne die Wüste besser als du.«

Jonn spürte, wie sie in Versuchung geriet, dieser Bitte nachzugeben. Es ärgerte sie, dass sie das Mädchen trotz allem mochte. »Nein«, sagte sie barsch.

Jara seufzte und griff mit einer bedächtigen Bewegung zu der Lederhülse an ihrem Gürtel. Das Messer, das sie hervorzog, war so schartig, dass es in der Sonne nicht glänzte. »Hier. Du hast gesehen, wie du die Schatten damit schneiden kannst. Es ist mein einziges. Bringe es mir unversehrt wieder.«

Der Dieb

Jonn atmete erst auf, als sie den schattenlosen Tanzplatz der Schlangen weit hinter sich gelassen hatte. Hinter ihr erhob sich das Wüstengebirge, in dem das Glasmacherlager sich verbarg, rechts sah sie zerklüftete dunkelgraue Felsen. Jaras Messer hatte sie sicher verstaut. Jetzt, da ihre Wut zu verfliegen begann, kam das Bedauern darüber, die Sandträgerin nicht freundlicher behandelt zu haben. Jaras Sorge irritierte und rührte sie gleichermaßen. Sie musste sich zwingen, sich wieder auf den Pferdedieb zu konzentrieren. Tief atmete sie durch und schloss für einen Augenblick die Augen. Der Dieb erschien vor ihr und Jonn trat an ihn heran, ließ sich fallen, wurde selbst zum Dieb und begann auf seinen Gedankenwegen zu wandern. Es war ein Risiko für ihn, auch das am schwersten verletzte Pferd mitzunehmen. Besonders schnell würde er mit diesem Tier nicht vorankommen. Zudem musste er sich verbergen, also war es unwahrscheinlich, dass er über flaches Land geflohen war. Also lenkte sie Libun in Richtung der Felsen und verließ sich ganz auf ihr Jägergespür. Es war nichts anderes, als ein Ranjög zu verfolgen. Es war schlau wie ein Mensch, häufig sogar schlauer. Wie ein Dieb denkend erspürte Jonn immer den unwegsamsten Pfad, hielt sich immer dort auf, wo sie am wenigsten sichtbar war, und achtete darauf, trotzdem die Wege zu wählen, die von einem verletzten Pferd bewältigt werden konnten. Kaum merklich führte der Weg immer weiter bergauf, bis Libuns Hufe auf rotem Stein auftrafen. Der Dieb würde bald Wasser für sich und seine Pferde brauchen. Wasser wird bewacht, überlegte Jonn. Es sei denn, er ist schnell genug den Schatten zu entkommen – oder er kennt eine andere Wasserstelle. Sie stieg ab und ließ Libun suchen.

Sie wusste nicht mehr, wie lange sie ihrem Pferd gefolgt war, als die Stute unter einen Felsvorsprung trabte und stehen blieb. Jonns Wangen brannten, obwohl sie sich die Kapuze ihres Kiltmantels über den Kopf gezogen hatte. Sie griff nach ihrem Wasserschlauch und gab Libun etwas Wasser, bevor sie selbst ein paar Schlucke nahm. Ein scharrendes Geräusch erklang, doch als sie den Schlauch hastig absetzte und sich umsah, entdeckte sie nichts außer einigen Bäumen, die sicher schon vor tausend Sommern verdorrt waren. Eine der Baumruinen schien sie anzustarren. Die Hitze konnte einem den Verstand rauben. Libun schnaubte, dann witterte sie und setzte behutsam Huf vor Huf auf einen steilen Weg, der mitten in das Gebirge führte. Bevor sie ihr folgte, hob Jonn einen Stein auf und kratzte ein Zeichen in den Fels. Gespenstisch laut klang dieses Geräusch. Ein Fauchen antwortete. Blitzartig warf sie sich herum und zog ihr Jagdmesser. Es war keine Martiskatze, wie sie befürchtet hatte, es war die Rinde der Baumruinen. In einer fließenden Bewegung löste sich eine ganze Gruppe Linlan von dem Holz, das ihnen als Tarnung gedient hatte. Im ersten Moment wusste Jonn nicht, ob sie erleichtert oder erschrocken sein sollte. Gulunk Err war nicht unter ihnen, erkannte sie. Diese hier waren dunkler und, wie ihr schien, sehr viel unfreundlicher. Knorrige Hände hielten kleine, aber gefährlich scharfe Steinäxte. Jonn wich einen Schritt zurück. Lautlos rückten die Linlan nach. Aus dem Augenwinkel bemerkte sie, dass sich auch von links Wesen näherten.

»Was wollt ihr?«

Ein Fauchen aus einem Dutzend trockener Kehlen antwortete ihr. Fäuste schlossen sich fester um die Äxte. Mit einem Schaudern erkannte Jonn, dass sie jeden Augenblick angreifen würden. Ruckartig hob sie den Wasserschlauch und wirbelte ihn herum. Eine Wasserkaskade glitzerte in der Luft und legte einen Kreis um Jonn. Zischend wichen die Wesen zurück.

Jonn pfiff nach Libun. Zu ihrer Erleichterung hörte sie gleich darauf Huftritte. Die Linlan zögerten und lauschten. Jonn nutzte den Augenblick der Verwirrung und lief los. Hinter sich hörte sie Rufe und Trappeln. Es war keine ruhmreiche Flucht. Jeden Augenblick würde eine Axt ihr Schulterblatt durchschlagen. Die heiße Luft brannte in ihrer Kehle. Sie schlitterte über Geröll – und wäre beinahe gegen Libuns Brust gerannt. Das Regenbogenpferd blieb verdutzt stehen. Jonn griff in die Mähne und zog sich hoch. Die Linlan ächzten beim Anblick des Meerespferdes. Mitten im Lauf hielten sie an, stolperten, prallten mit einem Knacken aufeinander und drängten sich zusammen. Angst glomm in den toten Augen.

»Ja, das ist ein Pferd aus Wasser!«, schrie Jonn. Sie wusste nicht, ob sie ihre Worte verstanden, aber den Tonfall verstanden sie wohl sehr gut, denn sie zogen sich knurrend zu den Bäumen zurück. Auf Jonns Zeichen hin drehte Libun sich auf dem schmalen Steilweg um. Mühelos fanden ihre gespaltenen Hufe Halt. Dem Ruf des Wassers folgend kletterte das Regenbogenpferd geschickt wie eine Bergziege über die Felsen. Die Linlan folgten ihnen nicht, auch wenn Jonn immer noch das Gefühl hatte, dass unsichtbare Augen jeden ihrer Schritte beobachteten. Immer schneller wurde Libun, bis rechts von ihnen ein Felsspalt auftauchte. Jonn stieg ab und ließ die Stute vorangehen. Nach ein paar Schritten prallte sie zurück – Regen rieselte auf sie nieder! Irritiert blinzelte sie nach oben. Von der Felsdecke hingen prall mit Wasser gefüllte Beutel, in die kleine Löcher gestochen waren. Wasser tropfte daraus hervor und bildete einen nassen Vorhang. Wer immer die Beutel hier aufgehängt hatte, er hatte eine gute Verteidigungswand gegen die Linlan geschaffen. Ein Platschen ließ Jonn aufhorchen. Keuchend rannte sie über Stein und plötzlich über knirschenden Kies, der feucht wurde, als ihr Fuß einsank. Der Anblick, der sich ihr bot, war überwältigend. Sonnenstrahlen hingen wie goldene Fäden von der Decke und wurden zu Lichtflecken auf dem Boden. Bis zur Brust stand Libun in einem steinernen Tümpel. Das Wasser in der winzigen Grotte war algengrün und roch brackig, aber das Regenbogenpferd wühlte mit den Hufen begeistert darin herum. Erleichtert ließ sich Jonn am Rand nieder und wusch sich das Gesicht. Als sie den Blick hob, musste sie lächeln: Nicht weit von ihr, an einem Felszacken, haftete ein langes schwarzes Haar. Und da war noch etwas. Jonn kniff die Augen zusammen und ging näher heran. Ihr Instinkt hatte sie nicht getrogen. Was sie auf dem Boden sah, waren ein paar noch feuchte Blutflecken.

*

Bei jedem Schritt gluckсsten die prall gefüllten Wasserschläuche. Jonn hielt ihre Schleuder fest umklammert. Längst hatten sie die Grotte durchquert und schritten nun durch einen bizarren Felsgarten. Die Stille war erdrückend. Handabdrücke zierten die Wände und hier und da eine aus Reisig zusammengebundene Gestalt, die sie bedrohlich zu mustern schien. Als sie mit einem Mal vor einem Ausgang stand, blieb Jonn stehen. Einen Moment zögerte sie, dann machte sie einen Schritt nach vorn und stand in der prallen Sonne. Im nächsten Moment war ihr klar, dass ihre Sinne, die ihr im Wald halfen, sie in der Wüste verließen. Die Bewegung an ihrer Seite war so schnell, dass sie keine Zeit mehr hatte, die Schleuder hochzureißen. Etwas Hartes traf ihre Schulter und riss ihr die Beine weg. Instinktiv schlug sie zu. Haar streifte ihren Mund. Ihr Ellenbogen traf etwas, das ein Kinn sein mochte, und sie hörte, wie ihr Angreifer nach Luft schnappte. Steine gruben sich in ihren Rücken, aber sie wehrte sich verbissen. Mit aller Kraft schlug sie noch einmal zu, doch diesmal fuhr ihre Faust ins Leere. Plötzlich war sie frei und rappelte sich sofort wieder auf. Keuchend standen sie sich gegenüber, der Pferdedieb und sie. Wütend spuckte er aus. Er schien sich nicht zu freuen Jonn wieder zu sehen, was ihr einen Stich versetzte. Im Hintergrund sah sie ein Plateau und dürres Gras, Buschwerk und einen Pfad, der in ein völlig neues Land zu führen schien. Die vier schwarz-weißen Pferde standen dort, drei waren mit Wasserschläuchen beladen, eines aber stand zitternd vor Fieber mit gesenktem Kopf etwas abseits. Blut tropfte aus der Wunde, die wieder aufgebrochen war.

»Ich ... kann ihm helfen!«, brachte Jonn heraus. Vorsichtig griff sie zu ihrem Gürtel und holte die zu Pulver zerstoßenen Kräuter hervor, die den Blutfluss stillen würden. Unter dem wachsamen Blick des Diebs ging sie zu dem Pferd hinüber. Es erkannte sie und hob den Kopf. Das schien dem Dieb nicht zu gefallen.

»Ihr müsst weg hier«, sagte sie zu ihm. Sie kam sich vor wie ein Gaukler, der sein Stück vor Murmeltieren aufführt. »Deine Regenwand wird bald wegtrocknen. Warum sind die Linlan hinter dir her?«

Er antwortete nicht, sondern stieß nur einen unwilligen, gezischten Laut aus und ging zu den anderen Pferden hinüber. Für einen Augenblick war sie nicht einmal sicher, ob er sich überhaupt noch an sie erinnerte. Wütend presste sie die Lippen zusammen und widmete sich wieder dem Pferd. Kaum hatte sie ihre Kräuter verstaut, als schon der Pferdedieb bei ihr war, das Pferd am Zügel packte und es wegführte. Fassungslos beobachtete Jonn, wie er auf eines der Pferde stieg und einfach davonritt. Nun, so leicht würde sie es ihm nicht machen. Sie rannte zu Libun, schwang sich auf ihren Rücken und galoppierte hinter dem Sternenmann her.

Es war Abend, als er endlich Rast machte. Das verletzte Pferd stolperte schon vor Erschöpfung. Der Sternenmann nahm den Pferden die Zäume ab und wuchtete die Wasserschläuche auf den Boden. Zum ersten Mal fiel Jonn auf, wie müde und ausgezehrt der Mann wirkte. Er schwankte, als er den letzten Wasserschlauch herunternahm, dann knickten seine Beine ein, er verlor alle Kraft, fiel und blieb reglos liegen.

Als Jonn bei ihm ankam, war er in eine Bewusstlosigkeit gesunken. Ein gequälter Ausdruck lag auf seinem Gesicht. Zögernd streckte Jonn die Hand aus und berührte das lange schwarze Haar, das ihm über die Schultern fiel. Behutsam strich sie es zur Seite. Langsam nur schlug sein Herz. Heiß wie im Fieber brannte die weiße Haut, die sich so glatt anfühlte wie ein Blütenblatt.

*

Jonn musste eingeschlafen sein, denn als sie, aufgeschreckt durch Hufgetrappel, die Augen aufschlug, ging die Sonne auf. Libun stand mit gespitzten Ohren da und blickte den schwarz-weißen Pferden hinterher, die eben in einer Wolke aus Staub um die Biegung verschwanden. Der Schlafplatz des Pferdediebs war leer. Jonn fluchte und klopfte sich den Staub vom Mantel. Noch benommen vom Traum wuchtete sie den Wasserschlauch, der ihr als Kopfkissen gedient hatte, wieder auf Libuns Rücken und stieg dann selbst auf. Rasch hatte Jonn die Gruppe eingeholt. Von weitem sah sie, dass der Sternenmann sich nur mühsam auf dem Pferderücken hielt. Der Weg führte über Steppengras und geheime Wege auf ein verborgenes Plateau. Es war längst Mittag, als der Reiter endlich anhielt, abstieg und die Pferde grasen ließ. Von Jonn nahm er keine Notiz, sondern ging zu Fuß einen Weg ab, als würde er etwas suchen.

Sie rannte los und fasste ihn an der Schulter. Er wirbelte herum, stieß ihre Hand weg und starrte sie feindselig an.

»Nicht sehr höflich, einfach so davonzureiten«, sagte sie. »Es scheint etwas Wichtiges zu sein, das du suchst. Hältst du nach jemandem Ausschau?« Er antwortete nicht. »Hör zu«, fuhr sie fort. »Wir haben uns gegenseitig das Leben gerettet, habe ich da nicht verdient zu erfahren, wer du bist?«

Seine Miene verschloss sich, doch dann kniete er sich hin und malte ein Zeichen in den Sand. Dann klopfte er sich den Staub von den Händen, drehte sich um und setzte seine Suche fort, als hätte Jonn nie existiert. Jonn trat vor und betrachtete das Zeichen. Vor Überraschung vergaß sie ihren Hunger und ihre Erschöpfung. »Narmin«, stand im Sand, in schönen geschwungenen Schriftzeichen, wie sie auch in Tjärg verwendet wurden. Ratlos lief sie hinter ihm her und beobachtete, wie er den Boden absuchte. Ihr Blick fiel auf etwas Scharfkantiges, das halb verborgen hinter einem Stein lag. Vorsichtig befühlte sie es und zog daran. Staub stieg ihr in die Nase, doch der Gegenstand ließ sich mühelos aus dem Boden ziehen. Es war eine flache Tonscherbe, blau glasiert und mit fremden, durch die Bruchkanten zerschnittenen Zeichen versehen. Ihre Hand begann zu zittern. Es war die gleiche Schrift, in der Nives verbranntes Dokument beschrieben war.

»Suchst du das hier?«, rief sie und hob die Scherbe hoch.

Zögernd drehte er sich um. Die Scherbe glänzte im Abendlicht. Immer noch zeigte das Gesicht des Pferdediebs keine Regung, aber immerhin kam er zu Jonn zurück. Unendlich behutsam nahm er die Scherbe an sich. Dann begann er zu weinen.

Er sank in die Knie und krümmte sich zusammen. Die klagenden, erstickten Laute erschütterten Jonn. Seine Verzweiflung ging ihr so nahe, dass sie sich fühlte, als sei ihre Haut plötzlich verschwunden, als stehe sie völlig hilflos und nackt vor ihm, ohne eine Möglichkeit, seinen Schmerz abzuwehren. Schwankend stand er auf und rannte an ihr vorbei zwischen die Felsen. Sie schnappte nach Luft und setzte sich ebenfalls in Bewegung. Noch nie hatte sie einen Menschen so rennen sehen. Als sie ihn endlich einholte, kauerte er neben einem Felsen und blickte in eine flache Talsenke. Wie ein Krieger, der den Verstand verloren hat, wiegte er seinen Oberkörper vor und zurück.

Es musste ein rachsüchtiger Feind gewesen sein, der dieses Lager heimgesucht hatte. Brandgeschwärzte Überreste von Zelten staken in Aschekratern. Scherben lagen überall, Speere und zerbrochene Pfeile steckten in Bäumen. Ein Pferdekadaver lag wie eine verrenkte Gliederpuppe da und bot seine zum Teil schon blanken Knochen den Aasvögeln dar, die wie humpelnde Gäste um ihn herumsprangen. Das Schlimmste aber waren die Toten. Jonn erkannte nur, dass es ursprünglich Menschen wie Narmin gewesen sein mussten. Hier lag ein zerfetztes Martiskatzenfell, dort die Überreste einer verkohlten Gestalt, auf der sich bereits dürre Ranken ausbreiteten. Übelkeit würgte Jonn. Das war kein Krieg um Wasser oder Schätze gewesen. Jemand oder etwas musste darangegangen sein, diese Menschen mit jeder Erinnerung an ihre Existenz auszulöschen. Narmins Lager war vernichtet worden.

Sie kniete sich neben Narmin und nahm ihn in die Arme. Er ließ es zu, dass sie ihn festhielt, Schluchzen schüttelte seinen Körper. Sie spürte sein Haar und seine erstaunliche marmorglatte Haut, unter der sein galoppierendes Herz versuchte dem Schmerz zu entfliehen. Sie hielt ihn fest und weinte mit ihm, bis die Dunkelheit ihr Totentuch über das zerstörte Lager breitete.

*

Sie brauchten fast einen Tag, um die Scherben zusammenzutragen, die Reste zu bergen und das wenige, was von den Menschen übrig geblieben war, zu den Grabplätzen zu bringen. Mit Scherben und Händen schaufelten sie die Gruben. Narmin schien keine Totengebete zu kennen, stumm schrieb er Zeichen in den Sand auf den Gräbern. Jonn holte Zweige und sprach die Totenworte aus ihrer Heimat. Sie fand es richtig, dass dieselben Worte, die an Königin Gisaes Grab gesprochen worden waren, auch den unbekannten Sternenmenschen den Weg zur lichten Grenze wiesen. Angst würgte sie, wenn sie an Nive und Karis dachte. Wer oder was hier gewütet hatte, es war mächtiger und schrecklicher als der Bannkreiszauber des alten Kadas Raj. Aminas Warnung vor den Wüstenworan fiel ihr wieder ein. Plötzlich war die ganze Welt fadenscheinig, alle Sicherheit wich von ihr. Es ging nicht mehr um einen Streit zwischen Schwestern, um ein bisschen Wasserdiebstahl und verbotenen

Sand, es ging um das Leben vieler Menschen. Sie mussten so schnell wie möglich zum Glasmacherlager zurück. Nachdenklich betrachtete sie Narmin. In sich versunken saß er an den Gräbern und hielt die Totenwache. Die Tatsache, dass er immer noch nicht mit ihr sprach, verletzte sie mehr, als sie sich eingestehen wollte. Rotes Abendlicht ergoss sich über das Plateau und berührte Narmins Gesicht. Im rötlichen Schein erkannte Jonn zum ersten Mal, wie Narmin aussehen würde, wenn er ein Mensch wie sie wäre. Ohne die Fremdheit, die ihm die weiße Haut verlieh, war es einfach das Gesicht eines jungen Mannes, der auch aus dem Tjärgwald stammen könnte. Und zwar einer, den die Mädchen gerne betrachteten.

Als hätte er ihre Blicke gespürt, sah er sie an.

»Narmin«, sagte sie leise. »Ich muss zurück zu meiner Schwester in das Lager der Glasmacher.« Er schwieg. Sie kam sich lächerlich vor, aber sie bezwang ihren Stolz und sprach weiter. »Bitte rede mit mir! Ich glaube, das, was deinem Lager zugestoßen ist, ist auch eine Gefahr für die Glasmacher. Es hat etwas damit zu tun. Die Buchstaben auf den Scherben – ich kenne sie! Meine Schwester hat ein Schriftstück, das in derselben Schrift verfasst ist. Wenn du mitkommst ...«

Er wandte den Kopf ab und starrte gleichgültig zur Sonne. Ihr Mitleid verflog für einen Moment, wütend presste sie die Lippen zusammen. Mit einem Mal war sie ihrer Geduld überdrüssig.

»Wie du willst«, sagte sie. »Dann eben ohne dich. Ich bin es leid, dir hinterherzulaufen. Bleib, wo du bist, und trauere um ein Lager, das es nicht mehr gibt. Warte einfach darauf, dass das, was hier alles ausgelöscht hat, zurückkommt und dich auch noch holt.« Unversehens war sie laut geworden. Er rührte sich immer noch nicht.

»Narmin«, zischte sie. »Kennst du die alte Waldsprache? Nein, natürlich nicht. Wer weiß, ob du überhaupt eine Sprache sprichst? Wenn Narmin dein Name ist, dann ist es in der alten Waldsprache aus meiner Heimat ein ziemlich lächerlicher Name. Dann würdest du nämlich ›Springgras‹ heißen.«

»Das sagt ein Mädchen, dessen Name ›Fuchspfote‹ bedeutet«, erwiderte er. Seine Stimme klang melodiös und überraschend klar. Sie hätte einem Geschichtenerzähler gehören können.

»Ich wusste es!«, stieß Jonn hervor. »Du wolltest nicht mit mir sprechen!«

»Es war nicht die Zeit für Worte«, sagte er sehr ruhig. Sein Mundwinkel zuckte verächtlich. »Manchmal gibt es keine Worte. Im Gasthaus gab es keine Worte für Norik Siebentrals Grausamkeit und die unendliche Dummheit der Leute, die mich anstarrten. Und als du mich gerettet hast, da gab es keine Worte für meine Dankbarkeit und deinen Mut. Aber für deinen Spott gibt es Worte. Viele Worte.«

»Und dafür, dass du Karis' Pferd gestohlen hast, gab es im Tal der Dämonen keine Worte der Entschuldigung?«

»Wofür entschuldigen? Wenn du jemandem die Freiheit schenkst, dann schenke sie ihm ganz und nicht halb. Mit einer Freiheit zu Fuß kann ich nichts anfangen.« Jonn schluckte diesen Satz und setzte sich wieder in den Sand. Narmin holte Luft und sah abermals in die Ferne. »Ich danke dir, dass du die Totenworte gesprochen hast«, sagte er leise.

»Was ist hier geschehen, Narmin? Wen habt ihr zum Feind?«

»Ich weiß es nicht. Ich war lange fort und Norik Siebentral hat es mir nicht verraten.«

»Wie bist du in seinen Zirkus gekommen?«

»Norik jagt alles, was er nicht kennt.«

»Und nun kehrst du zurück in die Wüste und dein Lager ist zerstört.«

»Ja, von meinem Lager im Süden gibt es keine einzige Spur mehr. Dieses hier ... war das Lager der Überlebenden.« Seine Stimme bebte. »Ich habe sie gesucht – erst im Tal der Wij. Manchmal haben wir dort Zuflucht gefunden.«

»Bei den Dämonen?«

»Die Dämonen sind nicht die schrecklichsten Wesen, die du in Fiorin antreffen kannst. Du hast ja gesehen, dass ich eine ihrer Martiskatzen getötet habe, ohne dass sie mich straften. Menschen wie dich verachten sie, uns aber lieben sie.« Er seufzte. »Doch mein Lager war nicht im Tal und auch nicht in den Schartenbergen. Ich suchte die Spuren und fand die Pferde. Das da drüben mit dem Milchmaul heißt Jahija. Es war das Pferd meines Bruders. Die anderen drei gehörten zu Familien, die in meinem Lager lebten.«

»Aber es muss noch Überlebende geben, irgendwo! Wenn die Pferde den Kampf überlebt haben und sich retten konnten, dann muss es auch einigen Menschen gelungen sein, zu fliehen.«

»Und wenn die Pferde den Mördern nicht so wichtig waren wie die Menschen?«, sagte Narmin heiser.

»Können es ... die Linlan gewesen sein? Einige von ihnen haben mich vor dem Höhlendurchgang angegriffen.«

»Wenn, dann haben sie erstaunlich sorgfältig getötet. Keine Wunde und keine Beschädigung deutete auf ihre Waffen hin.«

Jonn sah sich um, doch kein Halm regte sich auf dem zerstörten Platz. »Narmin«, flüsterte sie. »Ich kann dir nicht helfen, weil ich eine Fremde bin und dieses Land nicht kenne. Aber ich bitte dich mit mir zu kommen. Im Glasmacherlager wärst du sicherer als hier.«

»Eine trügerische Sicherheit, wenn es schon einem nicht sehr begabten Pferdedieb wie mir gelingt, unsere Pferde zurückzuholen.«

Sie musste zugeben, dass er Recht hatte. »Möglich. Aber hier ist die Wahrscheinlichkeit noch größer, dass uns jemand findet und tötet. Die Linlan haben uns gesehen. Wenn sie etwas damit zu tun haben, dann ist diese Nachricht schon weiter, als Pferde laufen können. Und außerdem ... ich glaube, dass das hier mit meiner Schwester zu tun hat. Diese Schrift auf den Scherben – es ist kein Zufall. Du musst mir helfen, Narmin.«

Seine Augen blitzten. »Muss ich das?«

»Willst du nicht herausfinden, wer das hier getan hat?«

Er sah sie aufmerksam an. Endlich war es ihr gelungen, den Schleier, der ihm den Blick auf sie verwehrt hatte, wegzuziehen.

Dennoch antwortete er nicht und erschien ihr mit einem Mal fremder als je zuvor.

»Was ist das für ein Volk, zu dem du gehörst?«, fragte sie. »Ich habe Menschen wie dich noch nie gesehen. Was bist du? Ein Jäger? Ein Pferdehändler? Oder doch nur ein Dieb?«

Diese Frage schien ihn auf eine traurige Art zu amüsieren. »So viele Fragen, auf die es so viele Antworten gibt. Nun ... in gewisser Weise bin ich ein Jäger. Der Wind trägt viele Geschichten mit sich. Manche verändern sich auf ihrer langen Reise, andere überdauern viele Menschenleben unverändert.«

»Und woher kannst du die alte Waldsprache?«

»Sprachen sind wie Geschichten«, sagte er leise. »Sie fliegen uns zu.«

Die Prinzessin und der Narr

Ihre Satteltaschen waren noch voller, seit Narmin sie mit Tonscherben gefüllt hatte. Als sie aufbrachen, war er in düsteres Schweigen versunken. Ohne sich umzublicken ließ er seine Vergangenheit hinter sich und konzentrierte sich darauf, einen Weg aus den Wüstenbergen zu finden, der es ihnen ermöglichen würde, den felsigen Durchgang mit dem Wassertümpel zu umgehen. Jonn fragte sich, in welchem Winkel seines Herzens er die Trauer verbarg.

Sie umrundeten das Gebirge und ritten auf steilen Pfaden. Unter den Hufen der Pferde knirschten vertrocknete Disteln. Aber selbst diese verschwanden, je näher sie der Wüste kamen. Jeden Augenblick erwartete Jonn Linlan auftauchen zu sehen. Gerne hätte sie Narmin zu seinem Leben befragt, aber sein in die Ferne gerichteter Blick hielt sie davon ab. Nachdenklich betrachtete sie ihre rechte Hand. Sie war gebräunter als die linke. Kein Wunder, die Sonne stand rechts von ihnen, sodass Jonns linke Hand im Schatten lag. Allerdings pochte die Prellung an der Handinnenfläche. Jonn überlegte gerade, ob sie die Hand mit Wasser kühlen sollte, als ein Knacken sie aus ihren Gedanken riss. Libun spitzte die Ohren, Narmin hielt an und lauschte. Flink holte Jonn ihre Schleuder und einen Wurfstein hervor. Ein weiteres Knacken erklang. Spannung schien das Hitzeflimmern um sie herum aufzuladen. Jonn kniff die Augen zusammen und spähte zu den Felsen, die vor ihnen aus dem Sand ragten.

»Jonnvinn Ferlagar?« Der geflüsterte Ruf wehte ihr entgegen, so verloren und körperlos, dass sie zuerst dachte, wieder die Stimme der dämonischen Wächterin zu hören. Sie spannte die Schleuder und schwieg.

»Jonnvinn?«, erklang die Stimme wieder. Narmins Knie stießen an ihre, als er sein Pferd an sie herandrängte. Inzwischen schlug Jonns Herz so heftig, dass sie sicher war, die rufende Gestalt müsse ihren Pulsschlag so laut wie eine Trommel hören. Sie kannte die Stimme, aber Nive war es nicht.

»Lass uns umkehren«, wisperte Narmin.

»Warte. Einen Augenblick noch.«

Der rote Abendhimmel verschwamm vor ihren Augen, die Farben bekamen Linien – hier einen Wangenbogen, dort die Zeichnung eines Mundwinkels. Schließlich schälte sich eine Gestalt aus der Luft.

»Jonnvinn! Allen Göttern sei Dank!«

»Jara!« Jonn sprang vom Pferd. Am liebsten wäre sie der Sandträgerin um den Hals gefallen, aber dann sah sie genauer hin und erschrak. Jaras Haar war zerzaust, ihre Ärmel hingen in Fetzen und die Hände waren mit Schnitten übersät.

»Ich dachte, ich würde dich niemals finden!«, sagte Jara. Die Erleichterung ließ ihr Gesicht weich und auf eine herbe Art hübsch aussehen.

»Nive!«, brachte Jonn hervor. »Und Karis! Wo sind sie?«

»In Sicherheit. Aber das Lager … wir wurden überfallen. Ich habe mich auf den Weg gemacht, um euch zu suchen. Karis ist bei Nive ...«

»Was ist mit ihr? Geht es ihr gut? Verdammt, mach doch endlich den Mund auf!«

»Sobald du bei ihr bist, wird es ihr besser gehen«, erwiderte Jara ernst. »Wir konnten fliehen, aber Nive wurde verletzt und das Glasmacherlager ist zerstört. Das Glas, die Schmiedefeuer, unsere Vorräte – alles haben sie vernichtet.«

»Wer, Jara?«

»Zum größten Teil Linlan. Und ... ein Feuer, ein springendes, sehr heißes Feuer.«

Narmin und Jonn warfen sich einen alarmierten Blick zu. Die Pferde wurden unruhig. Jara blinzelte. Erst jetzt schien sie den Fremden richtig wahrzunehmen. Unter ihrem Blick verschloss sich Narmin wie eine Tagesblüte bei Anbruch der Nacht.

»Ist das der Pferdedieb?«, flüsterte sie Jonn zu.

»Er ist kein Dieb und er redet nicht«, sagte Jonn. »Aber wenn ich ihn darum bitte, wird er dir sicher eines der Pferde leihen.«

*

Der Unterschlupf lag weitab vom Glasmacherlager in einer flachen Höhle. Der Eingang war so gut versteckt, dass Jonn sich fragte, wie Jara sich den Weg hatte merken können. In einem schattigen Felsrund versteckten sie die Pferde und krochen dann auf allen vieren durch einen flachen Tunnel. Kies knirschte unter Jonns Fingern. Das Erste, was sie am Ende des Gangs erkennen konnte, war ein niedriger Raum, der nur von zwei Kerzen erhellt wurde. Im Schatten an der Wand kauerte Karis neben einem länglichen Fellbündel.

»Karis!«

Er schreckte hoch. »Elis sei Dank!«, stieß er hervor und dann breitete sich ein Lächeln über sein Gesicht. Jonn konnte nicht zurücklächeln, viel zu sehr entsetzten sie die versengten Augenbrauen und die blauen Flecken in Karis' Gesicht. Seine Hand war verbunden. Das Fellbündel an seiner Seite regte sich. Jonn schnappte nach Luft, als sie die Blutspuren auf der Felldecke sah. Nive!

Sie hatte Schmerzen, das erkannte Jonn an der Art, wie behutsam sie sich bewegte – und auch Nives Gesicht und ihre Arme waren mit Prellungen und Schürfwunden übersät. Ihre Augen waren groß und glänzten fiebrig. Vor Angst krampfte sich Jonns Magen zusammen, aber sie zwang sich die Felldecke zurückzuschlagen. Karis wandte den Blick ab. Jonn hatte schon viele Wunden gesehen, doch diese verletzte Frau hier war Nive – ihre Nive – und das, was Jonn hier sah, war ein blanker Schlüsselbeinknochen. Ihr wurde übel. Ein Hieb mit einer scharfen Waffe hatte die Haut säuberlich abgeschält. Oberhalb der rechten Brust klaffte ein tiefer Schnitt, das freiliegende Fleisch hatte sich bereits entzündet. Nive hatte viel Blut verloren, aber der Speer oder große Pfeil, durch den die Wunde entstanden war, hatte sie dennoch nur gestreift. Während des Angriffs musste Nive den Oberkörper weggedreht haben, denn an einer Seite war der Einschlag deutlich tiefer. Zumindest hier kann ich helfen, war Jonns erstaunlich sachlicher Gedanke, während ihr Magen nach wie vor rebellierte. In Narmins Lager hatte sie nur noch den Tanzsaal aufräumen können, in dem der Tod sein blutiges Fest gefeiert hatte. Sie spürte, wie die Ruhe in ihre Hände zurückkehrte, und griff nach ihrem Beutel.

»Jonn«, flüsterte Nive. »Raj ... er hat ...«

»Später, Nive. Beiß die Zähne zusammen, ich muss die Wunde am Rand ausschneiden und dann nähen.«

Karis' Blick flackerte mit den Kerzen um die Wette. Beunruhigt starrte er auf das winzige Sichelmesser und die gebogene Nadel, die Jonn aus dem Beutel holte. Jonn hätte sich nicht gewundert, wenn er ihr die Werkzeuge aus der Hand geschlagen hätte.

»Musst du ... kannst du nicht einen Zauber sprechen ... gegen den Schmerz ...?«, sagte er leise.

»Sprich du einen, wenn du einen kennst«, knurrte Jonn. »Ich arbeite ohne Magie, schon vergessen?«

»Ich weiß, aber du kannst es doch. Und ausnahmsweise ... bei Nive?«

Er verstummte, als er Jonns Blick sah. Vorsichtig griff er nach Nives Hand und hielt sie fest wie einen Vogel, den er vor dem Biss der Katze beschützen wollte.

»Gib mir Licht!«, bat Jonn. Jara hielt die Flamme in die Nähe der Wunde. Ein Edelstein blitzte auf und warf bläuliche Lichtflecken auf Nives Kinn. Jonn stutzte. Karis wurde rot und lächelte verlegen.

»Sie hat meinen Tamaris angenommen«, sagte er. Fieberwahn, dachte Jonn. Nive musste sehr erschöpft sein. Sie schob den Anhänger auf die Seite, wo er von Nives Locken aufgefangen wurde, und konzentrierte sich wieder auf die Wunde.

Nive schrie nur einmal auf, als das Sichelmesser die entzündete Haut ritzte. Jonn arbeitete schnell und ließ Nive nicht viel Zeit, darüber nachzudenken, wann der nächste Stich kommen würde. Fast widerstandslos glitt die geschärfte Knochennadel aus poliertem Ranjöghorn durch Muskeln und Haut. Nachdem Jonn den letzten Stich ausgeführt hatte, hörte sie, wie alle im Raum zur gleichen Zeit aufatmeten. Nive glitt in eine erschöpfte Ohnmacht. Jonn wischte sich über die Augen und sah sich um. Narmin war nicht mehr in der Höhle.

»Er ist bei den Pferden«, antwortete Jara auf ihre unausgesprochene Frage.

Oder wieder verschwunden, dachte Jonn niedergeschlagen. »Karis?«, fragte sie. »Was ist im Glasmacherlager passiert?«

»Einen Tag nachdem du fortgeritten bist, haben sie uns überfallen. Es waren ... Linlan, Dutzende von ihnen.«

»Also haben sie den Bannkreis durchbrochen«, murmelte Jonn. Sie erinnerte sich an den Blick des Wassersuchers – möglicherweise hatte er sie doch gesehen. »Und das Feuer? Waren es Feuernymphen?«

»Feuerdämonen wäre die bessere Beschreibung«, sagte Karis. Jonn schien es, als könnte sie in seinen Augen die Erinnerung an wirbelnde Flammen sehen.

»Es war kein Feuerdämon«, berichtigte Jara. »Sonst wäre von uns jetzt nur noch ein Haufen Asche übrig. Wir hatten Glück, dass die Flammen zuerst die Zelte fraßen, so konnten wir uns zu den restlichen Wasserschläuchen retten. Nur Raj ... war zu langsam.«

Jonn sah sie mit offenem Mund an. »Er ist tot?«

Jara nickte. Jonn wunderte sich, warum sich in Karis' Gesicht mehr Kummer widerspiegelte als in Jaras unbewegten Zügen. Mit sachlicher Stimme erzählte die Sandträgerin weiter. »Die Linlan zerschlugen das Glas. Wir hatten es beinahe geschafft, uns aus dem Kampffeld zurückzuziehen, als Nive noch einmal zu ihrem Zelt rannte. Raj wollte sie zurückhalten, aber sie riss sich los. Er folgte ihr, doch er war nicht schnell genug, einem Speer auszuweichen.«

Jonn senkte den Kopf. Obwohl sie ihn nicht mochte, hätte sie dem alten Mann niemals den Tod gewünscht.

»Es scheint dir nicht sehr zu Herzen zu gehen«, sagte sie zu Jara.

Die Sandträgerin warf ihr einen ärgerlichen Blick zu, doch ihre Stimme klang ruhig wie immer. »Es gibt viele Arten zu trauern, Jonnvinn. Sei nicht so vermessen zu glauben, dass du sie alle kennst.«

Das Knirschen von Narmins Schritten ließ sie alle drei aufhorchen. Im Halbdunkel der Höhle waren seine Pupillensterne so groß, dass man sie aus der Entfernung fast für rund halten konnte.

»Ich habe eine bessere Höhle gefunden«, sagte er zu Jonn. »Nur wenige Schritte von hier. Wir müssen uns beeilen, der Wind singt mit der Stimme von Hufen.«

*

»Komm, Nive.« Behutsam half Jonn ihrer Schwester dabei, sich aufzurichten. Nive stöhnte, aber sie ließ sich in eine sitzende Position hochziehen und bemühte sich ihr

Gleichgewicht zu finden. Jonn konnte es kaum erwarten, aus diesem engen Kellerkriecherloch herauszukommen.

»Warte!« Nives Augenlider flatterten, aber ihr Blick war klar. »Ich muss die Schrift mitnehmen. Ich habe sie gerettet.«

»Wo liegt sie?«

»Hier!« Karis drückte Jonn die Holzplatten in die Hände. Jonn erinnerte sich mit Unbehagen an die Brandspuren, die die Seite zwischen den Holzdeckeln zum Teil unleserlich machten. Ob dieses Blatt Papier der Grund für den Angriff gewesen war?

»Gut«, sagte sie. »Ich passe darauf auf. Geht jetzt, Narmin wartet schon.«

Unendlich behutsam half Karis Nive dabei, durch den Höhlengang zu kriechen. Jonn folgte auf Knien und einer Hand, mit der anderen presste sie das Holz an sich.

Die Nacht hatte sich über die felsige Wüste gesenkt. Kälte schlug Jonn entgegen und sie atmete befreit auf. Gerührt sah sie zu, wie Karis Nive hochhob und zu dem neuen Versteck brachte. Nive hatte den Kopf an seine Schulter gelehnt. Sie sahen aus wie ein Liebespaar.

Narmins ganze Haltung drückte Anspannung und Ungeduld aus. Jonn wunderte sich, als er die Gruppe zu einem Felshaufen führte. Weit und breit war kein Unterschlupf zu sehen. Narmin kniete sich auf den Boden, legte die Hände auf einen Stein und stieß einen lauten Ruf aus. Für einen Augenblick fragte sich Jonn, ob sie Narmin nicht zu schnell vertraut hatte. Auch Jara warf ihr einen besorgten Blick zu. Gemeinsam lauschten sie, aber sie hörten keine Verfolger. Stattdessen fraß sich ein Knirschen in die Stille. Unter Jonns Füßen geriet der Kiessand in mahlende Bewegung. Erschrocken sprang sie zurück und stieß gegen Jara.

»Siehst du das auch?«, flüsterte Jonn.

»Die Steine bewegen sich.«

»Ist das ein Erdbeben?«

»Nein«, murmelte Jara. »Für mich sieht es eher aus wie ein Tier, das erwacht.«

Mit offenen Mündern starrten sie das Wunder an. Weiter und weiter hoben sich die Steine, bis ein Spalt erschien, der bestimmt vier Pferdelängen breit war. Jonn bildete sich ein, uralten Atem zu hören, der durch hohe Räume strich.

»Komm!«, rief Narmin Jonn zu und kletterte voraus. Zögernd folgten sie ihm. Eine Höhle, so groß wie eine Halle, tat sich vor ihr auf. Die Decken stützten gebogene Säulen, die in beängstigender Weise an Rippenbögen erinnerten. Bei genauer Betrachtung glich der Eingang einem Maul mit Felszähnen. Jonn konnte sich des Gefühls nicht erwehren, gleich ein Beutestück in einem riesigen steinernen Magen zu werden.

»Was ist das?«, hauchte sie.

»Ein Drachenwal aus den Zeiten, als ganz Fiorin noch ein großes Meer war«, antwortete Narmin.

»Und er lebt noch?«

Narmin klopfte seinem Pferd beruhigend den Hals und musterte den Horizont. »Er träumt. Von ihm ist nichts geblieben als Stein und Erinnerungen.«

»Aber warum kannst du mit ihm sprechen?«

»Ich teile seine Erinnerungen, denn wir sind die Einzigen, die die Geschichte der Drachenwale noch kennen. Solange es mich gibt, wird der Wal hier liegen und träumen. Los, wir haben nicht viel Zeit.«

Narmins Pferde scheuten vor dem steinigen Maul, aber er beruhigte sie mit einem Flüstern und führte sie in einen sandigen Seitenraum. Knirschend schloss sich das Maul über ihnen und der Wal sank in seine Träume zurück. Eine Flamme flackerte in Jaras Hand auf.

»Kein Licht!«, zischte Narmin und löschte das Licht. Schwärze schloss sie ein. Jetzt hörten es alle – Hufgetrappel und Rufe. Instinktiv drängte sich die Gruppe zusammen. Immer lauter wurden die Hufschläge, bis sie schließlich zu einem Scharren direkt über ihren Köpfen wurden. Jonn duckte sich und wagte kaum zu atmen. Über ihnen waren Pferde, daran gab es keinen Zweifel. Ein Ruf erscholl, der gedämpft und dunkel klang.

»Sie waren in der Höhle da hinten. Und da drüben ist Blut.«

»Es ist noch feucht«, sagte eine Stimme, die Jonn kannte. Die blaue Echsenmaske tauchte hinter ihren geschlossenen Lidern auf. »Weit können sie noch nicht sein.«

Ein Trappeln ertönte, gefolgt von Hufschlägen, die sich entfernten. Lange wagte die Gruppe im Steinbauch des Wals nicht, sich zu rühren. Erst als sich Nive mit einem Stöhnen regte, fuhren sie auseinander. Behutsam tastete Jonn nach Nives Arm. Die Schlaffheit ihrer Gliedmaßen zeigte ihr, dass ihre Schwester wieder das Bewusstsein verloren hatte.

»Ich habe einen Fehler gemacht«, sagte Jara. »Ich dachte, wir wären in unserem Versteck sicher ...« Zum ersten Mal hörte Jonn eine Regung in Jaras Stimme – es war Entsetzen.

»Ich werde nicht schlau aus dir«, sagte Jonn. »Wie hast du Narmin und mich überhaupt gefunden?«

»Ich bin ein Lehrling der Wüste. Hier ist es lebenswichtig, den einen oder anderen Blick in die Zukunft zu erhaschen. Meistens ist diese Gabe sehr nützlich. Aber die Zeit ist eine flatterhafte Geliebte, manchmal sagt sie die Wahrheit, viel öfter jedoch lügt sie dir lächelnd ins Gesicht. Ich habe dich und Narmin gesehen.«

»Wie lange werden wir uns hier verkriechen müssen?«, fragte Karis.

»Bis Nive so weit ist, dass sie mit mir nach Tjärg reiten kann«, sagte Jonn.

»Ich wäre mir nicht so sicher, dass Nive dazu bereit ist«, sagte Jara.

*

Nive schlief so tief, dass Jonn immer wieder hochschreckte und fühlte, ob das Herz ihrer Schwester noch schlug. Bald würden Kadas Raj und das Glasmacherlager nur eine weitere Geschichte sein, die man sich in der Waldburg über viele Generationen hinweg erzählte. Beruhigt von diesem Gedanken schlief Jonn im Sitzen ein und träumte den seltsamen, schwebenden Traum eines sehr großen Fisches in einer blau leuchtenden, lautlosen Welt. Als sie die Augen aufschlug, wusste sie nicht, ob die Nacht schon vorüber war. Sie vergewisserte sich, dass Nive immer noch schlief, stand auf und tastete sich zu der Kammer vor, in der Wasserschläuche lagen. Glatt und kühl glitten die versteinerten Rippen unter ihren Fingern dahin. Bald darauf schälte sich ein schwaches Licht aus der Dunkelheit. Es musste Morgen sein, denn ein blasser, haardünner Lichtstrahl fiel von oben durch eine winzige Scharte im Fels. Sie hörte ein Plätschern. Fast ohne ihr Zutun wurde ihr Schritt so leise, als würde sie sich an eine Waldechse heranschleichen. Vorsichtig lugte sie in den Raum, der vor unzähligen Sommern der Magen des Fisches gewesen sein musste. Das Erste, was sie sah, war Jaras Wüstengewand. Wie ein überrannter Krieger mit grotesk verrenkten Gliedmaßen lag es auf dem Boden. Jara kniete nicht weit davon entfernt nackt vor einem der Wasserschläuche. Sorgfältig darauf bedacht, keinen Tropfen zu verschwenden, schöpfte sie Wasser und wusch eine Wunde unterhalb ihres Brustbeins. Der zarten, noch roten Haut nach zu urteilen, die die Wundränder bereits zu schließen begann, war sie mindestens zehn Tage alt – bei Jonn und Karis' Ankunft im Lager hätte sie also noch ganz frisch sein müssen. Seltsamerweise schien Jara keinen Schmerz zu spüren und Jonn bildete sich sogar ein, dass die Wunde mit jeder Berührung ein Stück mehr heilte.

Konzentriert schöpfte Jara eine weitere Hand voll Wasser und drehte sich, um ihren Rücken zu erreichen. Jonn schlug die Hand vor den Mund. Auch auf dem Rücken sah sie Schorf und Krusten – so als wäre ein Schwert durch Jaras Körper hindurchgefahren und am Rücken wieder ausgetreten. Diese Wunde hätte kaum jemand überlebt! Jonns Herz schlug so heftig, dass sie das Pochen bis in den Kiefer spüren konnte. Im ersten Impuls wollte sie davonrennen, Nive aufs Pferd packen und fliehen. Beruhige dich, befahl sie sich. Sie sammelte ihren Mut und trat in den Raum.

»Es ist ein Wunder, dass du dich mit dieser Wunde aufrecht halten kannst«, sagte sie laut. »Du müsstest tot sein.«

Jara fuhr so schnell herum, dass sie beinahe das Gleichgewicht verlor. Sie riss ihr Gewand vom Boden hoch und hielt es sich vor den Körper.

»Nicht jede Wunde tötet«, erwiderte sie kühl. »Gerade du müsstest das wissen.« Der Wal, in dessen Bauch sie standen, schien einzuatmen. Verwirrt beobachtete Jonn, wie die Frau sich seelenruhig das Gewand über den Kopf zog. Weiß blitzte die Haut auf, dann stand da wieder die Sandträgerin Jara. Nun aber erschien sie Jonn wie eine Hülle, die etwas anderes verbarg, etwas Gefährliches.

»Das ist nur ein Kratzer«, sagte Jara.

»Wenn es so ist, hast du sicher nichts dagegen, dass ich ihn mir einmal genauer ansehe.«

»Nein danke«, sagte Jara freundlich. »Wie du gesehen hast, heilt er gut.« Sie hob den Wasserschlauch auf und hielt ihn Jonn hin.

»Du wolltest Wasser für Nive holen, nicht wahr?«

»Lass sie in Ruhe!«

Auf Jaras Gesicht zeichnete sich ehrliches Erstaunen ab. »Was meinst du?«

»Du hast mich sehr genau verstanden!«, zischte Jonn. »Der verbotene Sand war nicht der einzige Grund für den Angriff. Wusstest du davon?«

Jara seufzte und schüttelte traurig den Kopf. »Nein. Natürlich haben wir immer befürchtet, dass unser Lager entdeckt wird. Aber hätte ich etwas von einem ... solchen Angriff geahnt, dann ...« Sie schluckte und schwieg.

»Was spielst du für ein Spiel?«, fauchte Jonn sie an.

»Du träumst, Jonn«, antwortete die Sandträgerin ruhig. »Ich bin nicht euer Feind!«

Jonn hob das Kinn und trat einen Schritt zurück. Unbewusst hatte sie die linke Hand um den Messergriff gelegt. Jara hatte es längst wahrgenommen, aber sie stand nur da und schwieg.

»Unsere Wege trennen sich, sobald Nive wieder reiten kann«, sagte Jonn. »Bis dahin halte dich von ihr fern.«

»Halte du dich besser von mir fern, Jonnvinn.« Jaras Antwort klang leise, aber so scharf, dass Jonn zusammenzuckte. Sie wich einen weiteren Schritt zurück und suchte an einer Säule Halt. Der Stein fühlte sich beruhigend warm an. Magie schien in den Winkeln zu lauern, aber Jara rührte sich nicht. Ein spöttisches Lächeln spielte um ihre Lippen.

Jonn spürte, wie das Blut ihr in die Wangen schoss. »Du weißt sehr gut, dass du mir nichts befehlen kannst«, zischte sie. »Was bist du wirklich, Jara? Eine Tote?« Längst war es keine Wut mehr, es war Hass auf diese Fremde, die hier vor ihr stand. Das Gefühl überwältigte sie mit solcher Intensität, dass sie erschrak. Der Stein unter ihrer Hand wurde heiß. Im nächsten Augenblick flog er auseinander. Sand schabte über ihre Handfläche, eine Staubwolke hüllte sie und Jara ein. Erschrocken blinzelte Jonn nach oben. Die Rippe war geborsten und zu Sand zermalmt. Jaras Lächeln war unverändert.

»Solltest du dich nicht selbst fragen, was du bist?«,

fragte sie. Ungläubig starrte Jonn ihre rechte Hand an. Magerer waren ihre Finger, Dunkelheit pochte unter der Haut.

»Ich«, sagte Jara freundlich, »fürchte mich nicht vor mir selbst – du dich dagegen schon.«

*

»Karis!« Der Stallbursche schreckte aus dem Schlaf hoch und blinzelte Jonn verwirrt an. »Ich muss mit dir sprechen – es ist wegen Jara!«

Nive regte sich und schlug die Augen auf. Ein Lächeln erschien auf ihrem Gesicht.

»Jonn!«, flüsterte sie und streckte die Hand nach ihr aus. Jonn biss sich auf die Lippen. Sie würde Nive nicht beunruhigen, beschloss sie. Nicht jetzt. »Zeig mir die Wunde«, sagte sie sanft. Gehorsam zog Nive die Felldecke herunter. Das rote Grinsen mit Zähnen aus Nähten kam zum Vorschein. »Zumindest hat sie sich nicht weiter entzündet«, stellte Jonn fest. »Es wird noch ein paar Tage dauern, bis du reiten kannst. Nives verzerrtes Lächeln verlosch. Sie klammerte sich an Jonns Arm. Jonn schauderte, als die harten Lederhülsen sich in ihre Haut gruben.

»Das geht nicht!«, rief Nive. Tränen schossen ihr in die Augen. »Ich muss ins Lager zurück!«

»Das Lager ist zerstört.«

»Bitte, Jonn!«, flehte ihre Schwester. »Bitte, wenn es sein muss, nähe die Wunde noch fester zu, aber ich muss reiten, gleich morgen, hörst du?«

Sie schrie auf, als Jonn mit einem Ruck ihre Hände

abschüttelte. »Gar nichts musst du«, fuhr sie Nive an. »Wir kehren nach Tjärg zurück. Bis dahin bewege dich nicht zu viel, sonst bricht die Wunde auf.«

Karis sprang auf. »Jonn! Bist du taub? Wie kannst du es wagen, Nive oder mir oder irgendjemandem hier zu befehlen?«

»Ich bin Heilerin. Ich lasse nicht zu, dass sie irgendwohin reitet, bevor die Wunde verheilt ist.«

»Ein Heiler ist kein Feldherr. Er kann nur dort helfen, wo Hilfe gefordert ist. Nive wird für sich selbst entscheiden und du wirst ihre Entscheidung achten.«

»Oder was?«, fragte Jonn.

Seine Stimme nahm einen drohenden Klang an. »Oder ich werde dafür sorgen, dass du Nive in Ruhe lässt, damit sie ihre Entscheidungen treffen kann.«

Es war schlimmer als ein Verrat, es war ein Tritt von einem Freund.

»Was bildest du dir ein, wer du bist, Karis?«, schleuderte sie ihm entgegen. »Ihr Held? Ihr Beschützer? Du bist nichts anderes als ihr Hündchen.«

Sie drehte sich um und wollte zu den Pferden gehen, doch sein Griff riss sie zurück. »He, Jonnvinn! Es reicht. Seit wir losgeritten sind, bist du es, die mich wie einen Hund behandelt. Iril mag mir Befehle geben dürfen, aber nicht du!« Er ließ sie los, seine zur Faust geballte Linke öffnete sich. »Du gebrauchst deine Worte wie Speere«, sagte er leiser. »Und ich bin nicht der richtige Gegner, um es in diesem Kampf mit dir aufzunehmen. Also bitte ich dich nur um eines: Lass Nive für sich selbst sprechen.« Jonn senkte den Kopf. Sie fühlte sich elender als je zuvor und schämte sich ihres Jähzorns.

Noch nie war die Kluft zwischen ihnen so groß wie jetzt gewesen. Sie begriff, dass sie bisher nur eine Art von Freundschaften kennen gelernt hatte. Freundschaften, die einfach waren, weil sie Jonnvinn Ferlagar war, die Tochter von Julin Fer und Haliz va Lagar, und weil jeder in Tjärg sie kannte. Vielleicht bildete sie sich nur ein, Freunde zu haben. Beschämt blickte sie zu Nive. Sie hatte sich zusammengekrümmt und den Kopf zur Seite gewandt. Jonn schnürte es vor Kummer die Kehle zu, ihre Schwester so elend und verzweifelt auf ihrem Lager kauern zu sehen. Sie nahm Karis am Arm und zog ihn ein paar Schritte in einen Seitengang. »Entschuldige bitte«, flüsterte sie. »Ich wollte dich nicht verletzen. Ich will nur nicht, dass Nive etwas passiert.«

»Das will ich auch nicht«, erwiderte er ebenso leise. »Ich liebe sie! Und ich verstehe ebenso wenig wie du, was sie im Lager will. Vielleicht möchte sie sich von Raj verabschieden. Es ist ihre Entscheidung, Jonnvinn, nicht deine.«

Jonn fühlte ihre Entschlossenheit wie Wasser aus sich herausrinnen. »Glaubst du wirklich, dass Nive dich liebt?«

»Niemals so, wie ich sie liebe«, antwortete er schlicht. »Aber genug für mich.«

»Gut, dann hör mir zu – wir können Jara nicht vertrauen. Sie hat eine Wunde, die sie hätte umbringen müssen. Ich weiß nicht, was sie ist, aber sie ist sicher nicht das Mädchen, für das wir sie halten. Wir müssen sie von Nive fern halten.«

Er runzelte die Stirn und trat einen Schritt zurück. »Was redest du da? Ohne Jara würde Nive nicht mehr leben! Wo warst du, als sie verwundet wurde, Jonn?«

Der Vorwurf traf sie und weckte einen sehr viel älteren Schmerz, den sie überwunden geglaubt hatte.

»Du glaubst, du bist die Einzige, die je etwas für Nive getan hat, aber da täuschst du dich«, fuhr Karis fort. »Wenn du dich selbst sehen könntest, Jonnvinn. Du misstraust jedem und versuchst allen zu befehlen. Ich mochte dich wirklich, aber nun ist es genug. Jara ist ein guter Mensch!«

Karis gehört ihr auch schon, dachte Jonn niedergeschlagen. Ihr war, als hätte sie einen Freund in einer Schlacht verloren.

Sie senkte den Kopf und hoffte, er würde ihr die Angst nicht anmerken. Die Lüge, die sie nun aussprach, schmeckte bitter wie Gerbflechtensaft.

»Na gut«, sagte sie leise. »Vielleicht hast du Recht. Aber trotzdem bitte ich dich mit Nive zu sprechen. Möchtest du nicht auch nach Tjärg zurück?«

»Mehr als alles andere«, sagte er heiser. Er seufzte und wischte sich mit dem Handrücken über die Augen. Müde sah er aus und schmal. »Es tut mir Leid, Jonn. Ich werde mit ihr sprechen. Wenn ich sie darum bitte, gibt sie den Plan, ins Lager zu reiten, bestimmt wieder auf. Vertraue mir, bitte!«

»Ich vertraue dir, Karis«, flüsterte sie niedergeschlagen.

*

»Hier, trink das!« Behutsam reichte sie Nive eine bauchige Scherbe, die Narmin ihr gegeben hatte, damit sie ein Trinkgefäß hatte. Die Flüssigkeit darin duftete nach Fieberdistel. Jonn hoffte, Nive würde den schweren Honiggeschmack des Traumkrauts nicht herausschmecken. Sie würde so tief schlafen, dass in den nächsten zwei Tagen nicht einmal die Traumfalter ihre Gedanken berühren könnten.

»Danke!«, sagte Nive lächelnd. Draußen heulte der Wind. Besorgt blickte Jonn zur Decke der Felskammer. Sand rieselte herab und fand sich auf dem Boden in einem Kegel. Es sah aus, als hätte der Wüstenwind sich hier als Spielzeug einen Zeitmesser erschaffen, um am Rieseln des Sandes das Vergehen der Augenblicke abzuzählen. Nives flüsternde Stimme riss Jonn aus ihren Gedanken. »Du sehnst dich sehr nach Tjärg, nicht wahr?«

»Du nicht?«

»O doch. Natürlich. Was vermisst du am meisten?«

Jonn seufzte und überlegte. »Nebel«, sagte sie dann aus tiefstem Herzen. »Nebel am Morgen. Tau auf den Wiesen, Jalabäume am Fluss. Und natürlich das Herbstlaub.«

Ihre Schwester lächelte ihr müde zu. Offenbar begann das Traumkraut schon zu wirken. »Weißt du noch, wie wir in der Nacht zur Winterwende im Wald übernachtet haben?«, flüsterte sie.

Jonn lächelte. »Wie könnte ich das vergessen. Wir haben Aminas blödsinnige Geschichte geglaubt, dass Ranjögs sich in dieser Nacht in vierarmige Schneebeter verwandeln und den Winter herbeirufen. Die ganze Nacht saßen wir im Baum, froren und warteten darauf, dass die Herde über die Lichtung galoppieren würde. Doch der Himmel war so schön, dass wir mehr nach oben schauten als auf die Lichtung. Aber einen solchen Sternenhimmel wie hier gibt es auch in Tjärg nicht.«

»Wüstenlicht«, sagte Nive, als sei dieses Wort allein ein Zauberspruch, der alle Schönheit der Welt beschwor.

»Wir reiten morgen zum Lager, Jonn«, murmelte sie dann. »Versprochen?«

Jonn überwand sich und nickte. Wir sind gefangen in einem Gespinst von Lügen, dachte sie traurig. Und ich sitze mittendrin. Dennoch wiegte sie sich in dem Gefühl, das Richtige getan zu haben. Amina wäre stolz auf sie. Sie rettete ihre Enkelin davor, mit einer blutenden Wunde im Gebirge von Linlan in Stücke gehackt zu werden.

»Das muss genügen!« Karis stand am Eingang. Zerzaust vom Wind waren seine Haare, in den Armen hielt er frische Zweige von jungen Sandeichen – Futter für die Pferde, das zumindest den schlimmsten Hunger stillen würde. »Jara hat sogar ein paar Disteln gefunden.«

Jonn tastete nach der verräterischen Tonscherbe, als ihre Fingernägel plötzlich über dünnes Holz schabten. Nives Buchseite. Unauffällig nahm sie sie an sich, suchte die leere Scherbe und ging zu Narmin. Hier im Maul des Wals fiel diffuses Licht durch versteckte Spalten. Narmins Sternaugen konnte sie nur als Schatten erahnen. »Danke«, wisperte sie und gab ihm die Tonscherbe zurück.

»Schläft sie?«, fragte er leise. Das Heulen des Windes übertönte ihre Antwort, aber er verstand die Worte, die ihre Lippen formten, und nickte. Rasch vergewisserte sie sich, dass Jara oder Karis ihr nicht gefolgt waren, und ließ sich neben ihm nieder.

»Narmin«, flüsterte sie. »Nive und ich – wir brauchen deine Hilfe.« Er sah sie fragend an, sagte aber nichts. »Ich muss meine Schwester so schnell wie möglich von hier wegbringen. Sie wirkt, als würde sie unter einem Bann stehen – und Karis ebenso. Ich weiß nicht, was Jara vorhat oder wer sie wirklich ist, aber ich bin sicher, dass Nives Leben in Gefahr ist.« Mit knappen Worten schilderte sie ihren Plan.

Narmins Gesicht war unbewegt, erst als sie zu Ende gesprochen hatte, runzelte er die Stirn und überlegte. »Natürlich kann ich euch ungesehen bis zur Grenze bringen. Und wenn du mich darum bittest, tue ich es. Aber dann werden sich unsere Wege trennen. Ich muss herausfinden, wer mein Lager vernichtet hat.«

»Wir werden es gemeinsam herausfinden«, sagte Jonn. »Wenn wir erst Nive in Sicherheit gebracht haben, werden wir zu unseren Räten in Tjärg gehen und von dem Mord berichten.«

Entschlossen schüttelte er den Kopf.

»Warum nicht?«, fuhr Jonn ihn an. »Das Unvernünftigste wäre, sich allein auf die Suche zu machen! Wir brauchen Verstärkung – mein Großvater ist der König von Tjärg. Er wird nicht zulassen, dass ...«

Er unterbrach sie mit einer Handbewegung. »Nein«, sagte er sanft, aber sehr bestimmt. »Es ist nicht deine Geschichte und schon gar nicht die des Königs von Tjärg. Es ist meine! Und ich laufe nicht davon. Nicht vor Jara und nicht vor dem Tod.« Er lächelte ihr zu. »Aber ich fühle mich geehrt, dass du einem Fremden wie mir vertraust.«

»Ich habe dich vor Norik Siebentral gerettet und du mich vor den Dämonen. Wir haben gemeinsam um deine Toten geweint. In meiner Heimat nennen sich Menschen, die ein solches Stück Weg gemeinsam gegangen sind, nicht mehr Fremde.«

Sie war enttäuscht, als er den Blick abwandte. Hatte sie eben noch das Gefühl gehabt, eine Vertrautheit zwischen ihnen zu spüren, stand sie jetzt vor einer Wand.

»Die Dämonen suchen uns«, sagte er. »Hörst du die Rufe?«

»Die Dämonen?«

»Eine Redewendung. Draußen beginnt ein Sandsturm.«

Sand wehte an den Felswänden vorbei, versuchte mit schabenden Krallen Halt zu finden und wurde doch wieder fortgerissen. Das Licht, das durch die Ritzen fiel, flackerte wie der Blick eines Wahnsinnigen.

»Narmin?«, sagte Jonn nach einer Weile. »Ich möchte dir noch etwas zeigen.« Sie klappte die Holzplatten auf und reichte sie ihm.

Ein trauriges Lächeln glitt über Narmins Gesicht. »›Einst werden sie aus dem Sand der Wüste fliehen‹«, las er leise. »›Tausende, denen das Leben geraubt wurde.‹ Woher hast du das?«

Jonn schluckte. Ihre Hände waren plötzlich so kalt, dass sie sie aneinander reiben musste, um wieder Gefühl in den Fingern zu bekommen. »Von Nive. Sie sagt, es sei die älteste Schrift, die es gibt.«

»Ich kann dir versichern, dass es nicht die älteste Schrift ist, aber die älteste, die ihr kennt. Eine Schamanin hat sie erfunden. Das hier ist eine Seite aus dem Buch des Danaan.«

»Danaan hieß die Schamanin?«

Er klappte die Holzdeckel zu. »O nein, Danaan hieß einer meiner Vorfahren, der das Buch gestohlen hat. Zuletzt hat es mein Vater gehütet.«

»Glaubst du, dein Volk ... wurde wegen dieses Buchs getötet?«

»Nein, Jonnvinn Fuchspfote, du läufst der falschen Fährte nach. Das Buch war längst nicht mehr im Lager. Erinnerst du dich, dass ich gefangen wurde, als ich durch die Wüste ritt? Mein Vater war krank und er bat mich das Buch zu meinem Bruder zu bringen – ins Nordlager. Mein Bruder sollte die Geschichte des Glasvolks erben. Ich wurde gefangen genommen. Und Noriks Leute benutzten das Buch um das Suppenfeuer anzufachen.«

»Bis auf eine Seite«, sagte Jonn. »Der Wind muss sie gerettet haben und jemand hat sie gefunden.«

»Möglich«, sagte er niedergeschlagen.

»Du kennst die Geschichte des Glasvolks, nicht wahr? Erzähle sie mir.«

Seine Augen blitzten im Zwielicht. Sand fegte gegen ihr Versteck. Die Pferde lauschten. »Bist du so sehr gewohnt zu befehlen, dass du von allen Menschen nichts als Gehorsam erwartest?«, fragte Narmin. »Ich lebe nach den Gesetzen der Geschichtenjäger. Wir geben, wenn wir etwas bekommen.«

»Gut, was willst du dafür?«

»Etwas, was dich viel kosten wird, vielleicht sogar zu viel.«

»Was ist es?«

»Eine Bitte.«

Jonn war froh, dass Narmin nicht sehen konnte, wie sie rot wurde. Sie nahm sich zusammen und nickte. »Gut«, sagte sie leise. »Ich ... bitte dich, mir die Geschichte des Glasvolks zu erzählen.«

»Gerne, Jonnvinn!« Er rückte näher an sie heran, sodass sie Schulter an Schulter an der Felswand saßen und sie ihn trotz des Sturms verstehen konnte.

»Kennst du Franik, den Narren?«, begann er.

»Nein.«

»Nun, in Fiorin kennt ihn jeder. Es gibt viele Schwänke über seine törichten Taten, aber diese Geschichte kennen nur wir – und ich finde, sie ist die schönste von allen.« Fasziniert bemerkte Jonn, wie Narmin in den Singsang der Geschichtenerzähler verfiel.

»Einst machte Franik Rast in Ganarr. Er verspielte sein Geld und trank zu viel Wein – und als ihn schließlich der Wirt vor die Tür trieb, da lief er und lief, bis er weit vor der Stadt war. Weil er ein Narr war, verfluchte er den Wirt und drohte ihm die Rache der Dämonen an. So sehr brüstete er sich damit und so laut war sein Schreien, dass die Dämonen aufgeschreckt wurden. Wütend erwachten sie in ihrem Reich jenseits der Luft und schickten eine Dämonenprinzessin, die den Menschen zum Schweigen bringen sollte. Ehe Franik sichs versah, stolperte er über die Grenze zum Dämonland und sah sich der Dämonin gegenüber. Ihr Anblick verschlug ihm den Atem, nicht aus Angst, nein, Franik sah die verborgene Schönheit in ihrem sturmdunklen Gesicht und ihren Augen aus Zorn. Selbst ihre vier Arme erschienen ihm anmutiger als die Arme einer Tänzerin.

›Halte ein!‹, rief Franik. ›Töte mich, aber gib mir als letztes Geschenk, das ich als Lebender erhalte, einen Kuss!‹ Die Dämonin war so verblüfft von seinen Worten, dass ihr Arm, den sie schon erhoben hatte um ihn zu zerschmettern, wieder herabsank. Dann lachte sie spöttisch. ›An dem Tag, an dem ich Wasser weine, darfst du mich küssen.‹

Dazu muss man wissen, dass der Kuss eines Menschen einen Dämon in sein Gegenteil verwandelt. Allerdings wussten weder Franik noch ein anderer Mensch auf der Welt, was das Gegenteil eines Dämons sein würde. Und kein Mensch außer Franik wäre jemals auf den Gedanken gekommen, es herausfinden zu wollen. Wieder hob die Dämonin die Faust, Sand rann aus ihrem Haar und verwehte in ihrem Atem.

›Dann gib mir noch einen einzigen Tag!‹, rief Franik. ›Gib mir noch einen Moment, in dem ich dein wunderschönes Gesicht betrachten darf! Stell mich auf die Probe, wenn du willst, aber lass den Tod mich nicht deiner Gegenwart berauben!‹

Die Dämonin verharrte wieder. ›Gut‹, sprach sie nach einer viel zu langen Weile. ›Ich werde dich nicht töten, wenn du mir drei Fragen beantwortest.‹

›Gern, du Göttliche!‹, rief Franik.

›Freu dich nicht zu früh, Mensch‹, grollte sie. ›Die erste Frage lautet: Warum glaubt ihr Menschen, dass Worte mächtiger sind als der Schlag eines Sturmstocks?‹

Franik dachte nach. Wenn sie bei Trauer Sand weint, so überlegte er, muss ich mit meiner Antwort das Gegenteil bewirken. Sie muss so sehr lachen, dass sie Lachtränen aus Wasser weint.

›Nun‹, antwortete er, ›das ist einfach: Versuche mal eine Dämonin mit einem Sturmstock dazu zu bringen, einen Menschen, den sie schon töten wollte, noch ein Weilchen am Leben zu lassen.‹

Ihre Gewitterstirn klarte auf, aber sie lachte nicht. ›Eine wahrhaft närrische Antwort‹, sagte sie und verschwand. Nur ihre Stimme hallte noch im Wind. ›Pass auf, dass du morgen eine bessere hast.‹

Mit Liebeskummer legte sich der Narr auf eine Düne und grübelte sich in den Schlaf. Spät in der Nacht jedoch erwachte er und sah, wie die Dämonin ihn vor einem Sandsturm schützte.

Voller Mut erwachte er am Morgen. Die Dämonin saß am Ende der Düne und beobachtete ihn.

›Die zweite Frage‹, sagte sie. ›Ihr Menschen seid eifersüchtig und untreu. Und Ihr seid verführbar durch den einfachsten aller Genüsse. Ich hörte von einer Frau, deren Mann sie mit einer Köchin betrog. Uns werft ihr vor, seelenlos zu sein, ihr aber vergesst die Seele und die Schwüre der ewigen Liebe, sobald ihr einen Teller mit dampfendem Schlangenfleisch seht. Welche Strafe verdient dieser Mann?‹

›Solche Tölpel kann man nur mit den Werkzeugen der Verführung schlagen‹, sagte Franik. ›Er verdient, dass das Letzte, was er auf Erden sieht, eine Bratpfanne ist, die auf seinen Schädel niedersaust.‹

Sie lächelte.

»Beinahe menschlich erscheinst du mir nun«, sagte Franik. Ja, er wurde übermütig, denn er war ja ein Narr.

›Nicht menschlicher, als du ein Dämon bist‹, erwiderte sie hochmütig.

Am dritten Tag erschien sie, noch bevor die Sonne aufgegangen war. Franik dachte sich, sie müsse voller Ungeduld die Nacht darauf gewartet haben, wieder bei ihm zu sein.

›Du hast dein Windhaar gekämmt‹, bemerkte er und lächelte verschmitzt.

›Nicht für dich‹, zischte sie, aber jeder Narr hört den Klang der Lüge. ›Und hier ist die dritte Frage: Warum glaubt ihr Menschen, nur zu zweit das Glück zu finden?‹

›Alles ist zweifach am Menschen‹, antwortete Franik prompt. ›Zwei Beine tragen ihn schneller als eins, zwei Hände greifen mehr, zwei Augen sehen mehr und nur zwei Lippen können sagen: Wie schön du bist!‹

›Warum habt ihr dann nur eine Nase?‹

›Nun, ein Schlag trifft gewöhnlich die Nase – dafür stellen wir lieber nur einen Körperteil zur Verfügung. Für den Hass und ...‹, er grinste, ›... auch für die Liebe genügt uns je ein Körperteil.‹

Da lachte die Dämonin so sehr, dass ihr Tränen über die Wangen rannen – aber kein Sand, sondern das Gegenteil.

›Das ist das Zeichen‹, rief Franik. ›Nun darf ich dich küssen.‹ Bevor sie wieder ernst werden konnte, küsste Franik sie und die Dämonin verwandelte sich in Nelai, die Fleischgewordene. Voller Entsetzen floh sie zu den Dämonen. Sie klagte und weinte noch mehr und das Wasser rann über ihre Wangen und versickerte im Sand. Die Dämonen hatten kein Mitleid. Mit Schwertern und Messern stürzten sie sich auf sie und hackten ihr zwei ihrer vier Arme ab. So zu einem Menschen verstümmelt verstießen sie sie.

›So, du dummer Narr!‹, schrie sie, als sie zu Franiks Düne zurückkehrte. ›Sieh, was du angerichtet hast! Und nun, da ich verstoßen bin, wirst auch du mich verlassen.‹

Franik lächelte und sein Herz wurde weit. ›Im Gegenteil‹, sagte er.«

Jonn musste unwillkürlich lachen. »Was für eine seltsame Geschichte.«

Narmin nickte.

»Franik und Nelai blieben in der Wüste und zogen in die Menschenwelt. Aus ihnen entstand das Volk der Nelai. Sie haben die Unsterblichkeit der Dämonen geerbt. Sie können sie verschenken und sie wieder nehmen.«

Jonn runzelte die Stirn. »Unsterblichkeit«, murmelte sie. »Davon hat Nive einmal gesprochen.«

»Nun bist du an der Reihe«, sagte Narmin ernst. »Wir verschenken nichts, wir tauschen. Meine Geschichte für deine.«

Jonn sah ihn entsetzt an. »Ich kann keine Geschichten erzählen.«

»Dann verrate ich dir nicht, wie es mit den Nelai weiterging.«

»Was willst du hören? Wie die Regenbogenpferde entstanden?«

Narmin winkte ab. »Jeder weiß, dass sie aus dem Meer stammen. Es ist eine Sage, die vielen gehört. Nein, erzähle mir die Geschichte von Jonnvinn und Nive.«

»Nun, wir sind Schwestern.« Ihr wurde bewusst, dass sie ihn zum ersten Mal lachen hörte.

»Danke!«, antwortete er. »Mit dieser unerhörten Neuigkeit hast du mich reich beschenkt. Nein, ich will die wahre Geschichte hören. Ich will hören, warum du sie festhältst, als sei sie ein Pferd, das du zähmen willst, notfalls indem du ihm die Beine brichst.«

Jonn zog die Knie an den Körper und wich seinem Blick aus. »Das ist eine Geschichte, die nur mir gehört.«

Blaues Glas

In Jonns Traum beugte Nelai sich über Nive und küsste sie. »Steh auf!«, wisperte sie. Jeder Ton war kristallklar. Franik, der Narr, lachte. Und Nive nahm die Dämonenhand der Prinzessin. Ihre Wunde schloss sich. Der Felsen am Eingang war beiseite geschoben und draußen leuchtete ein mit Mondsteinen bestickter Himmel. Vage erinnerte sich Jonn daran, sich eben noch mit Narmin unterhalten zu haben, nun aber erschrak sie und rief nach ihrer Schwester. Am Höhleneingang blieb Nive stehen. Der Nachthimmel wurde zu einem Mantel, der sich an ihren Körper schmiegte wie ein Festgewand. »Leb wohl, Jonn!«, wisperte sie, dann fühlte Jonn einen Kuss, der bitter nach Abschied und süß nach Ewigkeit schmeckte.

Noch während sie sich aus dem Traum hochkämpfte, als würde sie sich an einem dünnen Seil aus einem Brunnenschacht zum Licht ziehen, spürte Jonn den Schlafzauber, der sich zu lösen begann. Keuchend kam sie in der Wirklichkeit an und riss die Augen auf. Narmin lag neben ihr, weiß wie eine Statue und ebenso regungslos. Einen Augenblick lang lähmte sie die Angst, er könne tot sein, doch dann holte er Luft und blinzelte. Die Sternpupillen zogen sich zusammen, als er Jonn ansah. Sie sprang auf und rannte zu Nives Schlafplatz. Nives Felldecken waren verschwunden. Im Sand entdeckte

Jonn einen verkrusteten Fleck, wo eine Flüssigkeit verschüttet worden war. Winzige Fasern des Traumkrauts klebten an den Sandkörnern.

An den Fels gekauert saß Karis. Sein Gesicht war verschmiert von Tränen. »Sie hat mich zurückgelassen. Ich habe ihr vertraut, aber sie hat mich belogen.«

Jonns Knie gaben nach und sie sank in den Sand. »Sie hat uns alle zurückgelassen«, sagte sie bitter. »Alle – außer Jara.«

Zornentbrannt ballte sie Hand zur Faust und schlug auf den Sand. Der Verrat brannte schlimmer als jede Wunde und jeder Schmerz, den sie je ertragen hatte. Zum ersten Mal in ihrem Leben flackerte Mordlust in ihr auf. Für einen irrealen Moment sah sie sich selbst, in Dunkelheit gehüllt, wie sie Jara die Kehle durchbiss. Dann erschrak sie vor diesem Gedanken und vor sich selbst.

»Sie haben drei meiner Pferde mitgenommen«, hörte sie Narmins Stimme wie durch einen Nebel. »Nur das schwächste mit der Schulterwunde haben sie uns gelassen.«

»Wie konnte ich so dumm sein?«, zischte Jonn. »Ich habe Jara von Anfang an nicht getraut!«

»Nive schon«, sagte Narmin trocken. »Ich frage mich nur, wozu sie ein Packpferd brauchen.«

»Und wenn es kein Packpferd ist? Vielleicht soll es einen dritten Reiter tragen?«, murmelte Jonn. Ihre Gedanken galoppierten im Kreis, nur um immer und immer wieder am selben Ausgangspunkt anzukommen: der Tatsache, dass Nive sie belogen hatte. Eine leise Stimme in ihrem Hinterkopf erwiderte: Du hast Nive ebenfalls angelogen. Und nicht nur das – du wolltest sie mit einem Trank betäuben. Ist das kein Verrat?

»Was, wenn Raj noch lebt?«, fragte sie.

Karis schüttelte entschieden den Kopf. »Ich habe ihn sterben sehen, Jonnvinn. Er war bereits tot, als ich Nive aus dem Zelt holte.«

Sie schwiegen. Und was, wenn Jara Raj umgebracht hatte? Diesen Gedanken sprach sie allerdings nicht laut aus.

»Wir reiten zum Lagerplatz«, entschied sie.

Karis nickte. »Ich ... möchte meinen Kristall zurück«, sagte er heiser. Zum ersten Mal hatte Jonn kein Mitleid mit ihm. Mit Unbehagen wurde ihr bewusst, dass sie Karis nicht gerne zum Feind hätte.

»Wir sind zu dritt und haben zwei Pferde«, gab Narmin zu bedenken. »Eins davon ist verletzt. Also muss jemand mit Jonn reiten.«

»Das geht nicht. Libun trägt nicht jeden.«

Narmin lächelte das Lächeln eines Pferdediebs. »Ich bin nicht jeder.« Er stand auf und klopfte sich den Sand von den Händen. »Kommt!«

Nach den Tagen im Versteck erschien ihnen das Tageslicht so grell, dass sie sich wie Kellerkriecher vor den Sonnenstrahlen duckten. Die Landschaft um die Höhle hatte sich mit dem Sandsturm verändert. Vor dem Walmaul hatten sich Jara und Nive den Weg freigeschaufelt. Mit Sorge dachte Jonn an Nives kaum verheilte Wunde. Sie strich Libuns Stirnschopf glatt und gab ihr ein paar Hand voll Wasser aus einem der Schläuche. Viel war es nicht mehr, was ihnen an Vorräten geblieben war. Libun wirkte nach den Tagen in der Wüste erschöpft, ihr

Fell war stumpf und ihre Augen lagen tief in den Höhlen. Wenn schon ein magisches Geschöpf wie Libun vom Sand zerrieben wird, wie werden wir erst aussehen, wenn die Linlan und die Sandstürme mit uns fertig sind, dachte Jonn.

Narmin trat zu dem Regenbogenpferd. Jonn erwartete, dass er aufsteigen würde, aber er tat nichts anderes als ein Pferdehändler, der ein Tier, das er kaufen wollte, prüfte. Seine Hände glitten über den Hals, befühlten die Muskeln und strichen an den Beinen entlang. Libun legte die Ohren an und trat mit dem Hinterbein in die Luft. Narmin nickte zufrieden und ging zu den Wasserschläuchen. Libun wandte den Kopf und blickte ihm nach.

»Das ist ein vollkommenes Pferd«, sagte Narmin und wuchtete sich einen Beutel mit Vorräten auf den Rücken. »Lasst uns reiten.«

Behutsam zog sich Karis auf den Rücken von Narmins schwarz-weißem Pferd. Jonn tat das Tier Leid. Trotz seiner Wunde würde es zwei Reiter tragen müssen. »Steig du zuerst auf«, sagte sie zu Narmin. »Ich möchte nicht gemeinsam mit dir abgeworfen werden.«

Narmin grinste und schwang sich ohne ein weiteres Wort auf das Pferd. Libun stand still. Jonn schluckte. Irgendwo tief in ihrem Bauch regte sich das Gefühl, dass sie nicht nur von Nive verraten worden war.

»Sieh mich nicht so böse an«, sagte Narmin versöhnlich und hielt ihr die Hand hin. »Ich werde sie dir schon nicht stehlen.« Jonn schwieg und stieg vor ihm auf. Libun lief los, als hätte sie ihr ganzes Leben lang schon zwei Reiter getragen.

»Ist das einer eurer Wüstenzauber?«, meinte Jonn bissig. Es ärgerte sie, wie schlecht sie ihre Eifersucht verbergen konnte.

»Die Wüste lässt sich weder durch Magie noch durch Befehle zu etwas zwingen«, sagte Narmin. »Mit einem Pferd ist es nicht anders. Gib ihm deinen Körper und es wird ihn tragen, gib ihm deine Seele und du wirst fliegen.«

»Und das sagt ein Pferdedieb«, knurrte Karis.

Die Sonne ging bereits unter, als sie endlich die Ebene mit dem verbotenen Sand erreichten. Wirbel tanzten vor ihnen und Jonn war mehr als einmal zusammengezuckt. Jaras Messer fest in der Hand sah sie sich immer wieder nach wandernden Schatten um. Längst waren die Pferde in Schritt gefallen. Karis war abgestiegen und führte das schwarz-weiße Pferd am Zügel. Bangen Herzens betrachteten sie den Steilpfad. Der Wind hatte nicht alle Spuren auslöschen können. Hier und da lag eine Schicht auf dem Weg, die knisternd unter den Hufen der Pferde brach. Es war, als hätte die Zunge eines gewaltigen Schmelzfeuers über den Sand geleckt.

»Wir lassen die Pferde hier unten«, flüsterte Narmin. Jonn stieg ab. Erst als sie stand, bemerkte sie, wie zittrig sie vor Angst war.

»Die Linlan fürchten sich vor Libun«, sagte sie leise. »Wir sollten nicht ohne sie hinaufgehen.«

»Aber ohne sie werden sie uns vielleicht gar nicht erst bemerken«, erwiderte er. »Außerdem gehen wir nicht diesen Weg hinauf, sondern den verborgenen Pfad an der Nordseite des Berges.«

»Bist du so ins Lager gekommen, um die Pferde zu stehlen?«, fragte Karis.

»In der Liebe und im Leben sind die Wege die besten, die man sich selbst schafft.«

Karis runzelte die Stirn. »Und mit den Pferden auf dem Rücken bist du wieder hinuntergeklettert?«

Narmin schenkte ihm nur ein spöttisches Lächeln.

*

Geschmeidig wie eine Martiskatze kletterte Narmin an den Vorsprüngen hoch. Jonn und Karis mussten sich beeilen ihm zu folgen, bevor er aus ihrem Sichtfeld verschwand. Karis fluchte, als er sich die Hand an einem scharfkantigen Felsen ritzte. Steinstaub und trockene Erde rieselten auf Jonn herab. Sie biss die Zähne zusammen, zwischen denen es knirschte, und kletterte weiter. Endlich, als sie schon glaubte, beim nächsten Griff in eins der zackigen Felsenmäuler zu stürzen, die sich unter ihr auftaten, griff ihre Hand erst in dorniges Gestrüpp und dann in Luft. Mühsam zog sie sich hoch und blieb bäuchlings auf dem Plateau liegen – es war der Platz, auf dem Nives Krieger gelagert hatten. Direkt vor ihrer Nase lag eine kleine steinerne Kugel im Sand. Wenn man genau hinsah, erkannte man einen gekerbten Rückenpanzer. Genauso hatten die aus Stein gehauenen Käferskulpturen ausgesehen, die die große Straße nach Ganarr säumten. Noch nie waren Jonn die winzigen versteinerten Insekten hier im Lager aufgefallen.

So lautlos wie möglich rappelten sich Jonn und Karis auf und schlichen hinter Narmin her. Hätte Jonn nicht den Schmerz in ihrer dornenzerstochenen Hand gespürt, wäre sie überzeugt gewesen sich in einem Fiebertraum zu befinden, der ihr vorgaukelte die gleiche Begebenheit immer und immer wieder zu durchleben. Nur dass die Toten hier noch unkenntlicher waren als in Narmins Lager. Auch hier hatte ein Feuer getobt, das wütender gewesen war als eine Herde verwundeter Ranjögs. Jonn konnte noch die verkohlten Überreste einiger Zelte und die Gruben erahnen, in denen die Schmelzfeuer gebrannt hatten. Blutflecken an der Felswand entpuppten sich als geschmolzenes Glas. Es mochte eine der roten Scheiben gewesen sein, die Nive hergestellt hatte. Rote und grüne Splitter knirschten unter ihren Füßen, blassgelbe Glastropfen hingen wie transparente Früchte an einem verkohlten Busch. Narmin sog scharf die Luft ein, die nach Rauch und kalter Asche roch, dann kauerte er sich auf den Boden, zog die Knie an die Brust und verbarg das Gesicht in den Armen. Jonn ließ sich neben ihm nieder und legte den Arm um ihn. Sie spürte, wie er bebte.

»Elis stehe uns bei!«, wisperte Karis. Er rieb sich die geröteten Augen und ließ seinen entsetzten Blick über die Zerstörung schweifen. »Wie konnten wir nur entkommen?«

»Jara hat euch geholfen.« Jonn versuchte ihrer Stimme einen festen Klang zu geben, doch es gelang ihr nicht.

Narmin musste sich mehrmals räuspern, bevor er ein Wort herausbrachte. »Wie bei meinem Volk.« Seine Stimme war heiser vor Kummer. »Sogar die Scherben ...«

Jonn kniff die Augen zusammen und betrachtete das

zerschmetterte Glas zu ihren Füßen. Irgendetwas störte sie. Sie hob einen Splitter auf und wendete ihn hin und her.

»Rotes Glas«, murmelte sie. Ihre Großmutter Amina kam ihr in den Sinn. Ihre Augen leuchteten so blau wie das Färbepulver, das sie Nive zum Geschenk gemacht hatte. »Natürlich!«, flüsterte Jonn. »Das blaue Glas fehlt!«

»Was?« Karis runzelte die Stirn.

»Ich habe Nive ein Pulver zum Glasfärben mitgebracht. Sie hat Scheiben damit gefärbt. Aber hier liegen keine blauen Scherben. Keine einzige.«

In einer weiteren Eingebung hielt sie die rote Scherbe gegen das Licht, drehte sie und ließ die Lichtstrahlen in allen Positionen durch das Glas schimmern. Kein Wesen zeigte sich darin, kein Auge blinzelte ihr zu. Das Glas war leer. Das war also Nives Geheimnis! Jonn lachte. »Das ist nicht das Glas aus dem verbotenen Sand. Das richtige Glas hat Nive heute mitgenommen!« Karis und Narmin wechselten einen verständnislosen Blick. »Versteht ihr nicht? Karis, du hast gesehen, wie viele Glasscheiben sie hergestellt haben. Was auch immer Nive damit vorhat, es waren viel zu viele. Einen Palast hätte man damit bestücken können.«

Sie konnte sehen, wie die Gedanken hinter Karis' Augen sich ächzend in Bewegung setzten, aber offensichtlich fanden sie den Weg nicht. »Es hätte mir schon damals auffallen sollen«, spann sie den Faden weiter. »Niemals würde Nive Scheiben, die ihr wichtig sind, von tölpelhaften Glasmachergehilfen herstellen lassen. Die Scheiben aus dem verbotenen Sand hat sie selbst gemacht – und viele von ihnen hat sie blau eingefärbt.«

»Das würde aber auch heißen, sie hat geahnt, dass es einen Angriff geben würde«, murmelte Narmin.

Endlich hatten auch Karis' Gedanken die erste Weggabelung erreicht. »Natürlich. Sie haben Scheiben über Scheiben hergestellt, damit die Angreifer sie zerschlagen konnten. Die richtigen Scheiben haben sie vorher in Sicherheit gebracht. So können sie sicher sein, dass die Angreifer denken, sie hätten ihren Plan vereitelt.«

»Das erklärt auch, wozu sie ein drittes Pferd brauchen«, sagte Jonn. »Raj ist nicht von den Toten erwacht, sie benötigen einfach nur ein kräftiges Packpferd – wie Jahija.« Ein weiterer Splitter fand sich und fügte dem Bild von Nive ein Stück hinzu. »Es muss weit schwerere Lasten tragen als nur Glas. Seht ihr die Stellen, wo die Schmelzfeuer waren? Für die Arbeit mit dem verbotenen Sand hatte Nive Öfen aus den Tempelsteinen gebaut. Sie und Raj hatten die Skalitsteine aus der Dämonenstadt gestohlen. Kein Feuer kann diesen Skalit zerstören. Also müssten diese Feuerstellen noch unversehrt an ihrem Platz sein – aber sie fehlen. Und ich denke, Nive und Jara haben die Steine mitgenommen.«

»Was ist an den Tempelsteinen so Besonderes?«, fragte Narmin.

»Sie stammen aus dem Bergland Lom.« Jonn schluckte und hoffte, die anderen würden ihr die Aufregung nicht anmerken. »Dort herrschten einst mächtigeWorankönige ... und die Steine ... bergen noch etwas von dieser alten Magie.« Noch bevor sie den letzten Gedanken zu Ende gebracht hatte, wurde ihr flau vor Angst.

»Also doch«, flüsterte sie. »Nive spielt mit Woranmagie herum!«

»Woranmagie?«

Jonn war sicher, dass Narmin, hätte er keine weiße Haut gehabt, nun blass geworden wäre. Entsetzt betrachtete er die geschmolzenen Tropfen an den Büschen. »Als ich mein ... Lager fand, hatte ich daran gedacht, dass nur ein Woranfeuer so heiß sein kann, um eine solche Verwüstung anzurichten. Aber das ist unmöglich! Seit sechshundert Sommern hat kein Woran mehr dieses Land betreten.« Es klang, als würde sich Narmin Mut zusprechen. »Und die Steine können nichts damit zu tun haben. Kein Wüstenworan hält sich gerne in der Nähe von Dingen auf, die von den Dämonen berührt wurden. Um die Nelai zu wecken müsste sich Nive schon etwas anderes einfallen lassen als Tempelsteine aus der Dämonenstadt zu holen.«

»Die Nelai wecken?«, flüsterte Karis. »Was haben die Nelai mit den Woran zu tun?«

»Es war ein Woran, der sie einst vernichtete. Die Wüste ist das Trümmerfeld einer großen Schlacht. Dort, wo der verbotene Sand liegt, stand ihre Stadt. Die Häuser, die Menschen, ihr Schmuck und ihre goldenen Becher – alles wurde zerrieben. Der Woran zerstörte die Stadt und stahl die Schatten. Doch die Nelai sind immer noch im Sand gefangen. Nur Woranmagie könnte sie zurückholen.«

Jonn ließ sich auf den Boden sinken und vergrub den Kopf in den Händen. Du hast bereits versagt, hallte eine spöttische Stimme in ihrem Kopf. Du hättest Nive beschützen sollen, aber du warst blind. Bisher hatte sie gehofft, dass ihr Gespür sie doch getrogen hatte, dass ihre Schwester keine Lügnerin war. Aber langsam ahnte sie, dass sie Nive vielleicht nie richtig gekannt hatte. Sie rieb sich die Hände, die zu zittern begonnen hatten. Zu ihrer Überraschung legte Narmin ihr die Hand auf die Schulter.

»Jonnvinn«, sagte er sanft. »Keine Angst. Hier kann dir kein Woran etwas tun – wären die Wüstenworan nicht schon vor langer Zeit vertrieben worden, hätte mein Volk einen Weg gefunden, sie zu töten. Nichts hassen wir so sehr wie die Woran!«

Der dunkle Fleck auf Jonns Handfläche brannte wie ein Schandmal. Rasch verbarg sie die Hand unter ihrem Kiltmantel.

*

Nives Fußspuren fanden sie ein ganzes Stück hinter der Höhle. In einem windstillen Winkel entdeckte Narmin den frischen Abdruck von Jahijas Huf und etwas weiter, nur schlecht unter eilig hingeworfenem Gestrüpp verborgen, eine tiefe steinige Grube. Zerdrückte Buschzweige lagen auf dem Grund der Grube, als hätten sie als Polsterung gedient. An einem von ihnen klebte getrocknetes Blut. Vor Sorge krampfte sich Jonns Herz zusammen. Nives Wunde blutete. Sicher hatte sie Jara dabei geholfen, die schweren Steine und das Glas aus der Grube zu heben. Hass auf die Sandträgerin bemächtigte sich ihrer.

Karis richtete sich auf und wischte sich den Schweiß von der Stirn. »Hier passen eine Menge Tempelsteine und Scheiben hinein.« Fluchend trat er in den Sand. Der Wind fing die Staubfontäne und trug sie davon. »Verdammt, Jonnvinn, du hast Recht. Sie haben sie in aller Eile hier versteckt, bevor der Angriff stattfand. Aber woher wussten sie davon?«

»Vielleicht hat Raj seine Späher gehabt. Wenigstens wissen wir nun, dass die beiden mit dem Glas und den Tempelsteinen davongeritten sind. Narmin – du bist der Einzige, der die Geschichte der Nelai kennt. Was wird Nive tun, um das Glasvolk zu erwecken?«

Er zog die Unterlippe zwischen die Zähne und dachte nach. »Sie braucht Licht«, sagte er schließlich. »Sehr viel Licht.«

»Nive hatte es eilig, als dürfte sie keine Zeit verlieren.«

»Es gibt viele Plätze, um die Sonne einzufangen. Die ganze Gebirgskette der Katzenkopfberge ist der Sonne sehr nahe.« Er seufzte und rieb sich müde über die Augen. »Aber um herauszufinden, wohin sie genau geritten sind, müssen wir ihren Spuren folgen.«

»Welche Spuren?«, murmelte Karis. »Der verdammte Wind verwischt sie alle.«

Narmin legte den Finger an die Lippen und machte eine warnende Geste. Karis stutzte, aber dann hörte er es auch. Ganz in der Nähe war ein Scharren. Jonn griff zu ihrer Schleuder.

Diesmal ertönte ein Klirren, begleitet von einem unwilligen Murmeln. Jonn pirschte sich heran und warf einen Blick auf den verbrannten Lagerplatz. Ein Linlan stöberte in den Scherben herum! Er war hellbraun wie Jalaholz und trug keine Axt bei sich. Dafür schleppte er einen Sack auf dem Rücken, der bei jeder Bewegung verdächtig klirrte. Gerade wühlte er von Jonn abgewandt wieder im Sand und zog eine große weiße Scherbe hervor, die er gegen das Licht hielt. Als er nichts darin entdecken konnte, drehte er sich in die andere Richtung, um einen günstigeren Lichteinfall zu erreichen. Jonn erkannte den Linlan, doch es war zu spät. Der kleine Stein, der eben noch in der Lederwiege ihrer Schleuder geruht hatte, war bereits auf seinem Weg. In diesem Moment sah auch der Linlan Jonn, kreischte und warf die Scherbe vor Schreck in die Luft. Jonn verzog das Gesicht, als der Stein Gulunk niederstreckte. Der Beutel klirrte, eine kleine Staubwolke stieg auf, dann lag der Linlan still.

»Das ist Gulunk!«, flüsterte Karis hinter ihr.

»Ich weiß! Ich habe es zu spät gesehen.«

»Ihr kennt ihn?«, fragte Narmin.

»Er hat uns in die Dämonenstadt geführt.«

Gulunk krächzte und begann sich zu regen. Die Stelle, an der ihn der Stein am Kopf getroffen hatte, erinnerte an abgeschabte Rinde. Jonn verstaute verstohlen ihre Schleuder wieder am Gürtel.

»Guten Tag, Gulunk!«

»Ihr seid das«, stöhnte der Linlan und setzte sich auf. »Solltet ihr nicht tot sein wie alle anderen hier?«

»Das hoffst du wohl«, sagte Karis mit harter Stimme.

Heftig schüttelte Gulunk den Kopf. »Nicht ich«, sagte er verächtlich. »Ich will nur Glas verkaufen.« In einer fremden Sprache fluchend rieb er sich die Stirn, stand mühsam auf und machte Anstalten, seinen Beutel hochzuheben.

»He, was tust du?«, fragte Karis drohend.

Der Linlan ging Karis kaum bis zur Hüfte, aber er sah furchtlos an dem großen Stallburschen hoch und zeigte ihm ein schartiges Grinsen. »Rate mal«, sagte er und rannte los.

Narmin war mit wenigen Schritten bei ihm und vertrat ihm den Weg. Einen Augenblick musterten sie sich feindselig, dann sagte Narmin ein paar Worte in einer trockenen, harten Sprache. Die Augen des Linlan weiteten sich vor Erstaunen. Er schüttelte den Kopf und wich zurück, aber Narmin machte eine Geste, die Jonn nicht verstand, und bellte in der gleichen fremden Sprache einen Befehl. Gulunk brach in Wehgeheul aus, dann schmetterte er seinen Beutel zu Boden. Beim Geräusch des berstenden Glases fuhren Jonn und Karis zusammen.

»Schinder!«, zischte Gulunk ihnen zu. »Lasst ihr zu, dass ich beleidigt werde?«

Narmin lächelte kühl. »Ich lasse nicht zu, dass du deine Freunde warnst. Du kommst mit uns. Und wenn du dich weigerst, binden wir dich auf dem Wasserpferd fest.« Er machte eine effektvolle Pause. »Mit den Füßen nach oben.«

Der Linlan schlotterte plötzlich am ganzen Leib. »Das ist mein Lohn«, giftete er. »Kein Linlan sollte sich mit Menschen einlassen.«

»Und kein Mensch mit einem Linlan«, sagte Narmin unbarmherzig. »Aber wir sind nun einmal hier und du warst zur falschen Zeit im falschen Lager.«

Jonn drängte sich zwischen das trockene Wesen und ihre zwei Weggefährten. Sie ging in die Hocke, um dem Linlan in die Augen sehen zu können. Immer noch war es seltsam, in diese Höhlen zu starren. Sie räusperte sich und versuchte ein Lächeln. »Du weißt, dass das Lager hier von den Linlan zerstört wurde?«

Gulunk richtete sich auf. »Heißt das, dass ich zu ihnen gehören muss?«

»Nein, natürlich nicht«, murmelte sie. Nachdenklich ließ sie den Blick über seine Borkenhaut schweifen. »Du bist aus Holz«, stellte sie fest. »Zumindest siehst du so aus. Wie kann es dann sein, dass die Linlan mit Feuer angreifen? Müsstet ihr euch nicht davor fürchten?«

Statt einer Antwort zischte Gulunk leise. Eine magische Flamme entfaltete sich in der Luft wie ein Seidentuch, sie knisterte und wuchs und wurde zu einem winzigen Flammenball, den Gulunk in die Hand nahm.

»Nur weil wir an Holz erinnern, haben wir noch lange nicht dessen Eigenschaften. Wasser kann uns verletzen, Feuer dagegen nicht.« Er lächelte. »Trotzdem gehöre ich nicht zu den Linlan, die das Lager zerstört haben. Das geht mich nichts an. Ich habe nur Rauch gesehen und brechendes Glas gehört. Glasscherben bringen Geld.«

»Trotzdem müssen wir dich mitnehmen«, sagte Jonn. »Aber sobald wir gefunden haben, was wir suchen, lassen wir dich frei.«

»Immer noch auf der Suche nach deiner Schwester?«, bemerkte der Linlan.

Jonn nickte. »Wenn du mit uns gehst und keine Schwierigkeiten machst, wird dir niemand etwas tun. Hilfst du uns die Spuren zu suchen, zahle ich dir sogar ein Weggeld. So als seist du unser Führer.«

Narmin stöhnte auf. Zum ersten Mal schien so etwas

wie Interesse den spröden Linlan zu beleben. »Wie viel?«, fragte er.

»Fünf Hum.«

»Elf.«

»Sechs.«

»Neun.«

»Sechseinhalb und ich sorge dafür, dass mein Freund das Pferd von dir fern hält.«

Gulunk sah aus, als hätte man ihn gezwungen seinen Kopf in eine Wassermelone zu stecken, er fauchte etwas Unverständliches und nickte widerwillig.

Das Pfand

In der Morgendämmerung erschien die Wüste schmucklos wie eine Tänzerin, die ihr glänzendes Kleid noch nicht angelegt hat. Jonn gähnte und streckte sich. Mitten in der Bewegung verharrte sie. Nicht einmal fünf Pferdelängen entfernt von ihr stand ein Wesen, das sich nur ein verrückter Gott ausgedacht haben konnte. Die Echse blinzelte nicht einmal, nur ihre Zunge bewegte sich, als hätte das Reptil sich eine rote Schlange geschnappt, die nun verzweifelt versuchte sich aus dem Maul zu winden. Dornen und Hornstacheln ragten grotesk in die Höhe, geblähte Kehlhäute bebten. Jonn zog ihre Schleuder hervor.

Wenig später saßen sie an einem winzigen Feuer und verzehrten duftendes Echsenfleisch. Das Reptil war so groß, dass es als Verpflegung für mehrere Tage reichen würde. Mit geschickten Schnitten hatte Narmin es zerlegt. Außerdem hatte er mit einem Messer die Dornen abgesägt und band sie jetzt als Spitzen an Pfeilschäfte aus Baljamarzweigen.

Für die Pferde war es weitaus schwieriger, Nahrung zu finden. Narmins schwarz-weißes Pferd gab sich mit Disteln zufrieden, Libun jedoch war noch hinfälliger als am Tag zuvor. Immer auf der Hut vor Geräuschen, die ihr vorgaukelten, dass hinter den Felskanten und in den Schatten kleine vertrocknete Wesen mit Wurfäxten darauf lauerten, sie zu töten, sammelte Jonn Baljamarblüten. Libun ließ sich nicht zweimal bitten und versenkte den Kopf bis zu den Augen in dem duftenden Mahl.

Erstaunlicherweise war es einfach, den Spuren von Nive und Jara zu folgen. Jara hatte die schwierigsten, aber unauffälligsten Wege gewählt. Immer wieder entdeckte Jonn einen abgebrochenen Zweig, an dem einige kurze schwarze Fellhaare hafteten, oder die angetrocknete Stelle im Sand, wo ein Tropfen Trinkwasser zu Boden gefallen war.

Ihr eigenes Wasser ging bereits zur Neige, es war kaum mehr genug für die Pferde übrig und Jonn hätte gerne Libun auf die Suche geschickt. Doch sie wagte nicht, die Wassersucher auf ihre Fährte zu bringen.

Obwohl der Wind Kühlung brachte, begann Jonn sein ewiges Zupfen wie von Hunderten lästigen Fingern zu hassen. Stopfte sie ihr Haar unter den Mantelkragen, flatterte bald eine Strähne nach der anderen wieder in ihr Gesicht. Je höher sie nach oben kletterten, desto öfter bemerkte Jonn die weißen Baljamarblüten. Irgendwo bei ihren Wurzeln musste es Wasser geben, aber als sie Karis diese Vermutung mitteilte, mischte sich der Linlan ein und erklärte, die Wurzeln der Baljamarblüten reichten ebenso tief hinunter wie die Wurzeln der Sandeichen. »Menschen können nie und nimmer tief genug graben um es zu erreichen«, sagte er.

Jonn wusste nicht, warum diese Antwort sie wütend machte, nichts deutete darauf hin, dass Gulunk seine Worte hämisch meinte. Verwundert beobachtete sie, wie das verdorrte Wesen den Weg begutachtete und wieder eine Spur fand. Der Fels verlor seine sandsteinrote Farbe, als hätte die Nähe zur Sonne ihn ausgebleicht. Bilder schimmerten in der feinen, flirrenden Luft auf. Mehr als einmal glaubte Jonn die Silhouetten von Nive und Jara zu sehen, die sich wie sie über die Wege schleppten – zum Greifen nah und doch unerreichbar. Gegen Abend erlebte sie zum ersten Mal in ihrem Leben, dass die trittsichere Libun stolperte. Ihre Nüstern waren trocken, ihre Augen stumpf. Selbst die Mähne verlor ihren Perlmuttschimmer und erinnerte schon beinahe an die weiße Mähne eines ganz gewöhnlichen Pferdes.

»Wenn der Wind von Westen kommt, hört man etwas, das Schritte sein könnten«, sagte Narmin.

»Nive und Jara?«

»Oder die Linlan.«

»Glaubst du, sie sind ihnen immer noch auf den Fersen?«

Er zuckte mit den Schultern. »Dafür haben Jara und vielleicht auch Raj die Falle mit dem Glasmacherlager zu gut gestellt, denke ich. Aber wahrscheinlich haben die Angreifer Gulunks Verschwinden bereits bemerkt.«

»Er gehört nicht zu ihnen«, sagte Jonn. »Ich glaube ihm!«

Ein spöttisches Lächeln zuckte über Narmins ebenmäßiges Gesicht. Im fahlroten Abendlicht sah er plötzlich wieder sehr menschlich und sehr schön aus. Verlegen wandte sie den Blick ab. Wie wohl ihr Gesicht aussehen mochte? Ihr rotes Haar war an den Spitzen ausgebleicht und zerzaust vom Wind. Bestimmt waren auf ihrer Nase Feuersprossen erblüht, sie musste aussehen wie eine wilde Feuernymphe. Verstohlen strich sie sich das Haar glatt und seufzte.

»Was hast du mit deiner Hand gemacht?« Jonn erschrak und drückte ertappt ihre Rechte an sich. Erleichtert stellte sie fest, dass der Verband, unter dem sie sie verbarg, immer noch da war. »Ach das ... Ich habe mich nur an einer Scherbe geschnitten, als wir im zerstörten Lager waren.«

»Zeig her!«

»Nein! Nein danke ... ich bin Heilerin. Es ist nichts.«

Sie widerstand der Versuchung, ihm alles zu erzählen – von der Berührung des Woransteins und den Träumen, die sie nachts atemlos und schreckensstarr zurückließen. Aber bei Tag wagte sie das Unaussprechliche nicht einmal zu denken.

»Hasst du die Woran wirklich so sehr?«, fragte sie stattdessen.

Narmin sah sie überrascht an und lächelte. »Natürlich! Mehr als alles, was ich je gehasst habe. Möchtest du eine Geschichte darüber hören, was die Woran für mein Volk sind?«

»Nein«, flüsterte sie. »Ein ... andermal.« Sie wusste nicht, ob die beiden Jammerschlangen, die den Sternen ihr Unglück klagten, wirklich so nah waren oder die klare Luft die Laute aus der Ferne zu ihr herübertrug. Die Töne brachten sie beinahe zum Weinen.

»Ich traue dem Linlan nicht«, sagte Narmin schließlich leise. »Er hält Ausschau nach etwas – oder nach jemandem.«

»Wir werden sehen«, murmelte Jonn niedergeschlagen. »Ich halte die erste Wache.«

Nives Spur verlor sich schon am nächsten Tag. Narmin fluchte in seiner fremden, kehligen Sprache und sah sich um. »Sie sind uns entwischt«, stellte er fest.

Sie waren an einem Felskreuz angekommen – rechts ging es gerade bergauf, links um eine Biegung.

»Bestimmt sind sie weiter bergauf geritten«, meinte Karis. »Wenn wir links weiterreiten, kommen wir früher oder später wieder ins Tal.«

Narmin und Karis sahen Jonn an.

»Gut«, meinte sie. »Zumindest können wir ein Stück hier entlanggehen. Vielleicht finden wir die Spur wieder.«

»Und vielleicht euren Tod«, ertönte Gulunks schartige Stimme. »Ich rate euch den anderen Weg zu nehmen.«

»Warum?«

»Nur eine Ahnung.«

Jonn hatte nicht übel Lust, den Linlan an den Schultern zu packen und zu schütteln, nur der Gedanke daran, wie seltsam sich die borkenähnliche Haut anfühlen würde, hielt sie davon ab.

»Wenn du lügst, wirst du in unserem letzten Wasser baden«, sagte Narmin leise.

»Geht den anderen Weg«, flüsterte der Linlan. »Mehr kann ich nicht sagen.«

Narmin sah nachdenklich auf den abschüssigen Weg.

Gulunk fuchtelte mit seinen knorrigen Händen. »Als ihr in Ganarr wart – habe ich euch falsch geführt? Habe ich euch nicht in die Stadt der Wij gebracht?« Jonn tat der Linlan Leid, aber sie schüttelte trotzdem den Kopf. »Wir gehen den Weg, der bergauf führt.« Gulunk stieß eine ganze Kette keckernder Flüche aus, bevor er trotzig verstummte.

Der Weg war erstaunlich leicht zu reiten und verbreiterte sich bald in eine Art Sandstraße. Entmutigenderweise fanden sich außer Schlangenspuren keine weiteren Anhaltspunkte auf dem Weg. Doch als sie um eine Biegung kamen, erstreckte sich plötzlich eine schmale sichelförmige Ebene vor ihnen. Libun spitzte die Ohren und witterte. Ein Wiehern erklang.

Karis wollte losstürmen, aber Narmin hielt ihn zurück.

»Ich gehe«, flüsterte Jonn. Sie pirschte sich an die Biegung heran, hinter der sich das Pferd befinden musste, und wagte einen vorsichtigen Blick. Ihr Herz setzte einen Schlag aus. Das war nicht Nives Pferd. Es war ein Wüstenpferd – hager und sandfarben. Der Wind stand günstig und trug Jonns Witterung nicht zu dem Tier hinüber. Jonn spähte weiter um den Fels herum. Das Lager sah aus, als hätten seine Bewohner es nur für einige Augenblicke verlassen. Dunkle Laken waren zu einem Sonnenschutz gespannt, die Abdrücke von bloßen Füßen bedeckten den Sand. Hier und da blitzte die blaue Schuppe einer Echse zwischen den Spuren auf.

Ruhig bleiben, ermahnte Jonn sich, während ihr ganzer Körper nur noch nach Flucht schrie. Gulunk hatte ihnen also tatsächlich helfen wollen. Gerade wollte sie sich zurückziehen, als ihr eine Bewegung am Boden auffiel – Schatten! Gleich mehrere waren es, die sich an ihre Fersen geheftet hatten. Im nächsten Augenblick verfehlte ein Speer sie um Haaresbreite. Instinktiv warf sie sich herum. Noch im Seitwärtsschwung zog sie ihre

Schleuder hervor und nutzte den Schwung, um die leeren Lederriemen wie eine Peitsche auf die Wange des Echsenmannes niedersausen zu lassen. Der Schlag riss ihm die Maske vom Gesicht. Schräge Augen, so blau wie das Echsenleder, funkelten sie an. Der Schamane zischte etwas.

Nach Luft schnappend fand sie sich am Boden wieder. Der Krieger brüllte und riss den Speer erneut hoch. Dieser Augenblick genügte Jonn. Mit einem Keuchen kam sie auf die Beine und rannte los.

Hufgetrappel erklang. Aus einem Augenwinkel erhaschte Jonn einen Blick auf Masken und sich bauschende blaue Gewänder.

»Jonn!« Der Ruf war direkt neben ihr. Sie erkannte eine weiße Hand und griff zu. Mit einem Ruck, der ihr wie ein Stich durch die Schulter fuhr, wurde sie nach oben gerissen und klammerte sich an Narmin. Im nächsten Augenblick war Karis neben ihnen, gemeinsam preschten sie los. Der Galopp war halsbrecherisch, Speere prallten an den Felswänden neben ihnen ab. Hinter sich hörte Jonn schon den schnellen Galopp der Wüstenpferde. Sie tastete nach den leeren Wasserschläuchen und warf sie sich als Rückenschutz über die Schulter. Ein Windstoß riss an ihren Haaren.

»Sie rufen den Sandsturm!«, schrie Narmin ihr zu.

»Da vorne kommen noch mehr! Sie kreisen uns ein!«

Ein Speer streifte den halbvollen Wasserschlauch und plötzlich tränkte lauwarmes Wasser Jonns Rücken. Masken blitzten im Sturm auf. Eine Sandbö traf sie so hart, dass ihre Schulter ein heißer Schmerz durchzuckte. Narmins Finger schlossen sich um ihr Handgelenk, als sie fiel. Einen keuchenden Atemzug lang fühlte sie sich wie ein zum Zerreißen gespanntes Seil, dann rutschte sie ab. Das Letzte, was sie sah, als sie davontrudelte, war Narmins verzweifeltes Gesicht, in dem die Sternaugen brannten.

*

Nie hätte sie erwartet, mitten in einer Wüste das Geräusch von hallenden Tropfen zu hören. Das raue Gestein unter ihren Fingern und ihrer Wange fühlte sich feucht an. Weniger angenehm war das Pochen an ihrem Hinterkopf, wo ein Schlag sie getroffen hatte. An ihrem Gürtel ertastete sie ihren Beutel und stellte überrascht fest, dass sie ihr die Waffen nicht abgenommen hatten. Messer, Schleuder – alles war an seinem Platz.

»Du hattest Glück«, sagte eine sanfte Stimme. »Euch hätten auch die Linlan finden können.« Jonn kannte die Stimme – trotzdem war diese Erkenntnis nicht beruhigend. Benommen stemmte sie sich hoch. Vor ihr kniete der Schamane aus Ganarr. Der Raum hinter ihm war schwach beleuchtet. Jonn erkannte den Bogen eines Tors. Ein flacher See – eigentlich mehr eine Pfütze – glänzte in der Mitte des Raumes. Kühle waberte über den Stein.

»Wo sind wir hier?«

Das Lächeln unter seiner Maske konnte sie nur an den Fältchen unter seinen Augen erahnen. »Dort, wo niemand hinkommt, wenn er lebendig wieder gehen will«, antwortete er. »In den unterirdischen Hallen der Wassersucher.«

Blinzelnd sah sie sich um. Es waren tatsächlich mehrere Hallen – Grotten, deren Eingänge zu Torbögen gemeißelt waren.

»Früher, als die Wüste noch ein Meer war, floss Süßwasser hindurch«, erklärte der Schamane. »Heute sind alle Wasseradern so gut wie ausgetrocknet.«

»Hier lebt ihr?«

»Hier und anderswo. Komm, steh auf!« Er streckte ihr die Hand hin. Doch Jonn zögerte. »Was ist, traust du mir immer noch nicht?« Der Schamane nahm mit einer beiläufigen Bewegung seine Maske ab. Zum Vorschein kam ein müdes Gesicht. »Ich heiße Sic«, sagte er. »Einfach nur Sic.«

Jonn ignorierte seine Hand trotzdem und stand mit wackligen Knien auf. »Wo sind die anderen?«

»Dein Freund und die Weißhaut? In Sicherheit – wie du.« Bekümmert schüttelte er den Kopf. »Ich hätte wissen müssen, wer du bist, als ich dich im Bannkreis sah – und schon in Ganarr hätte ich es erraten müssen.«

»Hättest du uns dann gleich an die Linlan verraten?«

»Glaubst du wirklich, dass ich das getan habe?«, fragte er überrascht.

Jonn blickte sich um, aber da waren keine Horden von Schamanen, keine Waffen – nur die Schatten kauerten an den Wänden und schienen sie anzustarren. »Wir haben euch gehört«, sagte sie. »Nach dem Überfall auf das Lager habt ihr nach den Überlebenden gesucht.«

»Um weiteres Unglück zu verhindern, ja.«

»Wenn ihr so besorgt seid – warum habt ihr nicht verhindert, dass Nives Lager überfallen wird?«

»Deine Schwester wurde von uns schon in Ganarr gewarnt, als sie zu oft nach dem verbotenen Sand gefragt hat. Nun können wir nur noch eins tun: dafür sorgen, dass Nive nicht getötet wird.«

»Werdet ihr gegen die Linlan kämpfen?«

Die Vorstellung amüsierte Sic offenbar. »Unwahrscheinlich«, antwortete er ruhig. »Die Wüste ist kleiner, als sie aussieht. Wir werden uns hüten uns die Linlan zu Feinden zu machen. Deshalb sollten sie besser nicht erfahren, dass ihr hier seid.«

»Ihr versteckt uns also vor ihnen, ja?«

Er lächelte und strich sich über die Stirn. Die Geste wirkte erschöpft und sorgenvoll. »Stell dir vor: Die Enkelin von König Ravin wird in der Wüste getötet. Das würde die Beziehungen zwischen Tjärg und Fiorin mehr als erschüttern. Die Linlan nehmen seit jeher leider nur wenig Rücksicht auf Diplomatie.«

Die Kühle kroch Jonn unter die Kleider und begann unangenehm zu werden. Längst wusste sie nicht mehr, wem sie glauben sollte. Sie traute Gulunk – aber er war auch ein Linlan und hatte versucht sie von den Schamanen fern zu halten. Aus welchem Grund?

Sic bemerkte ihr Unbehagen und wies mit einer höflichen Geste zum Tor. »Komm mit«, sagte er leise. »Wir haben Wasser hier. Und hungrig wirst du auch sein.«

»Ich will Karis und Narmin sehen!«

»Es geht ihnen gut – du hast mein Wort darauf! Du wirst sie wiedersehen. Sobald wir uns geeinigt haben.«

»Also doch ein Handel!«

Sein Lächeln wurde noch feiner. »Möchtest du nicht, dass deine Schwester unversehrt nach Tjärg zurückkehrt?«

»Natürlich! Das ist das Einzige, was ich will!« Seltsamerweise ließ Jonn der Anblick der Schatten ruhig werden. Sie sahen vertraut aus – wie Freunde, die sie lange nicht mehr gesehen hatte, und sie hatte das Gefühl, dass sie gut bei ihnen aufgehoben war. Im selben Augenblick erschrak sie über ihren Gedanken und verbarg ihre verbundene Hand hinter ihrem Rücken. »Also gut. Dann lass hören, was für ein Handel es ist.«

Der Nebenraum unterschied sich von der ersten Halle nur durch einen Tisch, auf dem Karaffen mit Wasser und Teller mit Obst standen. Tropfen glänzten auf Trauben und geschälten Früchten, die die Form von goldgelben Äpfeln hatten. Sic nahm einen davon, biss hinein und bot Jonn ebenfalls einen an. Vor den Schatten, die sie wie eine stumme Armee betrachteten, leuchtete sein blaues Gewand. Jonn konnte nicht widerstehen und nahm eine Frucht. Sie schmeckte nach süßem Wein und Jonn vergaß für einen Augenblick sich Sorgen zu machen. Sic beugte sich über den Tisch und zog ein Stück Papier zu sich heran. Es war so oft gefaltet und wieder aufgeklappt worden, bis die Ränder zerfranst waren – und an einer Stelle war es versengt. Jonn verging der Appetit auf der Stelle. Das Papier war so trocken, dass es raschelte.

»Kennst du diese Karte?«, fragte Sic. »Wir haben sie im zerstörten Lager gefunden.«

Jonn ließ ihren Blick über die gezeichneten Linien huschen. Ja, die Karte kannte sie gut – sie hatte am Tag von Jonns Ankunft im Lager auf Nives Tisch gelegen. Allerdings konnte es nicht dieselbe Karte sein – es fehlte der Kreis mit dem Kreuz.

»Kann sein, dass ich sie schon einmal gesehen habe«, meinte sie vage. »Was stellt sie denn dar?«

»Möglicherweise einen der alten Katzenkopfberge. Hat Nive dir etwas darüber erzählt?«

Jonn schüttelte den Kopf.

»Sprichst du die Wahrheit?« Sics Stimme war ein wenig schärfer geworden und klang beinahe beschwörend. »Jetzt ist nicht die Zeit für Täuschungen. Wir können Nive und dich nicht ewig vor den Linlan beschützen.«

»Ich weiß nicht, wohin meine Schwester gegangen ist«, sagte sie nach kurzem Zögern. »Wir haben ihre Spur verloren.«

Das war nicht einmal gelogen. Sic nickte müde und entspannte sich. »Bleib auf unserer Seite. Hilf uns Nive vor den Linlan zu finden. Entscheide dich, Prinzessin Jonnvinn.«

»Was ist der Preis?«

»Das Übliche: Ihr erzählt, dass die Wassersucher euch gerettet haben. Und das würdet ihr doch ohnehin tun, nicht wahr?«

»Ich nehme an, dabei soll ich vergessen zu erzählen, dass ihr als Warnung das Glas in Farrins Werkstatt zerschlagen habt.« Die Pause zog sich in die Länge. Sics Augen wurden schmal. Er verschränkte die Arme und sah aus wie eine Statue, an der blauer Stoff herabfloss. »Der verbotene Sand ist uns heilig«, flüsterte er. »Uns – aber auch den Linlan. Irgendjemand muss dafür bestraft werden, den Sand gestohlen zu haben. Wenn nicht deine Schwester, was wir verhindern werden, dann … jemand anders.«

Jonn wagte sich noch weiter vor. »Ihr sucht die Sandträgerin! Doch sie webt ihren Schleierzauber viel zu gut – deshalb braucht ihr meine Verbindung zu Nive um sie zu finden. Ich bin der Köder?«

»Ein Köder, der davonschwimmen darf, sobald wir den Fisch gefangen haben.«

»Was geschieht, wenn ihr Nive nicht findet?«

Sein Blick wurde dunkel und blitzend. »Ihr kennt die Nelai nicht«, raunte er Jonn zu. »Ich weiß, dass deine Schwester vorhat die Nelai aus dem Sand zu rufen. Auch wenn ich nicht weiß, wie sie es bewerkstelligen will. Aber sie ist sich nicht darüber im Klaren, was sie tut! Sollten die Nelai jemals wieder erwachen, werden die Schatten zurückkehren. Sie bringen Leid und Tod. Es darf nicht geschehen!«

Jonn ballte die Hand zur Faust. War das tatsächlich Nives Plan? Die Schatten zurückzuholen, indem sie den Fluch der Woran rief? Zum ersten Mal gestand sie sich ein, wovor sie sich schon seit Tagen fürchtete. Unter dem Verband war ihre Hand schwarz und pochte wie im Fieber. War es Absicht gewesen, dass Nive sie aufgefordert hatte den Stein zu berühren? Wollte sie den Fluch der Woran wecken? Mit einem Mal hatte sie gute Lust, ihre Schwester bei den Schultern zu packen und sie durchzuschütteln.

»Ihr lasst uns also wirklich gehen?«, fragte sie leise. »Sobald wir Nive gefunden haben. Was macht ihr dann mit der Sandträgerin?«

Das Schweigen war eine Antwort, die ihr einen Schauer über den Rücken schickte. Sosehr sie Jara auch hasste, den Tod wünschte sie ihr nicht.

»Das Lager wurde durch ein Feuer zerstört«, sagte sie.

»Ein so heißes Feuer, dass es den Sand schmelzen lässt. Woher kommt es?«

Sic seufzte tief und strich mit einer abwesenden Geste über den Stoff seines Ärmels. Er erschien Jonn so glühend blau wie eine Flamme. »Eine Wüste ist zu Sand gewordenes Feuer«, flüsterte er. Trauer schwang in seiner Stimme mit. In diesem Augenblick verspürte sie Sympathie für den Wassersucher. Vielleicht hatte Sic Recht und sie sollte auf sein Angebot eingehen. Zumindest waren sie hier sicher vor den Dämonen, vor den Linlan und dem Feuer. »Also?«, fragte Sic. »Die Zeit drängt.«

Jonn schluckte und starrte auf das Blau vor ihren Augen. Die Schatten huschten über die Wände, als wären sie Hunde, die um sie herumschlichen. In diesem Moment ertönte ein Poltern und ein abgehackter, kehliger Laut. Jonn fuhr herum. Der Schrei kam aus einer der Kammern rechts von ihr. Das Echo setzte sich über die Wände fort und verklang in den Gängen. Sic hob beschwichtigend die Hand. »Das ist nur ...«

Doch Jonn stieß ihn grob zur Seite und rannte. Beim Laufen zog sie ihre Schleuder hervor. Aus den Augenwinkeln sah sie, wie die Schatten an den Wänden ihr folgten, und hörte Sics erstaunten Ausruf. Der Weg verzweigte sich in drei Gänge, aber sie konnte Keuchen und Scharren hören, als würden mehrere Kämpfer miteinander ringen. Gespenstisch leuchteten die Gänge im Licht von flackernden Lämpchen. Jonn vernahm einen dumpfen Laut, der von rechts kam, und stürzte um die Biegung. Der Anblick, der sich ihr bot, ließ sie zurückprallen.

Karis stand dort – allein gegen eine ganze Gruppe

von Schamanen. Einem davon tropfte Blut von der Lippe. Von Karis? Handgelenken baumelte ein zerrissenes Lederband. Narmin war noch gefesselt und lag bewusstlos zu seinen Füßen. Die Schatten strömten aus, huschten schneller als Jonns Gedanken und hüllten Narmin ein, bis er im Zentrum eines schwarzen Sterns lag. Karis rieb sich den Kopf und blinzelte Jonn ungläubig an.

»Jonnvinn!« Sic hatte die Kammer erreicht. Die Schamanen starrten verwirrt die Schatten an. Sic stürzte vor und stellte sich zwischen die Schamanen und Karis. Der Stallbursche warf Jonn einen gehetzten Blick zu, sagte aber nichts.

»Lass mich erklären, Jonnvinn«, begann Sic.

»Was gibt es zu erklären?«, zischte Jonn ihm zu. »Wir sind Gefangene.«

Heftig schüttelte Sic den Kopf. »O nein. Menschen aus Tjärg sind niemals unsere Gefangenen. Ihr habt mein Wort!«

Narmin stöhnte und regte sich. Die Schatten bewegten sich um ihn herum wie ein Nest voll schwarzer Schlangen.

»Und was ist mit Menschen aus Fiorin?«, gab Jonn zurück und zeigte auf Narmin. Sic hob bedauernd die Brauen. Mit erschreckender Klarheit wurde ihr bewusst, was der Handel beinhaltete – und was nicht.

Narmin versuchte sich aufzurichten. Augenblicklich zogen sich die Schatten um ihn zusammen.

»Was ist mit ihm?«, beharrte Jonn. »Er gehört zu uns!«

»Uns gehört er«, gab ein anderer Schamane ungerührt zurück.

Sic nickte. »So Leid es mir tut, Prinzessin Jonnvinn. Die Weißhaut kann ich nicht gehen lassen.«

»Warum nicht?« Die Stille wurde noch schwerer. Jonn ließ nicht locker. »Was ist so wichtig an einem Geschichtenerzähler?«

»Das ist nicht eure Sache«, zischte einer der Schamanen.

Jonn ballte die Faust so stark, dass sich ihre Nägel in die Handflächen bohrten.

»Du irrst dich. Es ist unsere Sache. Und deshalb werden wir gehen – alle drei oder keiner. Lasst ihn los!« Unmerklich schloss sich die Gruppe enger zusammen. Karis stellte sich vor Narmin und schätzte die Kraft seiner Gegner ab. Er hatte keine Chance, das wusste Jonn. Einer der Schamanen zog spöttisch einen Mundwinkel hoch. Die Hitze, die von Jonns Hand ausging, kroch an ihrem Arm hoch. Der Verband löste sich wie von selbst und fiel zu Boden. Tödliche Ruhe breitete sich in ihr aus. Mit einem Mal wusste sie, was sie zu tun hatte.

»Wir lehnen dein Angebot ab, Sic!« Die Schatten um Narmin regten sich, und Jonn zog sie an, lockte sie, bis sie sich lösten, auf sie zuhuschten und sie ansprangen. Jonn nahm sie auf, sie glitten unter ihre Haut, sträubten ihr Haar. »Hol Narmin und komm her, Karis!«, befahl sie. Ihre Stimme klang fremd und so stimmlos wie Donner. Ein entsetztes Raunen ging durch die Gruppe der Schamanen. Das Begreifen in ihren Augen, als sie erkannten, was sie vor sich hatten, wich einem faszinierten Entsetzen. Sics Mund, der nicht von der Echsenmaske verborgen war, verzog sich zu einem hasserfüllten

Zähnefletschen. »Woran!«, zischte er. Jonn schloss die Augen und ließ die Schatten los.

*

Es war, als hätte sie ihre Seele und alles, was Jonn ausgemacht hatte, in das Nest aus Schatten gelegt. Sie befand sich in einem anderen Land und sie war jemand anderes, etwas anderes. Ein Schatten vielleicht. Blauschwarz schimmerten die Wege und ein farbloser, erloschener Himmel wölbte sich über ihr. Knochen säumten den Weg und Skelette einstmals helläugiger Nachttiere rannten klappernd am Wegrand entlang. Käfer mit runden Rückenpanzern huschten vor ihren Füßen. Sie flohen vor ihr, erkannte Jonn. Und seltsamerweise erfüllte es sie mit einer grausamen Zufriedenheit. Immer besser sah sie, die Dunkelheit öffnete sich für sie mit der Schönheit einer schwarzen Blume. Jonn pustete die Käfer weg, und als sie davonfegten, sah sie, dass es Menschen waren. In Todesangst rannten sie, während die Skelette ihrer Pferde sie überholten. Macht erfüllte Jonn, und als sie aufblickte, sah sie Amina, die Woran. Ihre Großmutter sah sie feindselig an, ihre Augen leuchteten in blauer Glut. Verloschene Wangen und eine Wolkenstirn verschmolzen mit der Finsternis. Rabenklauen waren ihre schwarzen Hände. »Gib mir die Hand«, zischte die Woran und streckte den Arm aus.

*

Schreie hallten von den Wänden – und das Grollen von brechendem Stein. Dann ein bodenloser Fall, Sand, der ihre Wange streifte und der betäubende Aufprall auf einem Spiegel, der in tausend Stücke zersplitterte. Das Grollen machte sie taub. Sie hustete und spuckte Wasser. Die eiskalte Umarmung holte sie zurück in die Wirklichkeit – und sie erkannte, dass sie schwamm!

»Jonn!« In einem glimmenden Licht, in dem die Wände erglühten, erkannte sie Karis, der versuchte Narmin an der Wasseroberfläche zu halten. Blut rann aus seiner Nase. Mit zwei Schwimmzügen war Jonn bei ihnen und half Karis den Bewusstlosen zu einem Vorsprung zu ziehen. Sie zitterte vor Kälte und war seltsam schwach, als wäre sie leer und knochenlos. Die Schatten waren geflohen, Jonn konnte ihre Gegenwart nicht mehr unter ihrer Haut spüren.

»Was ist geschehen?«, keuchte sie.

Karis' blasses Gesicht wandte sich ihr zu. »Ich weiß es nicht. Der Schamane rief: ›Woran!‹ und dann ist die Höhle zusammengebrochen. Ich glaube, er hat den Schatten den Befehl gegeben, dich anzugreifen. Es war schrecklich! Sie stürzten sich auf dich, du hast geschrien – und dann brach der Boden und die Wand stürzte ein. Es muss ein Erdbeben gewesen sein.«

Blinzelnd sah Jonn sich um. Sie standen in einem Labyrinth voller Wasser – Wege führten in weitere Kammern. »Wo sind die Schamanen?«, flüsterte sie.

»Hast du nicht gesehen, dass der Weg hinter uns verschüttet wurde?«

Jonn verbarg die Woranhand unter ihrem Hemd und

schüttelte den Kopf. »Ich muss einen Stein an den Kopf bekommen haben«, murmelte sie.

Narmin regte sich und schlug die Augen auf. Nachdenklich betrachtete er eine Stelle über seinem Kopf, dann lächelte er. »Die Tempel der Naj!«, flüsterte er. Mit verklärtem Gesicht betrachtete er die versteinerten Fische und die verschlungenen Zeichen, die vor langer Zeit in den Fels geritzt worden waren. »Jede Wüste war früher einmal ein Meer und jedes Meer eine Wüste. Es gibt unzählige Geschichten über die Zeit, als die Naj hier in ihren Palästen unter der Wasseroberfläche lebten. Nur wir kennen sie noch.«

Bei dem Wort »wir« zuckte Jonn wieder einmal zusammen. Am liebsten hätte sie ihn angebrüllt, endlich zu begreifen, dass sein Volk tot war.

»Hier sind also die Wasservorräte der Schamanen«, stellte Karis staunend fest. »Sie würden ausreichen, um ganz Ganarr zu versorgen! Und die Schamanen verkaufen diesen Schatz nur tropfenweise.«

*

Der Weg durch das Labyrinth führte sie an Kammern vorbei, die im Licht von leuchtenden Algen aussahen wie blaue Spiegel. Endlos war das Labyrinth, Jonns Haut war aufgeweicht vom Wasser. Jeden Augenblick glaubte sie die Schamanen auftauchen zu sehen – sicher waren sie auf verschlungenen Pfaden schon in ihre Nähe gelangt. Vermutlich saßen sie in der Falle – Sic und seine Leute würden alle Ausgänge kennen und schon auf sie warten.

Einmal, als sie sich an der Wand entlangtastete, fiel Jonns Blick auf ihre Finger. Sie war unendlich erleichtert wieder eine menschliche Hand zu sehen – mager war sie, dunkler als die andere, aber nichts erinnerte mehr an die Woranklaue. Es ist vorbei, redete sie sich ein. Es ist wie bei Amina – sie ist Woran und Mensch. Ich habe den Fluch nicht gerufen. Die Schatten sind verschwunden, es war Magie, nichts weiter.

Sie erklommen glitschige Felsen und krochen durch gewundene Gänge bergauf, bis sie zu einem schmalen Durchgang gelangten.

»Da!«, flüsterte Narmin ihr zu. »Hörst du den Wind?«

»Ein Ausgang!« Karis deutete nach oben. Über ihnen gähnte das Maul eines steinernen Fisches. Ein warmer Luftzug schlug ihnen entgegen.

Ein leises Echo ließ Jonn aufhorchen. Es hörte sich an wie das Scharren von Füßen und schien aus allen Richtungen gleichzeitig zu kommen.

»Das kommt nicht von draußen«, stellte Jonn fest. »Sie sind uns auf der Spur. Los! Wir müssen raus.«

»Geh vor!«, befahl Karis. » Du bist kleiner als wir. Wir schaffen es auch so.«

»Was ist, wenn sie auch draußen schon auf uns warten?«, gab Narmin zu bedenken. Ohne ihm eine Antwort zu geben griff Karis Jonn um die Taille und hob sie hoch. Sie kletterte auf seine Schulter und klammerte sich an den steinernen Zähnen des Fisches fest. Durch das Maul hangelte sie sich weiter. Der Wind brannte auf ihrem Gesicht und Sand wehte ihr in den Mund. Draußen tobte immer noch der Sandsturm. Sie erreichte ein Plateau, sah einen hellen Ausgang und taumelte ein paar Schritte darauf zu. Der Sturm brüllte ihr mit solcher Macht ins Ohr, dass sie glaubte taub zu werden. Sandwirbel vollführten irrwitzige Tänze vor dem Höhleneingang. Nur ein paar knorrige Baumstümpfe trotzten dem Sturm. Einer davon drehte sich um und entdeckte Jonn. Linlan! Sie wollte Karis warnen, aber der Sturm verschluckte jedes Geräusch. Die Linlan sprangen auf, noch bevor Jonn zu ihrer Schleuder greifen konnte. Schnell wie Insekten bewegten sie sich auf sie zu – ihre aufgerissenen Münder verzerrt, die Äxte erhoben. Es waren Wächter, natürlich! Vor Schreck stolperte Jonn gegen die Höhlenwand. Jemand umschlang ihre Taille und zog sie mit voller Wucht nach hinten. Doch statt mit dem Hinterkopf an den Fels zu stoßen, fiel sie einfach weiter. Jonn konnte sich nicht umschauen, dazu war der Anblick vor ihr zu grauenhaft.

Eine Linlanaxt war auf dem Weg in ihr Herz! Nichts konnte sie aufhalten, sie schleuderte auf Jonn zu, drehte sich wie ein eitler Schwertkämpfer, der seinem todgeweihten Gegner ein letztes Mal die Gelegenheit geben will, ihn von allen Seiten zu begutachten. Im nächsten Moment fühlte Jonn, wie die Spitze ihre Haut erreichte. In einer seltsamen Ergebenheit wartete sie auf das Geräusch von Metall, das auf Knochen traf, aber ihr Körper war plötzlich nur noch Wolken und Rauch. Eine Windhand griff ihr ins Haar. Fasziniert betrachtete Jonn, wie die Waffe festgefroren in der Luft verharrte, während sie selbst ein ganzes Stück davon entfernt auf einem Boden voll mehlweißem Pulversand saß. Zwischen ihren Fingern fühlte er sich wie

Samt an. Das Nächste, was ihr auffiel, war die Stille um sie herum. Ein klarer, heller Himmel erstreckte sich über ihr.

»Die Axt steckt in der Felswand«, sagte eine melodische Stimme. Als hätte die Stimme mehr Wirklichkeit als die Waffe, löste die Axt sich auf. Jonn sprang auf und drehte sich um. Vier blitzende Bernsteinaugen sahen sie an. Zwei davon gehörten der größten Martiskatze, die Jonn in ihrem Leben gesehen hatte. Dann hustete jemand neben ihr. Gulunk wühlte sich wie ein mehlbepudertes Gespenst aus dem Sandhaufen. Die Martiskatze fauchte. Gewaltige Muskeln spielten unter dem silberweißen Fell.

»Kasch!«, sagte die Gestalt, die auf dem Rücken der Katze thronte, mit sanfter Stimme. Das Raubtier entspannte sich. Jonn brachte vor Staunen kein Wort heraus. Die Frau war ... in Gedanken suchte sie nach der richtigen Beschreibung ... prachtvoll! Obwohl sie nackt war, trug sie die herbe Schönheit der Wüste wie ein Festgewand. Ihr rotes Haar, das im selben Farbton leuchtete wie der verblasste Sandstein, floss über ihre Schultern und bedeckte die Brüste. Ihre Haut war von einem dunklen Braun, das ihre gelben, schräg geschnittenen Augen noch intensiver leuchten ließ. In der Hand trug die Fremde eine lange Ziergerte. Jonn erkannte, dass sie aus einem dünnen polierten Knochen bestand. Am Ende der Gerte war mit einem Lederband eine Strähne kupferroten Haars befestigt.

»Ja, es ist dein Haar«, sagte die Frau. »Du hast es der Wächterin als Pfand gegeben, als du in die Dämonenstadt kamst, erinnerst du dich?«

Jonn sah sich um. »Was ist mit Narmin? Und mit Karis?«, rief sie.

Die Frau runzelte die Stirn. »Sie atmen.«

Ein Zupfen an ihrem Kiltmantel lenkte Jonn für einen Moment von der seltsamen Gestalt ab. Das besorgte Borkengesicht von Gulunk blickte sie an. »Verbeuge dich vor Nerenike!«, flüsterte er ihr zu.

»Nerenike, die Dämonin?«

Er nickte heftig und warf sich auf die Knie. Jonn deutete eine höfliche Verbeugung an.

Das Lachen der Dämonin war ein helles Rieseln von Sand. »Prinzessin Jonnvinn verbeugt sich vor mir«, rief sie aus. »Ich weiß deine Ehrerbietung zu schätzen.«

Mit einer raubtierhaften Bewegung sprang sie von ihrem Reittier. Auf dem Rücken der Katze war ein lederner Gurt befestigt, der sich auch um deren Schultern schlang. Es schien eine Art Sattel zu sein. Die Katze gähnte, entblößte dabei eine Sammlung erstaunlicher Säbelzähne und legte sich hin. Gemächlich begann sie damit, ihre Tatzen zu lecken.

»Ich danke dir, dass du einen meiner Geschichtenjäger gerettet hast«, sagte Nerenike.

»Narmin?«

»Nenn ihn, wie du willst. Ich bin sehr ärgerlich, dass sie meine Sternaugen getötet haben. Sehr ärgerlich.«

Die Dämonin ließ die Gerte in ihre Hand schnappen und ging hin und her. Jetzt bemerkte Jonn, dass Nerenike vier Arme hatte – zwei hielt sie auf dem Rücken verschränkt. Ab und zu wehte ein Wirbel an ihren Beinen hoch und zauste ihr Haar, um dann wieder zu Jonn zu springen.

Jonn leckte sich über die Lippen. »Narmins Volk wurde ermordet. Warum haben die Linlan die … Sternäugigen vernichtet, Nerenike?«

Die Dämonin sah sie scharf an. »Willst du wissen, warum sie vernichtet wurden oder warum die Schamanen den letzten Sternenmenschen noch nicht getötet haben?«

»Wenn es einen Unterschied macht?«

Das raue Lachen Nerenikes schien sie zu umfassen wie der sanfte Tragebiss einer Katze, versöhnlich zwar, aber auch gefährlich. »Für die Menschen macht alles einen Unterschied«, sagte sie. »Einfach alles.« Das Klatschen der Gerte wurde lauter, was die Martiskatze aufhorchen ließ. »Nun gut«, fuhr die Dämonin fort. »Gib mir eine Kostprobe deiner menschlichen Klugheit. Wer gab den Befehl?«

»Die Linlan, denke ich«, antwortete Jonn ruhig. Ein Räuspern neben ihr ließ sie sich schnell berichtigen. »Zumindest einige Linlan. Aber da war noch etwas, ein … Feuer, vielleicht ein Feuerdämon.«

Nerenikes Augen wurden zu goldenen Spiegeln. »Die Zungen der Woran. So nennen sie es.«

»Woran? Es gibt keine mehr in der Wüste! Seit Hunderten von Sommern nicht mehr!«

Nerenike zog die linke Augenbraue hoch. »Ein Woranfeuer fragt nicht, wohin die Schatten gehen. Es dient jedem, der es zu halten vermag.«

Jonn erinnerte sich an die Hitze ihrer Hand und fühlte sich unbehaglicher denn je. »Ihr seid so mächtig, dass die Menschen in Ganarr in Zelten leben, damit sie euch Tempel bauen können. Ruft das Feuer zurück und haltet die Schamanen auf!«

Die Martiskatze fauchte und erhob sich. Unwillkürlich wich Jonn einen Schritt zurück.

Nerenikes dunkles Gesicht verzog sich zu einem hochmütigen Lächeln. Als sie sprach, glaubte Jonn viele Stimmen zu hören, die zu einer Stimme zusammenflossen. »Wozu?«, fragte die Dämonin. »Wir waren immer und wir werden immer sein. Es geht uns nichts an, was die Menschen tun. Wir befehlen ihnen nicht. Sollen sie Tempel bauen und in Zelten darben, wenn sie sich vor uns fürchten, was geht es uns an? Mir geht es nur darum, zu verhindern, dass mein Sternäugiger vernichtet wird.« Nerenikes Stimme sank zu einem wütenden Zischen. »All die Sommer, die ich meinen Sternaugen Geschichten zugetragen habe, waren umsonst. Tausende Legenden über Nerenike, die Kluge, liegen nun in Asche begraben. Nur aus diesem Grund habe ich dieses Volk geschaffen.«

»Du?«

Nerenike nickte und Stolz leuchtete in ihren Augen. »Vor dem Woranfeuer habe ich sie einst gerettet und ihnen die Baljamarhaut geschenkt. Nur konnte ich damals nicht ahnen, dass sie in die Menschenwelt gehen und auch andere Geschichten sammeln würden.«

Jonn begriff, dass da keine Wärme war, es war die Eitelkeit und Willkür von Göttern. Nun, vielleicht war es Zeit, mit den Göttern zu handeln. »Du hast mich gerettet«, sagte sie. »Dafür hast du einen Grund, nenne ihn mir.«

Hinter Nerenike kroch eine rote Sonne über den Himmel, Schatten breiteten sich aus, als würde schwarze Tinte über die Berge rinnen. Es geschah schnell, viel zu schnell.

»Ich will, dass du meinen Geschichtenjäger rettest«, befahl die Dämonin.

»Warum rettest du ihn nicht selbst? Du hast mich schließlich auch hierher geholt.«

»Von ihm habe ich kein Pfand«, sagte Nerenike. »Deshalb kann ich ihn nicht zu mir holen, wenn es mir richtig erscheint – so wie dich. Zwar habe ich den Sternaugen vor vielen hundert Menschensommern eine Haut geschenkt, aber die Grenze kann ich nicht überschreiten. Nur in der Stadt der Wij können wir uns begegnen.«

»Es gibt also eine Grenze?«

»Die Grenze zwischen der Welt der Dämonen und der Welt der Menschen«, murmelte Gulunk ihr zu. »Früher lebten Dämonen und Menschen getrennt in ihren Welten, niemals berührten sie sich. Erst Nelai hat das Tor zwischen ihrer und unserer Welt für kurze Zeit geöffnet. Viele Linlan nutzten die Gelegenheit und flohen vor ihren Herren. Seitdem gibt es Grenzgänger in beiden Welten.«

»Und nicht immer die Klügsten«, warf Nerenike ein.

»Und warum soll ausgerechnet ich dir helfen können?«, fragte Jonn.

Die Antwort der Dämonin bekam einen schneidenden Unterton. »Es ist deine Schwester, die sich entschlossen hat die Nelai zu wecken. Ich habe sie beobachtet, habe gesehen, wie sich ihr Gesicht im verbotenen Glas spiegelte. Die Nelai riefen nach ihr und diese Rufe sind nicht nur bis zu mir gedrungen. Auch die Schamanen und die Linlan haben sie vernommen.«

»Ich verstehe«, sagte Jonn. »Deiner Meinung nach ist

Nive am Tod deiner Sternaugen schuld. Aber Nives Verbindung zu den Nelai bestand, bevor sie etwas von ihrer Geschichte wusste. Längst hatten alle Menschen die Geschichte vergessen, sie hat sich in der Zeit verloren.« Als würde sie Blatt um Blatt umblättern, erschloss sich ihr, was geschehen war. Bitternis tränkte ihre Gedanken. »Nur ein Volk kannte das Geheimnis der Nelai noch. Narmins Lager wurden ausgelöscht, damit niemand die Geschichte der Nelai finden kann. Die Geschichten vererbten sich – jeder hütete andere. Und da die Linlan nicht wussten, wer von ihnen die Sagen der Nelai hütete, beschlossen sie eben alle zu töten.« Sie schluckte. »Das Unglück begann damit, dass Narmin von Norik Siebentral verschleppt wurde. So kam das verbrannte Blatt Papier durch einen Zufall zu Nive. Hätte Norik ihn nicht verschleppt, wäre Nive nicht zu dem verbrannten Blatt und somit an einen Teil der Geschichte der Nelai gekommen und Narmins Volk würde noch leben.«

»Du bist gar nicht so dumm, dafür dass du ein Mensch bist. Schon an dem Tag, als deine törichte Schwester zum ersten Mal den verbotenen Sand stahl, wussten die Linlan, dass die Zeit gekommen war, jede Erinnerung an Nelai zu vernichten.«

Jonn schüttelte den Kopf. Traurigkeit übermannte sie. Eine Bürde wälzte sich auf ihre Schultern und wurde so schwer, dass sie kaum atmen konnte. Narmin würde sie hassen.

»Ich will meine Geschichten wiederhaben«, befahl die Dämonin. »Jede Sage, die ich retten kann, jede Erinnerung, die in der Seele dieses Sternäugigen schläft, will ich bewahrt wissen. Ich kann deine Schwester auf ihrem Weg auf den Grabberg nicht aufhalten und im Grunde interessiert es mich nicht, was in der Welt der Menschen vor sich geht, aber Nerenikes Sagen müssen überdauern.«

Ein erstaunlich heller Mond stand inzwischen am Himmel, die Dämonin leuchtete in seinem Licht wie Bernstein. Die Martiskatze war dagegen zu einem Schattenriss mit glitzernden Augenschlitzen geworden. Jonn war verwundert, dass sie das Voranschreiten der Zeit nicht spürte.

»Gulunk Err, der Dämonländer, steht dir zu Seite«, hörte Jonn die Stimme der Dämonin. Ein körperloses Kichern umschwebte sie, unsichtbare Finger wühlten in ihrem Haar.

»Ich verspreche nichts«, sagte Jonn.

Nerenike lachte spöttisch. »Was glaubst du, warum ich dich zu mir gerufen habe, fuchshaariges Mädchen? Weil ich mir aus deinem Haar noch eine Zier für meine Gerte machen will? Nein, Prinzessin Jonnvinn. Ich wählte dich, weil du diejenige bist, der am meisten am Leben meines Sternäugigen liegt!«

Jonn wurde rot und begriff, dass ihre Gefühle sie nackter machten als die Dämonin.

»Kasch Sadi«, sagte Nerenike sanft und die Luft hielt auf der Stelle den Atem an. Der Wind hörte auf, an Jonns Haar zu zerren. Mit einem Satz schwang sich Nerenike auf den Rücken der Martiskatze. »Du rettest ihn – oder du stirbst mit ihm. Ich habe dein Pfand.«

»Halt!«, schrie Jonn. Sie schüttelte Gulunk ab, der immer heftiger an ihrem Mantel zupfte, um sie zum

Schweigen zu bringen. »Was ist mit den Nelai? Und Nive?«

»Du beginnst mir auf die Nerven zu gehen«, sagte Nerenike. »Deine Schwester interessiert mich nicht. Sie hat Hilfe genug.«

»Eine verräterische Sandträgerin – gegen Hunderte von Linlan!«

»Die Sandträgerin ist mächtiger, als Menschen glauben.«

»Und wenn sie getötet wird?«

»Das ist unwahrscheinlich«, sagte Nerenike und lächelte schmal wie ein Sichelmond. »Sie ist unsterblich.«

Mit einem scharfen Knall sauste die Knochengerte auf die Flanke der Katze nieder. Das Tier fauchte und schoss davon. Verblüfft sah Jonn der Dämonin nach, wie sie auf dem Martis über die Felsen sprang und verschwand.

*

»Du hättest sie beinahe erzürnt«, hörte sie Gulunks tadelnde Stimme irgendwo neben sich. Mit zitternden Knien ließ sie sich auf dem Boden nieder. Kein Lufthauch berührte sie. Lediglich ein kleiner Wirbel hielt sich in respektvoller Entfernung wie ein Kind, das einen Klaps auf die Finger bekommen hatte und sich nun nicht mehr heranwagte.

»Jara ... gehört sie zu den Nelai?«

Gulunk hob die borkigen Brauen. »Woher soll ich das wissen! Ein Mensch ist sie, sonst nichts.« Seinem Tonfall nach hätte er statt Mensch ebenso gut »Abfall«

sagen können. Er kreischte auf, als sie ihn bei den knorrigen Schultern packte. Mit erstaunlicher Kraft wand er sich heraus und machte einen Satz zur Seite. »Wahnsinnig geworden?«, keuchte er und rieb sich Sand auf die Schultern. »Weißt du, wie viel Wasser du im Körper hast? Reicht es nicht, dass ihr mich mit der Gegenwart dieses Wasserbechers in Form eines Pferdes gefoltert habt?«

»Ich hätte Lust, dich zu einem Fluss zu schleppen und die Wahrheit aus dir herauszuschrubben!«, schrie Jonn. »Was weißt du noch?«

Gekränkt verzog er den Mund. »Es gibt keinen Grund, mich zu demütigen. Wenn ich dich nicht ins Dämonland gezogen hätte, dann würde hier ...«, er deutete auf ihr Brustbein, »... eine Axt stecken. Und wenn ich dich so reden höre, hätte ich gute Lust, dich zu den Linlan zurückzuschicken, damit sie ihre Äxte an deiner scharfen Zunge wetzen.«

»Gut, ich werde dich nicht mehr anfassen. Aber sag mir, was du über Jara weißt!«

Sein Blick drückte unverhohlenen Triumph aus. »Dein Sandmädchen ist älter, als ihr alle denkt. Mehr weiß ich auch nicht. Und an deiner Stelle würde ich ihr nicht in die Quere kommen.«

»Sie ist mir schon längst in die Quere gekommen«, knurrte Jonn. Sie vergrub den Kopf in den Händen und dachte nach. »Die Linlan sind also Grenzgänger«, flüsterte sie. »Und sie sind vor ihren Herren ins Land der Menschen geflohen.«

»Viele Menschen gab es damals in der Wüste nicht.«

»Und als Nelai kam?«

»Verloren sie die Wüste für viele hundert Sommer. Sie waren gezwungen sich in die trockenen Berge zurückzuziehen.«

Die Lösung war so einfach, dass sie laut lachen musste. Sie schlug sich mit der Hand an die Stirn. »Das Wasser!«, rief sie. »Natürlich! Die Geschichte von Nelai und Franik! Die Dämonin wurde menschlich, Wasser rann aus ihren Haaren – die Linlan fürchten, dass die Nelai das Wasser ins Land zurückbringen.« Schlagartig wurde sie wieder ernst und sah Gulunk an. »Müsstest du nicht alles daransetzen um zu verhindern, dass Nive und Jara die Nelai erwecken?«

»Och«, sagte Gulunk. »Mir kann es gleichgültig sein. Ich bin einer der Grenzgänger, dem die Dämonen wohlgesinnt sind. Ich kann jederzeit ins Dämonland zurückkehren. Die geflohenen Linlan des Nordens aber dürfte hier keine schöne Zukunft erwarten. Nein, meine Aufgabe ist, dir zu helfen Nerenikes Geschichtenjäger zu retten.«

»Du redest wirklich wie ein Sklave«, erboste sich Jonn. Gleichmütig hob der Linlan die Schultern.

»Besser Nerenikes Sklave als ihr Feind.«

»Warum fliehst du nicht ebenfalls?«

Gulunk seufzte tief und schüttelte den Kopf. »Im Dämonland denken wir nicht in Sommern oder Zahlen. Du siehst ja, jeder Sklave muss fürchten irgendwann wieder zu seinem Herrn zu kommen. Mein Plan ist, eines Tages von Nerenike freigelassen zu werden. Es wird mir gelingen. Dämonen sind launisch, aber manchmal in ihrer Großzügigkeit unvorsichtig.«

»Und was würde deine Herrin dazu sagen, dass du

Aufträge für die Menschen ausführst? Du arbeitest für Ondyr!«

Sein diebisches Grinsen beantwortete ihre Frage. »Weißt du, Jonnvinn, manchmal ist es besser, seine eigenen Wege still zu gehen und die Martiskatzen nicht aufzuscheuchen. Und genau das sollten wir nun auch tun: unseren Weg still weitergehen.« Mit diesen Worten drehte er sich um und ließ sie einfach stehen.

In dem seltsamen Sand, der die Ebene bedeckte, hinterließen Gulunks Füße keine Spuren. Farben und Formen neckten Jonn, während sie dem Linlan hinterherrannte. Ein Baum, der sich eben noch rechts von ihr befunden hatte, nutzte den Augenblick der Unachtsamkeit, um links von ihr wieder aufzutauchen. Obwohl Gulunk langsam über den Sand schritt, brauchte sie lange, um ihn einzuholen. Wie in einem Traum kam sie kaum von der Stelle.

»Ich habe also die Wahl zwischen dem Buchtfieber und dem Eisblut«, rief sie. »Weckt Nive die Nelai, wird ein ... Woran sie und viele andere töten. Die Linlan sterben im Wasser oder müssen zu ihren Dämonenherren zurückkehren. Verhindere ich Nives Plan, werden die Linlan uns finden und Narmin töten – und Nerenike daraufhin mich.«

»Jonnvinn«, sagte Gulunk mit echter Anteilnahme. »In Augenblicken wie diesen bin ich froh kein Mensch zu sein.« Sie öffnete den Mund, als er ihr plötzlich einen Stoß versetzte, der ihr die Luft nahm. »Und nun geh!«, sagte Gulunk liebenswürdig.

Sie stolperte und fiel. Die Wüste wurde transparent wie Nebel. Nur noch schemenhaft erkannte sie die hohlen Augengruben des grinsenden Linlan. Mit letzter Kraft hielt sie sich noch einen Moment am Zipfel dieser fremden Welt fest. »Und du?«, keuchte sie.

»Ich«, sagte Gulunk, »nehme die Treppe.«

Der Wächter

Sie trudelte durch ein Gespinst aus Zeit und Nebelfäden. Die Fäden wurden zu einem klebrigen Spinnennetz, die Zeit zur wirbelnden Hand eines riesenhaften Spielers. Wie ein Kolpstein wurde Jonn auf etwas Hartes geworfen. Staub fing sich in ihrem Mund und ihr Ellenbogen schürfte mit einem hässlichen Schleifen über Fels, dann bremste der Hieb einer Steinfaust ihre Schlitterpartie. Ihr Hinterkopf schien in Scherben zu fallen. Sie stöhnte und ertastete eine Felswand, gegen die sie mit voller Wucht geprallt war. Sie war sich noch längst nicht sicher, ob ihre Knochen alle an den richtigen Stellen saßen, als sie einen erstickten Ausruf hörte. Ein Schatten fiel auf ihre geschlossenen Lider. Sie schlug die Augen auf und sah Narmin. Als er erkannte, dass sie bei Bewusstsein war, zeigte sich ein erleichtertes Lächeln auf seinem Gesicht.

»Jonn!«, sagte er leise. »Wo kommst du her?« Noch nie war ihr aufgefallen, wie gern sie ihn betrachtete. Er hatte jegliche Fremdheit verloren und erschien ihr nun unendlich schön und liebenswert.

»Elis sei Dank!«, ließ sich Karis' Stimme vernehmen, dann erschien auch der Stalljunge in ihrem Blickfeld. Das helle Haar war zerzaust, aber die hellgrünen Augen funkelten. »Wir dachten, du wärst geflohen! Die Schamanen haben uns in dem Moment entdeckt, in dem du aus der Höhle gekrochen bist. Wir haben sie in dem Glauben gelassen, dass du noch irgendwo im Labyrinth bist. Wie kommst du hier rein?«

»Gulunk hat mich vor den Linlan gerettet. Ich war – im Dämonland.«

Sie wunderte sich, dass sie ihr nicht die Hände entgegenstreckten oder ihr aufhalfen. Verwirrt sah sie sich um und erkannte, dass sie in einer Höhle saßen. Der Eingang war mit einem Gitter aus Pfählen versperrt. Sie sahen erschreckend unnachgiebig aus. Jetzt erst bemerkte sie auch die smaragdgrünen Schlangenhäute an Karis' Armen.

»Ihr seid gefesselt!«, flüsterte Jonn. Mühsam zog sie sich in eine sitzende Position hoch.

»Und zwar mit feuchter Schlangenhaut.« Narmin verzog das Gesicht. »In der Hitze zieht sie sich immer mehr zusammen. Aber zumindest haben sie uns nicht getötet – noch nicht. Noch suchen sie dich.«

Niedergeschlagen nickte Karis, doch dann hellte sich sein Gesicht auf. »Aber jetzt werden wir hier rauskommen!«

Jonn suchte nach ihrem kleinen Wundmesser und stellte erleichtert fest, dass es immer noch fest verschnürt in ihrem Beutel am Gürtel steckte. Karis drehte sich um und streckte ihr seine gefesselten Hände entgegen. Tief hatte sich die Schlangenhaut in das Fleisch gedrückt, die Finger waren geschwollen und blaurot angelaufen.

»Haben sie vor, euch zu Krüppeln zu machen?«, erboste sich Jonn. Karis seufzte erleichtert auf, als die Schlangenhaut absprang. Jonn beeilte sich, auch Narmin zu befreien. Zu ihrer Überraschung war das Erste, was er tat, sich umzudrehen und sie in die Arme zu nehmen. Einen Augenblick gab sie der Versuchung nach und schloss die Augen. Dann schreckte ein Geräusch sie auf.

Karis lauschte. »Keine Gefahr«, wisperte er dann. »Sie haben uns eben erst ein bisschen Wasser gebracht.«

»Ich weiß, wo Nive ist«, sagte sie leise. »Auf dem Grabberg! Sind Wachen vor der Höhle?«

Karis schüttelte den Kopf. »Ihr Lager ist etwa hundert Schritte von hier. Sie sind sich sehr sicher, dass wir nicht fliehen können.«

»Können wir auch nicht«, warf Narmin bitter ein. »Sie haben einen Bannkreis vor die Höhle gelegt. Ohne Magie kommen wir hier nicht raus.«

Jonn erschrak, als Karis sich ihr zuwandte. »Nein! Ich kann nicht.« Die Angst vor den Schatten, vor dem lichtlosen Land überwältigte sie.

Karis' Gesicht verhärtete sich. »Jonn, erzähle keine Geschichten. Dein Vater ist der wichtigste Magier von Tjärg. Ich weiß, dass du es kannst. Als Kind hast du alle möglichen Zaubereien erprobt.«

Erstaunt verfolgte Narmin die Auseinandersetzung, mischte sich jedoch nicht ein.

»Wir brauchen Magie!«, beharrte Karis. »Das ist leicht für dich, ich weiß es!«

»Ich kann nicht! Glaubst du, ich könnte gegen den Bannzauber von Schamanen bestehen?«

»Jonn, du redest schon wie mein Großvater, der sich davor fürchtet, dass ihn jeder Schritt dem Grab näher bringt. Was haben wir zu verlieren?«

Entgeistert starrte sie ihn an. »Unser Leben vielleicht?«

Karis' Augen funkelten in hellem Grün. Er sah aus wie ein Krieger und sie fragte sich, an welcher Wegbiegung sie den schüchternen Stalljungen verloren haben mochte.

»Du *bist* mein Großvater!«, sagte er voller Verachtung. »Unser Leben verlieren wir so oder so, wenn wir hier bleiben.«

»Gulunk wird uns helfen! Er muss jeden Moment hier sein!«

»Woher weißt du das?«

»Ich habe ... ein Versprechen.«

»Niemand wird uns helfen, Jonn. Niemand!« Wütend rieb Karis seine geschwollenen Handgelenke. Narmin wollte mit einer beschwichtigenden Geste seine Schulter berühren, aber Karis sprang auf und schlug seine Hand weg. Als sei der Sternenmensch gar nicht im Raum, wandte er sich an Jonn. »Wann wirst du endlich aufhören nur daran zu denken, was du willst oder was du kannst? Ich weiß nicht, was geschehen ist, dass du dich vor der einfachsten Magie fürchtest, aber jetzt ist der beste Zeitpunkt dafür, diese Furcht, die du uns selbst jetzt wie ein Heiligtum zu verehren zwingst, zu opfern. Denke einmal an mich – denke an Narmin!«

»Lass sie in Ruhe!«, zischte ihm Narmin zu. Mit einem Satz war er bei ihnen und stellte sich zwischen Jonn und Karis.

»Lass du mich in Ruhe!«, fauchte Karis ihn an. »Was wirst du mit mir tun, Narmin? Mich niederschlagen?«

Narmin musste hochschauen, um in Karis' wütendes Gesicht zu sehen, aber er wich keinen Schritt zurück. »Wenn es sein muss, werde ich es tun, und wenn du mir anschließend den Arm brichst«, erwiderte er ruhig. »Kann es sein, dass du es bist, der nur an sich denkt? Du machst dir Sorgen um Nive, ich verstehe das, aber falls deine Augen getrübt sein sollten, sage ich es dir noch einmal: Ich mache mir Sorgen um Jonn, denn ich sehe, dass sie Angst hat. Kein Zauber, der mit Angst gewoben wird, kann uns retten. Außerdem vertraue ich ihr. Im Gegensatz zu dir, Karis.«

Karis' Faust schnellte vor und traf Narmin ins Gesicht. Der Sternenmann ging zu Boden.

»Hört auf!«, zischte Jonn, aber Narmin war bereits wieder auf den Beinen und ging auf Karis los. Staub erhob sich vom Boden. Jonn stürzte sich auf dieses Bündel von fliegenden Fäusten und verknoteten Gliedmaßen.

»Hört auf!«, fauchte sie Karis ins Ohr. Sie trat und zerrte, ein Fausthieb traf sie in die Rippen und ließ sie nach Luft schnappen, aber sie ließ nicht los. Endlich gelang es ihr, die beiden auseinander zu bringen. Wutentbrannt sahen sie sich an, dann schien ihnen nach und nach klar zu werden, dass sie sich eben wie die Kinder geprügelt hatten. Narmins Fäuste öffneten sich.

»Wir müssen hier raus«, sagte Karis heiser. Er vermied es, Jonn anzusehen, und rieb sich seine schmerzende Hand, die vom Schlag gerötet war. »Dann hoffe ich nur, dass Gulunk bald kommt.« Er ging zu den Gittern und setzte sich wie eine Wache davor. Oder wie ein Tier, das durch die Stäbe seines Gefängnisses blickt, dachte Jonn. Sie zitterte am ganzen Körper. Ihr Kopf schmerzte, als würde ein Ranjög auf ihrem Scheitel stehen und im Takt ihrer Herzschläge mit dem Vorderhuf aufstampfen.

Narmin ging zur hinteren Felswand, wo er sich, so weit von Karis entfernt wie möglich, hinsetzte.

*

Gulunk kam nicht. Das Einzige, was sich in die Höhle wagte, war ein Skorpion, der sofort in eine Spalte floh. Nicht gerade beruhigend, in einer dunklen Höhle zu sitzen, in der sich irgendwo das Spinnentier versteckte. Die Gitterstäbe schnitten das Mondlicht in dünne Scheiben. Ein Lichtstrahl beleuchtete Karis' Stirn, die er an die Gitterstäbe lehnte. Jonn staunte über seine Fähigkeit, jetzt schlafen zu können. Sie selbst war so wach, dass jedes Rascheln und Knistern sie aufschreckte. Wo Nive jetzt wohl sein mochte? Die Worte der Dämonin kamen ihr in den Sinn. Die Sandträgerin war eine mächtige Magierin. Nun, dachte Jonn grimmig, das hoffe ich – für Jara. Die Dunkelheit schien eine gute Nahrung für die Verzweiflung zu sein, denn diese wuchs und blähte sich mit jedem Augenblick, den sie tatenlos hier verbrachten, weiter auf. Vielleicht hatte Karis Recht. Sie war feige. Sie traute sich nicht einmal, Narmin zu sagen, was Nerenike ihr über den Mord an seinem Volk verraten hatte. Er würde sie hassen, wenn er erführe, dass die Geschichte um Nive und den verbotenen Sand die Linlan aufgehetzt hatte. Zögernd hob sie ihre rechte Hand und betrachtete sie. Obwohl sie im Schatten saß, erkannte sie jede Einzelheit, jede Linie und – die feine Zeichnung von drei Sichelmonden, die im Dreieck auf ihrer Handfläche angeordnet waren. Die Blutmonde, das Zeichen der Woran. Bald würden sie erhaben und deutlich sein wie Narben – und todbringender als jedes Schwert. Jonn schloss die Augen und gestand es sich endlich ein: Sie hatte den Fluch geweckt. Im selben Moment, als sie sich dazu entschlossen hatte, Narmin mit Woranmagie vor den Schamanen zu retten und die Schatten zu rufen. Ein bitteres Lächeln huschte über ihr Gesicht. Und sie hatte sich eingebildet, in wenigen Tagen wieder nach Tjärg zurückreiten zu können. Der Gedanke an ihre Eltern, von denen sie sich nicht verabschiedet hatte, tat weh.

Als sie sich verstohlen die nasse Wange an dem Kiltstoff ihres Mantels rieb, fiel ihr auf, dass Narmin wach war. Als er Jonns Blick bemerkte und ihr zulächelte, kroch sie zu ihm und setzte sich neben ihn. Ohne sich Gedanken zu machen lehnte sie sich an seine Seite und er ließ es zu und schwieg.

»Ich schulde dir noch etwas«, flüsterte sie ihm zu. »Die Geschichte von ... Nive und Jonnvinn.« Sie war ihm dankbar dafür, dass er ihr keine Antwort gab, aber an der Anspannung in seinen Schultern spürte sie, dass er aufmerksam lauschte.

»Du hast sie nur verwundet und krank gesehen«, fuhr Jonn fort. »Aber sie ist schön, sie lacht und singt gern. Und sie betört alle Menschen, die sie kennen. Doch es gibt etwas, das ihre Schönheit stört.« Sie hob ihre linke Hand in den Mondstrahl.

»Ihre Hand. Es fehlen zwei Finger«, sagte Narmin. »Ich habe es bemerkt.«

»Als wir Kinder waren, ritten wir gemeinsam in den Wald. Nive war kleiner als ich und ritt ein Pferd, das zu groß für sie war. Es scheute vor einem Hallgespenst und ging durch.« Sie schluckte. »Ich versuchte sie einzuholen, aber es war zu spät – ein Ranjög erschien auf der Lichtung. Es griff an, tötete das Pferd und verletzte Nive schwer. Einen ganzen Mond lang lag sie mit gebrochenen Knochen im Zelt. Ihre Hand war zerschmettert, die beiden Finger fehlten.« Traurig lächelte Jonn. »Du fragst dich bestimmt, wie ich sie retten konnte. Nun, es war Glück. Mein Pferd konnte dem Ranjög ausweichen, ich zog Nive mit dem Schleuderriemen vor mich aufs Pferd und floh.«

»Dann bist du eine Heldin«, sagte Narmin so leise, dass sie ihn kaum hören konnte.

»Das wäre ich«, antwortete Jonn ebenso leise. »Wenn die Geschichte nicht eine Lüge wäre.« Ihr Puls hämmerte in ihren Schläfen und verschlimmerte den Kopfschmerz wieder. Sie drängte das Schluchzen in ihrer Kehle zurück und sprach weiter. »Nive hat diese Geschichte erfunden, noch im Lager, als unser Onkel Jolon, der Heiler, sie blutend und zerschmettert aus meinen Armen zog. Er und die anderen haben ihr geglaubt und es mir leicht gemacht, zu schweigen. Nive hat die Geschichte so oft erzählt, ich wusste bald nicht mehr, ob sie sich vielleicht wirklich nicht mehr an die Wahrheit erinnern konnte. Ich habe ihr niemals widersprochen. Nie haben wir die wahre Geschichte erzählt. Niemandem, bis heute nicht.« Narmin wollte sich zu ihr umwenden, aber sie grub ihre Finger in seinen Arm. »Nein! Sieh mich nicht an. Hör nur zu. Du weißt, dass mein Vater einer der mächtigsten Magier von Tjärg ist? Er spielt die Stabharfe mit der linken Hand und singt schöner als ein Perlvogel zu Winterbeginn. Ich hatte nie das

Talent zur Musikmagie, aber schon als Kind wollte ich so werden wie mein Vater. Ich hatte die Begabung, mit meinen Händen Zauber zu weben, ich ließ Bande entstehen und Fesseln zerspringen. Ich übte mich im Spiegelzauber und dachte daran, eine mächtige Shanjaar zu werden – das sind bei uns im Wald die Magier, die zugleich Heiler sind. Der Bruder meines Großvaters, Onkel Jolon, gehört zu ihnen. Nive bewunderte mich. Aber ich wollte zu viel. Immer wieder warnte mein Vater mich davor, mit dem Zauber zu spielen, doch ich versuchte mich an immer neuen Kunststücken. Und einmal, als es mir gelungen war, ein durchgegangenes Pferd mit den magischen Fesseln zu binden, hatte ich eine Idee, wie ich meinem Vater und meinem Onkel beweisen konnte, dass ich so weit war, eine Schülerin zu werden. Das Herbstfest stand bevor und die Jäger machten sich bereit für die Jagd. Seit jeher bekommt der Jäger, der das erste Ranjög erlegt, den Ehrenplatz an der Festtafel im Burghof. Es war einfach, Nive zu überreden. Wenn ich ihr gesagt hätte, dass ich den Mond vom Himmel pflücken und die Ranjögs auf der Wiese tanzen lassen kann, sie hätte es mir geglaubt. Am Jagdtag vor dem Herbstfest ritten wir los. Ich hatte Seile und ein Sichelmesser mitgenommen. Meine Ymolpfeile, mit denen wir die Ranjögs töten, hatte ich im Zelt gelassen. Ich war verblendet von meiner Kraft. Unbemerkt hatten wir die beiden schnellsten Pferde von der Weide geholt und gesattelt, lange bevor die ersten Jäger wach wurden. Nive sah aus wie ein Waldgeist – winzig wirkte sie auf dem riesigen Pferd und sie strahlte, als wir im Morgennebel durch den roten Wald preschten. Es dauerte nicht lange, bis wir eine Ranjögspur hatten. Wir folgten der Herde im Windschatten. Mein Plan war, ein Tier aufzuspüren, das sich abseits der Herde hielt. Es gibt immer einige Einzelgänger, die der Herde in weitem Abstand hinterherlaufen. Und wir fanden es. Es war ein großartiges Abenteuer für uns. Und während das Ranjög innehielt und witterte, trieben wir unsere Pferde an und brachten es auf unsere Spur. In aller Ruhe begann ich den Zauber zu knüpfen – wie einfach es war! Das Tier folgte uns wie geplant bis zu den Skalitfelsen, meine Magie hemmte seinen Schritt, es schnaufte hinter uns her, konnte uns jedoch nicht erreichen. Sobald wir bei der Schlucht waren, wollte ich Steine auf das Ranjög herniederprasseln lassen – Steine gehorchten mir am besten. Doch dann ... fühlte ich, wie die Magie mir entglitt. Das Ranjög wurde schneller, es schüttelte den Bann ab und holte auf. Plötzlich galoppierte es neben Nives Pferd! Nive schrie auf, als das Horn des Ranjögs sich in ihr Bein bohrte. Ich rief die Steine, aber es war zu spät. Der halbe Berg schien auf uns zuzurutschen. Ein Hagel von kleineren Steinen begrub Nive unter sich. Ich ... sah meine Schwester und erkannte, dass ihre Hand unter einem Fels eingeklemmt war. Und nicht weit von ihr schüttelte das Ranjög Steinstaub und Felsbrocken einfach ab und kam wieder auf die Beine. Ich konnte nichts tun, die Magie war geflohen. Das Ranjög würde meine Schwester töten. Nive schrie und flehte mich an. Ich brach ihr beinahe den Arm beim Versuch, ihre Hand zu befreien, während das Ranjög auf uns zustürmte. Es war hoffnungslos. Da nahm ich mein Sichelmesser, das dafür bestimmt gewesen war, ein Ranjögohr als

Beweis meiner Kraft abzuschneiden, und trennte Nives Finger ab.« Die alte Übelkeit regte sich wieder in ihr, dasselbe Bild aus Tausenden von Albträumen bemächtigte sich ihrer. »Wir sind entkommen«, schloss sie leise. »Und Nive hat dafür bezahlt.«

Karis seufzte im Schlaf auf und verlagerte sein Gewicht.

»Schuld ist eine starke Fessel«, sagte Narmin. Sie war ihm unendlich dankbar, dass seine Stimme so tonlos klang, als hätte sie ihm etwas ganz Gewöhnliches erzählt.

»Und nun verstehe ich, warum du Heilerin werden musstest und dass du seitdem die Magie nicht mehr berühren möchtest.«

Für einen irrwitzigen Augenblick fasste sie den Plan, einfach zu fliehen. Nive hatte sich entschieden, aber sie und Narmin konnten fliehen, zurück nach Tjärg, wo sie sicher waren vor Dämonen und Feuern, vor den Woran und den Schamanen. Und dort erklärst du ihm, dass du zur Woran wirst und deine Schwester die Schuld am Tod seines Volkes trägt?, flüsterte ihr die Stimme der Vernunft zu. Er wird Nive hassen. Nive und dich. Narmins Finger strichen über ihre Wange. Im Dämmerlicht sahen seine Augen mehr denn je aus wie erloschene Sterne.

»Du weinst«, sagte er sanft.

Sie schluckte und wischte sich mit der Hand über die Augen. »Mein Kopf tut weh. Nichts weiter.«

»Kopfschmerzen sind das Hohngelächter der Dämonen«, sagte er mit einem Anflug seines alten Spotts.

Unter Tränen musste Jonn lächeln. »Dann finden sie mich gerade unglaublich lustig.«

Lang gezogene Klagelaute ließen sie zusammenzucken.

»Es ist nichts«, beruhigte Narmin sie. »Nur eine Jammerschlange. Sie spüren den Bannzauber und suchen die Berührung mit der Magie.« Erst jetzt bemerkte sie, dass er ihre rechte Hand genommen hatte und sie in der seinen wärmte. »Deine Finger sind so kalt«, sagte er.

Verlegen entzog sie ihm ihre Hand und rutschte von ihm weg. Es gab keinen Weg zurück. Sie hatte den Fluch geweckt – und vielleicht war es richtig so. Vielleicht war es die einzige Möglichkeit, Narmins Leben zu retten. Sie hoffte, er würde nicht bemerken, wie kläglich ihre Stimme klang. »Wenn wir Glück haben, ist der Bannzauber nicht so stark, dass ich ihn nicht brechen kann.«

*

Es war lange her, viel zu lange. Jonn wischte sich die Hände an ihrem Hemd ab und warf einen unsicheren Blick zu Narmin und Karis. Sie standen an der Seite der Höhle, mit dem Rücken zur Felswand. Die Anspannung war ihnen anzusehen. Karis schenkte ihr ein flüchtiges Lächeln und nickte ihr aufmunternd zu. Jonn drehte sich zum Pfahlgitter um und hob die Hände. Die einfache Geste fiel ihr so schwer, als müsste sie sich gegen unsichtbare Mauern stemmen. Behutsam tastete sie mit den Gedanken nach den richtigen Worten. Der Bannkreis regte sich wie eine erwachende Schlange. Jonn schloss die Augen. Da war sie, die Magie, greifbar und nahe, eine Fessel, die schwer zu lösen war. Knoten gleich lagen die magischen Formeln ineinander verschlungen und bildeten ein lückenloses pulsierendes Band. Behutsam befühlte Jonn die Knoten, die die Schamanen geknüpft hatten. Es kostete sie Zeit, zu viel Zeit. Schon jetzt war sie erschöpft, aber sie machte weiter, lockerte den Zauber, murmelte die Worte, die nötig waren. Schon wurde sie ungeduldig – das war ein Fehler. Der Skorpion ging vor ihr in Position, als hätte sie ihn gerufen, und hob ihr die Scheren entgegen. Der kurze Augenblick der Ablenkung genügte. Ein weiteres Händepaar aus Licht löste sich von ihren sonnenverbrannten Fingern. Sie keuchte vor Anstrengung, die Magie zu halten. Es war, als wollte sie Wasser mit einem Fischernetz auffangen. Die Tropfen entwischten, dann glitt ihr auch noch das Netz aus den Händen.

»Runter!«, flüsterte sie Karis und Narmin zu und ließ sich zu Boden fallen. Sie presste das Gesicht in den Boden und hörte Karis aufkeuchen, dann fegte Hitze über sie hinweg. Es roch nach versengtem Haar. Im Morgenlicht wirkte Karis so blass, dass er wie Narmins Bruder aussah.

»Und du hast behauptet, dass ich es kann?«, zischte Jonn ihm zu. »Stell dir vor, was erst passiert, wenn ich versuche mit Magie zu heilen!«

Die Erkenntnis, versagt zu haben, machte sie wütend. Sie rieb sich die Hände und presste die Lippen zusammen. Karis riss die Augen auf und deutete auf die Pfähle. Sie fuhr herum, jedes Haar im Nacken aufgestellt in der Erwartung, die Schamanen zu sehen. Doch es waren nur Schatten. Sie tauchten aus dem Nichts aus, huschten über den Boden und erhoben sich vor dem Gatter – eine Wand aus wartenden Silhouetten. Jonn lächelte, streckte die Hände aus und erlaubte ihnen einzutreten. Hinter sich hörte sie Karis' erstickten Aufschrei, aber schon lachte sie, als die Schatten über ihre Haut glitten. Sie konnte sie nicht aufhalten – und sie wollte es auch nicht mehr. Amina hatte Recht gehabt. Es war eine Verführung. Und nur zu gern gab Jonn ihr nach. Gierig trank sie die Dunkelheit und die Woranwelt tat sich vor auf. Sie blickte in die Welt der Schönheit, in schattige Gefilde und stechend klare Düsternis, kalt und glitzernd wie ein Insektenauge und ebenso perfekt. Ihre Handflächen pochten. Holz explodierte mit einem trockenen Knacken, dann regneten Funken auf sie herunter, hinterließen winzige Brandspuren auf ihrer Haut. Als sie wieder klar denken konnte, bemerkte sie, dass Narmin und Karis ganz hinten in der Höhle kauerten, eng zusammengerückt, die Köpfe mit den Armen schützend, die Gesichter gegen den Fels gepresst. Nur langsam wagten sie die Arme zu senken. Da, wo die Holzpfähle den Himmel zerteilt hatten, gähnte nun ein rauchendes Loch. Und das, was der Boden sein sollte, bestand aus Tausenden winziger Gliederkörper, die in Panik übereinander krabbelten, sich überschlugen und verzweifelt nach einem Weg aus dem Licht suchten. Skorpione, bunt wie der Flügel eines Perlvogels. Die Schatten waren verschwunden, doch Jonn konnte spüren, wie sie unter ihrer Haut nisteten, sich an sie schmiegten wie Katzen.

»Raus hier!«, rief Narmin und schon sprangen sie auf, schüttelten sich und schlugen die Skorpione von der Kleidung, die sofort die Flucht ergriffen und in den Ritzen und Felsspalten verschwanden. Erleichtert stürzten sie dann nach draußen. Ein Bogen aus geschmolzenem Sand zeigte an, wo der Bannkreis sich befunden hatte. Jonn zögerte. »Kommt!«, herrschte Narmin sie an. »Die Sonne geht schon auf!«

Jonn blickte sich um und sah die Helligkeit, die den Geröllhaufen, der auf dem Platz vor der Höhle lag, zu einer langen schlafenden Echse aus Basalt zu machen schien. Sie stutzte und schaute genauer hin. Bevor ihr Auge verstand, begriff ihr Herz und begann wie verrückt zu trommeln.

»Habt ihr nicht gesagt, es gibt hier keine Wächter?«, sagte sie. Zwei Nickhäute klappten zu und wieder auf und enthüllten ein türkisfarbenes, ausdrucksloses Auge. Eine Zunge schoss aus dem kantigen Maul und schmeckte die Luft, dann erhob sich der Hügel und stand auf vier Echsenbeinen.

»Verdammt«, stieß Karis hervor.

Die Echse zischte und fegte los. Jonn erlebte in diesem Moment das, was sie nur bei ihrer allerersten Ranjögjagd gesehen hatte: Die Zeit dehnte sich. »Rennt!«, hörte sie sich schreien, während sie sich im Laufen duckte und einen handtellergroßen Steinbrocken auflas. Die Echse hatte ziemlich große Augen, die sich gut vom grauen Panzer abhoben. Ein Vorteil für Jonn. Sobald sie den Stein in die Lederwiege eingelegt hatte, rannte die Zeit wieder los. Jonn vernahm Karis' Schritte und das donnernde Schleifen der Echse. Instinktiv flüchteten sie in verschiedene Richtungen. Jonn schlug einen Haken und nutzte den Schwung um sich umzublicken. Gerade rechtzeitig um zu sehen, wie das Ungetüm Karis zu Fall brachte. Mit tödlicher Zielsicherheit schoss das zahnbewehrte Maul nach unten. Jonn konnte Karis' Bewegung nicht sehen, aber sie ahnte, was er vorhatte. Blitzschnell kroch er unter den Bauch der Echse. Zähne klackten in die Luft, dann drehte sich die Echse um ihre Achse. Der Schwanz wirbelte Staub auf. Mit dem Auge der Jägerin hatte Jonn das winzige Zeitfenster ausgemacht, an dem die Echse verharren würde. Der Schleuderstein schoss los. Im selben Augenblick traf ein anderer Stein das Maul. Die Echse fegte herum. Jonns Geschoss verfehlte ihr Auge. Ein schuppenbewehrtes Bein traf Karis und schleuderte ihn auf das Geröllfeld. Narmin war stehen geblieben und hob einen zweiten Stein auf, den er in Richtung der Echse warf.

»Geh mir aus dem Weg!«, brüllte Jonn ihm zu. In einem verschlossenen Kämmerchen ihres Kopfes machte ein verschlafener Gedanke die Tür auf und rief ihr zu, dass es keine gute Idee war, herumzuschreien. Gleich würden die Wassersucher auf den Platz stürmen und sie dem Ungeheuer zum Fraß vorwerfen. Narmin sah sich um und ließ den zweiten Stein, den er bereits zum Wurf erhoben hatte, fallen. Karis lag zwischen ihm und der Echse. Und in diesem Moment schienen Narmin und die Echse exakt dasselbe zu denken. Wie auf ein geheimes Kommando begannen beide zu rennen. Krallen kratzten den Boden auf und ließen Steinsplitter umherfliegen. Jonn fluchte und schickte ein Stoßgebet zu Elis und allen Göttern des Waldes. Ihr zweiter Schleuderstein traf das Echsenauge. Der mächtige Kopf zuckte beiseite. Die Beine kamen aus dem Takt, dann überschlug sich das Untier, schlingernd und zuckend wie eine gewaltige Eidechse. Benommen setzte sich Karis auf und erstarrte. Die Echse schlitterte auf ihn zu. Viel zu langsam kam Karis auf die Beine. Narmin beschleunigte sein Tempo. Nie hätte Jonn gedacht, dass ein Mensch so schnell sein könnte. Er sah aus wie ein Raubtier, das der Echse die Beute wegschnappen wollte. Gerade als das zappelnde Untier Karis erreichte, um ihn wie eine Steinlawine unter sich zu begraben, packte er Karis und riss ihn um. Wie zwei Kämpfende rollten sie zur Seite, bis der Schwanz der Echse ihnen noch den letzten Hieb versetzte und sie endgültig außer Reichweite schleuderte. Am liebsten hätte Jonn im Triumph aufgeschrien, aber sie sah, wie die Wächterechse wieder auf die Beine kam. Dunkelrotes Blut tropfte aus der zerschmetterten Augenhöhle. Doch das zweite Auge sah noch.

Karis und Narmin rappelten sich auf und liefen in die Richtung, in die Jonn deutete. Geschoss um Geschoss sirrte durch die Luft. Jonn legte den dritten Stein in die Schleuder, dann einen vierten. Die Echse strauchelte, als das zweite Auge getroffen wurde, und trampelte wieder los, taumelnd zwar, aber immer noch erschreckend schnell und entschlossen. Wie ein Leithund führte ihre Zunge sie auf die Spur der Fliehenden. Karis und Narmin erreichten die Biegung und verschwanden hinter ihr. Rufe ertönten und erschrecktes Wiehern, dann trugen Jonns Beine sie ebenfalls bereits mitten in ein Lager. Zwei Schamanen stolperten von einer Feuerstelle weg. Im Hintergrund zerrten etwa zwanzig Wüstenpferde an den Zügeln. Sie waren aufgezäumt und gesattelt, Satteltaschen und volle Wasserschläuche waren an den flachen Echsenledersätteln festgeschnallt. Offensichtlich machte sich das Lager zum Aufbruch bereit. Hinter sich hörte Jonn das Fauchen der Echse. Narmin erreichte die Pferde, kurz bevor sich die ersten losrissen. Mit einem Satz saß er auf einem und griff sich zwei weitere am Zügel. Inmitten der panischen Pferde tauchten blaue Gesichter auf. Jonn fischte im Lauf einen neuen Stein vom Boden und schoss. Einer der Wassersucher schrie auf und fiel. Im nächsten Moment fühlte sie bereits Mähnenhaar unter ihren Fingern und zog sich hoch. Mächtige Echsenkiefer schnappten neben ihr, nach Aas stinkender Atem hüllte sie ein. Das Pferd schoss los. Gemeinsam mit den fliehenden Pferden preschten sie über einen Geröllplatz und wieder um eine Biegung. Jonn hatte erwartet nun Wüste vor sich zu sehen, stattdessen erkannte sie mit Entsetzen, dass sie in ein Felsenrund galoppierten. Der Strom der Pferdeleiber ergoss sie wie Wasser in ein zu enges Becken. Es gab nur noch den Rückzug. Karis winkte Jonn und Narmin hektisch zu. So schnell es ging, zwangen sie die widerspenstigen Pferde zur Umkehr und ritten der Echse entgegen. Ein verletztes Pferd lag auf dem Weg, die Echse fauchte und grub ihre Zähne in dessen Hals. Jonns Pferd scheute, als sie die Echse passierten, und floh dann in gestrecktem Galopp. Sie galoppierten, bis die Rufe der Schamanen längst hinter ihnen verhallt waren, doch immer noch trieben sie die Pferde an. Längst hatten sie die roten Hügel hinter sich gelassen und jagten nun über steinige Wege zwischen Basaltnadeln, die in den Morgenhimmel stachen. Die Erschöpfung zerrte so sehr an Jonn, dass ihr der Gedanke, sich einfach fallen zu lassen und zwischen den Felsen zu schlafen, immer verlockender erschien. Endlich ließ Narmin sein Pferd langsamer gehen, die Pferde fielen in einen erschöpften Trab und blieben schließlich stehen. Jonn tastete nach ihrem Gürtel und fand das samtige Perlmutt des Muschelhorns. Es war Zeit, Libun zu rufen.

»Nein!«, fauchte Narmin ihr zu. »Hörst du es nicht?« Nach einer Weile vernahm auch Jonn das ferne Trappeln von Hufen.

Karis rieb sich den Nacken. Sein geschundenes Gesicht war vor Sorge verzerrt. »Sie folgen uns bereits«, sagte er und sah sich suchend um. Dann überraschte er Jonn mit einem Lächeln. Er trieb sein Pferd seitlich zu einem Basaltplateau, das ihm bis zur Hüfte reichte. »Narmin! Halte mein Pferd!«

Der Sternenmann gehorchte ohne zu zögern. Gemeinsam beobachteten er und Jonn, wie Karis vom Sattel aus auf das Plateau stieg und über die Ebene lief. Der Wind hatte sie so gründlich von Sand befreit, dass keine Fußspur zu sehen war. Am Rande der Platte, wo Geröll und heruntergebrochene Felsbrocken lagen, wuchtete Karis zwei Steine hoch und schleppte sie zu seinem Reittier zurück. »Los, füllt die Satteltaschen! Aber bleibt auf dem Plateau und hinterlasst keine Spuren! Sie müssen denken, dass die Pferde mit ihrer Last auf dem Rücken weitergelaufen sind.« Narmin zögerte keinen Augenblick, sondern sprang ebenfalls ab und half Karis dabei, die Sättel zu beschweren. Jonn hielt die Pferde und nahm die Wasserschläuche herunter. Einer Eingebung folgend durchwühlte sie die Satteltaschen. Viel befand sich nicht darin. Ein blaues Tuch, in dem etwas getrocknetes Fleisch und Früchte eingewickelt waren, und ein

Sichelmesser in einer Lederscheide. Immer näher kamen die Galoppschläge, erste Rufe hallten erschreckend nah und brachen sich an den Felswänden. Endlich waren sie fertig und auch Jonn sprang auf die Platte und ließ die Zügel los. Im selben Moment riss Karis direkt über den Köpfen der Pferde die Arme hoch, als sei er eine Martiskatze, die ihnen auf den Nacken springen wollte. Die mit Steinen beladenen Pferde scheuten und preschten mit angelegten Ohren davon.

Jonn warf sich zwei der Wasserschläuche über die Schulter und rannte geduckt hinter den anderen her zu einem flachen Spalt. Sie verschwendete nur einen sehr kurzen Gedanken daran, ob im Schatten Skorpione oder Jammerschlangen schliefen, und robbte ohne zu zögern in die niedrige Höhle.

Wenig später lagen sie Körper an Körper im Dunkel verborgen und blickten auf das Plateau. Hundertfach verstärkt schienen ihnen die Geräusche in diesem Trichter, so laut, dass sie aus Angst, ihr Atmen würde ebenso laut von den Wänden widerhallen, kaum zu atmen wagten. Das Trappeln wurde noch lauter. Staub erhob sich, aus dem sich nach und nach blaue Tücher und ausdruckslose Maskengesichter herausschälten. Pferdeohren zuckten. Die Schamanen blickten zu Boden, einer deutete auf die Spuren. Jonn fühlte, wie spitze Gliederfüße über ihre Ferse krabbelten, aber sie hielt still. Karis' Körper strahlte Wärme aus, die ihr unerträglich war. Viel zu lange verharrten die Maskierten. Einer der Schamanen wandte sich dem Höhlenspalt zu. Blaue Augen fanden die von Jonn. Ein Schreck jagte durch ihre Körper, dann begriff sie, dass Sic sie nicht gesehen hatte.

Die Schatten schützten sie – er sah nur gähnende Schwärze.

»Tanwä!«, rief er und die Gruppe stürmte los. Die Staubwolke hatte sich noch nicht gelegt, als Jonn und die anderen schon aus der Höhle krochen und ein ganzes Heer von brennbeinigen Asseln aus den Kleidern schüttelten.

Karis nahm einen der Wasserschläuche und reichte ihn Narmin. »Danke!«, sagte er aus tiefster Seele.

»Wofür?«

»Dafür dass du mich der Echse weggeschnappt hast.«

»Das war nur der Dank dafür, dass du mir heute Nacht den Arm nicht gebrochen hast«, erwiderte Narmin und gab den Schlauch an Jonn weiter.

Karis schluckte sichtlich. Eine Schürfwunde an seiner Schläfe glänzte in der Sonne. »Entschuldige«, sagte er zerknirscht. Die beiden Männer sahen sie an. Jonn hob den Schlauch hoch und trank. Das Wasser war lauwarm und schmeckte nach uraltem Felsen, aber trotzdem war es ihr, als hätte sie noch nie etwas so Köstliches getrunken. »Lange werden sie sich nicht täuschen lassen«, meinte sie dann. »Wir sollten weitergehen.«

»Wohin? Wir haben nicht einmal eine Karte.«

Jonn zuckte die Schultern. »Bergauf. Unten warten viele blaugesichtige Freunde auf uns.«

*

Mehr als einmal strich Jonn sehnsüchtig über das Muschelhorn, aber sie wusste, es wäre sinnlos, Libun herbeizurufen. Die Felsen, an denen sie hochkletterten, waren selbst für ein Regenbogenpferd zu steil. Sie sahen aus, als hätte jemand die länglichen Quader wie Spielsteine zu einer verkastelten Wand aufgeschichtet. An manchen Stellen konnten sie sie erklimmen wie eine Treppe, an anderen mussten sie sich gegenseitig hochziehen und große Lücken überspringen. Schwer drückte der Wasserschlauch auf Jonns Schulter. Weit unter ihr erstreckte sich ein zerklüftetes Basaltmeer. Gewaltigen versteinerten Wellen gleich erhoben sich die Wüstenberge in bizarren Windungen in den Himmel oder bildeten Bögen. Sand fing sich in Spalten und Ritzen. Trotz ihrer Erschöpfung berührte Jonn die Schönheit der Wüstenlandschaft und sie verstand plötzlich die Liebe, die ihre Schwester zu diesem Land empfand.

Viel zu schnell wurde es Nacht. Hungrig und müde hatten sie sich auf ein größeres Plateau verkrochen. Zwei kleine Dornenechsen, die Narmin mit der Hand fing und mit Jonns Sichelmesser häutete, verschlangen sie roh. Über ihnen hing ein roter Vollmond wie eine verlockend saftige Jalafrucht am Himmel. Mit einem Seitenblick auf Karis' zerzaustes Haar und sein geschundenes Gesicht dachte Jonn, dass sie alle drei wie wilde Kellerkriecher aussahen und sich bald auch so benehmen würden. Wieder wurde sie auf Nive und Jara wütend und ertappte sich bei dem Gedanken, dass sie sich wünschte, sie verzweifelt und um Hilfe flehend vorzufinden.

»Wir schaffen es niemals, rechtzeitig auf dem Grabberg zu sein«, sagte Karis. »Jeder Käfer kommt schneller voran als wir.« Die Mutlosigkeit in seiner Stimme versetzte Jonn einen Stich. »Ob wir wieder zurückgehen oder weiter nach oben steigen, es macht keinen Unterschied. Von dem Umstand abgesehen, dass unten die Blaugesichter auf uns warten.«

»Was ist los mit euch?«, zischte Narmin. »Wollen wir hier jammernd zugrunde gehen? Jeder Berg hat seine geheimen Wege und Pfade. Jara kennt sie offenbar gut. Die Blaugesichter haben sie und Nive noch nicht gefunden, also besteht noch Hoffnung.«

»Was schlägst du also vor?«, sagte Karis.

»Wir ruhen uns aus und klettern weiter, bis ich mir einen Überblick verschaffen kann, wo wir uns befinden.«

»Welch brillanter Plan«, sagte Karis.

»Der Grabberg gehört zu den Katzenkopfbergen«, sprach Narmin weiter. »Aber von hier aus sehe ich noch nicht, von welcher Seite wir uns auf ihn zubewegen.«

Vorsichtig, um nicht vom abschüssigen Plateau zu rutschen, rückten sie schließlich noch enger zusammen. Der Felsen war noch warm vom Tag und sie kosteten diese Wärme, so gut es ging, aus, denn der Wind hier oben wurde bereits kalt und schneidend. Jonn schloss die Augen. Augenblicklich schlief sie ein und träumte von blauen Gesichtern und einer Echse, die mit ihrer gespaltenen Zunge nach Jonns Knöchel tastete. Die Stelle an ihrer Haut wurde kalt und Jonn träumte weiter von Morgentau im Gras. Für einen köstlichen Augenblick befand sie sich wieder in ihrem Wald in Tjärg. Regen tropfte von den herzförmigen Blättern der Jalabäume und es duftete nach Erde und Gras. Jonn lag in der Wiese und genoss die Feuchtigkeit, die ihre Kleidung tränkte. Der Fühler eines Taniskäfers kitzelte sie am Fuß. Unwillig verzog sie den Mund und blinzelte. Es ist kein Käfer, es sind Schnurrhaare, dachte sie und schloss die Augen beruhigt wieder. Nur Schnurrhaare.

Im nächsten Augenblick war sie hellwach und stand zitternd an der Felswand. Die Martiskatze gähnte und sprang auf das nächste schmale Plateau.

»Wacht auf!«, zischte Jonn.

»Was ...?«, brachte Karis hervor, dann sah er nach rechts und erstarrte. »Da drüben ... und dort!«, raunte er.

Sie waren umzingelt von Martiskatzen. Es waren vier und sie saßen rechts und links von ihnen auf den Quadern. Die Katze, die eben an Jonns Bein geschnuppert hatte, begann zu schnurren.

»Die tun euch nichts!«, erklang eine wohlbekannte Stimme. Karis fuhr herum und hätte beinahe das Gleichgewicht verloren. Sofort griffen Jonn und Narmin nach seinen Armen und zerrten ihn auf den Sims zurück. Aus irgendeinem Grund war Jonn nicht in der Lage, Karis wieder loszulassen. Geröll prasselte von oben auf sie nieder, dann erschien Gulunks Gesicht im Mondschein. »Was ist los? Hat die erste Nacht in den Bergen euch stumm gemacht?«

Jonns Knie gaben nach und sie ließ sich an der Wand herunterrutschen, bis sie wieder auf dem Sims saß. Die Katzen beobachteten sie interessiert mit Augen aus Gold. »Wo warst du?« Erst als sie fühlte, wie Karis und Narmin neben ihr zusammenzuckten, wurde Jonn bewusst, dass es ihr eigener gellender Schrei war, der sich nun an den Felsen brach. Im selben Moment fühlte sie Narmins Hand auf ihrem Mund. »Bis du wahnsinnig?«, flüsterte er ihr ins Ohr. »Willst du, dass jeder in der Wüste weiß, wo wir sind?«

Wut brodelte in ihr hoch. Der Himmel zerfloss in dunklen Schlieren und ließ nur noch einen grinsenden bleichen Blutmond zurück. Ohne nachzudenken hob sie die Hand und packte das weiße Etwas, das gewagt hatte sie zu berühren, am Handgelenk. Der Zorn strömte wie Lava durch ihre Adern und ließ sie zudrücken. Töte ihn!, befahl ihr der Blutmond. Der Rest von dem, was Jonn war, zuckte bei der Erkenntnis zusammen, dass der Blutmond befahl und Jonns Wille nicht mehr zählte. Von der Versuchung hatte sie bereits gekostet – und das hier war nun der Fluch. Narmins Augen wurden groß, er keuchte vor Schmerz auf. Der Funke seines Schmerzes berührte Jonn und schmolz das schwarze Eis. Es kostete sie Überwindung, aber sie ließ Narmin los. Er prallte gegen den Felsen zurück und starrte sie mit weit aufgerissenen Augen an.

»Entschuldige!«, flüsterte sie und brach in Tränen aus. Es war Karis, der sie umarmte, sie hin und her wiegte und tröstete. Das Nächste, was sie sah, war Gulunks ratloses Gesicht. Voll und klar leuchtete im Hintergrund wieder der satte, runde Jalamond. »Bist du krank, Jonnvinn?«, wollte der Linlan wissen.

Heftig schüttelte sie den Kopf, jedes Härchen auf ihrer Haut immer noch gesträubt vor Entsetzen. Instinktiv verbarg sie ihre Hand, aber auch ohne hinzublicken wusste sie, dass sie schwarz und vogelgleich war. Karis sah es, aber er ließ sie nicht los. Zitternd klammerte sie sich an ihn. Noch nie war sie so froh gewesen, dass ein Mensch sie umarmte. Solange ein Mensch sie umarmen konnte, war sie selbst ein Mensch – und keine Woran.

»Oh, also nicht krank?«, sagte der Linlan. In seiner

Ratlosigkeit fiel ihm nichts Besseres ein als verlegen zu grinsen. »Ich habe dich gesucht, aber ihr wart bereits aus dem Lager geflohen. Ich habe lange gebraucht euch zu finden.«

»Es wurde aber auch Zeit!«, fuhr Karis ihn an.

»Was glaubt ihr Menschen eigentlich?«, gab Gulunk beleidigt zurück. »Es ist nicht einfach, zwischen den Welten zu reisen. Es sind verschiedene Zeiten, verschiedene Länder.«

Jonn suchte Narmins Blick. Es gab ihr einen Stich, als sie sah, dass er sie immer noch verwirrt und fassungslos betrachtete. Schließlich wandte er sich von ihr ab.

»Aber jetzt bin hier«, fuhr Gulunk fort. »Mit den Katzen sind wir lange vor den Blaugesichtern auf dem Tempelberg.«

Er zeigte ein triumphierendes Lächeln und klatschte mit einem Klacken in die Hände. Die größte Katze erhob sich aus ihrer Sitzposition und drehte ihnen die Flanke zu. Zwei dunkle, breite Streifen durchschnitten die silberweiße und hellgraue Zeichnung ihres Fells: die Gurte für den schmalen Holzsattel, der genau hinter den Schultern des Ungetüms ruhte.

»Steigt auf!«, befahl Gulunk. »Die Katzen laufen schneller als der Wüstenwind, aber längst nicht so schnell wie eure Zeit.«

Der Tempel

Es war ein völlig anderes Gefühl, als auf einem Pferd zu sitzen. Die Wirbelsäule der Katze spannte sich wie eine Bogensehne und schleuderte Jonn bei jedem Sprung nach oben, gewaltige Muskeln spielten unter ihren Knien. Mit aller Kraft klammerte Jonn sich an den Gurten fest, jeden Augenblick den sicheren Sturz in den Abgrund vor Augen. Dann entdeckte sie, dass Gulunk sich im Nackenfell der Katze festkrallte, und tat es ihm nach. Noch nie hatte sie so seidiges Fell gefühlt. Von Vorsprung zu Vorsprung sprangen die riesigen Katzen bergauf, bewältigten im gestreckten Sprung mühelos die Kluft zwischen zwei Felsquadern, die den Abgrund säumten, und liefen über schmale Felsgrate, die sie zu anderen Bergen brachten. Im Licht der aufgehenden Sonne sah Jonns Hand nicht mehr dunkel aus und sie redete sich ein, dass der Augenblick, in dem sie auf den Blutmond gehört hatte, nur ein einziger bedeutungsloser Moment der Schwäche gewesen war. Er würde sich nicht wiederholen. Nie mehr, dafür würde sie sorgen. Was hätte sie jetzt darum gegeben, ihre Großmutter an ihrer Seite zu haben! Verstohlen sah sie sich nach Narmin um, aber er mied ihren Blick. Er sah aus, als wäre er mit der Katze verwachsen – ein Geschöpf, von dem die Märchen erzählten: halb Tier, halb Mensch.

Immer höher kletterten die Raubkatzen und schließlich wurde die Felswand so steil, dass die Reiter auf den Rücken der Katzen lagen, an die geschmeidigen Körper geklammert wie Affen.

Das Fell der Martiskatze kitzelte Jonns Wange und schien bei jeder Berührung zu knistern. Raubtiergeruch hüllte sie ein. Einmal nur wagte sie einen weiteren Blick in die Tiefe. Fingernagelgroß leuchtete unter ihnen die Wüste, Schlünde gähnten so weit unten, dass ein Sog an jeder Faser ihres Körpers zu zerren schien. Jonn wurde übel, sie vergrub das Gesicht wieder im Fell und zählte ihre Herzschläge um sich abzulenken. Sie ritten beinahe den ganzen Tag ohne Pause. Schließlich spannte die Katze alle Muskeln an und schnellte mit einem gewaltigen Sprung steil nach oben. Jonn klammerte sich mit aller Kraft fest. Die Katze fauchte, als Jonns Finger sich in ihr Fell gruben. Krallen schabten über Stein, dann wurde der Ritt plötzlich ganz leicht. Mit federnden Schritten lief die Katze über ebenen Untergrund und blieb schließlich stehen. Jonn wagte wieder den Kopf zu heben. Ihr Genick war taub und verkrampft von der Anspannung, die Knie zitterten, aber sie war in Sicherheit. Der Wind hatte das Plateau poliert wie eine Silberplatte. Baljamarblüten leuchteten zwischen Gestrüpp. Nur ein paar Schritte von Jonn entfernt sperrte der Abgrund sein tödliches Maul auf. Die Katze schüttelte sich und Jonn rutschte halb hinunter, halb wurde sie abgeworfen. Ihr Reittier gähnte herzhaft und streckte sich, bis die transparenten Krallen in der Nachmittagssonne glänzten.

»Das Grab der Götter«, erklärte Gulunk und stieg von seinem Reittier ab. Träge verzogen sich die Katzen zu einem Gestrüpp und leckten sich das Fell. Karis' Katze beobachtete ihren Reiter mit einem höflichen Respekt, der jedoch den Hunger und die Angriffslust nur schlecht verbarg. Narmin wandte sich von Jonn ab und ging über das Plateau. Jonn fürchtete, er könne für immer gehen, einfach so, ohne Abschied, aber zu ihrer Erleichterung sah sie, wie er sich weiter entfernt hinsetzte und mit dem Rücken zu ihnen über das Land blickte. Gerne wäre sie zu ihm gerannt, doch sie spürte nur zu deutlich die Wand, die plötzlich zwischen ihnen stand. Tränen schossen ihr in die Augen. Sie wusste nicht, was schlimmer war: ihre Wut auf sich selbst oder die Angst davor, dass der Blutmond wieder nach ihr greifen würde.

Gulunks Stimme riss sie aus ihren Gedanken. »Und, wo bleibt euer Dank?«, fragte der Linlan.

Es war die falsche Frage zur falschen Zeit. Natürlich wusste Jonn, dass sie dem Linlan Unrecht tat, aber die Enttäuschung darüber, Narmin vielleicht für immer verloren zu haben, ließ sie ihren Zorn auf Gulunk richten.

»Dank? Nun, es wurde auch höchste Zeit, dass du auf der Bildfläche erscheinst um uns zu helfen. Linlan und Dämonen scheinen wirklich eine ganz eigene Vorstellung von der Zeit zu haben.«

Gulunks Borkengesicht verzerrte sich zu einer Grimasse. »Menschen!«, spuckte er hervor. »Glaubst du, es ist einfach, Nerenike ein Reittier zu stehlen? Drei hat sie mir mitgegeben! Drei, Prinzessin Jonnvinn! Eins für mich, eins für dich und eins für den Sternenmenschen. Und was mache ich Tölpel? Stehle noch eins, damit du deinen Stallburschen mitnehmen kannst. Ich muss wahnsinnig sein! Verrotten sollte man euch lassen. Und du bist noch schlimmer als die anderen. Ebenso unzufrieden wie deine Schwester. Ihr ist auch nichts gut genug.«

Nach dieser Schimpftirade holte er tief Luft. Karis betrachtete ihn mit offenem Mund. Jonns Kopf schwirrte von Gulunks Worten. Am meisten jedoch war sie über den letzten Satz erstaunt. Im selben Augenblick wurde offenbar dem Linlan bewusst, dass er sich verplappert hatte.

»Du kennst Nive?«, flüsterte Jonn. »Und ... die anderen auch?« Gulunk ließ die Schultern hängen und mied ihren Blick, ein Bild der Schuld. Jonn ging in die Hocke, um ihm in die Augen sehen zu können. »Du hast mit Nive gesprochen – lange bevor du uns getroffen hast, nicht wahr?« Da der Linlan ihr nicht widersprach, fuhr sie einfach fort, während sie ihre Gedanken weiterspann. »Du arbeitest nicht für Ondyr«, flüsterte sie. »Damals, als wir in Ganarr waren, sagte er, jemand habe dich bereits dafür bezahlt, dass du uns in die Wüste bringst. War es Nive?«

Langsam schüttelte Gulunk den Kopf. »Nein, es war ein anderer Mensch.«

»Wer?«

Gulunk hob wieder die Schultern.

Karis trat heran. »Eine Frau?«, wollte er wissen.

Der Linlan wurde noch ratloser. »Mann oder Frau – wie soll ich das wissen? Menschen sehen alle aus wie zu pralle Wasserschläuche.«

»Erinnere dich – wie sah er aus?«

»Ein rundes Gesicht wie eine Frau, eine Stimme wie ein Mann.«

»Wie hieß er?«

»R… Raj?«

Karis warf Jonn einen entsetzten Blick zu. Eine der Katzen fauchte. Jonn schluckte und widerstand der Versuchung, den Linlan an der Schulter zu fassen. »Und jetzt?«, fragte sie. »Wessen Auftrag erfüllst du jetzt?«

Gulunk verschränkte die dürren Arme. »Im Land der Menschen habe ich nur einen Auftraggeber. Er hat mich bezahlt und ich werde seinen Auftrag ausführen.«

»Aber Raj ist tot! Oder hat er damals schon … wusste er etwa bereits …«

Karis stieß einen leisen Pfiff aus.

»Auf welcher Seite stehst du?«, zischte Jonn.

Gulunks Mundwinkel glitten nach oben. Sein breites Grinsen machte sein Gesicht beinahe menschlich. »Auf welcher Seite stehst *du?*«, fragte er zurück und deutete auf ihre Hand. »Deine Schwester ist hier, auf dem Berg. Ihr werdet sie beim alten Tempel der Regenrufer finden. Erfülle du nun deine Aufgabe und sieh zu, dass dem Sternenmenschen nichts geschieht.« Er lächelte. »Der Tempelplatz liegt nicht weit von hier. Morgen bricht der hellste Tag des Sommers an. Ruht euch aus, denn der Tag der Speersonne wird lang werden – lang und blutig.«

Mit diesen Worten drehte er sich auf dem Absatz um und ging am Felsgrat entlang zu den Katzen. Das flaue Gefühl in Jonns Magen wurde zur bohrenden Gewissheit.

»Komm«, sagte Karis. »Wir haben noch Wasser und ein wenig Brot aus den Satteltaschen.« Er legte ihr den Arm um die Schulter und sie gingen zu einem der Büsche und setzten sich. Das Wasser tat gut. Das Brot zerkrümelte in Jonns fahrigen Händen, aber nach und nach beruhigte sie sich und konzentrierte sich auf den Geschmack von scharfen Gewürzen und einer milden Süße, die an den Duft von Baljamarblüten erinnerte. Sorgfältig vermied sie es, ihre Hand anzusehen, die ihr wieder dunkel und fremd erschien.

»Die Stimme eines alten Mannes«, wiederholte sie leise. »Und das Gesicht einer alten Frau. Das erinnert mich an etwas.« Sie griff nach ihrem Beutel und zog das Buch ihres Vaters heraus. Im Licht der Abendsonne leuchteten die vergilbten Seiten wie Rosenblätter.

»Was suchst du?«

Jonn zuckte mit den Schultern und blätterte weiter. »Ich erinnere mich an eine Geschichte – mein Großvater hat sie mir erzählt. Er sagte, als er in seiner Jugend in Skaris eine alte Magierin traf, habe er sie zuerst für einen alten Mann gehalten. Hier!« Sie deutete auf einige Schriftzüge, die der Freund ihres Großvaters damals in das Buch gekritzelt hatte.

Karis kniff die Augen zusammen und las die Zeilen. Ein Lächeln glitt über sein Gesicht. »Die Geschichte vom Krieg mit Skaris. Und die Magierin hieß Skaardja. Aber wir sind in Fiorin – was hat das eine mit dem anderen zu tun?«

Jonn seufzte und schlug das Buch wieder zu. »Nichts«, sagte sie leise. »Wahrscheinlich bedeutet es nur, dass ich langsam verrückt werde.«

Die Sonne strahlte nun kurz vor dem Untergehen und Jonn ertappte sich dabei, wie sie ohne zu blinzeln viel zu lange die brennende Scheibe betrachtete. Ihre

Augen hätten schmerzen und das Bild der Sonne hätte hinter ihren Lidern als schwarzes, flackerndes Abbild eingebrannt sein müssen, aber sie spürte und sah nichts. Die Landschaft um sie herum wirkte plötzlich wie aufgemalt, eine Schicht stumpfer Farbe, die sich über das eigentliche Bild breitete. Ein dunkles, lichtloses Bild. Ob die Woran immer so sehen?, dachte sie mit einem Schaudern. Ist die Welt für sie ein Ort der Farben ohne Seele? Hilfe suchend blickte sie sich nach Narmin um und erkannte seine Silhouette am Rand des Plateaus. Immer noch saß er mit dem Rücken zu ihnen und starrte in den Himmel. Jonn fühlte sich elend. Das Entsetzen ließ sie frieren. Sie war bereit gewesen Narmin zu töten!

»Woran denkst du?« Karis' Frage überraschte sie so sehr, dass sie zusammenzuckte. Plötzlich waren die Farben wieder da, die Sonne blendete und die Landschaft lebte.

»An nichts«, antwortete sie. »Vielleicht an morgen ...«

Karis lachte. Goldene Lichter tanzten in seinen Augen. »Weißt du, was ich an dir immer mochte, Jonn? Du konntest nie gut lügen. Früher habe ich dich fast dafür gehasst, wenn du mir höfliche Antworten gegeben hast und ich in deinem Gesicht lesen konnte, dass du nur versuchst mir mit der Wahrheit über Nive nicht wehzutun. Dein Gesicht ist ein offenes Buch. Soll ich dir sagen, was ich jetzt darin lese?«

Jonn wurde rot und musste lächeln.

Karis beugte sich zu ihr. »Ich lese Angst und ich lese Narmins Namen. Aber Narmin ist dort drüben, deshalb frage ich mich, warum du hier bei mir bist.«

»Aus demselben Grund, aus dem Nive dich in der Höhle zurückgelassen hat«, antwortete sie unwirsch. »Vielleicht klammern wir uns beide an Menschen, die uns nicht lieben können.« Kaum hatte sie diese Worte gesagt, biss sie sich auf die Lippen. In der Erwartung, Karis verletzt zu haben, hob sie den Blick, aber der Stallbursche lächelte nur müde.

»Was spielt es für eine Rolle? Nive hat mich vielleicht nur für die Zeitspanne geliebt, in der ich an ihrem Krankenlager saß. Aber sie hat mich geliebt.«

»Das genügt dir?«

»Diese Frage hätte auch von Nive kommen können. Ahnst du, wie ähnlich ihr euch seid?« Unvermittelt war er ernst geworden.

Jonn zögerte. »Ich kann nicht zu Narmin gehen. Sein Volk hasst die Woran.«

»Er hat kein Volk mehr«, widersprach Karis leise. »Und jetzt bist du keine Woran. Was auch immer du in Zukunft sein wirst – heute bist du einfach nur Jonn.« Er stand auf und schlenderte zu den Wasserschläuchen hinüber. Ohne ihr noch einen Blick zu gönnen legte er sich auf den Stein und zog einen der Schläuche als Kopfstütze zu sich heran.

Jonn brauchte eine ganze Weile, um Mut zu fassen. Schließlich stand sie mit weichen Knien auf und ging zu Narmin. Sie glaubte wahrzunehmen, wie sich seine Schultern versteiften, als er Schritte hörte, aber als sie bei ihm angelangt war, sah sie, dass er die Augen geschlossen hatte und tief in Gedanken versunken war. Zögernd nahm sie neben ihm Platz. Ihr Blick fiel auf sein Handgelenk. Dort, wo ihre Finger sich in die Haut gegraben hatten, zeichneten sich dunkelgraue Striemen ab. Sie schämte sich unendlich.

»Verzeih mir, Narmin«, murmelte sie. »Ich wollte dich nicht verletzen.« Er öffnete die Augen und sah sie stumm an. Sie holte Luft und sprach weiter. »Ich weiß nicht, was mit mir geschehen ist.«

Nun verzogen sich seine Lippen zu einem bitteren Lächeln. »Du weißt nicht, was geschieht? Der Blutmond greift nach dir, Jonn.« Sie erschrak, als er nach ihrer Hand griff, dennoch war sie viel zu überrascht, um sie wegzuziehen, und konnte dann seiner Berührung nicht widerstehen. In seinen weißen Händen glich ihre Hand noch viel mehr einer Klaue, und als er ihre Handfläche nach oben kehrte, da bemerkte sie wieder die drei sichelförmigen Mondzeichen. »Bald wirst du zu ihnen gehören, nicht wahr?«, flüsterte er. »Du wirst im Schatten leben und mit lichtloser Seele töten. Du wirst ... mein Feind sein.«

»Nein!«, rief sie aus. Mit einem Ruck entriss sie ihm ihre Hand und verbarg sie unter den Fetzen ihres Mantels. »Nein«, fügte sie dann leiser hinzu. »Es ist nicht so wie bei anderen, die den Fluch der Woran rufen. Meine Großmutter ist eine Halbworan, wir leben mit dem Fluch, aber in mir und Nive schläft er. Hier greift der Blutmond nur nach mir, weil ich Nives Tempelsteine berührt habe. Es ist nur die Magie, die Woranmagie der Tempelsteine. Sie wird verschwinden, ich bin ganz sicher.« Sie wusste, dass sie log, aber in diesem Augenblick war diese Lüge wichtiger als jede Wahrheit. »Ich hasse mich selbst für das, was ich vorhin getan habe, Narmin.«

»Vorhin, da ... hatte ich Angst vor dir.«

»Ich hatte auch Angst vor dir, als ich dich zum ersten Mal sah. Ich wusste nicht, ob du ein Sternentier bist, ob du mich töten würdest, wenn ich dich befreie. Aber ich habe es gewagt. Auch wenn deine Augen mir fremd erschienen und ich in ihnen nicht lesen konnte, ob du nicht doch eine Bestie bist.«

Zum ersten Mal an diesem Tag blitzte der Anflug eines Lächelns auf seinem Gesicht auf. »Anscheinend gefallen dir meine Augen.«

»Ja«, sagte sie. »Sehr sogar. Und mir gefällt es, wie deine Haut sich anfühlt. Mir gefallen dein Mut und deine Art, wie ein Dieb zu denken. Ich bewundere dich für deine Kraft, trotz deiner Trauer mit uns zu sprechen. Wenn ich wählen dürfte, würde ich lieber mit dir in die trockenste Wüste reiten als allein nach Tjärg zurückkehren. Wenn ich könnte, würde ich dich umarmen und nie wieder loslassen.«

Er schwieg lange, bevor er mit belegter Stimme antwortete. »Wir hassen die Woran«, sagte er leise.

Jonn sank der Mut. Sie hatte diese Antwort erwartet, trotzdem schmerzte es, sie nun zu hören.

Plötzlich wandte er sich ihr zu. Einen Moment fürchtete sie, er würde sie zurückstoßen, so ernst sah er aus. Doch er streckte nur behutsam die Hand aus und griff nach ihrem Unterarm. Seine Berührung war zart und sie ließ es widerstrebend zu, dass er nach der Woranhand griff, die sie unter dem Mantel verborgen hatte. Atemlos ließ sie es geschehen, dass er ihre Hand nahm und sie vorsichtig auf die Handfläche küsste, dort, wo die Blutmonde waren. Dann zog er sie an sich. »Jonn!«, flüsterte er. Die weiche Haut an seinem Hals pochte gegen ihre Wange. Für einen Moment ließ sie sich in seine Umarmung sinken und vergaß die Angst, das Gestern und das Morgen. »Dich hasse ich nicht«, sagte er leise. »Aber ich bin ... Ich habe bereits so viel verloren.«

»Vielleicht verlieren wir uns morgen«, flüsterte sie. »Aber heute sind wir hier.«

Lange sahen sie sich in die Augen. Schließlich strich Narmin ihr über das Haar und lächelte. »In meinem Volk sagt man, Liebe sei der Streich, den die Dämonen den Menschen spielen.«

»Und was sagst du?«

Er zog sie wieder zu sich heran und küsste sie. Im ersten Augenblick fragte sie sich, ob seine Lippen so kühl und glatt sein würden wie seine Haut. Aber sie waren warm und Jonn fühlte sich, als würde sie fallen wie manchmal in ihren Träumen – unendlich und ohne Angst. Eben hatte sie noch gedacht, es zähle nur das Heute, aber nun verstand sie, wie wichtig ihr das Morgen war. Sie würde Narmin festhalten. Und sie würde nicht zulassen, dass Nive ihr Narmin nahm, selbst wenn sie mit dem Fluch der Woran dafür bezahlen musste.

»Erzähl mir deine Geschichte«, bat sie. »Woher kommt diese Feindschaft zwischen euch und den Woran?«

Narmin seufzte. »Möchtest du nicht lieber eine Geschichte über Nerenike, die Dämonin, hören? Ich kenne Tausende! Sie hat rotes Haar wie du.«

Jonn schüttelte den Kopf. Ihr Haar rieb an seiner Schulter. »Nein«, murmelte sie. »Deine Geschichte, Narmin.«

»Nun gut. Ich ... gehöre zu den Baljamar.«

»Dann sind die weißen Blumen nach euch benannt?«

»Nein, es ist umgekehrt – wir heißen wie die Blüten. Und jetzt hör zu: Als die Wüsten von Fiorin noch grün waren, da lebte im Wald eine Frau. Siktin hieß sie und sie war eine gute Jägerin, die ihr Lager stets mit der besten Beute versorgte. Nur sie beherrschte die Kunst, die schnellen Springschlangen zu erbeuten und die Haubenechsen zu fangen. Eines Tages kämpfte sie gegen zwei Echsen. Geschickt wich sie ihnen aus, focht den Kampf auf offenem Feld, bis es ihr schließlich gelang, beide zu erlegen. Nach diesem Tag kam sie verändert ins Dorf zurück. Es war keine Jagd mehr, es war ein Kampf. Von nun an erlegte sie ihre Beute nicht mehr aus dem Hinterhalt mit Pfeil und Bogen, sondern kämpfte mit allen Wesen auf Leben und Tod. Bald lockte sie auch Geschöpfe an, deren Natur der Kampf ist – Luftdämonen zerrten an ihren Haaren und Siktin nahm die Herausforderung mit grimmiger Freude an und schwang ihren Speer in der Linken und das Messer in der Rechten. Wanderer sahen sie von weitem, wie sie mit dem Wind rang, und sie blieben erstaunt stehen und betrachteten das seltsame Schauspiel, bevor sie weitereilten und die Kunde von der Windkämpferin bis weit in die Steppen trugen. Auch die Winddämonen brachten die Geschichte von den Kämpfen zum Gras und zu den Bäumen, die sie dem Wasser erzählten. Das Wasser verdunstete im Feuer der Sonne und gab die Geschichte an diese weiter.

Die Sonne aber weckte den grausamen Blutmond und sagte ihm, dass es im Dschungel eine Frau gebe, die stärker sei als die Dämonen. ›Wenn sie die Dämonen besiegt, solltest auch du dich von ihr fern halten‹, riet sie dem Blutmond.

›Das wollen wir sehen‹, flüsterte der Blutmond und schuf einen Woran, der gefährlicher und dunkler war als all seine Geschöpfe zuvor. Er verdunkelte den Tag. Die Nachricht, dass er auf dem Weg zum Dorf war, eilte ihm voraus. In Siktins Lager sprangen alle Menschen auf und flohen. Doch in einer Hütte vergaßen sie ein Kind. Es schrie, als der Woran im Dorf ankam und auf das Dach sprang.

Siktin, die eben noch geholfen hatte die Menschen aus dem Lager zu bringen, fuhr herum. ›Lass das Kind!‹, rief sie und trat vor den Woran.

›Ich werde es verschlingen, so wie ich dich verschlingen werde‹, antwortete er.

›Das‹, sagte Siktin mit grimmiger Ruhe, ›wirst du nicht.‹ Und sie schrie auf und stürzte sich auf den Woran.

Wie ein Pfeil schnellte sie vor und entwischte seiner tödlichen Umarmung. Dabei schlug sie mit dem Messer die wassergefüllten Kelche der Baljamarblüten ab, die auf sein Haar herunterregneten. Das blaue Feuer seiner Augen zischte, als das Wasser ihn traf, und machte ihn für kurze Zeit blind. Diesen Augenblick nutzte Siktin, schlüpfte in die Hütte und befahl dem Kind zu fliehen. Das Kind gehorchte. Doch bald hatte der Woran sich wieder erholt. Brüllend erstand er größer und grausamer als zuvor und warf sich über die Hütte. Die Flamme seiner Wut löste sich aus seinen Augen und die blauen Feuer verzehrten alles, was er berührte. Bis zuletzt kämpfte Siktin, doch ihre Haare versengten, ihre Haut wurde dunkel und verschwand, der Schmerz raubte ihr die Besinnung. Und als die Asche der Hütte im Wind verflog und der Woran Siktin im Glauben, sie sei tot, zurückließ, fand der Junge Siktin nackter, als ein Mensch es jemals war. Ohne Haut lag sie dort, den Blick in den Himmel gerichtet, denn ihre Lider waren ebenfalls verbrannt. Die Augen, in denen sich die Sterne spiegelten, ängstigten ihn sehr. Doch sein Mitleid war stärker als die Angst. Der Junge lief an den Rand des Lagers und pflückte eine Hand voll Baljamarblüten. Fingerbreit um Fingerbreit legte der Junge die Blütenblätter auf das verwundete, freiliegende Fleisch – erst auf die Stirn, dann auf die Nase und die Wangen, den Hals und die Augen. Während er das tat, bat er die Dämonen, ihren Tod zu erleichtern und ihre Schmerzen zu lindern. Schließlich, im Morgengrauen, legte er das letzte Blatt auf ihren Fuß. Über und über war sie nun mit den weißen Baljamarblättern bedeckt. Sie sah aus wie ein weißes, fremdartiges Wesen. Still lag sie da und der Junge dachte, nun sei sie gestorben. Doch plötzlich holte sie Luft und schlug die Blütenlider auf. Sie hatte so lange in den Himmel gestarrt, dass die Sterne sich in ihre Augen gebrannt hatten. Nun lächelte sie und erhob sich. Staunend stand sie im Licht der aufgehenden Sonne und betrachtete ihre neue Haut.« Narmins Stimme war leise geworden. »Siktins Kinder hatten Baljamarhaut. Doch wie es bei den Menschen ist, wurden die Weißhäutigen den Dorfbewohnern unheimlich und sie jagten Siktins Nachfahren davon. Wir haben gelernt uns zu verbergen. Und wie die Blüten im Feuer verbrennen, so verbrennen wir im Feuer des Lebens. Wie die Staubfäden der Blüten bei Hitze weiß werden, so wird unser Haar im Alter weiß. Unsere Haut aber wird schwarz.«

›Wie ein weißes, fremdartiges Wesen‹, klangen die Worte in Jonns Kopf nach. Genauso hatte Narmin für sie ausgesehen, als sie ihm zum ersten Mal begegnet war.

*

Im Traum hielt sie wieder die Scherbe in der Hand, diesmal war es das Bild, das Nive und sie mit dem alten Jagdhund ihres Vaters zeigte. Doch die Hand, die diese Scherbe hielt, war ihre Woranhand, und in der Scherbe spiegelte sich ein Gesicht mit blauen Augen, die glühten wie die heißeste Stelle eines Feuers. »Jonn!«, sagte eine sanfte Stimme neben ihr – und da war Nive! Sonnenverbrannt, mit ausgebleichten Locken und der Wundnaht unter dem Schlüsselbein. Ein Teil von Jonn wollte die Scherbe wegwerfen, aber der Teil von ihr, der eine Woran war, lächelte nur und griff die Scherbe so fest, dass Blut an der scharfen Kante entlangrann. Sie breitete die Arme aus und Nive rannte, rannte so schnell, dass sie stolperte, um ihre Schwester zu umarmen. Jonn spürte Nives Körper und ihre Arme, die sich um ihren Hals schlangen. Dann zuckte Nive zurück. Ihr Lachen wich einem Ausdruck törichten Erstaunens, dann verzog sich ihr Gesicht zu einer Grimasse. Sie stolperte zurück. Etwas ruckte bei dieser Bewegung in Jonns Hand und sie ließ die Scherbe los, die in Nives Brust steckte.

»Jonn!« Die Stimme riss sie aus dem Traum. Jonn schnappte nach Luft. Sie lag auf dem Plateau, an Narmin geklammert, der sie besorgt ansah. »Du hast geträumt« sagte er sanft. Zärtlich strich er ihr das Haar aus dem Gesicht und küsste sie.

Sie machte sich los und setzte sich auf. »Ich habe geträumt, ich ersteche Nive mit einer Scherbe«, flüsterte sie.

Tröstend legte er ihr die Hand auf die Schulter. »Und ich träume jede Nacht, dass ich im Woranfeuer verbrenne. Komm, wecken wir Karis und suchen Gulunk. Wir sollten zum Tempel aufbrechen, bevor die Sonne aufgeht.«

*

Karis' Martiskatze hatte einen Blutfleck am Maul. Jonn schauderte bei dem Gedanken, was das Raubtier wohl erbeutet haben mochte. Ihr eigenes Reittier rührte sich nicht, während sie sich auf den breiten Rücken schwang, aber das Schnurren vibrierte durch ihren ganzen Körper, als würde sie auf einem grollenden Vulkan stehen. Auf Gulunks Zeichen schnellten die Tiere los. Baljamarbüsche und zerklüftete Wege flogen an ihnen vorbei. Bald hatten sie die felsige Ebene weit hinter sich gelassen und erklommen eine Anhöhe. Der Mond begann bereits zu verblassen, als Gulunks Martiskatze stehen blieb. Mit einem Satz war der Linlan auf dem Boden und scheuchte Jonn und die anderen ebenfalls von ihren Raubtieren.

Karis spähte zur Anhöhe. »Sehr ihr das?«, flüsterte er. Jonn und Narmin nickten. Ein Lichtschein erhob sich hinter der gezackten Kuppe, als würde dort ein Feuer brennen. Ohne auf Karis' warnendes Zischen zu achten, rannte Jonn los. Karis überholte sie mit seinen langen Beinen und erreichte zwei Pferdelängen vor ihr den schartigen Grat. Keuchend blieb er stehen und ... erstarrte. Im nächsten Moment wirbelte er herum und warf sich auf Jonn. Seine Schulter traf sie schmerzhaft am Jochbein. Mit einem Schlag, der ihr die Luft nahm, kam sie auf dem Boden auf. Sie spürte, wie ihr Griff um Karis' Arme stark wurde, viel zu stark.

»Jonn, lass los!«

»Was ist da?«, keuchte sie. »Lass mich ...!«

»Ich wollte nicht, dass sie uns entdecken.« Er setzte sich auf und rieb sich die schmerzenden Arme, dort, wo sie ihn mit woranstarken Fingern gepackt hatte.

Jonn rappelte sich auf und robbte zum Grat hoch. Ihr Herz schlug bis zum Hals. Ein letztes Mal fasste sie Mut, dann blickte sie über den Rand. Lichtpunkte tanzten überall – um die Feuer drängten sich hellgraue Zelte. Ein Gebäude aus rotem Stein thronte erhöht auf einem Hügel und schien aus bunten Glasaugen zu Jonn herüberzustarren. Rufe hallten durch die verblassende Nacht. Am Horizont zeigte sich die erste Ahnung von Sonnenlicht. Jetzt erst sah Jonn das Heer, das sich am Rand des Lagerplatzes versammelt hatte. Speere wogten wie ein Weizenfeld. Bunte Tücher wehten im Morgenwind, Fackelflammen zuckten. Jonn presste sich an den Boden. Links neben sich hörte sie nun auch Narmins Atem.

»Siehst du das Gebäude dort?«, fragte er leise. »Der Tempel der Regenrufer steht längst nicht mehr, es gibt ihn nur noch in Geschichten. Sie müssen ihn neu erbaut haben.«

»Das sind nicht die Schamanen«, flüsterte sie. »Es ist ... ein anderes Heer. Oder ... besser gesagt, es sieht nicht einmal aus wie ein Heer, eher wie eine Horde.«

»Jara?«, fragte Karis. »Oder hat Nive sie gerufen?«

»Siehst du sie irgendwo?«

Sie hoffte irgendwo eine Gestalt mit langem Lockenhaar zu sehen, aber alles, was sie entdeckte, waren weitere Gruppen von schwer bewaffneten Kämpfern, Wüstenpferde und etwas, das in der Dämmerung schwarz und weiß aus der Menge der Leiber hervorstach. Sie packte Narmin am Arm und deutete darauf. »Deine Pferde! Dort unten! Jahija und die anderen zwei.« Sie konnte hören, wie Narmin scharf den Atem einzog.

»Es ist also Jaras Heer«, stellte er fest. »Und ich wette, Nive ist bereits im Tempel.«

»Wir müssen dorthin.«

»Nichts einfacher als das«, bemerkte Karis trocken. »Du reißt dir einfach wieder eine Haarsträhne als Pfand aus und schon lassen sie uns durch.«

Jonn kroch zurück und wandte sich um. Sie schrak zusammen, als sie sah, dass die Martiskatzen und Gulunk sie aus unergründlichen Augen beobachteten.

»Die Sonne geht auf«, flüsterte Narmin.

Instinktiv wollte Jonn zu ihrem Muschelhorn greifen, aber dann zuckte ihre Hand zurück. Noch nicht, mahnte sie sich. Die Krieger würden sie schneller entdecken, als Libun sie finden konnte, selbst wenn sie durch die Zeit liefe.

»Gulunk!«, sagte sie. »Hinter dem Hügel ist ein Fels. Schaffen es unsere Katzen, von der Anhöhe auf den Fels zu springen?«

Der Linlan hob die knorrigen Arme. »Niemals! Erstens sind es nicht unsere Katzen, sondern Nerenikes Reittiere. Sie hat sie uns für einen Weg geliehen, nicht für eine Schlacht. Und zweitens habe ich einen besseren Plan.« Er beugte sich vor und sah Jonn bedeutungsvoll an. »Einen, der vielleicht nicht euren sicheren Tod bedeutet.«

Jonn lächelte. »Ich danke dir.«

»Nun«, meinte der Linlan. »Danke mir nicht zu früh. Wenn einer der Katzen etwas geschieht, werde ich es bis ans Ende meines dann recht kurzen Lebens bereuen.«

*

Der rosa Streif am Horizont war einem blutroten Band gewichen. Schwer lag die Schleuder in Jonns Hand, im Takt ihrer Schritte schlug ihr Beutel, den sie im Gehen mit scharfkantigen Steinen gefüllt hatte, gegen ihren Oberschenkel. Im Bogen umkreisten sie den Tempelplatz. Bisher waren sie noch nicht auf Wachen oder Krieger gestoßen. Natürlich – niemand rechnete damit, dass jemand auf einem Katzenrücken fast senkrecht die Wände hochgeklettert war und sich nun von Süden her anschlich. In einiger Entfernung konnte Jonn drei Wächter erkennen, doch sie standen mit dem Rücken zur Schlucht und hatten die Eindringlinge noch nicht bemerkt.

Rechts von Jonn gähnte der Abgrund. Hinter einer Kluft von etwa drei Pferdelängen ragte eine Felsnadel in die Luft. Das Plateau war beinahe kreisrund und hatte die Fläche eines Burghofs. Geröll löste sich unter Jonns Fuß. Das prasselnde Geräusch erschien ihr laut wie Hagel, aber die Wächter rührten sich nicht. Ihre ganze Aufmerksamkeit galt dem Zeltplatz. Jonn wagte wieder zu atmen. Vielleicht waren die Männer gar keine Wächter, sondern nur Späher? Jedenfalls konnten sie von hier aus den Tempelplatz überblicken, der von Jonn aus gesehen auf der linken Seite lag.

Ein erschrockener Ruf ertönte dort und wurde zu vielstimmigem Gebrüll. Das Fauchen einer Martiskatze vermischte sich mit dem Geräusch zischender Speere. Jonn verständigte sich mit einem Handzeichen mit Narmin und Karis. Gemeinsam rannten sie los. Hörner erschollen auf dem Tempelplatz. Im Chaos von Leibern entdeckte Jonn die silbernen Blitze der Katzenkörper. Die ganze Aufmerksamkeit richtete sich auf den Linlan und die Raubtiere, die am Rande des Platzes entlangfegten. Speere bohrten sich neben den Raubtieren in den Boden. Krieger wurden von den mächtigen Tatzen einfach umgerissen und zur Seite gedrückt. Niemand achtete auf den Abgrund. Gulunk lenkte seine Katze auf einen Felsen am Rand des Tempelplatzes zu, die anderen setzten ihr mit großen Sprüngen nach. Gulunks Reittier setzte zu einem Sprung an, schnellte durch die Luft … und war verschwunden. Die anderen Raubtiere folgten und der Himmel verschluckte auch sie.

»Zum Tempel!«, zischte Jonn und versetzte Karis einen Stoß. Das Gebäude war nicht mehr weit entfernt. Die Rückseite war von der Sonne abgewandt, hellrot schimmerten drei schmale Glasscheiben in den Fensterscharten. Für einen Moment bildete Jonn sich ein, geisterhafte Gestalten zu sehen, die sich im Glas regten. Im nächsten Moment stürzte sie zu Boden. Bevor sie wusste, wie ihr geschah, schmeckte sie Blut und Staub an ihrer Lippe. Ihre Hände krallten sich in Geröll. Ein

Schatten über ihr ließ sie herumfahren und sie begriff, dass ein Wächter sie zu Fall gebracht hatte. Instinktiv riss sie ihre Schleuder herum. Der Wächter schrie auf und taumelte zurück. Schwerter schnellten durch die Luft, im nächsten Augenblick waren sie in einen Kampf verwickelt. Jonn gelang es, auf die Beine zu kommen. Ein Hieb mit einer flachen Klinge ließ sie taumeln, doch sie schlug mit der Schleuder zurück. Das Leder wickelte sich um einen Schwertknauf. Der Krieger fluchte, als die Lederwiege seine Fingerknöchel traf. Klirrend fiel das Schwert auf den Boden. Jonn hob die Waffe auf und wirbelte herum. Wo waren ihre Schatten nun? Vergeblich versuchte sie die Woranmagie zu rufen, doch heute blieb sie Jonn, ohne die Möglichkeit, den Gegner anders als mit ihrer menschlichen Kraft zu besiegen. Karis kämpfte wie ein Martiskatze, konzentriert und wuchtig. Aus dem Augenwinkel sah Jonn, wie eine Gestalt in einem hellen Gewand neben ihr auftauchte. Die Frau hob die Arme und rief den Wächtern etwas zu. Im selben Moment, als Jonn zum Schlag ausholte, traf ein Ellenbogen sie mit solcher Wucht in die Rippen, dass das Schwert sich aus ihrer Hand losriss und davongeschleudert wurde. Noch während Jonn zur Seite taumelte, tastete sie nach dem schartigen Messer, das Jara dafür verwendet hatte, die Schatten zu schneiden, und warf es nach der Gestalt. Jonn sah, wie die Frau sich krümmte, als das Messer sie traf. Grobe Finger zerrten an Jonns Haaren, sie spürte die kalte Schneide eines langen Messers an der Kehle. Endlich spürte sie wieder die Wut, die ihr half ins lichtlose Land zu sehen. Die Zeit dehnte sich. Ohne Mühe griff Jonn zu dem Messer an ihrem

Hals, packte es mit der rechten Hand und drückte zu. Das Metall verbog sich in ihren Klauen wie feuchte Rinde.

Bewegungslos standen ihre Angreifer vor ihr, die Augen fassungslos auf das verbogene Messer gerichtet, das Jonn nun verächtlich fallen ließ. Nur an ihrem schnellen Atmen sah Jonn, dass die Krieger nicht eingefroren waren. Karis und Narmin standen nicht weit von ihr, mit hängenden Armen starrten sie auf etwas, das sich hinter Jonn befand. Langsam drehte Jonn sich um.

»Dabei war die andere Wunde gerade erst richtig verheilt«, sagte Jara bedauernd. Blut tränkte ihr Wüstengewand, als sie in aller Ruhe das Schattenmesser aus ihrem Oberarm zog und es beiseite warf. Es war keine Wunde, die sie töten würde, aber Jonn erschrak über den Anblick der jungen Frau, die nicht einmal Schmerz zu spüren schien. Im Gegenteil: Ihr Gesicht strahlte so viel Ruhe und Freundlichkeit aus, dass Jonn übel wurde.

»Wo ist Nive?«, brüllte sie Jara an.

Der erste Sonnenstrahl fing sich im hellen Haar der Sandträgerin, die einen Schritt zurücktrat und die Hände hob. »Du weißt, wo du suchen musst. Du hast die Karte gesehen! Erinnere dich genau!« Jonn blickte zum Tempel. Noch hatte die Sonne die Fenster nicht erreicht. »Lass dir nicht zu viel Zeit, Prinzessin Jonnvinn«, fuhr Jara fort. »Ich weiß nicht, wie lange wir die Feuer aufhalten können.« Sie gab den Kriegern, die mit gezückten Schwertern einen Kreis um die Gruppe gebildet hatten, ein Zeichen und sie traten gehorsam zurück.

»Los!«, schrie Karis. Narmin und Jonn wechselten einen gehetzten Blick, dann folgten sie ihm den Hügel hinauf. Die Mauern des Tempels leuchteten rot. Die Tür stand weit offen. Bevor Jonn eintrat, drehte sie sich noch einmal um. Sie hatte befürchtet, dass Jaras Krieger sich vielleicht doch noch gegen sie wenden würden, nun sah sie jedoch, dass keiner von ihnen sie mehr beachtete. Die Krieger blickten zum Abhang, der ins Tal führte. Eine riesige Schlange wälzte sich den Berg hoch. Sie war blau wie die Gewänder der Wassersucher und staubbraun wie die Körper der Linlan. An der Spitze schritt Sic. Er hatte es offenbar nicht eilig. Selbst aus dieser Entfernung konnte Jonn erkennen, wie er sich mit einem trägen Schwung das blaue Gewand über den Kopf zog. Ein heller Oberkörper und ein weißes Tuch kamen zum Vorschein. Sic warf den blauen Stoff hoch und ließ ihn los. Doch statt in sich zusammenzufallen, blähte sie das Gewand, wuchs und begann blau zu glühen. Ein Fauchen erklang, Flammen züngelten, Rauch schraubte sich in den Himmel. Noch ein Gewand flog in die Luft und verwandelte sich, dann noch eins.

»Das Woranfeuer«, flüsterte Jonn. »Die Wassersucher hatten es die ganze Zeit!« Die blaue Feuerwalze schoss auf das Lager zu, Rauch begann den Himmel zu verdunkeln. »Nive!«, schrie Jonn und stürzte in den Tempel. Karis und Narmin folgten ihr. Sie entdeckten Nive genau im gleichen Augenblick wie Jonn.

Sie saß unter einem Fenster und putzte seelenruhig eine Glasscheibe. Nun hob sie den Kopf und lächelte Jonn zu. Sie sah schöner aus denn je, das Licht warf rote

Reflexe auf ihr Haar. »Ihr kommt zu spät. Tötet mich, wenn ihr könnt!«

»Nive, was hat sie mit dir gemacht!«, rief Jonn. Sie stürzte auf Nive zu – doch ihre Schwester stand auf und wich zurück. Kein Erkennen zeichnete sich in ihren Zügen ab. »Ihr kommt zu spät«, wiederholte sie. Jonn sah in Nives Augen. Sie waren grün – und doch ... Langsam kroch der Verdacht, der bisher blind im Keller ihres Bewusstseins umhergetastet hatte, ans Tageslicht.

»Das ist nicht Nive«, sprach Karis ihren Gedanken aus. Seine Stimme zitterte.

Jonn war im ersten Augenblick so erleichtert, dass sie die Gefahr vergaß und lachte. »Du bist ein Spiegelzauber«, sagte sie zu Nives Bild. Die Gestalt verharrte ohne zu antworten, dann setzte sie sich wieder und fuhr damit fort, die Scheibe zu putzen.

Karis' Augen waren im Halbdunkel des Tempels plötzlich dunkelgrün und undurchsichtig wie der Smaragdteich, in dem Nive so gern geschwommen war. »Fällt dir nichts auf?«, flüsterte er Jonn zu. »Der Tempel ist ... so prächtig! Weithin sichtbar. So als wollte jemand sagen: Seht her, das ist er!«

Jonn betrachtete die Fenster. »Kein blaues Glas. Das ist nicht Nives Tempel. Das ist nur der Köder – für die Wassersucher und die Linlan.«

Als Jonn aus dem Tempel stürzte, blendete sie die Sonne. Jara war verschwunden, als hätte der Wind sie fortgeweht. Stattdessen standen die drei schwarz-weißen Pferde vor ihr.

»Denk nach, Jonn«, flehte Karis. »Jara sagte etwas von einer Karte!« Kampflärm und Schreie drangen zu ihnen.

Ein Pfeilregen, der den Himmel wie ein Vogelschwarm verdunkelte, zeigte ihr, dass der Sturm auf den Tempel begonnen hatte.

Narmins Augen waren weit aufgerissen, seine Sternaugen schienen sich in die ihren zu brennen. »Du hast erzählt, dass du in Nives Zelt eine Karte gesehen hattest. Was war darauf abgebildet?«

Jonn kniff die Augen zusammen und erinnerte sich an das Zelt – an Nives Gesicht im Halbdunkel, an das Schriftstück – und da, auf dem Tisch ... »Es waren zwei Punkte eingezeichnet«, flüsterte sie. Ein gezackter Rand ...«

»Der Abgrund. Weiter! Erinnere dich!«

Sie schluckte, das Denken strengte sie plötzlich mehr an als der Ritt auf der Martiskatze. »Der Tempel ist weiter südlich«, murmelte sie. »Der Kreis mit dem Kreuz – er stellte die Felsnadel am Abgrund dar. Dort befindet sich der richtige Tempel!«

*

Pfeile zischten über ihre Köpfe hinweg, als sie über den Tempelplatz flohen. Schwerterklirren und Geschrei hallten ihnen in den Ohren. Jonn erkannte, dass Jaras Krieger ihnen auswichen und die Linie verstärkten, um ihnen den Weg frei zu machen. In gestrecktem Galopp ließen sie den Kampfplatz hinter sich und stürmten auf den Abgrund zu. Weit vor ihnen erhob sich die Felsnadel. Eine Kluft von drei Pferdelängen trennte sie von der Felskante. Auf der anderen Seite war nichts außer glattem Gestein, aber Jonn war sich ganz sicher, dass sie dort auf einen Tempel stoßen würden. Schmiedehämmern gleich donnerten die Hufschläge und brachen sich als Echo im Tal. Nase an Nase jagten die Pferde auf den Abgrund zu. Einen Augenblick erhaschte Jonn Narmins Blick. Dann streckten sich die Pferde und sprangen. Unter ihnen tat sich die Unendlichkeit auf. Das Geräusch von flüsterndem Wind umwehte sie. Jonn schloss die Augen und sah ihr Leben wie Nives Bilder in tausend Splitter zerbersten. Mit einem Keuchen kam ihr Pferd auf dem Plateau der Felsnadel auf und blieb mit zitternden Beinen stehen. Schaum troff aus seinem Maul auf den Boden. Narmins Pferd rappelte sich nach einem Sturz wieder auf und kam benommen auf die Beine. Sein Zügel war zerrissen. Jonn sprang von ihrem Pferd und rannte zu Narmin. Zusammengekrümmt lag er auf dem Boden und stöhnte. Als sie ihn vorsichtig herumdrehte, verzog er das Gesicht. Im grellen Sonnenlicht zogen sich seine Pupillen zu stacheligen Sternen zusammen.

»Wo … ist Karis?«, brachte er heraus.

Jonn sprang auf und sah sich um. Das dritte Pferd war nirgends zu sehen. Jonn stürzte zum Abgrund, schlitterte über Geröll und konnte sich gerade noch abfangen, bevor sie über den Rand rutschte. Sie musste ihren ganzen Mut zusammennehmen um in die Tiefe zu blicken. Klein wie ein Insekt lag am Grund der Schlucht ein grotesk verrenkter Pferdekörper. Tränen stiegen ihr in die Augen. »Karis?«, flüsterte sie.

Ein Ächzen antwortete ihr. Karis' Gesicht war weißer als das von Narmin. Die Adern an seinen Armen traten hervor, Schweiß strömte ihm über die Stirn und verklebte sein Haar. Mit einem Bein war es ihm gelungen, sich an der Felswand zu verkanten, das andere baumelte über dem Abgrund.

»Narmin!«, schrie Jonn. Schon hatte sie ihren Schleuderriemen hervorgezogen und ihn Karis zugeworfen. Narmin stöhnte vor Schmerz, aber er rannte zu seinem Pferd, streifte die Zügel und den Sattelgurt ab und kam zurück. Karis biss die Zähne zusammen und hangelte mit dem freien Bein nach Jonns Schleuderriemen. Jonns Magen rebellierte, als sie in den Abgrund blickte. Ihr war, als würde die Felsnadel hin und her schwanken wie ein Betrunkener. Endlich gelang es Karis, auch den Sattelgurt zu greifen, den Narmin ihm zuwarf. Mit vereinten Kräften zogen sie den Stallburschen über die Felskante. Narmin fasste sich an die schmerzende Brust. Karis zitterte und klammerte sich an den Untergrund, als könnte er ihn jeden Augenblick abwerfen wie ein bockendes Pferd. Ein blauer Feuerball fegte in den Himmel und zerfiel dort in einen Schauer aus schwarzen Zungen. Schwankend kam Jonn auf die Beine. Sie streckte die Arme aus und ging in die Mitte des Plateaus, tastend wie eine Blinde. Die Augen spielten ihr einen Streich, denn die Schatten sahen aus, als würden sie etwas zerschneiden und das Licht brechen wie kantiges Glas. Sie zwinkerte und fühlte im nächsten Moment Stein unter ihren Händen. Ihre Augen sagten, dass da nur Luft war, doch ihre Hände wussten es besser. Vorsichtig tastete sie sich weiter, bis sie auf kühles Glas stieß.

»Hier ... ist er!«, rief sie. »Der unsichtbare Tempel! Geschützt durch einen Schleierzau...« Sie verlor das Gleichgewicht, als ihre Hände wieder ins Leere griffen. Linkisch stolperte sie ein paar Schritte nach vorn. Der erstickte Aufschrei von Karis und Narmin verhallte hinter ihr und ein ganz anderer Ton erklang: das Echo von Schritten.

Glas und Schlüssel

Im Inneren des Tempels nahm sie den Geruch nach Stein wahr und konnte düstere Wände ausmachen, in denen blaue und rote Lichter glommen. Bei näherer Betrachtung entpuppten sie sich als kleine Fensterscheiben – sie waren in den Fensterscharten aufgestellt, jede davon war zwischen zwei Tempelsteinen befestigt. Staunend betrachtete Jonn die Kunstwerke genauer. Das waren Nives Gläser, daran gab es keinen Zweifel. Sie leuchteten in so intensiven Farbtönen, als wären sie lebendig. Feine Linien und Bilder, mit viel Sorgfalt aufgemalt, zeigten Szenen aus einem Leben, das Jonn vertraut und doch unendlich fremd war. Nive hatte ihre ganze Kunst hineingelegt. Wie viele Nächte mochte sie unter dem Sternenhimmel Fiorins gezeichnet haben? Jonn erkannte die Waldburg und die Gesichter ihrer Eltern. Die Szene, wie Jonn und Nive als Kinder vor dem Spiegel standen, fehlte ebenso wenig wie Nives Hand mit den drei Fingern. Fassungslos betrachtete Jonn ein Bild ihres eigenen Gesichts – es war so unglaublich gut getroffen, dass sie dachte, sie würde sich in der Glasscheibe spiegeln. Aber Nive hatte noch mehr gezeichnet: ein einsames Mädchen, das sich über ein Schmelzfeuer beugte, ein Mädchen, das in die Ferne blickte, ein Mädchen, das alleine durch einen Herbstwald ritt. Ihre Reise nach Fiorin war dort, ein Bild ihres Lehrers Farrin, außerdem das Gesicht eines jungen Mannes, das Jonn noch nie zuvor gesehen hatte. Und schließlich die Wüste. Sie erstrahlte im Licht eines gläsernen Sonnenaufgangs. Zelte und Wüstentiere, der unendliche Himmel, selbst die Dämonenstadt fanden sich hier. Jonn verstand: Die Waldburg war exakt gemalt, aber Nives Herz gehörte zum Bild der Wüste.

Die drei blauen Fenster an der Seitenwand waren die seltsamsten. Ein bleicher Blutmond hing an einem tiefblauen Glashimmel und eine dunkle Gestalt fletschte die Zähne. Auf dem zweiten Bild überlief Jonn ein Schauer des Wiedererkennens, denn sie blickte in die seltsame fremde Welt ihrer Albträume. In kristalliner Schönheit schälte sich die Dunkelheit aus den Umrissen hervor und breitete sich aus. Und auf dem letzten Glasbild erkannte Jonn sich selbst und Nive, Hand in Hand.

»Nive?«, flüsterte sie.

Eine Gestalt löste sich aus einem Winkel und trat in das diffuse Licht. »Ja und nein«, sagte ihre Schwester. Die ersten Sonnenstrahlen hatten bereits die ersten Scheiben erreicht und sandten Farben in das Innere des Tempels. Auf Nives Wange zeichnete sich der Schatten der Glasmalerei ab – eine dreifingrige Hand. »Jonn!«, flüsterte sie. »Warum bist du hier? Du hattest dich entschieden mir nicht zu helfen.«

»Ich komme nicht, um dir zu helfen«, gab Jonn zurück. »Ich komme, um dich zu retten. Sie sind hier, Nive – die Linlan und die Krieger mit den Echsenmasken. Sie beherrschen das Woranfeuer. Jaras Heer wird sie nicht lange zurückhalten können.«

»Lange genug für mich«, erwiderte Nive. Plötzlich trat sie auf Jonn zu und umarmte sie. »Ich danke dir«, sagte sie mit erstickter Stimme. »Und nun leb wohl!«

In diesem Augenblick erklang ein feines Sirren. Jonn sah sich um – wie Speere stachen die Lichtstrahlen nun in den Raum, brachen sich in winzigen Spiegeln, die an den Wänden angebracht waren, tauchten das Innere des Tempels in ein flimmerndes Licht. Augen blickten aus dem Glas, Gestalten tasteten an den Wänden ihres gläsernen Gefängnisses.

Nive ließ Jonn los und hob die Hände. »Kalim gran je tellid!«, sprach sie. Magie sträubte ihr Haar, das sich wie eine Krone aus sich windenden Nattern erhob. Jonn erkannte, dass Nive eine Woransprache sprach und sie, Jonn, die Worte mit einem Mal verstand. Ein magisches Knistern berührte sie und jedes Härchen an ihrem Nacken sträubte sich. Die Schatten, die sie so lange vergeblich gerufen hatte, regten sich unter ihrer Haut. Nives Augen waren nicht mehr grün, sondern strahlend blau wie die von Amina. Die blaue Flamme der Woran.

Mit einem trockenen Knacken sprang der erste Tempelstein, dann noch einer und noch einer. Die Glasscheiben vibrierten. Woranmagie entströmte den alten Skalitsteinen und Nive zog sie an sich, atmete sie ein und wuchs. Dann wandte sie sich den Glasscheiben zu. Es war verkehrt! Nive durfte nicht zur Woran werden!

»Nein!«, brach es aus Jonn heraus. »Nicht du, Nive!« Endlich befreite sie sich aus der Trägheit. Mit einem Satz war sie bei ihrer Schwester und krallte sich an ihren Armen fest. Nive fauchte. Mehrere Augenblicke rangen sie miteinander. Draußen erklang Geschrei. Nives Hände waren stark, unglaublich stark. Gerade glaubte Jonn sie würde zu Boden gehen, als sie spürte, wie endlich die Schatten in ihr erwachten. Ein Phantomwind fuhr durch ihr Haar. Ohne hinzusehen wusste sie, dass auch sie sich veränderte. Woranmagie ließ ihre Haare knistern, der Tempel verschwamm und wurde zu einem düsteren Gemäuer, in dem die Dunkelheit schwoll. Mühelos bog sie Nives Griff auf. Nive brüllte und stieß sie von sich. Schmerz zersprang in Jonns Kopf, als sie mit dem Rücken gegen eine der Wände prallte. Auge in Auge standen sie sich gegenüber – keuchend, wütend, mit kochendem Blut. Irgendwo tief in einem Winkel ihrer Seele krümmte sich das, was Jonn gewesen war, angsterfüllt zusammen.

»Unsere Urgroßmutter war eine Woran«, sagte Nive. »Und das ist auch mein Weg.«

»Nein, Nive! Ich lasse es nicht zu, dass der Fluch dich verschlingt.«

Erstaunen huschte über das seltsame Zwillingsgesicht von Woran und Mensch. Aber als Nive lächelte, sah Jonn ihre kleine Schwester. »Begreif doch – ich bin der Schlüssel«, sagte sie sanft. »›Dreh ihn nach links oder dreh ihn nach rechts – der Schlüssel wählt die Richtung.‹ So lautet die Prophezeiung. ›Ein Land verdorrt, ein anderes blüht auf.‹ Ich habe gewählt und dieses Land wird blühen!« Sie lächelte. »Wir haben das Privileg, wählen zu können, wusstest du das nicht?«

Heftig schüttelte Jonn den Kopf. »Dann wähle!«, keuchte sie. »Und komm zurück – du bist keine Woran! Du nicht!«

»Wähle du!«, stieß Nive hervor. »Ich habe mich längst

entschieden.« Sie richtete sich auf. »Ich gehe in das lichtlose Reich.«

»Aber warum? Um ein fremdes Volk zu befreien? Dafür opferst du dich?«

Nives Lachen hallte von den Wänden wider. Die Gestalten im Glas verharrten. »Das Volk im Glas? Nein, nur ein Woran kann sie rufen, weil ein Woran sie vernichtet hat. Aber sie sind nur ein Teil meiner Geschichte. Ich werde grausam sein und mächtig, ich werde die Dunkelheit küssen und die Schatten umarmen.«

Hass loderte in Jonn auf. Alles Dunkle, das sie je in ihrem Leben in sich getragen hatte, tief in ihrem Innersten verborgen, trieb nun an die Oberfläche. Voller Neid erkannte sie, dass Nive, die Strahlende, mehr Magie in sich trug, als Jonn je hätte fassen können. Sie sah sich und ihre Eltern in Nives Augen – arglose, gutmütige Gestalten, geliebt und gleichzeitig bedauert.

»Dir hat nie etwas genügt!«, zischte sie. »Das Leben im Wald, dein Talent, alles war nichts für dich, weil du mehr wolltest.«

»Weil ich etwas anderes wollte«, erwiderte Nive sanft. »Weil ich eine Woran war, die ein Mensch zu sein vorgab. Ich bin einsam und mächtig, Jonn. Du hast in das Reich der Woran geblickt. Es ist eine Schönheit, die schmerzt. Ich kann noch so viele wunderschöne Bilder auf Glas malen, nie werde ich die Bilder der Nacht damit vergleichen können. Ich wollte immer sehen, was dahinter ist. Ich habe es gesehen, Jonn. Und nun will ich dorthin.« Sie trat einen Schritt vor und streckte die Hand aus, die dreifingrige Hand. »Komm mit«, sagte sie plötzlich. »Im Versteck in der Wüste dachte ich, ich müsste dich gehen lassen, aber jetzt weiß ich wieder, was du mir schuldest. Und du weißt es auch. Du liebst das dunkle Reich ebenso wie ich. Ich sehe es in deinen Augen, Jonn.«

Jonns Mund war trocken. Nie hätte sie gedacht, dass es eine solche Sehnsucht gab, die wie ein Sog war. Wie ein Blick auf die Schätze einer anderen, schöneren Burg, ein Blick in ein Land, das so lichtlos und schön war, dass sie am liebsten geweint hätte. Aminas Gesicht fiel ihr wieder ein und zum ersten Mal wusste sie, dass ihre Großmutter dieselbe Sehnsucht quälte. Vielleicht war es wirklich Zeit, der Versuchung nachzugeben und die Grenze zum Reich des Blutmonds zu überschreiten.

»Jonn, tu es nicht«, flüsterte ihr eine Stimme ins Ohr. Jetzt erst bemerkte sie, dass zwei Arme sie umfangen hielten, weil sie schwankte. Karis' Atem streifte über ihre Wange. »Lass sie gehen«, sagte er. Seine Stimme war unendlich traurig. »Ich habe sie gehen lassen, jetzt lass auch du sie los.«

Jonn fauchte und versetzte ihm einen Stoß. Er schrie auf und stürzte zu Boden. Seine Augen waren vor Schreck aufgerissen, mit offenem Mund robbte er zum Eingang zurück. Nur verschwommen erkannte Jonn den Schattenriss eines weiteren Menschen, der im Eingang stand, aber sie konnte sich nicht erinnern, wer es war. Viel vertrauter war der Anblick der Woran, die ihr wie ein Spiegelbild gegenüberstand. Die beiden Menschen riefen etwas in den Raum, aber Jonn verstand ihre Sprache nicht mehr, sie war ein einziger Missklang, so als würden sich Insekten über quietschendes Glas schieben. Ihre eigene Sprache – die volle, dunkle Sprache der Woran – klang dagegen besser, viel besser.

»Du hast mir nie verziehen, dass ich dir deine Hand genommen habe«, sagte sie.

Nives Lächeln wurde zu einem Blutmond ohne jede Wärme. »Niemals«, bestätigte sie.

Jonn streckte die Hand aus und ergriff die verstümmelte Linke ihrer Schwester, hielt sie fest, obwohl die Stümpfe der fehlenden Finger sich in ihre Haut zu brennen schienen. Die Woranwelt öffnete sich vor ihr so schmerzhaft schön, die Schwelle der Dunkelheit wartete. Für einen Augenblick waren Jonn und Nive eins. Sie las in ihren Augen wie in einem Spiegel.

»Die Nelai werden dir nicht danken«, sagte sie. »Das Letzte, was sie sahen, war ein Woran, der sie tötete. Glaube nicht, dass sie dir Unsterblichkeit schenken werden.«

»Vielleicht erstehen sie nur, um wieder getötet zu werden«, erwiderte Nive. »Manchmal muss man Dinge geschehen lassen. Vielleicht werden die Nelai die Wassersucher töten – schließlich waren sie es, die einst den Woran schickten um die Nelai zu vernichten. Die Linlan hatten es den Schamanen befohlen und die Blaugesichter hatten gehorcht. Das ist die wahre Geschichte.«

Nur schemenhaft erkannte Jonn durch den Schleier der Lichtlosigkeit die Sonne, die den Tempelraum erhellte. Staunend beobachtete sie, wie sich Leben in den Gläsern regte, Gestalten wanden sich, streckten sich, wurden größer, lösten sich wie Tropfen aus farbigen Seen. In einem anmutigen Tanz drehten sie sich mit den Stäubchen im Licht, wurden zu Schlieren, bekamen

Arme und Beine, Finger und Gesichtszüge. Das Licht ließ Jonn an der Schwelle zum dunklen Land zögern und lockte sie zurück. Die Gestalten sanken zu Boden wie Ertrunkene auf den Grund eines Sees. Formen verdichteten sich: Dort war Haar, das über den Boden floss, hier ein Arm. Rüstungen glänzten, Atem wallte durch den Tempel. Eine Frau, so schön und fremd wie ein Wildlicht, drehte sich auf den Rücken, stöhnte und begann in tiefen Zügen die Luft zu trinken. Jonn spürte, wie Nive sich ergab, immer weiter in das Dunkel hinabsank. Das brachte sie zur Besinnung.

»Ich gehe nicht, Nive. Und ich lasse auch dich nicht gehen!« Panik schwang in ihrer Stimme, sie fürchtete, bei ihrem Klang könnten die sirrenden Gläser zerspringen.

Die Woran vor ihr fauchte, ihre Finger wurden zu Klauen. »Wenn du jetzt gehst, werde ich dich töten«, sagte das, was noch von Nive übrig war.

»Wir beide oder niemand«, sagte Jonn. Es war töricht, aber sie konnte Nive nicht loslassen. Nicht Nive, die sie ihr ganzes Leben behütet hatte. Ein letztes Mal blickte sie in die Augen ihrer Schwester, bevor Nive endgültig erlosch und die Woran auf sie losging. Jonn wurde in ihre menschliche Gestalt zurückgeschleudert, als hätte ein viel zu schnelles Pferd sie abgeworfen.

»Lass ihre Hand los!«, brüllte Narmin.

»Nein!«, keuchte sie. Im nächsten Moment schlug der Schmerz seine Fänge in ihre Hand. Das Glühen blauer Augen blendete sie, Woranklauen legten sich wie Klammern an ihre Schläfen. Blut rann aus dem grausamen Mund. Voller Grauen erkannte Jonn, wie die Woran verächtlich etwas ausspie. Es waren zwei Finger. Zeit und Raum vermengten sich zu einem Brei voller Splitter, etwas Warmes lief an Jonns Gesicht herunter und fing sich in ihrem Mund. Narmins weißes, verzweifeltes Gesicht tauchte auf, dann verlor Jonn das Bewusstsein.

Verwundert fand sie sich einige Augenblicke später in einer Halle voller Licht wieder. Dämonenmenschen standen mit gezückten Schwertern um sie herum. Mitten unter ihnen stand eine Frau – wie Nerenike sah sie aus und ein bisschen auch wie ein grimmiges Mädchen. Ihr Haar reichte beinahe bis zum Boden. Sie trug einen Harnisch, das Schwert in ihrer Hand glänzte. Jonn sah, wie die Woran zurückwich. Schwarzes Blut rann aus einer Wunde, die die Nelaifrau ihr mit dem Schwert geschlagen hatte.

»Woran!«, rief die Frau mit einer Stimme, die den Himmel zum Grollen brachte. »Vertreibt die Woran! Löscht die Feuer! Tötet die Verräter!«

Jonn spürte, wie sie über steinernen Boden in Richtung der Tür gezogen wurde.

»Steh auf, bitte!«, flehte eine Stimme. Ein Heulen erhob sich, der Wind fegte an dem Tempel vorbei und Jonn begriff, dass die Woran und die Nelai kämpften. Verwundert blickte sie sich um. Über ihr erhob sich ein grauer Himmel und der schwache Abglanz einer Sonne, die von einem Woranschatten ganz und gar verhüllt wurde. »Lauf, Jonn!«, keuchte Narmin. »Bitte lauf!«

Als Jonn zurückblickte, sah sie gerade noch, wie der Tempel sichtbar wurde und zerbarst. Die Pferde trabten am Rand des Plateaus auf und ab. Sie wieherten, als sie Narmin kommen sahen.

»Wir haben nur noch zwei Pferde!«, stammelte sie. »Wie sollen wir über die Schlucht kommen?«

Unbarmherzig zog Narmin sie weiter. »Wir werden fliegen müssen«, zischte er. Im nächsten Augenblick schwang er sich auf den Rücken des größeren Pferdes und zog Jonn hinter sich. Karis saß bereits auf dem zweiten Pferd. Steine flogen neben ihnen durch die Luft, ein schriller Schrei wie von einem riesigen Raubvogel erklang. Die Wolkenschatten wurden dunkler. Schwerter klirrten, dann stürmten Nelai aus den Ruinen. Hinter ihnen schnellte die Woran heran. Sie streckte ihre dreifingrige Klaue aus und einer der Nelaikrieger ging mit einem Schrei zu Boden. Blut floss über sein Gesicht. Ein Blitz zuckte über den Himmel, es donnerte, als die Nelai zurückschlugen.

»Sie stirbt!«, schrie Jonn.

»Nive ist längst tot«, sagte Narmin und trieb das Pferd an. Wie im Traum sah Jonn, wie sie auf den Abgrund zurasten. Sie würden sterben – seltsamerweise hatte der Gedanke beinahe etwas Heiteres. Ein Schwank wie die Geschichte von Franik, dem Narren. Sie ritten in gestrecktem Galopp auf den Abgrund zu, denn sie waren Narren. Die Kinder in Fiorin würden diese Geschichte mit staunenden Augen anhören und dann verwundert lachen.

Auf der anderen Seite der Schlucht stand jemand. Jonn erkannte kurz geschnittenes helles Haar und ein rundes altes Männergesicht. Es war Kadas Raj! Das musste die lichte Grenze sein, auf der anderen Seite warteten die Toten auf sie. Vor Konzentration waren Rajs Brauen zusammengezogen, er murmelte und flocht Worte, die in der Luft zu schimmern schienen. Ihr

Glanz sank aus der Luft und legte sich wie Tau auf den Boden. Dann kam der Abgrund. Jonn presste die Augen zusammen. Die furchtlosen Baljamarpferde sprangen. Gib ihnen deine Seele und du wirst fliegen, erinnerte sich Jonn an Narmins Worte. Sie segelten über die Kluft. Karis kam auf der anderen Seite an, aber Jonn und Narmin waren zu schwer für ein fliegendes Pferd. Es ist zu spät, dachte Jonn, als sie spürte, wie das Tier sich verzweifelt streckte, obwohl sie bereits zu fallen begannen. Plötzlich gab es einen lautlosen Ruck, als hätten die Hufe mitten in der Luft aufgesetzt. Sie fielen nicht. Unter Jonn glitt der Boden der Schlucht dahin. Lautlos trafen die Hufe auf der Brücke aus Luft auf, ein, zwei stille Sprünge lang. Umso lauter klang das Donnern des Hufschlags, sobald das Pferd den Felsrand erreichte. Raj lächelte. Fassungslos erkannte Jonn neben ihm den Händler, der ihnen in der Wüstenstadt Ganarr den Weg zur Glasmacherwerkstatt gewiesen hatte.

»Ondyr!«, rief Jonn. »Was ist hier los?«

Sein altes Gesicht verzog sich zu einer gehetzten Grimasse. »Krieg!«, rief er knapp. Er griff zu seinen Satteltaschen und warf Jonn ein Schwert zu.

»Flieht oder kämpft. Denn im Moment verlieren wir!«

Jonn blinzelte und sah zum Tempelplatz. Dort, wo eben noch ein Tempel aus Spiegelzauber und ein Lager gewesen waren, gähnten verkohlte Überreste. Mitten in der schwarzen Asche kämpften Linlan und Schamanen gegen Jaras Horden.

Hoch barsten die Flammen an der Stelle, wo das Spiegelbild des Tempels gestanden hatte. Mitten im Kampfgetümmel erhob sich das blaue Feuer wie das Haupt einer gewaltigen Schlange.

Von der Felsnadel hinter Jonn ertönte ein Schrei. Als Jonn herumfuhr, sah sie, wie die Woran stürzte. Mächtige Schwingen rauschten, dann füllte sich der steinerne Schlund mit Dunkelheit. Die Woran verschwand und floh vor der Übermacht der Nelai in diese kristallschwarze Welt der Dunkelheit und Stille. Und Jonn fühlte ihr Herz schlagen und sehnte sich danach, ihr über die Schwelle zu folgen.

»Sie ist fort«, sagte Karis heiser. Dann erstarrte er. »Deine ... deine Hand!«

Das Blut wich ihr aus den Wangen, als sie die blutenden Stellen betrachtete, die einst ihre Finger gewesen waren. Als hätte ihre Wahrnehmung eine Schleuse geöffnet, flutete der Schmerz in ihr hoch.

»Sieh nicht hin!«, befahl Narmin und legte den Arm um sie.

Gehorsam wandte sie den Blick ab. Gerade rechtzeitig um zu sehen, wie die Nelai die Felsnadel verließen. Mehr und mehr von ihnen strömten aus dem geborstenen Tempel und rannten über die Brücke aus Luft. Schwerter klirrten, als sie die Wüstenpferde bestiegen, deren Zügel Ondyr ihnen zuwarf. Die Nelai stiegen auf und stürmten zum Kampfplatz.

»Bringt euch in Sicherheit!«, schrie Raj Jonn zu und folgte den Nelai.

Auf dem Schlachtfeld wandten die Linlan die Köpfe, Echsenmasken leuchteten im Zwielicht. Das Zischen ging wie ein Befehl durch die Reihen, als die Schamanen ihre Feuer sammelten.

Narmin und Karis lenkten die Pferde vom Abgrund weg und galoppierten los. Jonn klammerte sich mit ihrer verletzten Hand an Narmin fest. Mit der Linken ertastete sie ihr Muschelhorn und setzte es an die Lippen. Der Ton war tief und so laut, dass er sich an den Felswänden brach. Einer der Wassersucher auf dem Kampffeld horchte auf und sah sich um. Sein Blick fiel auf Narmin und Jonn. Seine Augen weiteten sich, dann stieß er einen Ruf aus, brach aus der Kampflinie aus und trieb sein Pferd an.

»Das ist Sic!«, zischte Jonn Narmin zu. Im selben Augenblick trafen die Nelai auf die Angriffslinie. Ohrenbetäubender Lärm ertönte. Doch Sic ließ sich nicht mehr aufhalten.

»Weg hier«, flüsterte Jonn Narmin zu. Das Pferd gehorchte dem Befehl des Sternenmenschen und galoppierte schneller. Sein Schnauben dröhnte in Jonns Ohren. Der Himmel hatte sich noch mehr verdunkelt. Längst war der Woranschatten gewichen, nun verhüllten echte Wolken die Sonne. Ein Blitz zuckte über den Himmel. Die Nelai kämpften Seite an Seite mit Ondyrs Leuten. Wassergefüllte Katapultbeutel zerplatzten über den Linlan. Ihr Schreien war schlimmer als der Gesang von Jammerschlangen. Am liebsten hätte sich Jonn die Ohren zugehalten, doch sie hatte genug damit zu tun, sich an Narmin festzuhalten. Mit Schrecken sah sie, dass Sic im Bogen ritt, um ihnen den Weg abzuschneiden. Links war der Abgrund, hinter ihnen waren die Linlan, die Sic mit einem Wink gerufen hatte. Raj war nicht mehr zu sehen, stattdessen hoben zwei Linlan die Arme und lenkten eine Flamme in ihre Richtung. Jonn tastete nach ihrer Schleuder, während die Feuerwalze hinter ihnen näher und näher kam. Endlich gelang es ihr, einen Stein in die Lederwiege zu legen. »Kopf runter!«, schrie sie Narmin ins Ohr. Dann schnellte das Geschoss durch die Luft. Sic lachte, als der Stein ihn weit verfehlte. Jonn fühlte einen stechenden Schmerz in der Hand und begriff, dass sie mit drei Fingern unmöglich treffen konnte. Sie war ein Vogel, dem ein Flügel fehlte. Das Pferd quiekte, als das Feuer nach seinem Schweif schlug. Brennende Pfeile zischten über ihren Köpfen hinweg und bohrten sich mehrere Pferdelängen von ihnen entfernt in den sandigen Boden. Sic zügelte sein Pferd und wartete. Währenddessen sprangen die Flammen von den Pfeilen, wuchsen und breiteten sich über den Boden aus, strömten nach rechts und nach links und weiteten sich zu einem Kreis aus Feuer.

»Leb wohl, Prinzessin«, hörte Jonn den Schamanen rufen. Dann machte er eine Geste und die Flammen wuchsen in den Himmel. Narmins Pferd warf den Kopf hoch und stemmte alle viere in den Boden. Die blaue Flammenwand war so hoch, dass es unmöglich war, sie zu überspringen. Das Tier wirbelte herum und stolperte, dann brach es einfach zusammen. Bevor es seine Reiter unter sich begraben konnte, sprangen Jonn und Narmin ab. Eine Flammenzunge zuckte vor. Das Pferd versuchte auf die Beine zu kommen, während sein Fell bereits zum Futter für die fressenden Flammen wurde. In einem einzigen Augenblick war das Tier nur noch Asche und Knochenflocken. Jonn wandte den Blick ab. Hitze schlug ihr ins Gesicht. Narmin hustete. Sie klammerten sich aneinander, während das Feuer auf sie zukroch.

Jonn nahm die kleine Trinkflasche und schüttete eine Schneise in das Feuer, die viel zu klein war, um eine Möglichkeit zur Rettung zu bieten.

»Lass das!«, zischte eine wohlvertraute Stimme ihr zu.

»Gulunk!«, schrie Jonn. Der Linlan rannte mitten durch das Feuer auf sie zu und sah sich um. Mit einem einzigen Wort trieb er die Flamme zurück. Gehorsam waberte der Kreis weiter auseinander, ganz weichen oder einen Weg freigeben wollte er allerdings nicht. Gulunk würde ihnen nicht helfen können, begriff Jonn – er konnte durch das Feuer laufen, sie nicht. Und auch ihre Woranschatten halfen ihr hier nicht. Bald würden die Linlan außerhalb des Kreises den Flammen befehlen den Kreis zu schließen.

»Ich kann euch durch das Feuer ziehen!«, rief Gulunk. »Wenn ich euch hindurchtrage, wird es euch nicht fressen, sondern nur beißen. Ihr könntet es überleben!«

»Nein!« In Narmins Augen stand der Wahnsinn.

Jonn hörte, wie der Linlan aufschrie. Bevor sie begreifen konnte, was geschehen war, schlug ihr Kühle entgegen. Wasser wogte im Sprung und ließ die Flammen in sich zusammenfallen. Gulunk riss den Arm vor das Gesicht und stolperte kreischend in die Flammenwand zurück. Nur undeutlich konnte Jonn Libuns Umrisse erahnen. »Schnell!«, brüllte sie Narmin zu. Gemeinsam schleppten sie sich zu dem schemenhaften Körper. Eisig kalt und samtig wie Gischt fühlte sich Libuns Fell an. Mit letzter Kraft zogen sie sich hoch. Jonn nahm kaum wahr, dass sie beide schrien, während das Regenbogenpferd auf die Feuerwand zugaloppierte, dann sprang Libun in die Flammen. Jonn drückte Narmin nach vorne.

Die Mähne peitschte über ihre Gesichter, Wasser rann Jonn in den Kragen und benetzte ihre Beine. Die Feuerwand riss zischend auf und spuckte sie aus. Libun strauchelte. Jonn fühlte, wie Narmin zur Seite kippte und sein Gewicht sie mitzog. Sie fielen zu Boden und rollten über Sand und Kies. Die Linlan kreischten auf, als sie das Regenbogenpferd sahen, und flohen vor ihm wie ein Fischschwarm vor einem Hai in alle Richtungen. Nelaikrieger tauchten auf und nahmen ihre Verfolgung auf. Sic fluchte, riss sein Pferd herum und trieb es zu einem halsbrecherischen Galopp an. In diesem Moment platzte der Regen vom Himmel. Es war ein Regen wie in Tjärg, wenn der Winter kam: große Tropfen, die ihre Kleidung in wenigen Augenblicken durchnässten. Nur Jonns Mantel hielt die Feuchtigkeit ab. Plötzlich erkannte sie, dass die Tradition, diesen Stoff zu weben, noch aus der Zeit stammte, als es in Fiorin wichtiger war, sich vor Wasser zu schützen als vor Sonne.

Fassungslos hielten die Kämpfenden inne und blickten zum Himmel. Dann erhob sich das Geheul der Linlan. Klappernd landeten Bogen und Pfeilköcher, Äxte und Schwerter auf der Erde. Wunden klafften auf den Borkenkörpern. Wie Säure verbrannte das Wasser die Haut der Wesen. Klagend zerrten sie den Toten die Kleidung vom Leib, verbargen sich unter Mänteln und Schilden und flohen. Jonn sprang auf die Beine und rannte. Im Laufen riss sie sich den Mantel von den Schultern. Der Feuerring brannte nur noch spärlich, geschmolzener Sand und verkohlte Erde lagen in einem Kreis um den Platz, den Sic eben noch zu Jonns und Narmins Richtplatz bestimmt hatte. Keuchend kam sie bei Gulunk an. Der Linlan schrie vor Schmerz und krümmte sich zusammen. Wunden bedeckten seinen Rücken. Im Versuch, diese Qual zu lindern, wälzte er sich in den letzten mageren Flammen. Jonn warf sich über ihn und breitete den Mantel über seinen Körper. Dann kroch sie ebenfalls unter den Stoff und grub mit der linken Hand – dort, unter dem durchnässten Boden, fand sie noch heiße Asche. Ihre Haut brannte, aber sie schaufelte die Asche auf die Wunden.

»Es tut mir Leid«, stammelte sie. »Gulunk, das wollte ich nicht.« Trübe Augen sahen sie an ohne sie zu erkennen. Dennoch schien der Schmerz nachzulassen. Der Linlan stöhnte. »Wie bringe ich dich über die Grenze?«, fragte sie. »Bitte sage mir, wie ich dich zu Nerenike bringen kann.« Er schloss die Augen und verlor das Bewusstsein.

»Jonn, nimm das hier!« Jemand hatte den Mantel ein Stück angehoben. Ein Stück Metallrüstung eines Nelaikriegers traf auf dem Boden auf, dann erschien auch Narmins erschöpftes Gesicht. »Wenn wir ihn hier hineinlegen, können wir ihn zu dem Felsvorsprung bringen – dort ist es trocken.«

Behutsam legten sie den Linlan auf die Metallschale, breiteten den Mantel über ihn und machten sich auf den Weg. Der Regen fiel inzwischen so dicht, dass Jonn kaum etwas durch den grauen Vorhang der Tropfen erkennen konnte. Überall auf der Ebene duckten sich die Feuer und vergingen. Vom Woranfeuer waren nur die nassen Stofffetzen der blauen Schamanengewänder zurückgeblieben. Irgendwo hinter dem Tempelplatz flohen die letzten Wassersucher vor den Nelai.

Nelai

Haar strich über ihre Wange, dann sah sie in zwei schwarze Sterne.

»Jonn, wach auf!«, flüsterte Narmin.

»Nein«, sagte sie und schloss die Augen wieder. Libuns Nüstern berührten ihre Stirn und der Atem an ihrer Schläfe brachte sie endgültig zu Bewusstsein. Sie richtete sich auf. Gulunk lag unter dem Vorsprung. Neben ihm saß Karis. Auf seiner Stirn und seinen Unterarmen prangten Brandwunden. Als er Jonns Blick sah, lächelte er erleichtert.

»Der Regen«, flüsterte sie. »Die Nelai haben den Regen gerufen. Ein Land verdorrt – ein anderes blüht auf. Nive hatte mit ihrer Vermutung Recht: Die Prophezeiung meinte wirklich ein und dasselbe Land.«

»›Einst werden sie aus dem Sand der Wüste fliehen‹«, sagte eine alte, sanfte Stimme. »›Tausende, denen das Leben geraubt wurde. Mit ihnen begraben wurde das Lautenspiel, tausenderlei Künste und Geheimnisse. Gold machten sie zu Wein und Wein zu Leben. Im Sand träumen sie von dem Tag, an dem sie zu den Wolken greifen und den Regen vom Himmel locken werden. Blumen werden in der Wüste sein und Leben und Wasser. Aus Tränen wird ein neues Land erstehen.‹ So lauten die Worte, die verbrannt waren.«

Jonn spürte ein Zupfen und erkannte, dass sich jemand an ihrem Arm zu schaffen machte. Er fühlte sich seltsam taub an. Vorsichtig hob sie die Hand. Sie war frisch verbunden, nur zwei Fingerspitzen und die Daumenkuppe ragten hervor. Das Gefühl der Taubheit rührte vermutlich von dem Heilöl her, das Raj eben wieder sorgfältig in einer Phiole verschloss.

»Raj!«

Das alte Männergesicht verzog sich zu einem Lächeln. »Mach dir keine Sorgen um deine Wunden. Ich bin die beste Heilerin, die du finden wirst.«

»Heilerin?« Das Lächeln wurde noch breiter. Jonn schloss die Augen. »Natürlich«, flüsterte sie. »Ondyr – Yrdon. Warum bin ich nicht eher darauf gekommen. Der Wüstenwind wirft die Buchstaben durcheinander. ›Kadas Raj‹ – dreh die Buchstaben um und du hast ...«

»... ›Skaardja‹. Ganz recht.« Sie zwinkerte Jonn zu. »Auch dein Großvater hielt mich für einen alten Mann. Man kann sich nicht aussuchen, welche Scherze die Zeit mit einem Gesicht treibt.«

»Wir dachten, Jara hätte dich getötet.«

»Oh, das hat sie auch.«

»Ist ... Jara tot?«

Die alte Magierin seufzte. Ruß klebte an ihren Wangen. Ihr Haar war an mehreren Stellen versengt. »Ja und nein. Steh auf und komm mit, dann wirst du es verstehen.« Ächzend stand sie auf und klopfte sich den Staub vom Mantel. »Die Hand wird heilen. Du wirst eine Zeit lang Schmerzen haben, aber du wirst lernen mit drei Fingern zu jagen. So wie Nive es auch gelernt hat.«

Die Erinnerung an ihre Schwester versetzte Jonn einen Stich.

»So ist es nun mal«, meinte Skaardja ohne Mitleid. »Gewöhne dich daran. Ich wünschte, sie hätte einen anderen Weg gewählt. Aber nun ist sie zu den Schatten gegangen.«

Seltsamerweise fühlte Jonn keine Wut mehr, nicht einmal Trauer – noch nicht. Noch sehr lange würde sie das dunkle Land vermissen, die kristallklare Schönheit der Schwärze und das Gefühl der Macht. Ein wenig tröstete sie die Gegenwart der Schatten unter ihrer Haut – der Beweis dafür, dass ein Teil von ihr von nun an für immer den Woran gehören würde.

*

Die Nelai warteten neben dem flachen Hügel, auf dem der falsche Tempel gestanden hatte. Die Frau mit dem langen Haar hatte ihren Harnisch abgenommen und neben sich auf den Boden gelegt. Ihr Wüstengewand flatterte im Wind.

Ein kräftiger Mann mit verschmitzten Augen saß neben den Pferden im Sand. Sobald er Skaardja entdeckte, lächelte er und sprang auf. »Es ist lange her. Nur deine Augen hätte ich erkannt, aber selbst über sie hat die Zeit einen blassen Schleier geworfen.«

»Und du hast auch in dieser Ewigkeit nicht gelernt deinen Mund zu halten, Franik!«, erwiderte Skaardja. Erstaunt beobachteten Jonn und die anderen, wie die beiden sich umarmten. Die Frau trat zu ihnen.

»Nelai und Franik!«, flüsterte Narmin. Der Wind spielte in Nelais Haar. Die Ähnlichkeit mit Nerenike verblüffte Jonn. Aber die Augen waren die eines Menschen.

»Ich habe nicht gedacht, dass wir uns jemals wiedersehen«, sagte die Dämonenprinzessin zu Skaardja. »Was willst du?«

»Euch das Geschenk zurückgeben, das ihr mir vor langer Zeit gemacht habt.«

Nelai lächelte. Franik und sie tauschten einen langen Blick, dann trat die Dämonenprinzessin zu Skaardja. Behutsam umschloss sie mit den Händen das alte, faltige Gesicht, beugte sich vor und küsste es. Skaardja atmete aus und schwankte. Ihre Beine gaben nach. Während sie zu Boden sank, geschah etwas Seltsames. Zuerst sah es aus wie eine Täuschung, hevorgerufen durch die Spiegelung der Luft, aber dann verfolgte Jonn, wie Skaardjas Kleidung weiter wurde. Die Magierin schien schmaler zu werden. Ihre Haare wuchsen, die Gesichtszüge zerflossen wie ein Bild auf bewegtem Wasser, bis schließlich eine andere Person zurückblieb. Eine junge Frau. Jonn fragte sich, warum ihr die Ähnlichkeit niemals aufgefallen war. Sie kniete neben der reglosen Gestalt nieder und drehte sie behutsam auf den Rücken. Vor ihr lag Jara. Die Wunde, die Jonn ihr mit dem Messer beigebracht hatte, begann zu bluten. Jara stöhnte und wurde blass. Karis stürzte zu ihr.

»Ich danke dir, Skaardja«, flüsterte Nelai.

»Dankt meiner Schwester Nive!«, schrie Jonn. »Der Woran! Nive ist tot, damit ihr leben könnt.«

»Für die Welt der Menschen ist sie das«, stimmte Nelai ihr zu.

»Aber als Woran ist sie nun unsterblich. Das ist unser Dank dafür, dass sie die Nelai befreit hat. Die Schatten und Berge sind ihr Reich. Reisende werden ihr in den

Schluchten der Wüstenberge oder bei Nacht in den Albträumen begegnen. Unser Land ist für die Linlan wieder verloren. Fiorin war verdorrt. Nun wird es neu erblühen.«

»Es waren die Linlan, nicht wahr?«, meldete sich Karis zu Wort. »Sie wollten euch vernichten um eine Wüste zu schaffen, in der sie leben konnten.«

Nelai nickte. »Die Linlan nutzten die Hilfe der Schamanen – diese waren die Einzigen, die einen Woran rufen konnten, der uns überraschte und unsere Stadt vernichtete. Nach der Schlacht stahlen sie dem erschöpften Woran sein Feuer und er floh und nahm die Schatten aus dem Tal der Schlangen mit sich.«

»Was versprachen die Linlan den Schamanen für ihre Hilfe?«

»Was verspricht man einem Menschen, den man für sich gewinnen will?«

»Macht«, antwortete Karis ohne zu zögern. »Als das Land zur Wüste wurde, wussten nur die Linlan, wo es noch Wasser gab. Und sie sagten es nur den Schamanen. Was wird jetzt mit den Linlan geschehen?«

»Die, die vor dem Regen fliehen konnten, werden in das Dämonland zurückkehren. Es wird Kriege und Kämpfe geben, von denen wir nichts sehen werden. Das Tor zum Dämonland hat sich geschlossen. Die Schamanen werden ihre Macht verlieren. Die Zeit der Echsenmasken ist vorbei. Die Zeit der Nelai ist zurückgekehrt.«

Nelais Blick fiel auf Jonn, die immer noch im Sand kniete und zu verstehen versuchte. »Es tut mir Leid um deine Schwester«, sagte die Dämonenprinzessin. »Sie hat die Dunkelheit in das Land zurückgebracht, das viel zu lange nur in der Sonne brannte. Nur wo viel Schatten ist, kann Regen fallen.«

Jonn spürte kaum, dass sie die Finger ihrer linken Hand in den Sand gekrampft hatte. Sie erschrak, als sie eine Bewegung spürte, und öffnete die Hand. Winzige Beine regten sich im Sand, schaufelten die feuchten Körner beiseite. Kleine gepanzerte Kugeln entfalteten sich, klappten auseinander und begannen zu laufen. Verdutzt setzte Jonn sie ab und die Sandläufer flohen über den Boden, trafen auf andere Sandläufer, vermengten sich mit ihnen zu einem ganzen Heer winziger Leben, die einem neuen Dasein entgegenstrebten. Nelai und Franik wandten sich zu den Pferden und stiegen auf.

»Wohin geht ihr?«

»Nach Hause«, antwortete Franik. »Zum Tanzplatz der Schlangen.«

Ondyrs Leute blickten den Nelai nach und fuhren dann damit fort, die Verletzten aus nasser Asche und den Trümmern dessen, was einst ein Lager gewesen war, zu bergen. Das Mädchen, das sich Jara genannt hatte, schlug die Augen auf. Sie leuchteten in einem schönen Blau, es waren Jaras Augen, aber nun waren sie sterblich. Sie setzte sich auf und betrachtete ihre Wunde. Sie blutete nicht stark, bald würde nur noch eine glatte Narbe an die Verletzung erinnern.

»Wie konntest du zwei Menschen sein?«, fragte Jonn.

Die junge Skaardja blickte überrascht hoch. »Das kann ich nicht. Ich konnte nur durch die Zeit und die Lebensalter reisen.«

»Und als du in deiner alten Gestalt verwundet wurdest, hatte Jara deshalb dieselbe Wunde.«

»Ja, ich bin unachtsam gewesen. Aber weil ich unsterblich war, heilte die Wunde viel schneller. Leider musste ich euch deshalb glauben machen, dass Raj gestorben sei.«

»Aber warum hast du diese Gabe zurückgegeben?«, fragte Jonn. »Du warst ... unsterblich!«

»Erinnerst du dich, was ich dir damals über Raj gesagt habe? Er hatte nichts zu verlieren. Wenn man nichts zu verlieren hat, hört man irgendwann auf zu leben, auch wenn das Herz weiterschlägt.«

Narmin, der bis dahin stumm dagestanden hatte, schrie auf. Hass blitzte in seinen Augen. »Hast du dabei an die Herzen gedacht, die verbrannt sind?«, brüllte er. Sein Gesicht war vor Wut so verzerrt, dass er auf Jonn wie ein beängstigender Fremder wirkte. »Hast du gewusst, dass mein Lager ermordet wird? Und alles nur, damit du sterblich werden kannst?« Die letzten Worte spuckte er ihr vor die Füße. Skaardja war blass geworden. Sie erwiderte nichts und rührte sich nicht, als er das Schwert hochriss.

»Nein, Narmin!«, rief Jonn. Die Klinge blitzte auf. Bevor sie ihm in den Arm fallen konnte, schleuderte er die Waffe vor Skaardja in den Staub. »Hättest du dein nutzloses Leben doch nur einem von meinem Volk geschenkt!«, zischte er. Fluchend drehte er sich um und ging zum Abgrund. Jonn wollte ihm hinterherlaufen, aber Karis hielt sie zurück.

»Lass ihn!«, befahl er.

Skaardja starrte auf das Schwert, das sich halb in den Sand gegraben hatte. »Er hat Recht mit seinem Zorn«, flüsterte sie.

»Hast du in Kauf genommen, dass ein Volk getötet wird?«, fuhr Karis sie an. Langsam schüttelte Skaardja den Kopf. »Die Baljamar lebten seit jeher verborgen – selbst ich kannte ihre Geschichte nicht. Mir war nur die Geschichte der Nelai bekannt. Trotzdem bin ich schuldig.«

Jonn schwieg, dann wandte sie sich um und ließ Skaardja ebenfalls allein. Nur Karis blieb bei dem sterblichen Mädchen, auf dessen Schultern nun viele Zeitalter lasteten.

Eine neue Geschichte

Der Ritt vom Grabberg zurück nach Ganarr war mühsam. Die Verletzten lagen auf Tragen, die teils von Pferden gezogen, teils von Menschen transportiert wurden. Ondyr ritt mit Skaardja voraus, in weitem Abstand folgten Jonn und die anderen. Gulunks Wunden waren schwarz wie Krater. Immer noch lag er in tiefer Bewusstlosigkeit. Jonn hatte alle Mühe, den Regen von ihm fern zu halten, der sich immer wieder über das Land ergoss. Aus Planen und weiteren Rüstungen hatten sie für Gulunk eine Art Sänfte gebaut und diese auf ein Maultier gebunden. Trotz des Sieges über die Linlan und die Woranfeuer war die Stimmung gedrückt. Das einzige Geschöpf, das rundum glücklich war, war Libun. Begeistert streckte sie die Nüstern in den Regen und tänzelte auf der Stelle, wenn sie stillstehen sollte. Sie sah nicht mehr verhärmt aus, sondern schien den Regen begierig zu trinken. Narmin ritt in weitem Abstand hinter ihnen, manchmal ließ er sein Pferd so langsam gehen, dass Jonn schon fürchtete, er könne sich jeden Augenblick entschließen umzukehren und sich aus ihrem Leben davonstehlen. Einige Male hatte sie zu ihm reiten wollen, aber stets brachte er sein Pferd zum Stehen – ein deutliches Zeichen, dass sie Abstand halten sollte. So konnte Jonn nur bangen Herzens darauf hoffen, dass er dem Zug nach Ganarr weiterhin folgen würde.

Mit ihrer Trauer um Nive war sie so allein wie Narmin mit der Erinnerung an sein Volk. Selbst Karis konnte sie nicht trösten, aber es tat gut, abends gemeinsam mit ihm am Feuer zu sitzen und schweigend in die Glut zu starren. Vergeblich versuchten sie sich beide ein Leben ohne Nive vorzustellen. Noch gelang es ihnen nicht. Immerhin begannen sie nach einigen Tagen wieder von ihr zu sprechen, vorsichtige Bemerkungen, die sie wie tastende Fühler nach der Vergangenheit ausstreckten. Sie erzählten sich die Geschichten aus Tjärg, die Jagden, die Feste, und erinnerten sich an Nives letzten Sommer. Doch sosehr sich Jonn nach Tjärg und ihren Eltern sehnte, sosehr spürte sie, wie sie Fiorin inzwischen liebte.

Büsche blühten auf, als hätten sie seit Hunderten von Sommern geduldig auf das Wasser gewartet, Triebe sprossen aus verdorrtem Holz. Sie ritten über Ebenen und über Wüstenstrecken, die durch den Regen sumpfig geworden waren. Wie ein Gruß von Narmins Toten erblühten überall Baljamarblumen und tränkten die Luft mit schwerem Duft. Sandläufer begegneten ihnen nun überall, erst waren sie unscheinbar und gelblich, nach und nach aber färbten sich ihre Rückenpanzer rot. Bald tauchten aus dem Nichts graue Vögel auf, die nach den Käfern pickten. Von Tag zu Tag konnte man zusehen, wie der Genuss der Käfer sich bald darauf in ihrem Gefieder abzeichnete, bis es ebenso rot leuchtete wie die Käferpanzer. Aus dem Wüstenboden ragten zarte Spitzen von Grashalmen. Sie waren grün – so grün wie Nives Augen.

Nach Tagen, die Jonn wie eine Wanderschaft durch

viele Zeitalter erschienen, kamen die hohen Sandeichen in Sicht, die das Dach der Stadt bildeten. Besorgt sah sich Jonn nach Narmin um. Schließlich fasste sie sich ein Herz und trieb Libun an. Das Regenbogenpferd fiel in einen federnden Galopp. Narmin zügelte sein Pferd und wartete.

»Narmin«, rief sie. »Bitte komm mit nach Ganarr.«

»Was soll ich dort?«, sagte er bitter. »Ihr werdet nach Tjärg zurückreiten, in euer Lager. Ich habe keinen Ort mehr, an den ich zurückkehren kann – nur noch die Tempelstadt und die Dämonen, die mir ihre Geschichten erzählen.«

»Aber du hast immer noch mich!« Sie schluckte und sprach mit zitternder Stimme weiter. »Ich verstehe deine Trauer. Jeden Morgen, wenn ich aufwache, denke ich, dass alles nur ein Traum war, dass Nive neben mir liegt und ich in Tjärg bin.«

»Wie kannst du unsere Leben vergleichen?«, rief er. »Du und Karis, ihr werdet heimkehren und Menschen vorfinden, die ihr vor wenigen Tagen erst verlassen habt.«

»Rechnen wir jetzt die Toten gegeneinander auf? Nive gegen deinen Bruder?« Sie verstummte. Ihr war, als würde Narmin vor ihren Augen sterben, verblühen und vergehen, eine Erinnerung an eine Tagesblüte in der Wüste, die sich Liebe genannt hatte. »Du wünschst dir, mir niemals begegnet zu sein, habe ich Recht?«, fuhr sie leiser fort. »Wäre Nive nicht gewesen, hätten die Nelai weitere tausend Sommer geschlafen oder vielleicht für immer. Ich weiß das und ich habe sie auch dafür gehasst, glaube mir.«

»Geh, Jonn«, sagte er mit heiserer Stimme. »Geh zu Karis und zu Skaardja zurück. Unsere Welten haben sich nur ein einziges Mal berührt. Ab jetzt trennen sich unsere Wege.«

»Wer sagt das?« Narmins Bild verschwamm vor ihren Augen, trotzig wischte sie sich die Tränen weg.

Er senkte den Blick und gab seinem Pferd ein Zeichen. »Ich sage das. Leb wohl, Jonnvinn!«

Ihren Stolz verfluchend drückte sie die Fersen gegen Libuns Rippen und riss das Regenbogenpferd herum. Libun galoppierte erschrocken los. Erst als sie wieder bei Karis war, sah Jonn sich nach Narmin um, aber er war bereits zu einem Punkt am Horizont geworden.

*

Das Erste, was ihnen in Ganarr auffiel, war der Brunnen. Die Opfergefäße waren randvoll mit Wasser gefüllt und darum herum wimmelten Kinder, die immer neues Wasser aus dem Brunnen schöpften. In den wenigen Tagen hatte sich die Stadt völlig verändert. Gefäße standen vor jedem Zelt und jedem Haus, um das Regenwasser aufzufangen. Ondyr und seine Leute wurden wie Helden empfangen. Man brachte die Verwundeten in die wenigen Steinhäuser und begrub und betrauerte die Toten. Doch Jonn sah vor allem die Freude der Menschen über eine neue Zeit. Die Dämonen hatten sich aus der Stadt der Wij in das Dämonland zurückgezogen. Offensichtlich hatten sie dabei den letzten Linlan vergessen. In Ondyrs Zelt, das Jonn und Karis noch einmal sorgfältig abgedichtet hatten, lag

Gulunk in der Glut eines Feuers. Glühende Holzstücke bedeckten seinen verwundeten Leib wie eine heilende Decke.

Als er zum ersten Mal die Augen aufschlug, verzog sich sein Mund zu einem unglücklichen Lächeln. »Wasser«, flüsterte er. »Ich wusste, ihr bringt Unglück – schon damals, als ich euch durch den Brunnen führte, ahnte ich es.«

»Ich danke dir so sehr«, erwiderte Jonn. »Sag mir, wie ich dir helfen kann.«

»Bring dein Wasserpferd her und brate mir ein Stück aus seinem Hals«, antwortete der Linlan und schlief wieder ein.

Ein kühler Windstoß wehte in das Zelt, als Skaardja eintrat, gefolgt von Karis. Die beiden waren in den vergangenen Tagen oft nebeneinander geritten. Jonn hatte sich mit einem Anflug von Eifersucht gefragt, was Karis mit der Magierin zu bereden hatte. Immer noch konnte sie sich nicht daran gewöhnen, dass Skaardja, Jara und Raj dieselbe Person sein sollten. Skaardjas Gegenwart konnte sie kaum ertragen. Es war, als trüge dieses uralte Mädchen Schuld an alldem Unglück, das ihr, Karis und Narmin widerfahren war.

»Ich sehe, Gulunk Err geht es besser?«, sagte Skaardja nun und lächelte.

Jonn nickte und rückte beiseite, damit Karis neben ihr Platz nehmen konnte. Er legte den Arm um ihre Schulter und drückte sie an sich. Es tat gut, ihn zum Freund zu haben. Plötzlich konnte sie sich nicht mehr vorstellen, dass sie noch vor kurzer Zeit Prinzessin und Stallbursche gewesen waren. Insgeheim bedauerte sie die Sommer, die sie an ihm vorbeigegangen war ohne ihn zu bemerken.

Skaardja sah sie mit einem wissenden Blick an, der Jonn unangenehm war, dann setzte sie sich ebenfalls und packte aus einem Beutel einen dunkelbraunen Kuchen aus. »Wenn die Not vorbei ist, kommen die erstaunlichsten Schätze ans Tageslicht. Das ist Kumagebäck. Diese Früchte wachsen sehr hoch oben in den Spalten und an Abhängen der Wüstenberge. Seit vielen Sommern habe ich keine Kumafrucht mehr gesehen.« Sie brach ein Stück ab und reichte es Jonn. Zögernd nahm sie es an. Sie hatte Hunger, musste sie zugeben. Vorsichtig kostete sie von der dunklen Masse und stellte fest, dass die Süße ihr gut tat. »Du hast wohl lange Zeit in Fiorin verbracht«, sagte sie dann zu Skaardja. »Oder waren es nur Geschichten, um uns zu täuschen?«

Karis' Hand strich tröstend über ihre Schulter.

Skaardja seufzte. Jonns harte Worte verletzten sie offensichtlich nicht. »Ich bin so alt, Jonnvinn, dass jede Geschichte, die ich euch erzähle, eine Wahrheit bergen würde. Es gibt nichts, was ich nicht schon erlebt hätte, und nur wenige Länder, in denen ich nicht schon war.«

»Mein Großvater traf dich in Skaris«, sagte Jonn. »Er war jünger als ich. Schon damals warst du alt. Du hast ihm erzählt, dass du in deinem Gebirge bleiben willst.«

»Ja, aber dann bin ich nach Fiorin gegangen, wie so oft in vielen hundert Sommern zuvor. Ich habe lange bei den roten Wäldern im Grenzland gelebt.«

»Was für ein Land kommt hinter den roten Wäldern?«, wollte Karis wissen.

Skaardja lächelte müde, was auf ihrem jungen Gesicht seltsam fehl am Platz wirkte. »Unzählige Länder. Ihr kennt Tjärg und Skaris, Tana, Fiorin und ein paar andere. Aber ihr habt sicher noch nie von den Eisenfressern in Teylon gehört, von der Magie der Sturmrufer oder den Luftheimen der Graik. Und noch nie hat euch der Ruf eines Nachiller aufgeschreckt, wobei ihr in diesem Fall wirklich nicht viel versäumt habt.«

»Aber immer wieder bist du in die Berge von Skaris zurückgekehrt. Warum?«

Skaardja strich sich das lange helle Haar aus dem Gesicht und nickte. »Weißt du, Jonn, ich will dir die Geschichte von Skaardja erzählen. Vor langer Zeit lebte sie im fernen Land Skaris. In den Bergen wurde sie geboren, aber als sie jung war, sehnte sie sich danach, etwas anderes zu sehen als Gipfel, Schmiedeeisen und Gestein. Und sie wollte andere Geschöpfe treffen als Höhlentreter und aufdringliche Feuernymphen. Sie wollte eine Heilerin und Magierin werden. Sie hatte Glück und traf einen guten Lehrmeister. Ihm folgte sie bis in das Land Fiorin, ins Tal der Nelai, wo er starb, als er sich zu nahe an einen Fangbaum wagte. Da war sie nun, eine junge Magierin. Fiorin war grün und blühend und die Nelai nahmen das Mädchen gerne auf. Die Stadt der Nelai war prächtig, ihre Mauern ragten in den Himmel. Ging man auf der Stadtmauer spazieren, war es, als könnte man die Sterne vom Himmel pflücken. Skaardja lernte viele Dinge vom Volk der Nelai. Sie schuf für sie eine Schrift und schrieb viele Bücher über die Heldentaten der Nelaikrieger. Und zum Dank schenkte die Dämonenprinzessin ihr die Unsterblichkeit. Skaardja war jung und nahm das Geschenk ohne zu überlegen an. Ihr Körper alterte langsam, doch sie lernte die Kunst, ihre Gestalt zu verwandeln und durch die Zeit zu reisen. Sie konnte an vielen Orten gleichzeitig sein und sie konnte sogar den einen oder anderen verschwommenen Blick in die Zukunft werfen. Sie sah Kriege und Städte, die zu Staub zerfielen, Völker, die erstanden und vergingen. Sie reiste in das Grenzland zwischen Tjärg und Skaris, traf einen Mann und verliebte sich in ihn. Viele Jahre lebte sie mit ihm, nur um ihn schließlich sterben zu sehen. Da, zum ersten Mal, war ihre Unsterblichkeit eine Bürde und sie ging nach Fiorin, um das Geschenk zurückzugeben. Aber Fiorin blühte nicht mehr und dort, wo einst die Stadt der Nelai gestanden hatte, fand die Heilerin nur noch Sand und Trockenheit. Sie erfuhr von einem Woran, der die Stadt zerrieben hatte. Die Regenschatten hatte er mit sich genommen, deshalb verdunstete das Wasser, deshalb verdorrte das Land. Ein Wanderer erzählte mir vom Schicksal der Nelai. O ja, ich dachte daran, einen Woran zu rufen und die Nelai wieder zu erwecken, aber damals war ich zu feige. Auch eine Unsterbliche können sie in das Reich des Blutmonds ziehen. Ich dachte, es müsse eine andere Möglichkeit geben. Ich kehrte zurück nach Skaris, heilte und wartete. Und da – als ich deinen Großvater Ravin sah und ihn und seine Freunde vor dem Tod rettete, da kam zum ersten Mal seit vielen Sommern die Zukunft wieder zu mir. In Ravins Augen las ich, dass er der Schlüssel sein würde. Er und dieses seltsame Mädchen, das gegen den Blutmond kämpfte.«

»Meine Großmutter, Amina.«

Skaardja nickte bedächtig und starrte gedankenverloren in die Glut, wo Gulunk mit offenem Mund schlief.

»Wusstest du, dass es ihre Enkelin sein würde, die die Nelai befreien könnte?«

»O nein – nichts wusste ich. Es war der Schimmer einer Möglichkeit. Und ich wartete wieder viele Sommer, bis ich eines Tages von zwei Mädchen träumte – das eine verwundet und krank, das andere neben dem Lager wachend, traurig und schuldbewusst. Über euch schwebte der Blutmond. Ich konnte Woran in den Schatten lauern sehen.«

»Nive und ich nach dem Unfall«, sagte Jonn bitter. »Dann hast du Nive gerufen?«

»O nein. Ich war nur da, als Nive nach Antworten suchte. Gerufen habe ich dich – mit dem Traum. Du oder sie, ich wusste nicht, welche von euch dem Blutmond folgen würde. Ich dachte, es gebe sogar eine Möglichkeit, die Nelai mit Woranmagie zu erwecken, ohne dass eine von euch zur Woran werden musste: die Tempelsteine.«

»Aber Nive hat sich anders entschieden«, flüsterte Karis.

»Ja«, antwortete Skaardja leise. »Sie hat es mir gesagt, als sie mir den Tamaris für dich zurückgab.«

Sie griff in ihre Tasche und holte die Kette heraus, an der der blaue Stein funkelte. »Es wird dich nicht trösten, Karis, aber sie hatte dich gern. Es tat ihr Leid, dass sie dich täuschte, damit sie dir und Jonn entwischen konnte.« Karis schluckte, dann verbarg er den Kopf in den Armen. Jonn strich ihm über den Rücken und bedeutete Skaardja das Schmuckstück vor das Feuer zu legen.

Sie selbst kämpfte gegen die Eifersucht an, dass Skaardja die letzten Tage mit Nive hatte verbringen dürfen. Und da war noch ein Gefühl: Sie wusste, dass sie Skaardja niemals verzeihen würde.

»Warum hast du ihr nicht geholfen?«, fuhr sie die Magierin an. »Du kanntest die Geschichte der Nelai besser als alle anderen und wusstest von der Prophezeiung.«

»Ich durfte das Gefüge nicht berühren. Ich tat stets nur das, was Nive entschied und verlangte. Weißt du, wenn du unsterblich bist, dann lernst du das Schicksal nicht mehr einfangen zu wollen, um es wie ein wildes Pferd zu zähmen. Du musst es laufen lassen. Es war Nives Geschichte. Ich konnte ihr die Splitter reichen und hoffen, dass sie das Bild richtig zusammensetzte.«

»Und was wäre gewesen, wenn sie die Nelai nicht erweckt hätte?«, wollte Karis wissen.

»Weißt du, ein Merkmal der Geschichte der Menschen ist es, dass sie sich immer und immer wiederholt. Bis in die Unendlichkeit. Eines Tages hätte jemand anders das Volk im Glas erweckt. Auch meine Geschichte ist nichts im Sand der Zeit.«

»Dann sind wir alle unwichtig«, fauchte Jonn Skaardja an. »Wir sind nichts – unser Kummer ist nichtig, unsere Opfer umsonst!«

Betroffen sah Skaardja sie an. »Entschuldige. Verzeih mir, Jonn. Immer noch rede ich wie eine Unsterbliche. Das ist der Preis, den man für dieses unendliche Leben bezahlt. Vielleicht verstehst du jetzt, warum ich wieder sterblich sein wollte. Und bald werde ich auch wieder menschlich sein.«

»Du bist menschlich!«, sagte Karis.

Skaardja schüttelte den Kopf. »Noch lange nicht. Ich bin die größte Magierin, die auf der Welt lebt. Ich werde weiser sein als andere, aber nicht weise genug, um nicht neue Fehler zu machen.«

»Und was wirst du dann tun?«

»Leben werde ich«, sagte sie und lächelte Karis flüchtig zu. »Einfach leben.«

*

Nie war Jonn so voller Hoffnungslosigkeit gewesen wie in dieser Nacht. Nieselregen fiel in gleichmäßigem Rhythmus auf das Dach des Zelts, das Ondyr ihnen und dem Linlan überlassen hatte. Das Geräusch des Regens erinnerte sie an den Fluss im Tjärgwald. Neben sich hörte sie Karis' Atemzüge. Ihre Hand schmerzte trotz der Heilsalbe. Gulunk lag immer noch in seiner heilenden Bewusstlosigkeit. Ab und zu murmelte er etwas und wälzte sich auf seinem glühenden Lager hin und her. Jonn betrachtete ihn und fragte sich, was ein Linlan träumen mochte. Seine Wunden begannen zu verblassen wie altes Holz. Jonn schloss die Augen und versuchte das Bild zu vertreiben, das ohne ihr Zutun erschien, sobald sie die Lider senkte. Narmin und Nive, immer wieder Narmin und Nive. Beide geliebt und verloren. Wie gern hätte sie sich jetzt in die Umarmung ihrer Mutter geflüchtet oder mit ihrer Großmutter gesprochen. Aber auch dieses Leben hatte sie auf eine bestimmte Weise verloren. Hätte ich gewusst, dass das Leben, das ich so im Vorbeigehen ohne einen weiteren Gedanken verlassen habe, so nicht mehr existieren würde, dann hätte ich mich anders verabschiedet, dachte sie. Wie musste sich erst Narmin gefühlt haben, als er sein niedergebranntes Lager fand!

Immer noch hörte sie das Knistern der Glut und Karis' tiefe Atemzüge, aber sie musste wieder eingeschlafen sein. Ohne sich daran zu erinnern, wann sie die Augen wieder aufgemacht hatte, sah sie das Zelt vor sich. Der Regen hatte aufgehört. Das rötliche Licht der Glut ließ das Fell einer Martiskatze kupfern leuchten. Das riesige Raubtier saß neben dem Feuer und starrte Jonn an. Schnurrhaare zuckten, die muskulösen Schultern stießen an den Zelthimmel.

»Es ist Zeit«, sagte Gulunk. Behutsam klopfte er die Glutreste von seinem Körper und erhob sich. Er war magerer geworden, aber er stand aufrecht ohne zu schwanken. Seine glanzlosen Augen waren noch tiefer in dem Borkengesicht eingesunken.

»Du gehst auch?«, fragte Jonn.

»Ich kann mein Leben nicht hier verbringen, wo der Regen fällt«, sagte der Linlan geduldig. »Wo ist dein Sternenmann?«

»Fort.«

Zu ihrer Überraschung gähnte Gulunk und streckte die knorrigen Glieder. Die Martiskatze ließ sich von seinem Gähnen anstecken. Ihre rote Zunge erzitterte und leckte dann über weiche Lefzen.

»Fort, soso«, meinte Gulunk. »Und wie lange fort? Wann siehst du ihn wieder?«

»Niemals. Er hat mich verlassen.«

»Und ich gehe baden«, antwortete er. »Wann wirst du lernen auch die Worte loszulassen, Jonnvinn. Du bist wie ein Windwolf – was du einmal in den Fängen hast, daran beißt du dich fest. Im Moment kaust du an deinem Leid herum. Spuck es aus, Jonn, und halte das fest, was sich wirklich festzuhalten lohnt.« Gulunks Lachen war trocken und tonlos. »Überlege, wo wird ein Baljamar hingehen?«, spann er den Faden weiter. »Ich denke mir, dass du dort suchen solltest, wo er schon einmal Antworten zu finden hoffte. Und an deiner Stelle würde ich mich beeilen.« Als sie ihm immer noch nicht antwortete, kam er auf sie zu und blieb dicht vor ihr stehen. Sie konnte den Holzgeruch seiner Haut wahrnehmen.

»Bereust du, dass du uns geholfen hast?«, fragte sie.

»Reue ist etwas für Menschen. Alle Wunden heilen, wenn man nur lebt. Nur darauf kommt es an. Leb wohl, Jonnvinn Ferlagar.« Er schlenderte zu seinem Reittier zurück und kraulte die Katze am Schulterblatt. Sie begann zu schnurren.

»Du gehst zurück ins Dämonland?«

»In die Wüste, ja. Die Linlan sind dorthin zurückgekehrt.« Flink kletterte er auf den Rücken der Katze.

»Halt!«, rief Jonn. »Wie soll ich mich von dir verabschieden?«

Sein Lächeln war verschmitzt. »Umarme mich«

»Ich werde dich verletzen.«

»Nicht im Traum«, erwiderte er.

Sie stand auf und schloss die Arme um den Linlan. Er war heiß wie Holz, das lange in der Nähe des Feuers gelegen hatte ohne zu entflammen. »Sei nicht auf ewig Nerenikes Sklave«, flüsterte sie.

»Besser ihr Sklave als ihr Feind«, sagte er und zwinkerte ihr zu.

*

»Wo willst du hin?«, murmelte Karis und richtete sich schlaftrunken auf. »Und wo ist Gulunk?«

»Im Dämonland. Karis, hör zu. Ich muss gehen …«

»Und dazu brauchst du mein Hemd und meine Weste?« Er lächelte über diesen Scherz aus einer Zeit, die so weit zurückzuliegen schien. Gleich darauf wurde er wieder ernst. »Du suchst Narmin, nicht wahr?«

Jonn nickte.

»Werde ich dich wiedersehen?«

»Ich weiß es nicht, Karis. Du reitest in zwei Tagen zurück?«

»Mit Skaardja, ja. Wir reisen zur Waldburg.«

Sie griff nach ihrem Beutel und zog das abgegriffene Buch ihres Vaters heraus. »Gib das meinem Vater«, bat sie. »Sag ihm, ich bin nicht verloren. Sag ihm, sobald ich zurückkehre, werde ich ihm eine neue Geschichte erzählen – über Nive und Jonn. Wirst du das tun?«

Er nickte. Seine Augen glänzten verdächtig und sie musste darüber lächeln, dass der starke Karis, vor dem sich selbst die Krieger fürchteten, so empfindsam war wie eine Wüstenrose beim ersten Eishauch.

*

Mit großen Sprüngen galoppierte Libun über den Sand. Immer noch war es Nacht, jeder Stern erschien Jonn wie das höhnisch funkelnde Abbild von Narmins Augen. Sandläufer flohen vor Libuns Hufschlag, Echsen beäugten sie. Jonn brauchte nicht lange, um die Stadt der Wij zu finden. Die Grenze, einst von den Wächterinnen des Dämonlandes bewacht, war verschwunden, das Tal der Dämonen lag verlassen da. Entschlossen sprang Jonn von Libuns Rücken und atmete die kalte Nachtluft ein. Diesmal empfingen sie keine flüsternden Stimmen, die Eingänge zu den Tempelhäuschen gähnten ihr leer entgegen. Jonn kämpfte gegen das nagende Gefühl an, zu spät gekommen zu sein. Was, wenn sie sich in diesem Labyrinth verlor, während Narmin vielleicht längst weitergeritten war? Straße um Straße suchte sie ab. Mehr als einmal trog sie die Hoffnung und sie rannte los, nur um festzustellen, dass sie dem Schatten einer Echse gefolgt war, die erschrocken die Flucht vor ihrem menschlichen Verfolger ergriffen hatte. Als sie einmal um die Biegung rannte, fuhr ihr ein warmer Dämonenwind durch die Haare. Nerenikes Stimme erklang und verwehte sofort wieder, aber Narmin war nirgends zu sehen.

Sie fand ihn erst, als am Horizont bereits die Sonne aufging. Er saß ganz am Rand der Dämonenstadt an einem beinahe schon verloschenen Feuer und starrte in die Ferne.

»Narmin!«

Er sprang so schnell auf, dass Jonn seine Bewegung kaum sah. Einen bangen Augenblick hatte sie Angst, er würde sich einfach umdrehen und vor ihr fliehen, aber er blieb stehen. Seine Haut leuchtete, die Brandwunden begannen die ersten Anzeichen der Heilung zu zeigen.

»Wir haben uns schon verabschiedet«, sagte er statt einer Begrüßung.

»Irrtum. Du hast dich von mir verabschiedet. Das macht den Unterschied.«

»Also, dann sage mir Lebewohl.«

»Darauf kannst du warten, bis die Nelai wieder zu Sand zerfallen.« Mit wenigen Schritten war sie bei ihm.

Er wich zurück und verschränkte die Arme. »Begreifst du denn nicht, Jonn? Ich kann nicht ...«

»Ich bin nicht durch ein Feuer geritten, um mich von dir fortschicken zu lassen. Siehst du meine Hand?« Obwohl die Wunden pochten, ergriff sie mit der verbundenen Hand seinen Arm. Erschrocken hielt er die Luft an und sah sie irritiert an. »Ich weiß nicht, warum ich dich liebe«, sagte sie leise. »Aber wie du weißt, lasse ich Menschen, die ich einmal umarmt habe, nicht so einfach wieder los.« Sie beugte sich vor, bis sie im Dämmerlicht die sternförmigen Pupillen sehen konnte. »Ich werde dir folgen«, erklärte sie und staunte selbst, wie fest ihre Stimme klang. »So wie ich dir schon einmal gefolgt bin. Du wirst mich nicht abschütteln können. Wie lange du auch trauern willst, ich habe Zeit. Wenn es sein muss, werde ich dich sogar darum bitten, bei dir sein zu dürfen, aber fortschicken wirst du mich nicht.«

»Du begreifst es immer noch nicht! Was glaubst du, wer du bist, Jonn? Meine Heilerin?«

»Eine Woran bin ich«, erwiderte sie leise. »Dein Feind. Und ein Mensch mit einer verkrüppelten Hand. Und ein Mädchen, das einen Geschichtenerzähler und Pferdedieb liebt – so sehr, dass es wünscht ihm niemals begegnet zu sein, weil seine Familie dann noch leben würde.«

»Und du denkst, deine Liebe genügt, um mich alles

vergessen zu lassen?« Die Sonne kroch über den Horizont und ließ seine rechte Wange erröten. Halb Waldmensch und halb Baljamar war er in diesem Augenblick und Jonn sehnte sich so sehr nach ihm, dass sie am liebsten geweint hätte.

»Nein«, gab sie zurück. »Es wird nie ausreichen.«

»Was muss ich tun, damit du mich allein lässt?«

Ohne zu zögern streckte sie ihm die Hand hin. »Beiß mir noch ein paar Finger ab. Bei Nive hat es funktioniert.«

Endlich sah sie eine Regung in seinem Gesicht. Er sah so wütend aus, dass sie versucht war vor ihm zurückzuweichen.

»Wenn deine Schwester nicht gewesen wäre, würde mein Volk noch leben«, stieß er hervor.

»Ja. Tausend Sommer oder zweitausend oder ewig. Aber sie sind tot, Narmin. Auch Nive ist tot für uns. Dreh das Gedankenspiel um: Wenn ich nicht gewesen wäre, dann würdest du jetzt in Norik Siebentrals Käfig verrotten. Dieses ›Wenn‹-Spiel können wir in alle Ewigkeit fortsetzen.«

Er schluckte schwer und zog die Brauen zusammen. Lange standen sie sich nur gegenüber.

»Ich weiß«, sagte er schließlich. »Es ist nur ... ich kann nicht glauben, dass sie alle tot sind. In meinen Träumen leben sie! Wenn ich aufwache, glaube ich ihre Stimmen zu hören. Ist dir aufgefallen, dass ich die ganze Zeit über immer ›Wir‹ gesagt habe? ›Bei uns‹ und ›unsere Geschichten‹ – weder Karis noch du habt mich je berichtigt. Und nun sage ich immer noch ›wir‹, obwohl ich der Einzige bin. Der einzige und letzte Baljamar.«

»Vielleicht. Vielleicht auch nicht. Einige der Pferde konnten fliehen – möglicherweise gelang es einigen der Baljamar, in die roten Wälder zu entkommen. Wir werden sie suchen. Und wenn wir eines Tages wollen, kehren wir hierher zurück. Irgendwann können wir in die Wälder von Tjärg reiten – oder wir reisen dorthin, wo bisher nur Skaardja war.« Narmin antwortete nicht darauf. In Gedanken machte Jonn sich darauf gefasst, wieder abgewiesen zu werden, aber diesmal hatte sie nicht vor, auch nur einen Schritt zu weichen. »Du hast keinen Grund, mich nicht zu lieben!«, rief sie.

Endlich war es ihr zumindest gelungen, Narmin zu verblüffen. Die Wut und die Bitterkeit wichen aus seinen Zügen und er schenkte Jonn die Ahnung eines Lächelns. »Befiehlst du mir, Prinzessin Jonnvinn?«, fragte er leise.

Ihr Herz pochte bis in ihre Kehle, aber sie blieb ernst. Es war nicht anders als bei einem Kolpspiel: Man durfte auf keinen Fall zeigen, dass man dabei war, zu gewinnen.

»Keine Prinzessin. Nur Jonn. Hier in Fiorin bin ich so allein wie du. Ich lasse alles zurück, selbst meine Familie. Jetzt ist es unsere Geschichte, die von Narmin und Jonn.«

Lange betrachtete er ihr Gesicht, ihr Wüstengewand und ihre verletzte Hand. »Wir werden sehen«, sagte er sanft. »Morgen werden wir sehen.« Er drehte sich um und löschte die Reste der Lagerfeuerglut mit dem Sand, der immer noch feucht vom Regen der letzten Tage war. Schließlich nahm er das Bündel mit seinen Habseligkeiten und ging zu seinem Pferd.

»Was heißt hier ›morgen‹?«, rief Jonn ihm hinterher.

»Morgen wache ich auf und du bist fort und hast mir auch noch Libun gestohlen.«

Narmin blieb stehen und blickte über die Schulter. Jetzt konnte auch er sein Lächeln nicht mehr verbergen. »Im Gegenteil!«, sagte er.